云南省哲学社会科学创新团队成果文库

西南大后方
诗歌创作生态研究

Ecological Research on
Poetry Creation
in the Southwest Rear Area

荀利波 著

社会科学文献出版社
SOCIAL SCIENCES ACADEMIC PRESS(CHINA)

《云南省哲学社会科学创新团队成果文库》
编委会

《云南省哲学社会科学创新团队成果文库》
编辑说明

  《云南省哲学社会科学创新团队成果文库》是云南省哲学社会科学创新团队建设中的一个重要项目。编辑出版《云南省哲学社会科学创新团队成果文库》是落实中央、省委关于加强中国特色新型智库建设意见，充分发挥哲学社会科学优秀成果的示范引领作用，为推进哲学社会科学学科体系、学术观点和科研方法创新，为繁荣发展哲学社会科学服务。

  云南省哲学社会科学创新团队 2011 年开始立项建设，在整合研究力量和出人才、出成果方面成效显著，产生了一批有学术分量的基础理论研究和应用研究成果，2016 年云南省社会科学界联合会决定组织编辑出版《云南省哲学社会科学创新团队成果文库》。

  《云南省哲学社会科学创新团队成果文库》从 2016 年开始编辑出版，拟用 5 年时间集中推出 100 本云南省哲学社会科学创新团队研究成果。云南省社科联高度重视此项工作，专门成立了评审委员会，遵循科学、公平、公正、公开的原则，对申报的项目进行了资格审查、初评、终评的遴选工作，按照"坚持正确导向，充分体现马克思主义的立场、观点、方法；具有原创性、开拓性、前沿性，对推动经济社会发展和学科建设意义重大；符合学术规范，学风严谨、文风朴实"的标准，遴选出一批创新团队的优秀成果，根据"统一标识、统一封面、统一版式、统一标准"的总体要求，组织出版，以达到整理、总结、展示、交流，推动学术研究，促进云南社会科学学术建设与繁荣发展的目的。

编委会

2017 年 6 月

目 录

绪　论

现代中国是一个"除旧布新的时代"①，而身处那个时代的探索者们，"无时无刻不在兴奋与苦斗之中生活着"②，新诗在这样的"兴奋"和"苦斗"中，既是以新形式对"诗言志"诗学理想的延续，也随着打破数千年"旧传统"的民族的觉醒而诞生。倏忽百年间，新诗亲历了新文化运动中青春的热血与激情，亲历了抗日战争中敌寇的铁蹄、破败的家园、尸骨的腐臭与高亢的全民族抗战建国的呐喊，亲历了中国从半殖民地半封建社会走向独立、自由、民主、富强、文明的新时代……一代代诗人们不停歇地"歌唱"，留下了无数宝贵的诗篇。

全面抗战时期，"共赴国难、以血涤辱"是"爱国知识分子的共同心态"③，是中国新诗诞生以来的一个重要转折期，也是新诗"千载难逢的机会"④。不论是诗人面临的血与火的现实，还是诗歌艺术面临的新问题，都随中华民族生死存亡的斗争而经历着一场新的变革，其中又尤以战时陪都重庆为核心，辅以成都、昆明、桂林、贵阳等主要城市，政治、经济、教育、文化等集聚的西南大后方诗歌最为独特。抗日战争全面爆发后，随着战事的胶着，逐渐在空间上形成了解放区、国统区、沦陷区的政治地理格局，而国统区核心西南大后方因特殊的政治、军事、经济、教育、文化地位，人与资源的集聚，不同政治立场的交锋，诗人们对抗战建国、争取民

---

① 谢冕：《序一：置身于文化冲撞的困惑》，载谢冕、杨匡汉主编《中国新诗萃：20世纪初叶—40年代》，人民文学出版社，1988，第1页。

② 郑振铎：《中国新文学大系·文学论争集》（1935年10月），转引自谢冕、杨匡汉主编《中国新诗萃：20世纪初叶—40年代》，人民文学出版社，1988，第1页。

③ 杨剑龙：《新诗遇到了抗战 这是千载难遇的机会——论老舍的抗战新诗创作》，《甘肃社会科学》2013年第2期，第25页。

④ 老舍：《论新诗》，《中央日报》1941年5月30日。

族自由独立与解放伟大时代到来的欢呼与随时面临着的灾难、死亡的交织，以及现代文学中心在西南的重构，整体构成了这一时期诗歌独特的创作生态——是惨淡的现实与美丽的理想的和鸣，是在炮火与硝烟中对民族新生的呼唤，是和着血与泪的民族赞歌，是对"一个民族已经起来"① 的欢呼，是理想的也是现实的，是新诗在中国现代历史上诞生以来唱出的真正的"民族的诗"②，也使西南大后方诗歌在中国现代文学史及中华文脉的延续上具有独特的意义。在中国，文学从未在社会的发展和变革中缺席，"现代文学发展的整个过程是多层次、多结构的，所以现代文学史的宏观研究要在广阔的时空背景中，去考察各种文学现象"③。抗战时期的西南大后方，为新诗生长营构了独特的生态，形成了中国现代文学发展史上一段独特的现象，值得我们持续、深入且系统性地展开研究，以探寻现代新诗在中华民族争取民族独立解放的斗争史上发生、发展、演变的文学规律，丰富中国现代文学史对新诗的言说。

一

1937 年 7 月 7 日卢沟桥事变日本全面发动侵华战争之时，新诗刚刚走过 20 年除旧立新的崭新历程。抗日战争全面爆发后，抗战救亡成为全民族面临的最为急切和最为伟大的现实，某种程度上可以说打破了现代新诗"艺术"发展的正常走向。特别是随着日寇逼进、国土沦丧，国民政府经营西南作为抗战大后方和根据地，现代文学中心也迅速向以重庆为核心的西南大后方集聚，使现代新诗发展随生态变化而发生转向。当然，这种转向并非意味着否定或断裂——西南大后方的新诗发展仍然承续了中国新文化运动与现代新诗发展的脉络，同时又因全民族抗日斗争和争取民族自由独立与解放的现实而形成的独特创作生态，使得这一时期的现代新诗创作取得了新的发展。

---

① 穆旦：《赞美》，载穆旦《穆旦诗选》，人民文学出版社，1986，第 52 页。
② 朱自清：《真诗》，载朱自清《新诗杂话》，三联书店，1984，第 88 页。
③ 陈伟华：《在转型时期的文化整合中应运而生——论中国现代文学之起始》，《鲁迅研究月刊》2006 年第 9 期。

由于晚清一批改良派倡导的"熔铸新理想以入旧风格"① 的"诗界革命"未能彻底突破"古人之风格"而夭亡，使得弃文言而倡白话、"破旧韵"而"造新韵"②、扬弃旧诗体制而追求"自然的音节"③ 等成为迫切而必然的"革命"方式，更成为新诗与旧体诗歌、"今人"与"古人"④ 相区别的最为重要的特征之一。但中国旧体诗歌由于"诗歌的形式之臻于完备所体现出的绝对的成熟，造成了中国文学的骄傲，同时也使它成为不可超越的规范"⑤，所以，在新文学革命初期"造成了几乎所有的人公开的和隐蔽的、有形的和无形的对于诗的变革的警惕和抗拒"⑥，从而可以想见新诗的倡导者们对新诗确立的合法性的阐述何等艰辛。但正如胡适在新文化运动发轫时曾经说过的："文学革命，在吾国史上非创见也。即以韵文而论，三百篇变而为骚，一大革命也。又变为五言七言之诗，古诗二大革命也。赋之变为无韵之骈文，三大革命也。古诗之变为律诗，四大革命也。诗之变为词，五大革命也。词之变为曲，为剧本，六大革命也。何独予所持文学革命论而疑之！"⑦

作为白话新诗运动的倡导者，胡适以《尝试集》开启新诗实验，并强调以生活中形成的"平常情感"⑧"平常语言"⑨ 作诗，提倡"诗的经验主义"，因为在他看来："做梦尚且要经验做底子，何况做诗？现在人的大毛病就在爱做没有经验做底子的诗。"⑩ 他特别举例说："北京一位新诗人说

---

① 梁启超：《饮冰室文集之四十五（上）：诗话》，载《饮冰室合集》第十六册，中华书局，2015，第 4382 页。

② 刘半农：《诗与小说精神上之革新：介绍约翰生樊戴克两氏之文学思想》，《新青年》第 3 卷第 5 号，1917 年 7 月，第 4 页。

③ 胡适：《谈新诗：八年来一件大事》，《星期评论》纪念号第五张，1919，第 1 页。

④ 胡适：《历史的文学观念论》，载《胡适文存》第一卷，黄山书社，1996，第 24 页。

⑤ 谢冕：《序一：置身于文化冲撞的困惑》，载谢冕、杨匡汉主编《中国新诗萃：20 世纪初叶—40 年代》，人民文学出版社，1988，第 1 页。

⑥ 同上。

⑦ 胡适：《文学改良刍议》，载《胡适古典文学研究论集》（上），上海古籍出版社，1988，第 10 页。

⑧ 胡适：《梦与诗》，载谢冕、杨匡汉主编《中国新诗萃：20 世纪初叶——40 年代》，人民文学出版社，1988，第 88 页。

⑨ 同上。

⑩ 胡适：《梦与诗》，载谢冕、杨匡汉主编《中国新诗萃：20 世纪初叶——40 年代》，人民文学出版社，1988，第 88 页。

'棒子面一根一根的往嘴里送'，上海一位诗学家说'昨日蚕一眠，今日蚕二眠，明日蚕三眠，蚕眠人不眠！'吃面养蚕何尝不是世间最容易的事？但没有这种经验的人，连吃面养蚕都不配说，——何况做诗。"① 胡适 1917 年 2 月在《新青年》第二卷第六号发表《白话诗八首》（《朋友》《赠朱经农》《月》三首、《他》《江上》《孔丘》）之后，沈尹默、刘半农、鲁迅（最初以唐俟笔名发表新诗）、俞平伯、周作人、康白情、玄庐、郭沫若、汪静之、朱湘、应修人、朱自清、潘漠华、冰心、徐志摩、李金发、穆木天等纷纷开启了白话新诗创作的尝试。1919 年 10 月，胡适在《星期评论》（上海 1919）纪念号上发表了被学术界普遍认为是新诗理论的奠基之作的《谈新诗：八年来一件大事》，为白话新诗创作和批评确立了初期的基本标准，也由此掀开了中国现代新诗"从语言的实验到形式的实验"纠缠着前行、力图打破《诗经》以降数千年累积的古典诗学传统、构建中国诗歌新的美学范式的历程。至 1937 年 7 月 7 日抗日战争全面爆发前，不仅在短短 20 年间成长起一批年轻的现代新诗诗人，而且出现了文学研究会、创造社、湖畔诗社、格律诗派、象征诗派、新月诗派、现代诗派、中国诗歌会等诗歌社群，胡适、周作人、刘半农、郭沫若、胡风、成仿吾、王独清、穆木天、闻一多、朱自清、艾青、臧克家、蒲风、梁宗岱、施蛰存、李广田、朱光潜等在新诗理论上取得了一大批收获，推进了新诗在革命、启蒙与诗歌艺术上的相谐发展。

抗日战争全面爆发后，随着战争形势日逾严峻，国民政府迁都重庆、经营西南，以组织持久抗战。除政府机构、军事单位、金融机构、工厂、商号等大量迁入重庆、成都、昆明、桂林等地外，随着国民政府迁都，北京大学、清华大学、南开大学、复旦大学等高校，中华书局、商务印书馆、开明书店、大东书局、生活书店、读书生活出版社等出版机构，"中华全国文艺界抗敌协会""中华全国戏剧界抗敌协会""中华全国美术界抗敌协会"等文艺组织，《抗战文艺》《七月》《新华日报》等报刊，以及大批文艺界人士，纷纷辗转会聚西南，即便是在战火纷飞的极端形势下，也

① 胡适：《梦与诗》，载谢冕、杨匡汉主编《中国新诗萃：20 世纪初叶——40 年代》，人民文学出版社，1988，第 88～89 页。

形成了西南历史上文化空前繁盛的景观。文人及文化生产资源的集聚，逐渐形成了以重庆为核心，辅之以成都、昆明、桂林、贵阳等中心城市的文化汇集地，开辟了文化事业发展的新空间，使现代新诗在多个层面取得了新的发展。

一是诗人向西南的突围与新阵营的崛起。西南大后方对于现代新诗而言，最大的、也是最为现实的意义或许是在于为在战火漫天、家园破碎后辗转流离的现代诗人们提供了一个栖息地，为中华文脉的延续、现代文学及新诗继续"革命"的征程和现代性的建构提供了独特的生态环境。虽然说在全面抗战爆发的初期，全国就已经在中国共产党的呼吁和大批不愿做亡国奴的有识之士的奔走下，"文化界救亡协会""戏剧界救亡协会""漫画界救亡协会""孩子剧团"等以话剧演出、诗歌创作及其他形式的文艺活动开展起了轰轰烈烈的文艺界民族救亡运动，其后又相继成立了"中华全国戏剧界抗敌协会""中华全国电影界抗敌协会""中华全国文艺界抗敌协会"（以下简称"文协"）等，成为团结广大文艺工作者、凝结抗日民族统一战线的重要力量。但随着战事发展，上海、南京、武汉等地先后沦陷之后，随着北京大学、"中华全国文艺界抗敌协会"、《七月》《新华日报》等教育、文化机构、组织向西南的内迁，西南大后方逐渐成为政治、经济、军事、教育、文化、艺术等领域资源及人口的汇聚地，数以万计的教育、文化界人士如胡风、艾青、臧克家、高兰、闻一多、冯至、卞之琳、何其芳、穆木天、李广田等数以百计的成名诗人，也纷纷从北京、上海、南京、武汉等沦陷区迁向西南，先后来到重庆、昆明、桂林等地。一时之间，教育、文化、艺术等领域翘楚云集西南，从而不仅确立起了西南大后方领导、组织、动员抗战的核心地位，也肩负起战时文学中心、延续中华文脉的重任。在此背景下，空前高涨的救亡热情使得新诗诗人队伍空前壮大，不仅"文协"借助《抗战文艺》《新华日报》等阵地和诗歌座谈会、诗歌晚会等活动团聚了一大批流散西南的诗人，而且在重庆复刊的《七月》《文艺阵地》《中国诗艺》及先后在重庆、昆明、桂林等地创办的《诗报》《春草》《文聚》《战歌》《诗垦地》《诗创造》等刊物，都成了凝聚诗人力量、构筑诗歌阵营的重要阵地，成长起了中国现代新诗第三个十年中最为重要，且对现代新诗发展具有重要影响的"七月诗派"和"九叶诗派"等，欢呼着"以自己的鲜血来洗刷近百年来被奴役的耻辱"①，为民族救亡、争取民族独立自由与解放建立起了坚强的文艺阵营。

二是个体抒情的式微与大众诗歌的勃兴。伴随着五四新文化运动诞生的中国新诗，在打破旧传统、倡导诗体大解放的诗歌革命中，把诗歌及其他文学作为救治中国衰危的"药"，使诗歌与其他文学一道担当起了启蒙民智、救亡图存的重任。诗歌作为一种抒情文体，"抒情主义"不只是中国现代新诗独造的诗学特征，而是三千年来中国诗歌的诗学传统。因而，现代新诗诞生后，所力图打破和重构的是文言、格律等对人的思想、精神等的束缚，与中国诗歌抒情传统之间并不存在根本背离。所以，谢冕先生也认为新诗"非常完整地继承和维护了中国的诗学的正统"②，即便"手术刀的操作出现了'割痕'，但是中国诗的血脉没有被割断"③。虽然新文化运动高扬启蒙主义旗帜，一大群诗人也身体力行，试图俯身于大众之中——在30年代初期，中国左翼作家联盟就已旗帜鲜明地倡导文艺大众化运动，1932年成立的中国诗歌会在左联的领导下也把"大众歌调"作为基本方向并取得了一定成绩。但作为先觉醒了的精英知识分子，以及他们在新文化运动中对人自我解放的倡导、个体意识的觉醒、对新诗艺术的探索等，使得新诗更趋向于对诗本身的关注，因而，作为诗歌主体的诗人个体抒情色彩显然超越于对大众的关注之上。但我们必须正视的是，诗歌革命本就是中国现代社会变革的一部分。新诗作为文学革命之一种，诞生于对中国、对中华民族危亡现实的深重忧患，全面爆发的抗日战争的突如其来和对文学参与民族救亡的"功利主义"的突出要求，撕裂了一部分新诗人刚开启的诗歌作为"一个精致的艺术品种"④ 的序幕，诗歌创作观念从个体的抒情迅速转向服务于中华民族抗战救亡的伟大现实，呼吁"诗人们的

---

① 艾青：《艾青诗选·自序》，人民文学出版社，1979，第7页。
② 谢冕：《前进的和建设的——中国新诗一百年（1916—2016）》，《北京大学学报》（哲学社会科学版）2017年第3期。
③ 谢冕：《前进的和建设的——中国新诗一百年（1916—2016）》，《北京大学学报》（哲学社会科学版）2017年第3期。
④ 谢冕：《论中国新诗》，《文学评论》2002年第3期。

诗篇，也必须是帮助这种神圣的战争"①。一时之间，大众的呼声此起彼伏，中华全国文艺界抗敌协会庄严宣告："为争取民族的自由，为保持人类的正义，我们抗战；这是以民族自卫的热血，去驱击惨无人道的恶魔；打倒了这恶魔，才能达到人类和平相处的境地。"② 在战争的逼迫下吹响全面抗战的号角后，"谁还要哼着不关痛痒的花，草，情人的诗歌的话，那不是白痴便是汉奸"③，"文协"、中国诗人协会、《新华日报》、《七月》、《战歌》、《诗》、《诗创作》、《诗报》等纷纷宣告要"以笔为枪"、把情感"寄托在民众身上"、要"强化诗歌这武器，使它属于大众"④。中国现代新诗真正开始从"小我"走向了"大我"，走向了中国危急的、惨烈的、苦难的和伟大的现实，走到了大众之中，突破了现代新诗从诞生之初"以夷为师"的固有路向，民间歌谣、古典诗词、鼓词、小调、俚语、谚语等民族民间艺术的形式、语言成为滋育新诗艺术的养分，抒情短诗、朗诵诗、街头诗等"大众歌调"突起。虽然从艺术品质角度对历史的回望中，全面抗战爆发初期民族抗战大时代到来的亢奋激情使得主观抒情泛滥，从而导致一些虽短小精悍但也充斥"空洞的抒情和干瘪的叫喊"⑤ 的作品出现。但是，正如王瑶先生所说："社会生活是创作的唯一源泉，由于作者处于人民革命的时代，本身有认识现实和改造现实的强烈愿望，他们渴望将自己所熟悉和理解的一些社会矛盾和生活画面直接描绘出来，诉诸读者的共鸣，以推动社会的革新和进步，因此虽然许多作品今天看来还有这样或那样的缺点，但时代精神是鲜明的，所反映的生活基本上是真实的。"⑥ 随着抗战的持续，现实的体验和理解不断深入，客观现实和理性思考不断融入作品，长篇叙事诗、讽刺诗、政治抒情诗等引领了诗体发展的新潮流，"使抗战时期出现了中国新诗史上诗歌深入民间的罕见的文化图景"⑦，

---

① 黎嘉：《诗人，你们往哪里去？》，《新华日报》，1938 年 2 月 2 日。
② 中华全国文艺界抗敌协会：《中华全国文艺界抗敌协会宣言》，《文艺月刊·战时特刊》第 9 期，1938 年 4 月。
③ 中国诗人协会：《中国诗人协会抗战宣言》，《中国诗坛》第 1 卷第 4 期，1937 年 11 月。
④ 编者（华笳执笔）：《我们的告白》，《诗报》创刊号，1937 年 12 月。
⑤ 熊辉：《试论抗战诗歌的文体流变》，《文艺争鸣》2015 年第 7 期。
⑥ 王瑶：《中国新文学史稿》上册，上海文艺出版社，1982，第 12 页。
⑦ 吕进等：《大后方抗战诗歌研究》，重庆出版社，2015，第 3 页。

为新诗发展开创了新局面、开辟了新道路。

三是一批优秀的新诗作品将新诗发展推向新高。从新诗的诞生到进入抗战时期后，新诗不仅在诗体上因暗合社会理性和工具理性至上的社会变革需求而历经着争议和变化，而且也随诗体的变化显现出新诗"从重音到重义，从意境化到意象化和形象化，从'隔行扫描'到'逐行扫描'"①的艺术探寻路径。整体而言，抗战救亡及现代诗人们所经历着的伟大的、卑小的、激昂的、悲切的现实，将辗转、"突围"后会聚西南大后方的诗人们重重地推向生活现实之中，也将现代新诗从草创以来一直苦苦探寻和建构的诗歌艺术从以个体为主的理想之维推向了民族、国家和四万万同胞的现实之维。从而使得中国新诗从诞生以来以精英知识分子"居高临下"的姿态开启的启蒙历程，真正地走入了中国的社会现实之中，走入了中国广大民众之中，一定程度上促进了艺术与现实的融合，因此也使得一批在新诗发展史上具有重要意义的诗歌作品在全民族全面抗战的西南大后方这一独特的环境下形成。

郭沫若在抗战时期从《女神》的积极浪漫主义走向了革命现实主义的艺术道路，创作了收入《战声集》《蜩螗集》等集子的400多首②反映抗战生活、歌颂"我们的抗战和我们的祖国"③的诗篇，其中，主要以革命现实主义创作的《战声集》被誉为"抗战初期诗歌创作的一个珍品"④；艾青是抗战时期诗歌创作成就最高的诗人之一，他的诗歌在历经了抗战初期的盲目乐观情绪之后，从"复仇的欢快"中沉静下来，重新沉潜到了他所熟知的"穷困悲惨的旧中国"和"热爱与同情"的劳动人民之中，出版了《他死在第二次》《向太阳》《吴满有》《旷野》《火把》《北方》《黎明的通知》《土地集》《雪里钻》等诗集十余部，其中以叙事长诗《向太阳》《火把》等最具代表性，这一时期的诗歌真正体现了艾青在"这被暴风雨所打击着的土地上"⑤嘶哑着喉咙为那"悲哀的国土""世界上最艰苦与最古老的

① 章亚昕：《中国新诗史论》，山东教育出版社，2006，第11页。
② 朱光灿：《中国现代诗歌史》，山东大学出版社，1997，第181页。
③ 王瑶：《中国新文学史稿》下册，上海文艺出版社，1982，第394页。
④ 朱光灿：《中国现代诗歌史》，山东大学出版社，1997，第187页。
⑤ 艾青：《我爱这土地》，载艾青《艾青诗选》，人民文学出版社，1979，第73页。

种族"① 的 "歌唱"，也是显示艾青 "创作个性与艺术风格得以定型"② 的
重要作品；臧克家同样是抗战时期诗歌创作成就最高的诗人之一，他从全
面抗战初期开始就始终坚持 "为抗战救亡宣传工作尽心尽力"③，参加青
年军官团，赴前线和敌后做战地宣传，先后完成了呼吁诗人们放开喉咙
"高唱战歌" 的诗集《从军行》、《泥淖集》、《呜咽的云烟》和长诗《淮
上吟》等，1942 年 7 月到重庆后参加到了 "文协" 的活动中，不仅出版
了《泥土的歌》《国旗飘在鸦雀尖》《生命的秋天》等诗集，创作了
《古树的花朵》《感情的野马》等在新诗现代性艺术建构中有重要影响的
长诗，而且还创作了《"重庆人"》《裁员》等收入诗集《宝贝儿》中的
政治讽刺诗，既在现实的取材中喊出了诗人强烈的愤怒，又以 "倾向于
自然朴素与平易"④ 的表现形式显现出臧克家在这一时期对诗歌的 "朴素
的美" 的追求。

此外，流离到昆明的诗人们在西南大后方屏障的呵护下，仍然得以守
着校园相对的宁静，除了受奥登、燕卜荪等人的艺术观念影响外，艾略
特、里尔克、惠特曼、泰戈尔、高尔基、普希金、海涅、叶赛宁、雪莱、
莱蒙托夫、马雅可夫斯基等人诗歌、艺术理论的译介，在校园里俨然已经
从五四以来作为破旧立新的文学变革途径转变成为一种学习方式，不仅为
中国革命现实主义诗歌艺术发展提供了滋育的养分，也使得新诗艺术在西
南联大等校园之中，绽放出了娇妍的花朵。其中，身在昆明西南联大校园
中的冯至在 1940 年冬至 1941 年秋创作的《十四行集》"在里尔克的影响
下采用变体，利用十四行结构上的特点保持语调的自然"⑤，对现代诗歌在
艺术上的探索和诗学范式建构有着重大贡献，朱自清先生评价他 "建立了
中国十四行的基础，使得向来怀疑这诗体的人也相信它可以在中国的诗里
活下去"⑥。作为冯至、卞之琳、闻一多、李广田等诗人的学生的穆旦，浸
润在诗学艺术氛围浓郁的象牙塔中，但又深深地忧虑着国统区社会现实和

---

① 艾青：《北方》，载艾青《艾青诗选》，人民文学出版社，1979，第 64 页。
② 朱光灿：《中国现代诗歌史》，山东大学出版社，1997，第 735 页。
③ 冯光廉、刘增人：《臧克家研究资料》，甘肃人民出版社，1990，第 23 页。
④ 田仲济、孙昌熙：《中国现代文学史》，山东文艺出版社，1985，第 557 页。
⑤ 冯至：《冯至选集·诗文自选琐记（一）》，四川文艺出版社，1985，第 14 页。
⑥ 朱自清：《诗的形式》，载朱自清《新诗杂话》，三联书店，1984，第 102 页。

憧憬着民族的未来，爱情、生命以及国家和民族，成为他诗歌深处不断冲撞着的精灵，但他在"忠于自我的生活感受"① 的同时，能"让自己保持沉静与稳健，有足够的自信和力量控制自己生命的冲动"②，校园的美好、随军远征的生死考验、生活现实的艰难及对未来的憧憬，使他在诗歌中将西方现代主义的人生哲学与中国"烟尘笼罩"的现实、个体的虚无感与真切的现实感、现代化与现实性、世界性与民族性等完美结合，收获了《赞美》、《野兽》、《森林之魅》、《五月》、爱情组诗《诗八首》《被围者》等优秀诗篇，推动了现代派诗歌诗学艺术的建构，也奠定了他在新成长起来的现代派诗人群九叶诗人中最重要的位置，被评价为"中国诗坛阴霾的天空中……—道眩目的闪电"③。

当然，除了以上列举到的之外，胡风、老舍、冯玉祥、卞之琳、闻一多、邹荻帆、高兰、田间、王亚平、穆木天、蒲风、金帆、力扬、任钧、芦荻、楼适夷、纪弦、冀汸、溅波、安娥、袁水拍、臧云远、徐迟、辛笛、雷石榆、李白凤、沙鸥、胡危舟等数以千计的诗人活跃于西南大后方的诗坛，七月诗派、春草社、新诗社、九叶诗派等具有重要影响力的诗歌社群在诗坛大放异彩，朗诵诗、叙事诗等诗歌体式获得新的发展，现实主义诗歌艺术和现代派诗歌艺术开启新篇章……西南大后方诗歌是在承袭五四新诗传统基础上对新诗的再发展，艾青在 1941 年"文协"座谈会上指出："抗战以后的诗还是继承抗战以前的诗的血统发展下来，并未突然中断，虽然有一部分诗人暂时要借用旧形式来加强抗战的宣传，却并不是诗的主流，倘使这看法没有错误，则抗战三年来的诗的发展，仅有程度上的深浅的差别，而没诗的主流的前后变迁。"④ 充分肯定了新诗在抗战时期对五四新诗革命传统的继承和取得的新发展。茅盾虽然极严厉地批评抗战初期的文艺工作"轰轰烈烈，空空洞洞"、武汉撤退到抗战结束的文艺工作"躲躲闪闪，劳而无功"，但他也实事求是地肯定：

① 朱光灿：《中国现代诗歌史》，山东大学出版社，1997，第 1063 页。
② 陈维松：《论九叶诗人与现代派诗歌》，《文学评论》1989 年第 5 期。
③ 李怡：《黄昏里那道夺目的闪电——论穆旦对中国现代新诗的贡献》，《中国现代文学研究丛刊》1989 年第 4 期。
④ 郭沫若、王平陵等：《一九四一年文学趋向的展望》，《抗战文艺》第 7 卷第 1 期，1941 年 1 月。

八年来我们的诗人们确是纵横驰骋，大胆地作着一切新的尝试。他们大胆地作了朗诵运动，大胆地作了街头诗运动，大胆地采用了民谣的风格，大胆地写长诗，——数千行的叙事诗，大胆地把文艺各部门中一向是最贵族式的这一部门首先换装而吵吵嚷嚷地挤进泥腿草鞋的群中……他们这种大胆地尝试，勇敢地创造的精神，我们一定要珍视，一定要赞美，如果"五四"时期的白话诗是对于旧体诗的解放运动，那么，抗战诗歌运动便可说是对于白话诗的再解放。

茅盾文中提到："人们说今天的新诗尚未'成年'，——即在形式方面尚未有典范的成熟的规律可循"，但在他看来，这恰恰为新诗发展的"辉煌光明的前途"——由于"尚未'成年'，成见少，束缚少"，所以"在大众化路上与其姊妹们赛跑时它捷足先登的希望最大"①。所以，也有文学史学家认为："在抗日战争时期和解放战争的岁月里（1937 年 7 月至 1949 年 7 月），中国现代诗歌取得了空前的发展，且步入了自身成熟的时期。"②

二

中国现代新诗，从其诞生之初到抗日战争全面爆发时，刚在人类漫长的文化长河之中历经了二十余年不平静的崎岖之路，却又面临着一次时代的剧变，匆忙之中被逼进了新的文学生态之中，面临新的考验。但正是由于时局的艰难、生存的不易，愈发凸显出西南大后方现代新诗所取得成就的弥足珍贵，也凸显出西南大后方诗歌在接续中国现代新诗发展脉络、开启战后中国新诗发展新篇章的特殊价值和意义。同时，虽然大批文艺工作者砥砺奋进，在小说、诗歌、戏剧、散文等文学创作中都留下了大批经典佳作，但在民族危亡的救亡战斗中，"诗歌，是战斗中最强有力的武器"③。因而，在现代新诗研究中，处于中华民族全面抗战、争取民族独立自由与解放的伟大时代的西南大后方诗歌，必然是不可或缺的重要部分。

---

① 茅盾：《为诗人们打气》，《中国诗坛》光复版·新 3 期，1946 年 4 月，第 8 页。
② 朱光灿：《中国现代诗歌史》，山东大学出版社，1997，第 786 页。
③ 溅波：《发刊词》，《战歌》创刊号，1938 年 8 月，第 1 页。

在抗日战争全面爆发前的漫长历史中，西南大多时候都是一个因其地理空间上的边缘性而被边缘化的边地。抗日战争全面爆发后，"西南大后方"研究因"抗战建国"的重大历史使命而成为一个共识性话题，形成了一大批既有学术价值又有史料价值的重要成果，研究重点集中于西南的开发建设、人口与城市问题、教育问题等，如方显廷等人 1939 年出版的《西南经济建设论》、西南导报社 1939 年出版的《中国今日之西南建设问题》、蔡泽 1939 年在《时代精神》上发表的《今日西南各省之行的问题》、田久安 1940 年在《七七》上发表的论文《抗战建国期间西南边疆之国防建设》、徐益棠 1942 年发表在《边政公论》上的论文《试拟国立边地文化教育馆组织大纲草案》等。在此背景下，西南大后方诗歌研究与西南大后方研究一样，几乎伴随抗日战争的全面爆发和全民族发出抗战的呐喊时就已经开始，并构成了西南大后方诗歌生态中的重要内容，对抗战时期诗歌发展有重要价值，如马子华的《怎样发展沦陷区之诗歌战斗》[①]，穆木天的《论诗歌朗读运动》[②]《目前诗歌上的二三问题》[③]《关于抗战诗歌运动：对于抗战诗歌否定论者的常识的解答》[④]，可非的《大众化与方言街头诗歌》[⑤]，雷石榆的《"诗歌日"的回忆及展望》[⑥]，胡风的《略观战争以来的诗：在扩大诗歌座谈会的报告》[⑦]，海燕的《我们需要讽刺诗》[⑧]，彭桂萼的《抗战诗歌的特质及途径》[⑨]，"文协"诗歌座谈会形成的《我们对于抗战诗歌的意见》[⑩]，以及 1947 年由中国现代文学学科主要奠基者之一的田

---

① 马子华：《怎样发展沦陷区之诗歌战斗》，《战歌（昆明）》第 1 卷第 2 期，1938，第 32 ~ 34 页。
② 穆木天：《论诗歌朗读运动》，《战歌（昆明）》第 1 卷第 4 期，1938，第 2 ~ 10 页。
③ 穆木天：《目前诗歌上的二三问题》，《战歌（昆明）》第 2 卷第 1 期，1939，第 2 ~ 10 页。
④ 穆木天：《关于抗战诗歌运动：对于抗战诗歌否定论者的常识的解答》，《文艺阵地》第 4 卷第 3 期，1939 年 12 月，第 1287 ~ 1290 页。
⑤ 可非：《大众化与方言街头诗歌》，《中国诗坛》第 1 卷第 5 期，1937 年 12 月，第 2 ~ 3 页。
⑥ 雷石榆：《"诗歌日"的回忆及展望》，《战歌（昆明）》第 2 卷第 1 期，1939，第 11 ~ 12 页。
⑦ 胡风：《略观战争以来的诗：在扩大诗歌座谈会的报告》，《抗战文艺》第 3 卷第 7 期，1939 年 1 月，第 100 ~ 101 页。
⑧ 海燕：《我们需要讽刺诗》，《战歌（昆明）》第 1 卷第 4 期，1938，第 2 ~ 10 页。
⑨ 彭桂萼：《抗战诗歌的特质及途径》，《文艺季刊》第 1 卷第 4 期，1939 年 7 月，第 22 ~ 24 页。
⑩ 中华全国文艺界抗敌协会：《我们对于抗战诗歌的意见》，《抗战文艺》第 3 卷第 3 期，1938 年 12 月，第 39 ~ 42 页。

仲济先生撰写、现代出版社出版的《中国抗战文艺史》①（出版时作者署名蓝海）等。高度的时代性需求是这一时期诗歌讨论的重要出发点，也反映出在战时背景下诗歌发展的独特背景。而这一时期的文学刊物和综合性报纸、杂志，不仅是凝聚和团结文艺工作者的重要阵地，也是诗歌讨论的重要平台，如《抗战文艺》《今日评论》《战歌》《南方》等。其中，除《抗战文艺》作为"文协"主办的刊物在抗战文学方面发挥的引领作用外，《战歌》组织的"诗歌大众化"讨论在抗战诗歌创作与研究方面也产生了重要影响，这些刊物在极其困难的条件下坚持办刊，对西南大后方诗人队伍的凝聚、诗歌创作的发展都有着重要的意义。

　　新中国成立以来，对西南大后方诗歌的关注更多出现在新时期及其之后，并随着抗战文化研究的深入而不断得到拓展。但是，在新中国成立至新时期以前的这段时间，学术研究的意识形态化，导致对抗战时期国统区文学以及诗歌创作的偏见，特别是以国民政府陪都所在地重庆为核心的西南大后方几乎成了文学研究的"禁区"，郭沫若、老舍、臧克家、穆旦、冯至、闻一多、艾青、艾芜、袁水拍等一大批抗战时期在西南的诗人及其创作的诗歌，虽然以多种形式被写入了文学史、诗歌选集或诗歌研究成果中，但这些诗人和这一时期创作的诗歌大多被从它所生长的土地上剥离出来，乃至现在，朱栋霖、朱晓进等人的《中国现代文学史 1917－2000》、冯光廉、朱德发等人的《中国现代文学史教程》、黄修己的《中国现代文学简史》、钱理群、吴福辉、温儒敏、王超冰等人的《中国现代文学三十年》、丁帆、朱晓进的《中国现当代文学》、郭志刚、孙中田的《中国现代文学史》、程光炜等的《中国现代文学史》等，这些多达 200 余种②的文学史教材中常见"孤岛文学"一说③，但其时在某种程度上成为中国"抗战中心"以及"文学中心"的西南大后方却难以寻觅，文学史中鲜见"西南

①　该书于抗战尚未结束的 1944 年完成初稿，1947 年由上海现代出版社出版，1949 年被日本汉学家波多太郎教授译成日文由日本评论社出版，1979 由香港一山书屋再版，后由朱德发执笔修订，并于 1984 年由山东文艺出版社出版，修订版本从最初蓝海版本的 8 万余字增加到 30 余万字。

②　参看秦弓《抗战文学研究的概况与问题》，《抗日战争研究》2007 年第 4 期。

③　参看张泉《试论中国现代文学史如何填补空白——沦陷区文学纳入文学史的演化形态及存在的问题》，《文艺争鸣》2009 年第 11 期。

大后方文学（或以诗歌、小说、散文、戏剧等单独命名）"的踪迹，这究竟是仍然持有的观念上的偏见导致的有意遮蔽，还是"西南大后方文学"在中国现代文学史上确实是无足轻重？

当然，随着思想上的不断解放和文化上的繁荣发展，以重庆、四川、云南、贵州为主战场的抗战文化与文学研究的集结号被不断高亢地吹响：1980 年底，四川省社会科学院、西南师范学院、重庆师范学院、重庆市文联共同发起成立了重庆地区中国抗战文艺研究学会，其后多次组织相关研讨会议，创办《抗战文艺研究》刊物等，凝聚和培育了一大批抗战文艺研究人才。更为可喜的是，1987 年，重庆出版社提出了编辑、出版《中国抗日战争时期大后方文学书系》的设想，并很快获得文艺界的支持而付诸实施，成立了由夏衍、阳翰笙为顾问，林默涵为总主编，一大批亲历抗日战争并作为抗战时期大后方文学创作骨干的作家、诗人、文艺理论家担纲编委的编辑委员会，其中就包括了任"诗歌编"主编的臧克家、"戏剧编"主编的曹禺、"小说编"主编的艾芜、"文学运动编"主编的楼适夷等，分十编二十卷于 1989 年 6 月由重庆出版社出版，所选编作品涉及文学运动史料、文学理论和论争文章、中短篇小说（长篇存目）、报告文学、散文、诗歌、戏剧、电影、通俗作品、外国人士作品等，更可贵的是该书在选编中提出"应以爱国主义和民主主义精神为贯穿全书的选编标准，不以党派划线，不因人废言，不存偏见，不受旧观念的束缚"① 的指导性思想，虽也出于资料散失等多方面原因难以完全达到对抗战文学的兼收并蓄，但这部丛书最大限度保持了抗战时期大后方文学的历史原貌，为后世研究提供了宝贵的资料。

也正是在对抗战文化、艺术历史与价值的重新认识的积累下，重庆、四川、云南、贵州不断涌现出抗战诗歌研究的新成果，并成为抗战文化、文学研究的重镇。较早对抗战诗歌开展系统性研究的是苏光文，而他对诗歌的系统研究是继他对抗战文学的"概观"之后的深入和细化整理，在1990 年代初期形成了《抗战诗歌史稿》这一抗战诗歌的专门性文学史著

---

① 夏衍：《中国抗日战争时期大后方文学书系总序》，载楼适夷主编《中国抗日战争时期大后方文学书系（第一编）：文学运动》，重庆出版社，1989，第 10 页。

述，该著以"诗坛巡礼""诗派诗人举要""旧诗新话"三编统摄了上海、武汉、广州、香港、桂林、昆明、重庆诗坛扫描，"七月"诗派、后期现代诗派等诗歌流派和臧克家、艾青等重要诗人选介，以及《沁园春·雪》等旧体诗歌唱和活动等，突出了抗战诗歌发展的地理空间流变，并立足史料，对在抗战诗歌创作中具有代表性的流派和诗人做了重点研究，形成了具有独立参考意义的重要的文学个案。继此之后，对抗战诗歌的研究随着抗战文化研究的拓展与深入得到进一步的发展，从单一性史料的发掘和整理，向综合、广泛和跨学科的交叉性研究发展。章开沅担任总主编、周勇担任副总主编组织编撰、国家出版基金项目资助完成的百卷本《中国抗战大后方历史文化丛书》和四川省社会科学院组织"中国·四川抗战文化研究"课题组毕三年之功完成的"中国·四川抗战文化研究丛书"是较为集中的抗战文化、文学研究的一次大总结，其中就包含了吕进等著的《大后方抗战诗歌研究》、段从学著的《中国·四川抗战新诗史》两部诗歌史。在吕进等著 2015 年出版的《大后方抗战诗歌研究》中，作者从史料收集与抢救入手，在史料整理的基础上对大后方抗战诗歌的一般特征、抗战诗歌的文体特征、"文协"在大后方的诗歌活动、大后方抗战诗歌流派、大后方抗战诗歌刊物、外国诗歌翻译、著名诗人的诗歌创作活动等方面展开了研究，形成了对大后方抗战诗歌发展史的整体观照。但也正如作者在绪论中所说：大后方抗战诗歌的研究在现代文学研究领域尚未获得足够重视，因而，这本著作成为大后方抗战诗歌的第一次文学史叙述，从而更多地突出了对史料的文学史叙述，而导致对其内在发展机理分析上的力度不够。同时，在空间区域的构成上，这本著作名为"大后方抗战诗歌研究"，但选取的空间区域基本围绕重庆、桂林、昆明、成都，一定程度上导致了以局部代"大后方"整体和"大后方"空间构成上的残缺，这或许会影响到对"大后方抗战诗歌"文学史的整体观照。当然，不可否认的是，吕进等的《大后方抗战诗歌研究》对西南大后方诗歌的文学史叙述相对较为全面，对开展西南大后方诗歌研究具有重要参考价值。

同样是吕进、熊辉等著，但比《大后方抗战诗歌研究》更早，于 2009 年出版的另一著作《重庆抗战诗歌研究》，在结构体例上可以看出是《大后方抗战诗歌研究》的最初雏形，该著着眼于重庆的抗战诗歌这一特定地理空间范畴下的诗歌发展，以史为据梳理了重庆抗战诗歌创作上的发展变化，并分析了"文协"、七月诗派、文艺报刊等与重庆抗战诗歌发展的关系，同时，由于将抗战诗歌放入了一个更具有空间的确定性和时间的稳定性的历史语境之中，使得该著作在对与诗歌有着密切联系的几个对象的分析中显得更具说服力。更难能可贵的是，该作品与《大后方抗战诗歌研究》相比有更为充裕的空间将被文学史叙述中所忽略的、但在那一时期的文学生态中发挥了一定作用的地方诗人和未能进入现代文学史殿堂的诗人，从历史的长河之中打捞出来。可惜的是，在《重庆抗战诗歌研究》之后撰写的《大后方抗战诗歌研究》由于所涉范围之广而在诸多方面恰恰未能进行更为深入的开掘。但必须肯定的是，《大后方抗战诗歌研究》为我们提供了文学史层面大后方抗战诗歌研究的整体观，而《重庆抗战诗歌研究》则为我们拓展了一种抗战诗歌研究的地方性视野。无独有偶，段从学的《中国·四川抗战新诗史》以四川抗战新诗为研究对象，黄绍清的《桂林文化城文学研究·诗歌研究》以抗战时期广西诗歌为研究对象，邓招华的博士论文《西南联大诗人群研究》以聚集于昆明西南联大的诗人群体为研究对象，同样在抗战诗歌研究的地方性视野拓展上对我们有重要的启示意义，也是对西南大后方抗战诗歌研究新的丰富。

　　西南大后方抗战诗歌研究还形成了一系列的论文成果，如周晓风的《抗战诗歌再认识》、吴晓东的《抗战时期中国诗歌的历史流向》、陈锐锋的《抗战时期的贵州诗歌》、颜军的《贵州抗战新诗发出激越之声》、刘晓琴的《抗战新诗中的重庆叙事》、黄俊的《臧克家诗歌与抗战后期的重庆文学》、朱抒宇的《抗战时期内迁诗人的重庆书写》、郭灵巧的《抗战时期重庆翻译诗歌研究》、陈程的《重庆抗战诗歌的期刊媒介场域研究》、史桂芳的《诗歌与抗战——以西南大后方诗歌为中心》、谢冰的《西南联大与汪曾祺、穆旦的文学道路》、熊辉的《抗战时期"文协"在重庆的诗歌活动》、夏爵蓉的《论抗战时期的少数民族诗歌》、杨洪承的《抗战时期郭沫若诗歌风格浅谈》、李建平的《抗战时期桂林的诗歌创作》、卓光平的《"七月诗派"抗战时期在桂林的诗歌创作》、陈海燕的硕士学位论文《全面抗战时期的抗战诗歌研究》等，对本文在分析一些具体问题时有一定的参考和借鉴价值。从 1980 年代以来，云南、广西、贵州、重庆、四川还成立了相关的研究机构，如重庆的"中国抗战大后方研究中心"、云南的"西南联大新诗研究院"等，成为组织开展大后方抗战文化与诗歌研究的重要平台。

我们取得抗日战争的最终胜利已经过去 70 多年了，它在中华民族历史上形成了巨大而深远的影响，特别是近二三十年在抗日战争及其文化研究中取得了突出的成绩，不仅在国内相关研究成果成倍增加，而且伴随国力增强和国家在国际社会影响力的提升而使抗战历史获得了国际学术界的尊重与所作出的贡献的肯定，产生了一大批涉及政治、经济、民族、历史、文学艺术等多个领域的研究成果。相对于中国现代文学史而言，"西南大后方诗歌"既是抗战文学中最重要的一部分，也是民国文学及现代文学中最重要的部分之一，这也构成了"西南大后方诗歌"的独特性，从而使得它成为中国现代文学史研究中不容忽视的重要一段。纵观抗战时期西南大后方诗歌研究，主要体现出两个方面的特点：一是西南大后方诗歌被植入中国现代诗歌的整体发展进程中进行了多角度的叙述；二是西南大后方诗歌在抗战文学中的独特性不断被发掘。但是，进入新时期以来，与抗战文化、抗战文学在国内外受到的高度关注相悖反的是，"西南大后方"作为一个整体范畴的研究尚未成为一种学术共识，以"西南大后方"地理空间为基本范畴的文学发展状态的整理与研究也成为现代文学研究的缺席者，对"西南大后方诗歌"创作情况的梳理及研究也尚未获得应有的重视，从而必然导致对西南大后方诗歌在 20 世纪中国文学及新诗发展史上的地位与价值做出实事求是评价的困难。

三

综上所述可见，西南大后方作为国民政府陪都所在地，在抗战时期成为中华民族坚持抗战的大本营，汇聚了政治、军事、经济、文化、教育等核心组织、人员和物资，成为彼时中国的心脏，某种程度上不仅是凝聚中国军民坚持持久抗战的圣地，而且成为中华文脉延续的重要阵地，吸引了众多学者的关注和重视，近几十年来形成政治、经济、教育、文化与文学研究等多领域的丰富成果。但令人遗憾的是，新中国成立后，特别是改革开放以来不断繁荣兴盛的学术研究中却鲜见将抗战时期的"西南大后方文学"作为一个整体对象加以重视和研究的成果，甚至直到纪念抗日战争胜利六十周年、纪念抗日战争胜利七十周年才陆续出现"大后方抗战文学"分文体的研究成果。在笔者看来，导致这一困境的原因主要在于对作为国民政府陪都重庆及其周边区域在抗战时期发挥的作用的历史偏见仍然存在，使得西南大后方的独特性被"大后方"所遮蔽，西南大后方文学的独特性被抗战文学、大后方文学，乃至现代文学的宏大历史叙述所遮蔽，地方文化、诗歌和诗人在西南大后方文学整体发展中的贡献被文学史的经典化拣选所遮蔽，某种程度上导致了"只见森林不见树木"的文学史写作现实。就当下不断被掀起一波波热潮的"重写文学史"论争来讲，如果不能从根本上改变对文学史的认识格局，重写文学史或许难以获得真正意义上的新价值。也正是基于西南大后方诗歌研究的现实窘境，笔者提出借助文学生态学的研究方法，从创作生态角度梳理和还原西南大后方诗歌的生产状态，以期对拓展现代文学研究视阈和丰富现代文学研究方法有所补益。

生态学最初发轫于人类对自然界中有机体与其生存环境间相互作用的关注，作为学科形态的"生态学"则是 1866 年由德国生物学家海克尔提出。1940 年代，由于全球工业化的迅速发展导致的自然环境污染，生态问题逐渐引起人们的普遍重视，并溢过学科边界，扩展到了人类文明的各个角落。文化扩张和现代性反思等全球性问题接踵而至，催逼了生态学在文学研究领域的理论旅行。这一背景下，1974 年，美国学者约瑟夫·W. 米克和克洛伯尔相继在著述中提出文学的生态研究，其中，约瑟夫·W. 米克在其著作《生存的悲剧：文学的生态学研究》中提出"文学的生态学"（Literary ecology）这一术语，使生态学正式被引入文学研究领域中。将生态学引入文学研究，类似于列维·斯特劳斯、伊瑟尔将人类学引入文学的文学人类学研究，埃斯卡皮将社会学方法引入文学的文学社会学研究。美国著名生态哲学家罗尔斯顿更是充分肯定了生态学的理论范式意义，他认为："生态系统科学通常被称作终极的科学，因为它综合了各门科学，甚至于艺术和人文学科……它的智慧比其他科学更深，也是压倒其他科学的，有着普遍的意义。"① 进入 20 世纪 80 年代以后，文学的生态学研究在世界范围内不断获得重视，特别是随着后现代主义、结构主义、后结构主义思想的冲击，人们对自然及其环境的关系问题的关注不断发酵，在国内外形成了生态批评、生态审美、生态文艺学、文学生态学等多种文艺理论和文学研究实践的学术领域。就其总体情况而言，文学的生态学研究在两个向度获得了发展，一个是生态文学研究，即主要包含生态文学批评和生态文艺学；另一个是文学生态研究，即生态学视域下的文学与文学所处环境间关系的研究。这两个向度的研究既有理论的建构，也有文学研究实践。

生态文学研究在国内外因直接因袭了作为自然科学的生态观，反思人类中心主义对自然的过度攫取和破坏而将人与人所生存的环境置于平等位置，在 1970~1980 年代之后获得较快发展，并在文学的生态意识和生态理念的文学审美建构、生态批评方面形成了普遍共识，产生了一大批重要成果。国外的重要著述如弗雷德里克·瓦格的《教授环境文学：资料、方法和文献资源》，勒特韦克的《文学中地方的作用》，约翰·埃尔德的《想象地球》，劳伦斯·布伊尔的《重评美国田园作品的意识形态》，彻丽尔·伯吉斯·格罗特菲尔蒂的《走向生态文学批评》，格伦·A. 洛夫的《实用生态批评：文学、生物学及环境》等，国内的如鲁枢元的《生态批评的空间》《心中的旷野——关于生态与精神的散记》《猞猁言说——关于文学、精神、生态的思考》，曾繁仁的《中西对话中的生态美学》，龙其林的《自然的诗学：中国当代生态文学新论》，华海的《当代生态诗歌》和《生态诗境》，张皓的《中国文艺生态思想研究》，曾永成的《文艺的绿色之思：文艺生态学引论》，王学谦的《自然文化与 20 世纪中国文学》等。值得一提的是，鲁枢元的《生态文艺学》、曾繁仁的《生态美学导论》、徐恒醉的《生态美学》、袁鼎生的《生态艺术哲学》、曾永成的《文艺的绿色之思：文艺生态学引论》等论著，推进了中国生态文艺理论的构建，在中国生态文艺思想发展中有重要意义。鲁枢元不仅与很多生态学者一样认可 21 世纪

---

① 〔美〕霍尔姆斯·罗尔斯顿：《哲学走向荒野》，刘耳、叶平译，吉林人民出版社，2001，第 82 页。

是"生态学时代"，而且针对 P. 迪维诺的"精神污染"论提出的"地球精神圈"① 一说，提出了艺术能够对人的精神进化发挥积极作用以促使人对物欲的超越从而达到缓解人与自然的对立的伟大愿景，这一思想与海德格尔提出的"诗意的栖居"遥相呼应。也正是在这一背景下，一批博士研究生也加入了生态文学的研究阵营之中，如王明丽的《中国现代文学生态主义叙事中的女性形象》、张晓琴的《中国当代生态文学研究》、张守海的《文学的自然之根——生态批评视域中的文学寻根》、张鹏的《大地伦理的诗意呈现——世纪之交的中国生态文学研究》、吴景明的《走向和谐：自然与人的双重变奏——中国生态文学发展论纲》、王静的《人与自然：中国当代少数民族作家生态文学创作研究》、吴笛的《人文精神与生态意识——中西诗歌自然意象研究》、王军宁的《生态视野中的新时期文学研究》、孙悦的《动物小说——人类的绿色凝思》、刘文良的《生态批评的范畴与方法研究》、韩玉洁的《作家生态位与 20 世纪中国乡土小说的生态意识》、韦清琦的《走向一种绿色经典：新时期文学的生态学研究》等，直接冠以"生态文学"之名，显示出其自然生态主义维度的文学批评主张。可以预见的是，随着 21 世纪以来以自然环境恶化为主的生态问题愈发凸显并成为全球性公共问题，自然科学维度的文学生态研究也将随着文学写作对生态的自觉关注而不断获得新的空间和生命力。

文学生态学是本文开展西南大后方诗歌"创作生态"研究的理论基础，该理论目前还处于探索阶段，是生态学引入文学研究领域的一次再拓展，受启于生态美学思想中对"生态链"相互关系与效应的认识和埃德加·莫兰"复杂思维范式"影响，所以又并非是对文学文本的自然生态维度的生态审美批评，而是对文学与其所处的社会环境间关系的研究。从生

① P. 迪维诺《生态学概论》（科学出版社，1987，第333页）中认为："在现代社会中，精神污染成了越来越严重的问题……人们的生活越来越活跃，运输工具越来越迅速，交通越来越频繁；人们生活在越来越容易气愤和污染越来越严重的环境之内。这些情况使人们好像成了被追捕的野兽；人们成了文明病的受害者。于是高血压患者出现了；而社会心理的紧张则导致人们的不满，并引起了强盗行为、自杀和吸毒。"鲁枢元在《文学艺术与生态学时代——兼谈"地球精神圈"》一文中认为"精神污染"是超越国度、民族、意识形态的生态学概念，并列举了张承志的散文《清洁的精神》做出说明，认为张承志文中的着力点也正在于清除这种生态学意义上的"精神污染"。

态文学研究阵营看，文学生态学研究的阵营就要年轻得多，而且大多是一批博士研究生、硕士研究生在默默做着这方面的探索，如余晓明 2004 年的博士论文《文学生态学研究》、郭万金的博士论文《明诗文学生态研究》、彭玉斌的博士论文《战火硝烟中的文学生态——〈抗战文艺〉研究》、王长顺的博士论文《生态学视野下的西汉文学研究》、谢铝菁的硕士论文《碰撞·沟通·融合——新媒体文化与当代文学生态的嬗变》、罗崇宏的硕士论文《网络传媒时代的文学生态》、傅宏远的硕士论文《1930 年代前期青岛的文学生态——以国立青岛/山东大学为中心（1930－1937）》、陈晓敏的硕士论文《博客：消费文化背景下新的文学生态的整合》等。当然，也有单篇论文涉及文学生态学研究，如陈玉兰的《论中国古典诗歌研究的文学生态学途径》、俞兆平和罗伟文的《"文学生态"的概念提出与内涵界定》、张均的《1950—70 年代文学制度与文学生态》、邢海燕的《文学生态观与当代土族文学生态研究》、佘爱春的《桂林文化城与抗战时期文学生态》等。正如俞兆平、罗伟文 2008 年在《"文学生态"的概念提出与内涵界定》一文中所指出的，目前的文学生态研究产生了一种明显趋势，即"把'文学生态'理解为时代背景、时代氛围、历史语境，或作家的生存环境"①，这样不仅导致概念的重叠，而且将文学生态复归为文学的社会历史文化细节研究，而尚未完成文学生态体系的构建。与这些理论上的检讨几乎同步在进行着的研究实践中，也显示出了这一理论构建中的跋涉路径，彭玉斌的《战火硝烟中的文学生态——〈抗战文艺〉研究》、王长顺的《生态学视野下的西汉文学研究》等成果似乎已经意识到了文学生态内部研究会导致的局限，甚至是陷入社会历史文化研究的窠臼，所以他们在研究中将外部研究与内部研究都糅合进研究整体构架中。但值得一提的是，余晓明 2011 年出版的《文学研究的生态学隐喻：文学与宗教、政治、意识形态及其他》与俞兆平、罗伟文的观点有一定承续性，该著对文学生态学理论的阐述中承继生态学的系统性和文学作为一个"类生命"个体的观念，延展了对文学的有机性、关系性和整体性认识，借鉴和吸收了埃德加·莫兰的"复杂思维范式"思想，认为文学生态学是文学的生态学隐

---

① 俞兆平、罗伟文：《"文学生态"的概念提出与内涵界定》，《南方文坛》2008 年第 3 期。

喻，是"用生态学的方法来观察、研究和解释文学以及文学与'文学的环境'之间的关系"①，不应该只是传统的内部研究和外部研究的简单整合，因为，内部研究会导致研究实践偏向于形式化，外部研究则会产生决定论倾向而导致将文学归结为政治、经济等某个外部因素的变化。为此，余晓明提出文学生态学研究应该像生态学所强调有机体和环境之间的相互作用与渗透那样，将文学的内部研究和外部研究贯通起来，使文学研究构成有机的整体。基于这一构想，余晓明阐述了文学与宗教、政治、意识形态、经济、法律、地缘的回环或错综的复杂的网状关系。② 可以说，《文学研究的生态学隐喻：文学与宗教、政治、意识形态及其他》是一次真正意义上对文学生态学理论和方法的系统性建构与阐释，但必须指出的是，作为理论的建构与阐释，作者期待的是产生普适性的理论范式意义，某种程度上反而导致了它在一定程度上的复杂化。

就文学生态学学术发展整体情况来看，文学生态学研究的核心思想在于将文学看作一个生命体，是对文学与文学所处的环境间的关系的研究，这已经成为学术界对文学生态研究的基本共识。萨义德也曾指出："每一文本的解读、生产和传播中必然带有对于政治的、社会的和人性的价值的事物所得到的某种敏锐意识。"③ 文学的生态环境并非一个模糊、不可知的对象，而是实实在在的人类社会的多种要素的组合，我们不应该回避这样的事实，而在文学生态研究中将文学的生态环境当作历史文化背景的杂糅，更不能机械照搬文学生态系统的结构对文学现象作生硬的解读。陈玉兰在其《论中国古典诗歌研究的文学生态学途径》中指出：文学生态学的核心是要把文学的存在方式看成一个生态系统，而这个生态系统"是以文学活动为中心，让创作主体、作品本体、接受主体这些互相关联的因素，按逻辑序列做出动态组合的一个整体"④，也就是说，文学是处在一定生态系统中的文学活动的结果的显现，而这个结果其实具体就体现在了

---

① 余晓明：《文学研究的生态学隐喻：文学与宗教、政治、意识形态及其他》，广西师范大学出版社，2011，第 4 页。
② 同上书，第 5 页。
③ 〔美〕爱德华·W. 萨义德：《世界·文本·批评家》，李自修译，三联书店，2009，第 41 页。
④ 陈玉兰：《论中国古典诗歌研究的文学生态学途径》，《文学评论》2004 年第 5 期。

创作主体、作品本体和接受主体上。无独有偶，张政文教授在《文学文本的意义之源：作者创作、读者阅读与评论者评论》一文中，也强调作者、接受者对于构建文本在场状态的重要意义①，与陈玉兰在文中从创作主体、作品本体、接受主体等角度所强调的文学生态研究要素几乎不谋而合。也就是说，作为整体的文学生态系统是文学独特性生成和显现的重要前提，通过对文学为主体，以文学创作主体、接受主体、诗歌本体、流派等的文学生态考察，对于文学生态系统的呈现无疑有着积极的价值。

文学生态研究对文学及文学所处的环境间关系的关注，导致了生态学在文学研究中的再次分离，形成了与生态文学批评、生态文艺学所不同的新领域。虽然文学生态研究尚属一个年轻的领域，但也在理论和方法的建构、阐释和实践上形成了多方面的成绩，特别是文学生态学对于文学本体的回归，为本文诗歌"创作生态"的研究提供了理论来源，使我们将对文学生态的考察回归了诗歌创作活动的构成要素和组织环节之中。也就是说，诗歌的"创作生态"是诗歌活动所处社会政治、经济、文化等外部社会环境和由诗歌创作主体、诗歌本体、诗歌传播与接受等与诗歌生产直接关联的内部因素共同构成的诗歌创作情境。

人文社会科学，包括文学的发展总是在必然性和偶然性的交织中前行——必然性是它总跟随着人类向前发展的整体规律，而偶然性则是在何时、向何处并如何发展则总是受制于外力，从古至今，人类社会的发展变化及人文社会科学的转向，已经充分证明了这一点。整体而言，无论古今中外，文学活动都依赖于一定的文学生态环境，文学研究也不能站在文学的历史之外做旁观者。吉狄马加在 2015 召开的《中国新诗百年志》编委会上对文章的编选工作提出："一定要注意还原当时的历史语境，比如在新诗草创期、朦胧诗论争时期，有多方面的观点和意见，要尽量全面地呈现出来。具体说到对一篇文章的判断，要特别关注它在当时语境所产生的影响。一些文章，当初发表时影响很大，但现在再去看可能没有那么高的理论价值；另一些文章，发表的时候几乎没有什么影响，甚至当时就没有

---

① 张政文：《文学文本的意义之源：作者创作、读者阅读与评论者评论》，《社会科学战线》2017 年第 8 期。

发表、无人知晓，现在再去看可能觉得非常好。那么，我们应该选择收录前者而非后者，因为我们要尊重历史的事实。"① 这种择取标准，充分体现出了对历史的尊重、对文学发生现场的尊重、对文学自身在特定历史时期价值的尊重，本质上是对文学生产的生态环境的客观还原。评判抗战时期诗歌生产的状态，当然不能脱离开它所处的在战争中形成的生态环境，不能把其置于战火与硝烟之外，不能置于民族与国家生死存亡的危机之外，更不能以我们当下文学生态环境中的标准去评判抗战诗歌艺术等方面的得失，而应该增加一些生命的温度——对时代的理解、对诗人的同情，从而看到诗歌这个独特生命个体生长的不易。谢冕先生认为："从中国诗歌发展的事实看，一个时代的政治、经济、文化无不隐潜地、同时也是间接地（甚至一定程度地决定着）影响着诗歌的生态。诗歌的应时变革是恒常的状态，诗体的更迭一般并不意味着倒退或停滞，而是意味着诗歌对时代的前进和发展的应和。"② 在《中国新诗史论》中，章亚昕阐述新诗文化生态的改善问题时也认为诗歌的主体、载体和受体与诗歌的文化生态有关③。基于这一基本观点，本文综合借鉴文学生态学研究的理论和实践成果，以"全面抗战"这一特殊时期的西南作为抗战大后方的特殊背景，将诗歌看作一个生命个体，探讨在战时社会整体生态环境下，以诗歌创作主体、诗歌本体、诗歌传播与接受等所构成的诗歌创作生态，以及在这种特殊生态下诗歌创作所发生的变化，以使西南大后方战时生态下的诗歌发展的意义得以进一步显现。

四

中国现代新诗从一诞生开始，就伴随着一场革命④，"改写了中国诗歌

---

① 黄尚恩：《纪念新诗诞生百年——中国作协组织、诗刊社承编〈中国新诗百年志〉》，http://www. zuojiawang. com/xinwenkuaibao/17067. html，2016－6－20 16：21：04。
② 谢冕：《前进的和建设的——中国新诗一百年（1916—2016）》，《北京大学学报》（哲学社会科学版）2017 年第 3 期。
③ 章亚昕：《中国新诗史论》，山东教育出版社，2006，第 129 页。
④ 参看胡峰《诗界革命：中国现代新诗的发生——诗歌本体的现代转型研究》，博士学位论文，山东师范大学，2010。

的运行轨迹……是一个重新创造它的作者与读者的历史过程"①。作为一个完整系统的文学生态环境任何一部分的变化，必然引起诗歌创作活动的变化，包括诗人的主体性追求，诗歌语言、形式、主题等艺术的变化，诗歌传播途径与接受对象的变化等，从而使诗歌被赋予时代的特征，或是印刻下时代的烙印。贾植芳先生认为："从'五四'开始的中国新诗运动，是在当时特定的历史社会条件之下，由于外国诗的刺激和冲击，而宣告诞生的。"② 正如朱自清先生所说："旧诗已成强弩之末，新诗终于起而代之。"③ 中国新诗运动的发端要早于五四，所以这里说"从'五四'开始"并不太贴切，但贾植芳先生所提到的"五四"运动的社会历史环境及外国诗的刺激和冲击，整体上构成了中国新诗诞生的生态环境，犹如"散文"盛于春秋战国、"赋"盛于两汉、"诗"盛于唐、"词"盛于宋、"曲"盛于元、"小说"盛于明清之时一般，一个新事物的诞生或是新变化的出现，总有其特定的条件、影响因素，这就构成了文学所生长的生态环境——适宜的生态中则生或繁茂，而不适宜的生态中则逐渐凋敝。如果我们把诗歌看作一片果园里面与梨树、杏树一同结着硕果的苹果树，那么西南大后方就如同这片果园，而政治、经济、文化等文学生态环境中的要素，则如同土壤、水分、肥料等一般，诗人如同耕者，细心呵护着它的成长。人与自然是个整体，文学与其所处的社会政治、经济、文化等生态环境同样构成一个整体。

以陪都重庆为核心的西南大后方，作为抗战时期政治、经济、文化及文学中心，以及在地缘上联系相对密切的空间区域，且因时间、空间的独特性形成了与文学发展关系紧密的战时文学生态环境，与以延安为核心的中共控制的解放区和被日本侵略者占领的沦陷区的文学生态环境因政治、经济、文化等环境的不同而有着截然的差异，因为"大后方（即国统区）诗歌运动与解放区诗歌运动在总的目标上虽是一致的，但由于所处政治环境的不同和担负着的历史使命的不同，因而所采取的活动方式也有所

---

① 王光明主编《中国诗歌通史·现代卷》，人民文学出版社，2012，第11页。
② 贾植芳：《中国现代十大流派诗选·序》，载吴欢章主编《中国现代十大流派诗选》，上海文艺出版社，1989，第2页。
③ 朱自清：《朱自清全集》第二卷，江苏教育出版社，1988，第378页。

不同"①。作为中国现代新诗发展的特殊阶段，西南大后方诗歌与战时文学生态环境间的关系，不仅集中体现在抗日战争全面爆发的特殊时间和西南大后方的文学空间转移上，还体现在诗歌对战时政治、经济、文化、教育等文学生态环境的反应上——诗人向西南的聚集、战时的生存体验和群体的凝聚，诗歌创作对"抗战"的多种形式的响应以及朗诵诗、街头诗等诗歌文体在战时环境下的快速发展，抗战文艺动员、期刊报纸和出版业的发展、城市与市民文化发展等对诗歌传播与接受的影响……都在一定程度上显现了西南大后方诗歌的某些独特风貌，印刻着战时文学生态系统的历史印迹。这在学术界某种程度上已经获得了一定的共识，特别是围绕文艺政策、文艺运动、文艺思潮等与创作生态密切相关的方面，成为抗战文学研究向纵深迈进的重要领域，如周毅的《抗战时期文艺政策研究》、段从学的《"文协"与抗战时期文艺运动》、张松建、洪子诚的《现代诗的再出发：中国四十年代现代主义诗潮新探》、张武军的《从阶级话语到民族话语——抗战与左翼文学话语转型》、文天行的《抗战文化运动史》、贺维的《抗战时期的云南文艺救亡组织》、熊飞宇的《中苏文化协会与重庆抗战文学刍议》、刘安章的《抗战初期重庆文艺运动述略》、李华飞的《抗战初期重庆剧运简忆》、高志华的《抗战时期的四川话剧运动》、李江的《抗战时期大后方戏剧主潮论》等。其中，周毅的《抗战时期文艺政策研究》对抗战时期国共两党的文艺政策的形成过程做了详细梳理，对抗战文艺政策与文化场域和抗战文艺间的关联做了细致分析，对我们考察抗战时期文艺政策对西南大后方诗歌文学生态的影响具有重要的参考意义。除此之外，"文协""左翼"及其他文艺组织和文艺运动的研究，不仅成为本文研究的重要基础，对本文开展西南大后方诗歌创作生态研究有重要的资料价值，也从另一层面说明文学生态构成的复杂性及其对于文学生产的重要性。

鉴于此，本文将现代新诗抗战时期在西南所获得的新发展和新收获还原到西南大后方的历史和空间状态之下——也就是还原到西南大后方独特的战时生态中，回归文学生态系统中处于主体位置的文学本身，依赖史料、尊重历史，考察西南大后方诗歌战时文学生态的形成和诗歌的创作环

---

① 朱光灿：《中国现代诗歌史》，山东大学出版社，1997，第791页。

境，分析西南大后方诗歌体式的变化、诗歌社群的形成等与诗歌的创作主体、诗歌的传播、诗歌的接受等之间的关系所构成的生态图景，以及在这样的创作生态中所导致的诗歌本体所做出的自我调适及其所处创作生态对诗歌发展所产生的影响，这对于我们重新认识中国现代新诗在西南大后方的发展史并丰富现代文学研究，有着一定的理论价值和现实意义，这也是本文研究的总体思路。具体研究路径上，是在西南大后方诗歌生态系统生成的背景下，将西南大后方诗歌文学生态的考察分解到诗歌作为文学活动的要素之中，即以诗人、诗歌创作、诗歌传播为主体，通过对这几个部分的文学生态考察，整体上形成对诗歌创作生态的呈现。

具体来讲，主要包含三部分的内容。

第一部分，是对西南大后方诗歌社会生态环境的变化及诗歌创作生态整体环境生成情况的研究，即文章的第一章。全面抗战爆发后，出于以空间换时间、持久抗战的战略决策，西南大后方随着国民政府迁都重庆，政治、军事、经济、教育、文化等机构的西迁而形成，并成为中华民族抗战的坚固堡垒，从而吸引了大批文人辗转聚集于此，不仅延续了中华文脉，而且在大后方的独特生态环境下使现代诗歌获得持续的发展，使传统文学中心在战争中被破坏的文学生态在西南大后方焕发出新的生机。当然，这种新的生机更多的是以"抗日救亡""抗战建国"为基本旨归，因而在诗歌文体变化上必然被深深镌刻上了政治生态、民族救亡等的印记。正因此，本部分要着力探讨在全面抗战爆发后，西南大后方究竟如何整体出场并形成西南大后方诗歌的独特生态环境，现代文学中心在战争的极端生态下又是如何发生的转移，西南大后方诗歌在战时文学生态环境下的发展状态整体如何等，这些问题的厘清是我们描述和呈现西南大后方诗歌创作生态的重要基础。

第二部分是从诗歌创作主体、诗歌接受与传播、诗歌本体三个方面进入对诗歌文学生态的研究，即文章的第二、三、四章。回归到作为文学生态系统本体的文学本身，是本文诗歌创作生态研究的主要理念。文学是文学生态系统中文学与其所处环境间关系的结果，并在文学主体、文学本体、传播与接受等文学活动的主要构成部分中呈现出来。全面抗战时期，国民政府迁都重庆，国共两党的再次合作，主要工厂、商号、银行等向西南的迁入，大批学校、文化机构、文艺团体和人员向西南的迁入，城市和市民文化的发展，出版传媒业的繁荣，以及进入抗战相持阶段后，经济发展的困难、国民政府文化事业的专制、政府的腐败等，都必然印刻在了轰轰烈烈的抗战文艺活动之中。具体来讲就体现在了诗歌创作主体观念的变化、诗歌创作阵营的发展、诗歌接受的主要群体、诗歌传播的主要状态、诗体的流变等方面。因而，在战时生态下诗歌创作主体的生态变化、诗歌接受与传播情境的变化等与诗歌观念的发展变化究竟发生了怎样的联系，对于诗歌阵营在西南的重聚和发展产生的怎样的影响，对于朗诵诗、街头诗、叙事诗、讽刺诗等诗体的新变化、新发展有何意义等，都成为诗歌创作生态中无法回避的主要内容，这也是本文研究的重点所在。通过这一描述性的梳理或许能够呈现现代新诗在战时西南大后方独特而丰富的发展历程。

第三部分是对战时生态下新诗创作活动变化的总结归纳，即文章的第五章。从 20 世纪初期的白话代文言的白话新诗运动到 1920 年代初期以陆志韦、刘大白、俞平伯、郭沫若、徐志摩、闻一多、赵元任、唐钺等为代表的新韵律运动，李金发、穆木天、王独清、戴望舒、卞之琳、何其芳等人为代表的纯诗化运动，再到 1930 年代中国诗歌会成立后对新诗大众化运动的倡导及其在抗日战争全面爆发后逐步走向深化，"苦难是中国诗歌革命的真正出发点。近代以来包括诗歌变革在内的文学变革，都是把这种变革置放在社会变革的总的格局之中。它从属于社会变革，成为社会变革的一部分，但又反过来服务于，并推进了社会变革的进程"。[1] 因而，本部分要在对西南大后方诗歌生态结构建构与阐释的基础上，对战时诗歌创作生态下的诗歌活动变化——诗歌创作活动对生态的适应做整体回顾，从而对现代新诗发展变化规律做出整体总结。当然，前期文献梳理中笔者也发现，文学史写作中的"中心"意识，导致了地缘意识偏见的产生和对"地方"元素在西南大后方诗歌生态中的意义与价值的忽略，甚至这种"忽略"延续至今，阻碍了边地文学的发展和被发现，重新审视作为边地的西南大后方在现代新诗生态中的价值也具有了一定的现实意义。

---

① 谢冕：《论中国新诗》，《文学评论》2002 年第 3 期。

　　第一部分着重于对战时文学生态的整体描述，第二部分突出诗歌创作主体环节在战时环境影响下与诗歌创作发展的互动关系研究，第三部分则是对新诗在外部环境、诗歌创作的构成主体（创作主体、诗歌本体、诗歌接受与传播）发展状态等整体构成的创作生态下，西南大后方诗歌创作显现出的新特点、新变化的总体概括——它对过去有承续，对现在有适应，对未来有影响。既强调共时性研究，也不排除历时性分析。依托以上三部分，本文试图从外部、内部和整体上对诗歌创作生态进行整体把握。同时，围绕以上研究内容，在两个层面体现出本文研究的创新。

　　一是对西南大后方作为一个整体研究范畴上的创新。哈贝马斯《现代性的哲学话语》中认为："按照马克思的理解，社会实践是在社会空间和历史时间两个层面上展开。"① 诗歌创作作为社会实践的一种形式，同样具有空间性和时间性，也正因此，使得不同空间和时间的、作为社会实践的诗歌创作具有了差异性。无独有偶，李怡教授也认为："特定的时间观念与丰富的空间体验在事实上已经成为我们进入和理解现代中国文学的基础。"② 据此，笔者将研究范畴定位于在空间和时间上具有独特意义的西南大后方诗歌。正如前文所述，长期以来，西南大后方的独特性被"大后方"所遮蔽，西南大后方文学的独特性被抗战文学、大后方文学，乃至现代文学的宏大历史叙述所遮蔽，地方文化、诗歌和诗人在西南大后方文学整体发展中的贡献被文学史的经典化拣选所遮蔽，某种程度上导致了"只见森林不见树木"的文学史写作现实。作为"抗战大后方"的重庆、四川、云南、广西、贵州为核心的西南大后方，整体分担了战时中国政治、经济、文化及文学资源汇聚与发展的重任。国民政府机构，重要的工商业，重要的高等学校，关键的文化事业单位、团体等，悉数聚集并分散于重庆、四川、云南、贵州、甘肃、湖南、广西、陕西等西南和西北各省，并互通有无，在政治、经济、教育、文化各项社会事业中连成一片，形成血脉相连的、稳定的抗战救国大后方，将其作为研究的整体空间范畴，有

---

① 〔德〕于尔根·哈贝马斯：《现代性的哲学话语》，曹卫东译，译林出版社，2011，第385页。

② 李怡：《"重估现代性"思潮与中国现代文学传统的再认识》，载《文学评论》2002年第4期。

利于我们确立大后方文化与文学的整体意识。西南大后方在诗歌、小说、话剧以及电影艺术等方面都取得较高成绩，也是继新文化运动之后，中国现代文学走向成熟的重要阶段，是中国文学史上最重要的部分之一。因此，将研究范畴定位于西南大后方诗歌显示出一定的创新。

二是文学生态学理论研究实践的创新。受启于生态学的文学生态学研究借鉴了埃德加·莫兰的复杂思维范式，关注文学与其所处环境间的关系，导致了生态学在文学研究中的再次分离，并将"人类生态学时代"①在文学领域更推进了一步。整体上，文学生态研究虽然在争论之中获得了一定发展，特别是在中国青年学者中形成了一批重要的研究力量，但显而易见的是，由于文学生态学对文学所形成的社会历史因素的依赖，使得文学生态学自提出以来一直备受诟病。因而，本文在借鉴生态系统生态学的结构思想、使文学回归文学生态系统的主体位置思想基础上，尝试通过对文学为主体，以文学创作主体、接受主体、作品本体、流派等的文学生态考察，构建西南大后方诗歌创作生态图景。我们不孤立地进行诗歌文本研究，或是区域性诗歌创作研究等，而是在原生态基础上，回到诗歌创作活动中，使被复杂化、陌生化的文学生态回归到了文学本身②，这既对丰富文学生态学在文学研究中的实践有一定的现实意义，也体现出了一定的创新。

在研究方法上，主要采用文献研究法、文本分析法、文化分析法等方法展开研究。其中，文献研究法主要是借助个人已搜集资料、图书馆资料、新购置图书资料、网络文献等，对西南大后方诗歌作品、诗歌研究、抗战文化研究、抗战史研究等方面的资料围绕研究设想、研究框架和思路做整理，并在研究和本文撰写过程中不断进行文献的补充，反复考辨，为论证提供丰富、可信的素材；文本分析法主要是对朗诵诗、街头诗、叙事诗、讽刺诗及部分代表性诗人的作品、史实等进行阅读、品评和分析，以服务观点论证、阐述，避免"因为有社会历史批评的前理解，而轻易地'凌空一跃'，拒斥和鄙薄以语言论为背景的文本主义各话语，直接滑入接

---

① 〔美〕E. 拉兹洛：《即将来临的人类生态学时代》，《国外社会科学》1985 年第 10 期。

② 笔者有独立发表的《文学生态学研究——基于学术史梳理的讨论》一文对文学生态学理论做出过前期讨论。该文发表在《文艺评论》2017 年第 12 期。

受美学、读者批评和文化研究，最终，在这个相对主义的多元对话时代，寻找到能够深入复杂的现代诗学内部，呈现与揭示现代诗歌建设深幽微妙之处的更宽广更富张力的话语方式"①；文化分析法是对抗战文化、抗战历史的还原态度，让诗歌、诗人、诗歌接受等回归历史语境之中，从而才能不作历史的局外人，对创作生态做出准确描述。当然，从现代文学及现代新诗诞生以来，除西南大后方抗战诗歌研究的成果之外，现代文学及新诗研究形成的大批成果，特别是朱光灿、骆寒超、谢冕、孙玉石、吴思敬、陆耀东等诸先生都是现代新诗或抗战诗歌研究的集大成者，留下了许多宝贵的著述，对本研究具有重要参考和启发意义。

总的来说，西南大后方诗歌在全民族全面抗战的特殊背景下在西南聚集，延续并使中国现代新诗发展进入一个新阶段，呈现出了独特而丰富的文学生态。如果剥离了中华民族全面抗战的战争环境、如果剥离了西南大后方这个国民党统治下的国民政府战时陪都为核心的抗战大后方、如果剥离了国共两党在民族危亡关头军事合作与政治斗争并存的局面、如果剥离了战时生态下诗人们对民族和国家前途命运舍身相护的那份担当，那么对它的评价必然就有失公允。当然，本研究更大程度上是一种尝试，期望通过本文对西南大后方诗歌创作生态的描述与还原，实验性探究对西南大后方这一特殊时空维度下诗歌与其发展环境、条件、影响因素与创作成绩研究的实践路径，在此基础上，今后笔者期待能逐步扩展到对西南大后方文学生态的整体研究，以期对西南文化研究和文化建设能产生一定的积极意义。

---

① 钱文亮：《道德归罪与阶级符咒：反思近年来的诗歌批评》，《江汉大学学报》2007 年第 6 期，第 10 页。

第一章

战时生态生成与新诗的西南出场

西南大后方诗歌是中国现代诗歌发展史上的一个重要阶段，也是中国现代文学史上一个特殊而重要的时期。抗日战争的全面爆发，迫使当时执政的国民党选择西南作为抗战大后方，实施"以时间换空间"的抗战战略，将政治、军事、经济、文化、教育等主要机构向西南、西北内迁。其中，以陪都重庆为核心的西南大后方，在国共合作、一致抗日的政治背景下，由于其特殊的政治、军事地位，对经济、教育、文化、文学等资源的凝聚具有独特优势，加之北平、上海等重要城市的相继沦陷，使大批文化人士向西南大后方会聚，形成了中国现代文学及现代新诗的空间转移，既打破了五四以来形成的以北京、上海为中心的现代文学生态，又在西南大后方重构新的生境，使西南大后方和西南大后方诗歌以一种独特方式登上了中国现代史和中国现代文学史的舞台。

第一节　抗战中崛起的西南大后方

西南是中国漫长历史发展过程中逐渐形成的以方位对部分特定区域进行标定的一种习惯表达，但这种表达在不同历史时期出于政治、军事、经济等利益关联的考量，常常会包含不同的范围。西南大后方也恰恰是中国现代历史上迫于民族与国家危亡形势的特殊背景下形成的具有特殊战略意义的区域，是在抗战中崛起并对中国抗日战争有着特殊意义的区域。同时，由于它的特殊地位，也极大地影响了中国抗日战争时期乃至新中国成立之后的中国及西南地区的发展。这种影响，不仅是在政治上、军事上，也包含了经济、文化、教育、文学艺术、交通、卫生及边疆少数民族发展等多个方面。当然，西南大后方在抗战中的崛起首先是出于军事上的地位及战略设计，而在此基础上，随着国民政府迁都重庆，其在政治、经济、文化事业上的中心位置得以确立，而这也成为现代文学中心从北京、上海等地西移的重要基础，是本文分析西南大后方诗歌创作与文学生态的逻辑前提，也由此铺陈开中国西南边陲在现代历史上快速发展的特殊阶段。

一　西南大后方区域范围及政治地位的确立

西南是同西北、东北等以方位对区域空间标定的一种传统的区域概括方式，但西南大后方却是在抗日战争的特殊历史背景下出现的。

20 世纪初期，日本侵华的野心就已昭然若揭，日寇不断制造事端、寻找发动侵略战争的借口，而当时的中国，军阀混战，民不聊生，更不要谈积极备战以抗击日寇侵华。"九一八"事变以后，形势已万分危急，全国抗战呼声一浪高过一浪，但以蒋介石为首的国民政府仍然坚持"攘外必先安内"的内战思维，将有限国力消耗在围剿共产党领导的工农红军上。随着日军侵占东北后，日军又向华北步步紧逼，不断挑起事端，国民政府在对比与日本军队的军事力量悬殊后，提出对日"实施持久消耗战略"，把对日作战分持久抵抗时期、敌我对峙时期、总反攻时期三阶段实施，在抗战初期的正面战场，"仅作有限度之抵抗"，"保存我军主力，藉以空间换取时间，扩大战场"[①]，"今后战争将成为广阔的山地战与河川战，地理上于我有利"[②]。这一战略构想，事实上是在 20 世纪 30 年代中期就已经有所筹谋。

1935 年 7 月，蒋介石设想："对倭应以长江以南与平汉线以西地区为

---

① 陈诚：《八年抗战经过概要（附图）》，国防部史料局编印，1946，第 8 页。
② 《国民党中央宣传部奉发蒋介石手定〈现阶段之军事、外交宣传要点〉》（1939 年 4 月），载中国第二历史档案馆编《民国档案史料汇编·文化（1）》第 5 辑第 2 编，江苏古籍出版社，1998，第 5 页。

主要线，以洛阳、襄樊、荆宜、常德为最后之线，而以川、黔、陕三省为核心，甘、滇为后方。"① 由此可看出，川、滇、黔在抗战大后方构拟的早期就进入国民政府视野之中。1935 年 8 月 11 日，蒋介石在峨嵋军训团发表《川滇黔三省的革命历史与本团团员的责任》的演讲时称："川、滇、黔为中华民国复兴的根据地……我们本部十八省哪怕失去了十五省，只要川、滇、黔三省能够巩固无恙，一定可以战胜任何的强敌，恢复一切的失地，复兴国家，完成革命。"② 进一步表露出以西南川、滇、黔为核心，以抗击强敌的想法。而后，这一设想被逐步推进，1936 年 1 月，蒋介石表示："……将向来不统一的川、滇、黔三省统一起来，奠定我们国家生命的根基，以为复兴民族最后之根据地。"③ 进一步显示出加强中央对西南治理，以图使其成为抗战时期国家生命根基的设想。同时，在接连的讲话史料中，也明显体现出在国民政府对西南大后方的建设中，将川、滇、黔作为主要的核心区域。1936 年 5 月蒋介石又谈道："川、滇、黔三省施政成绩，现已有显著进步，至足欣慰，以西南为国防之要冲，将来对外作战时，必以此为根据地。余为未雨绸缪，实不能不前往巡视，而为之计划。"④ 足见当时国民政府对稳定、建设川、滇、黔三省为大后方的重视程度。

川、滇、黔作为西南大后方的核心区域是毋庸置疑的了，而较有争议的是广西、湖南、广东等地是否当纳入西南大后方。据记载，1936 年，国军参谋本部拟定的作战指导要领指出："以四川为作战总根据地，大江以南以南京、武昌为作战根据地，大江以北以太原、郑州、洛阳、西安、汉口为作战根据地。"⑤ 抗日战争全面爆发之后，西南大后方的地位更是随抗战形势的急转直下而被巩固下来，到 1938 年，蒋介石指示："若武汉失

① 陈布雷：《蒋介石先生年表》，传记文学社（中国台北），1987，第 31 页。

② 杜松柏：《蒋总统处变慎谋的历史回顾》，黎明文化事业公司（中国台北），1973，第 95 页。

③ 国民政府军事委员会政治部、军事委员会政治部编《峨嵋山训练集选辑》，黄埔出版社，1939，第 135 页。

④ 杜松柏：《蒋总统处变慎谋的历史回顾》，黎明文化事业公司（中国台北），1973，第 95 页。

⑤ 何廉原：《抗战初期政府机构的变更》，《民国档案》1987 年第 1 期。

守，即以巴蜀为最后根据地，北固陕甘，南控滇、黔、桂诸省，而将重兵扼守平汉、粤汉两铁路以西，责置相当兵力于浙、闽、赣诸省，稳扎稳打，以消耗敌人。"① 白崇禧在回忆录中也提到："此时期内之战略指导：以空间换取时间，为保持实力避免与敌人决战，除部分兵力重叠配备于平汉、津浦、平绥各线，牵制敌人、消耗敌军实力外，主力分布于长江流域，诱敌入山岳地带。"② 国民政府在1939年1月制定的《国军第二期作战指导方案》中所做出的军事防御中进一步明确了"主力应配置于浙赣、湘赣、湘西、粤汉、平汉、陇海、豫西、鄂西等要线，极力保持现在态势"③ 的战略部署。

也就是说，随着抗战形势的发展，国民政府在战略设计上，出于军事斗争需要，采取的是依据地域特点进行的空间分层，西南大后方的区域构成也处在变化之中。张轲风在其《民国时期西南大区区划演进研究》中将这种区域构成进行了系统研究，他在经过系统考证后认为以方位做出的区域标定因各时期认定因素④的变化而变化，不会固定不变，因而导致了西南区域范围认识的差异，使得全面抗战爆发以来，形成五种相对稳定的西南范围界定的意见：

（1）西南六省说：川、滇、黔、桂、粤、湘；

（2）西南七省说：川、滇、黔、桂、粤、湘、康；

（3）西南五省说：川、滇、黔、桂、康；

（4）西南四省说①：川、滇、黔、桂；

（5）西南四省说②：川、滇、黔、康⑤。

在张轲风做的另一统计量表中，更为明显的显示出对西南区域构成的主要看法（见表1）。

---

① 程契生编《蒋委员长抗战言论集》，生活书店（重庆），1939，第180页。

② 苏志荣等编《白崇禧回忆录》，解放军出版社，1987，第103页。

③ 李云汉编《抗战前华北政局史料》，正中书局（中国台北），1982，第710页。

④ "'西南'这样的方位名称，是人们对区域认识的'习惯'表述，受坐标参照点、疆域盈缩、自然地理、民族分布、政治导向、经济发展、语境表达等诸多因素的影响。"载张轲风《民国时期西南大区区划演进研究》，博士学位论文，云南大学，2009，第7页。

⑤ 张轲风：《民国时期西南大区区划演进研究》，人民出版社，2012，第182页。

表 1　1931～1939 年间西南区域界定主要意见①

"西南" 区域界定意见	1931～1939（样本容量：67）		
	序号	次数	比例
川滇黔桂粤湘	1	13	19.40
川滇黔桂粤湘康	2	7	10.44
川滇黔桂康	2	7	10.44
川滇黔桂康藏	4	6	8.95
川滇黔桂	5	5	7.46
川滇黔桂湘	5	5	7.46
川滇黔桂粤	7	4	5.97
川滇黔桂粤湘康鄂	8	3	4.47

　　综合来看，不论是哪种意见，川、滇、黔、桂基本上是获得广泛认可的西南核心区域。同时，结合国民政府抗战时期筹谋西南大后方建设的战略思路，以及抗战时期西南大后方政治、经济、文化、教育等领域的发展与相互联系，川、滇、黔、桂的联系更为密切，共同构成了抗战时期中国西南大后方，也是本课题讨论西南大后方诗歌创作生态的核心范畴。

　　西南作为抗日战争的大后方，是随着对日作战的军事战略部署的需要而出现的，但同时，使其真正能够成为稳定的、巩固的并能为抗战提供有生力量的战略大后方，它在政治上的核心地位的确立更为重要。所以，真正意义上的西南大后方的形成，是随着国民政府迁都重庆，标志着西南抗战时期大后方历史使命的开始。国民政府随着抗战形势发展，继国民政府1937 年 12 月 1 日在重庆高级工业中学改建的政府驻地正式办公后，国民党中央党部、军事委员会办公厅、委员长侍从室等机构相继迁入重庆，至1938 年 10 月武汉保卫战失利后，国民政府主要机构多数相继迁入西南，并通过多种策略在重庆、成都、昆明、桂林、贵阳等地设立行营、行辕，进一步加强了对西南的控制。1940 年 9 月 6 日，国民政府当局正式发文确

① 张轲风：《民国时期西南大区区划演进研究》，人民出版社，2012，第 192 页。

定重庆为陪都①，并获得共产党的明确支持②，进一步明确了以重庆为政治中心的西南大后方的政治地位。以此，以重庆为中心的西南大后方在东南沿海失地工商业、教育、文化等行业资源内迁基础上，加速了西南社会发展，成为持久抗战的重要根据地。当然，也为西南大后方文学艺术在困境中的发展提供了良好的生态环境。

事实上，我们回顾关于西南大后方区域范围的不同划分观点③会发现，这些差异出现原因主要与其所关注对象在相应区域范围内的相互关联有密切关系，军事防御、政治治理、经济建设以及历史、语言、文学、民族等的研究，各自所考察对象在一定区域范围内相互联系的差异导致了对西南大后方区域范围认识的差异。文学间的地域界限虽然存在，但相互间的交流因创作主体的迁移、信息的传播、物资的流通等而并不完全受地域界限的限制，具有动态化和流动性。据上述分析，就本文而言，西南大后方是一个时代色彩超越地域色彩的具有空间、时间双重意义的范畴。具体而言，西南大后方在本文中是对以全面抗战这一特定时间，四川、云南、广西、贵州为主体空间的一个区域范畴，同时因重庆不仅在 1937 年 12 月 1 日起成为国民政府及其主要机构驻地，其后，国民政府于 1939 年 5 月 5 日颁令将重庆升格为甲等中央院辖市，也就是直辖市，1940 年 9 月 6 日，国民政府当局正式发文确定重庆为陪都。更具体而言，其实在西南的广大土地上，抗战时期真

① 见周开庆《四川与对日抗战》，商务印书馆（中国台北），1971，第 68～69 页。1940 年 9 月 6 日，国民政府发布《国民政府明定重庆为陪都令》"四川古称天府，山川雄伟，民物丰殷，而重庆绾毂西南，控扼江汉，尤为国家重镇。政府于抗战之始，首定大计，移驻办公。风雨绸缪，瞬经三载。川省人民，同仇敌忾，竭诚纾难，矢志不渝，树抗战之基局，赞建国之大业。今行都形势，益臻巩固。战时蔚成军事政治经济之枢纽，此后自更为西南建设之中心。恢闳建置，民意金同。兹特明定重庆为陪都，着由行政院督饬主管机关，参酌西京之体制，妥筹久远之规模，借慰舆情，而彰懋典。此令。"
② 见《周恩来年谱》，人民出版社、中央文献出版社，1989，第 466 页。国民政府明令重庆为陪都前，中共中央给在重庆的周恩来发的电文中就提出："目前战局甚为紧急，我党应有保卫重庆，保卫西南和西北的积极主张。"
③ 见张轲风《民国时期西南大区区划演进研究》，人民出版社，2012，附录 1。参看孙亚夫《民众内移西南问题》（1938 年）、孙良录《西南——民族复兴的根据地》（1939 年）、谢国度《西南——我国之抗战根据地》（1939 年）、田久安《抗战建国期间西南边疆之国防建设》（1940 年）、闻宥《西南边民语言的分类》（1942 年）、方国瑜《中国西南历史地理考释》（1987 年）、谢本书《西南地区近代化问题的历史考察》（1999 年）、王文光等《中国西南民族关系史》（2005 年）等作品中的论述。

正在文学上保持较为活跃的活动主要集中在一些大城市及其周边，如重庆、成都、昆明、桂林等地，但又与上海、武汉、长沙、广州、香港及甘陕西北地区保持着不同程度的联系，所以，本文中的西南大后方是将作为抗战时政治中心的重庆与四川、云南、广西、贵州等同列为地理空间上的主体范畴，并非限定的地理空间，这也是作为生态系统的开放性的一个特征。

二 西南大后方社会整体发展的稳定

随着国民政府将川、滇、黔、桂等为核心区域的西南抗战大后方建设的推进和政治地位的巩固，一些重要的制造业、金融机构、教育机构、新闻与文化出版机构、文化艺术团体和许多行业的重要人才等纷纷随国民政府内迁西南。在此情况下，西南的经济、教育、文化等获得较快发展，并且，随着大量内迁人口的充实及资源相较而言的丰富，西南的一些主要城市如重庆、成都、昆明、桂林等也得到快速发展，西南大后方社会整体状况在一定程度上得到提升，并保持了一段时期的稳定，使诗歌生态环境在战时背景下也相对稳固。

在经济建设方面，20 世纪 30 年代初期的西南，特别是云南、贵州由于山脉纵横相接、交通闭塞、信息不畅，生产力水平较低：农业还处在原始的粗放经营阶段，粮食亩产量居全国平均水平之下，农民生活极为贫困，生活所需粮食甚至不能完全自给；工业发展与东部沿海相比较为滞后，据统计，到 1937 年年底，全国 3935 家工厂中，川、滇、黔、桂仅有 163 家，仅占总数的 4.14%，工业资本 373359000 元中，川、滇、黔、桂仅 7418000 元，占总数的 1.99%，工人总数约 456973 人中，川、滇、黔、桂仅 19775 人，占总数的 4.33%，且大多还停留于手工工业阶段；金融业在西南地区同样发展缓慢，除四川稍具规模达到 124 家金融机构（含新式银行、旧式钱庄、银号），其他地方则屈指可数，寥寥无几。这些背景也就决定了西南地区自然经济仍然占主导地位，商品经济落后，物资市场流通不畅①。

---

① 参看潘洵、鲁克亮编《抗战时期西南后方社会变迁研究》，重庆出版集团、重庆出版社，2011，第 63～64 页。

1935 年国民政府逐步确定将西南作为抗战建国、复兴国家的根据地之后，不仅通过一系列措施加强了对西南的政治统治，巩固了中央权力，而且逐步加强西南经济建设，着手川滇、川湘、川黔、川陕、川鄂五省联合公路建设，后又逐步修建了滇缅公路等陆路干线，开辟了多条以重庆为中心的水上和空中航线。这些基础设施的改善，奠定了西南经济发展的良好基础。国民政府为加强西南经济发展，出台了《抗战建国纲领》《非常时期经济方案》《西南西北工业建设计划》等发展规划，多次组织生产、财经及金融工作会议，加之全面抗战爆发后，东南沿海许多工厂、金融机构、资金和技术人才内迁、向西南转移，大量避难人口的流入，使得西南地区社会经济在内迁资源的充实、带动下得到快速发展。

蒋介石 1938 年 10 月 30 日发表的《武汉撤守告全国军民书》中明确指出："今者我中部工业及东南之人力物力，多已移植于西南诸省，西部之开发与交通建设，已达初步基础，此次抗战乃可实施全面之战争。"[1] 农业上，国民政府通过发展农贷事业为农村经济发展注入了动力，倡导垦荒拓植，从品种改良、农具改良、耕作方法改进、新式肥料使用等途径进行农业改良，不论是农田面积，还是生产产量都获得快速提高，特别在 1938 年、1939 年处于较高水平，有力保障了后方稳定；工业方面，在一大批内迁工厂、资本、人力资源的支持，以及国民政府下属的资源委员会、财政部、银行、兵工署和各省政府的直接投资或支持下，工业发展迅速，重庆很快发展成为全面抗战时期大后方的工业中心，川中、川东、昆明、桂林、广元等城市和地区也成为西南大后方工业重镇，据 1942 年国民政府经济部统计数据显示，当时西南大后方工厂、工业资本、工人数量与全面抗战前相比，均增长近 10 倍[2]；许多金融机构也在政府组织下迁入西南地区，许多银行为适应西南大后方建设及工业、人口、城市发展需求，在西南各地纷纷开设分支机构，推进了旧式钱庄、银号的新发展，据统计，1938 年到

---

① 蒋纬国：《抗日战争指导》，台北远流出版公司（中国台北），1989，第 315 页。
② 见潘洵、鲁克亮编《抗战时期西南后方社会变迁研究》，重庆出版集团、重庆出版社，2011，第 66~67 页。"根据 1942 年经济部统计处的统计，川、滇、黔、桂四省的工厂数已由战前的 163 家增加到 2155 家，增加了 12 倍。工业资本由战前的 7148 千元（注：此处应为笔误，之前统计数据为 7418 千元）增加到 1538900 千元，增加了 20 余倍。工人数由战前的 19775 人增加到 146864 人，增加了 6 倍有余。"

1940 年三年间，四川金融机构发展达 176 处、重庆 45 处、云南 43 处、贵州 15 处、广西 51 处[①]，拉动了资本的运转，促进了西南经济发展；随着国民政府各级各类机构内迁后，大量人口也相继流入西南各地，在拉动西南建设的同时，商业经济也快速发展，形成了以重庆、成都、昆明、桂林、贵阳等主要城市为主体的多个商业中心，城镇街道商号林立，仅西南地区的大小商会就达 300 余个，足见当时商业的兴盛。经济上的迅速发展，促进了西南大后方的巩固，为抗战及抗战时期的国家建设提供了基础保障。虽然随着抗战的延续，国民政府一党专政及腐败问题越来越突出，西南大后方社会问题也不断暴露出来，并严重影响经济发展。但不可否认的是，全面抗战爆发初期西南大后方经济的快速发展，对推进西南大后方社会发展进程产生了重要影响，同时，也为战时文学生产提供了重要的社会环境和物质基础。

在教育方面，日本发动全面侵华战争后，有针对性地对高等学校、中学进行轰炸、破坏，对我国教育事业造成巨大损失。据不完全统计，抗日战争全面爆发后到 1938 年年底，已有专科以上百余所高校[②]，其中就有五十余所不能在原地开学而西迁，近二十所停办，由于侵华日军针对性轰炸造成的物资损失达四千余万元。另据《大公报》记载："几个月来，日本侵略者对我国各级学校大肆轰炸破坏。大学已有 23 校被毁，即：南开大学、河北女子师范学院、河北工学院、河北医学院、河北农学院、同济医学院、复旦大学、暨南大学、大同大学、大夏大学、商学院、法政学院、持志学院、正风学院、东南医学院、同德医学院、音乐专科学校、商船学校、体育专科学校、南京中央大学、工业专科学校、南昌医学专科学校、广州中山大学等（北平学校尚未统计在内）。据统计，损失总

---

① 参看潘洵、鲁克亮编《抗战时期西南后方社会变迁研究》，重庆出版集团、重庆出版社，2011，第 67 页。

② 见余子侠《抗战时期高校内迁及其历史意义》，《近代史研究》1995 年第 6 期，第 168 页脚注。关于抗战初期国内高校数量众说不一，余子侠在《抗战时期高校内迁及其历史意义》一文中认为："不少材料反映，'抗战之前全国专科以上学校凡 108 所'，除因战事而停顿 17 校和仍在敌占区勉强维持 14 校外，'总计因战事影响而迁移者凡 77 校'（国民政府教育部高教司编《抗战前之高等教育》，《革命文献》第 56 辑；《教育杂志》第 29 卷第 5 号，韦卓民《抗战时期中国的教育》，《韦卓民博士教育文化宗教论文集》等，均作如是记载）。然而据笔者查阅有关史料，此 '108 校' 与 '77 校' 之说，只是一个在时间上处于某种静止状态的统计数，其实抗战前及抗战期间，全国高校总数一直处于变动之中。"

计达 21，036，842 元。"① 也正是日军发动的侵华战争，迫使中国许多学校向西南、西北迁移，部分学校经武汉、长沙的短暂停留后，也大部分又迁往重庆、昆明、成都、桂林等西南地区，如由北京大学、国立清华大学、天津私立南开大学联合组成的西南联大，最初即在 1937 年 10 月于长沙成立长沙临时大学，后因战事吃紧，又迁往昆明，于 1938 年 4 月更名为国立西南联合大学。为应对战时困难，同时由于国民党高层中如蒋介石、陈立夫、陈诚等人十分看重教育的重要性，认为教育是"国家大计"，是建国"中坚"，所以在艰难时局下仍然重视教育的稳定，在此背景下，1937 年 8 月 27 日国民政府颁布的《总动员时督导教育工作办法纲领》中规定："较安全地区的学校，设法收容战区学生；对于战区内学校经费，得为财政紧急处分，酌量变更用途。"② 并先后又制定了《战时各级教育实施方案纲要案》《战区内学校处置办法》《战事发生前后教育部对各级学校之措置总说明》《公立专科以上学校战区学生贷金暂行办法》《战区各级学校学生转学及借读办法》《教育部登记专科以上学校学生分发借读办法》《国立中学战区学生贷金暂行办法》等，对战时学校迁移处置做了细致规定，为抗战中教育事业得以延续创造了一定条件和保障。

除政府方面的重视之外，大批教育机构集聚西南的原因，还在于当时国共合作、共同抗日，国民党领导下的国民政府及其主要机构在重庆与重庆周边西南地区，而国民政府是受到包括共产党在内的全国同胞承认的领导机构，是领导全国抗战的核心，具有较强的凝聚力、向心力，因而使得从日占区流亡的学校及知识分子，大量向西南方向迁移。著名高校中，除北京大学、清华大学、南开大学外，同济大学、复旦大学、浙江大学、东北大学、中央大学、金陵大学、武汉大学、交通大学等高校悉数迁往重庆、云南等地，成立社团、创办刊物、出版作品，传承"五四"精神，氛围浓厚、活跃，巩固了西南大后方抗战建国的根基，不仅为抗战建国、民族复兴培养了一批杰出人才，而且为边疆地区人才发展做出重要贡献，为边疆中小学教育补充、输送了一大批师资，使得中国教育得以在危局中延续并获得发展的同时，对西南边疆地区的教育现代化、社会发展现代化进

---

① 中央教育科学研究所编《中国现代教育大事记》，教育科学出版社，1988，第 376 页。
② 教育部教育年鉴编纂委员会：《第二次中国教育年鉴》，商务印书馆，1948。

程产生了极为重要的积极影响。同时，这些高校在经济建设、文化发展、政治进步等方面也都一直发挥着许多重要作用，促进了整体生态系统的发展。西南联大等高校形成了浓厚的文学、学术氛围，不仅在当时对西南乃至全国产生重要影响，而且对新中国也影响深远。当然，如经济发展一样，抗战初期许多迁入西南的教育机构虽搬迁途中经历千难万险，但稳定下来后的日常生活还是有所保障的，但随着抗战发展，国家战争支出日重，许多学校也度日艰难。丁保华在其论文《贷金制度与抗战时期的高等教育——以西南联大为例》中对国民政府在学校中实施的贷金制度研究中描述了抗战时期西南大后方学生的生存状况变化："战争初期的尚可维持——有鱼有肉、士气高涨的黄金时代，到相持阶段的勉强支撑——省吃俭用、米有霉味的逐渐恶化，再到抗战后期的抢饭冲锋——费用不够、兼职维持的日趋恶化。"① 即便如此状况下，中国教育仍创造了无数奇迹，也培育了一大批优秀的人才。当然，这些变化也都以不同方式在校园诗人及一些诗歌流派发展、刊物出版中显现出来，成为影响诗歌创作生态的重要因素之一。

西南大后方的另一重要发展是在城市与文化上，它体现为人口的变化、城市空间的扩大和文化的繁荣。全面抗战爆发后，重庆、四川、云南、广西、贵州作为大后方，成为全面抗战时期中国政治、经济、文化新的中心，加之政府对大后方建设的重视及其快速发展与抗战初期的一度繁荣，成为沦陷区流亡同胞主要迁移的方向。迁入西南的人口中，一类是随政府机构西迁，或是在政府统一组织下，有计划地迁入西南地区的人口，包括许多公职人员及家属、学校师生、工商金融行业职员等；另一类是在战乱中被迫自行西迁，主要是在战乱中家园被毁，水灾、饥荒等灾难频仍，或是不堪在沦陷区被日本侵略者奴役，在沦陷区无法安身立命的同胞。据统计，"抗战前夕重庆市区人口33.9万人，1938年达到53万人，1946年增加到125万人，增长了3.67倍。10年内人口净增90万"② 。其他大中城市人口在全面抗战时期也都发生显著变化，如成都人口1937年为48万，到1945年为74万；昆明人口1936年为14万，而到1940年迅速增加到20万，到1942年为30

---

① 丁保华：《贷金制度与抗战时期的高等教育——以西南联大为例》，硕士学位论文，河北大学，2008，第22页。

② 周勇：《重庆通史》，重庆出版社，2002，第875页。

万；贵阳人口 1936 年为 11.5 万，到 1945 年为 28 万；桂林人口 1941 年为
11.9 万，比 1936 年的 7 万人增加了近 5 万人。这些增加的人口中，还不包
括奔赴前线抗战的数百万官兵。[①] 由于战时统计档案资料的不全面，使对于
具体内迁人口数量的说法不一，分别有人口学家孙艳魁的 6000 万人口迁移
说、陆仰渊的 5000 万人口迁移说、陈达的约 1425 万人口迁移说等[②]，另一
学者张根福在对各级报告、地方志等文献资料系统调查后更是提出 "抗战
时期中国人口流迁的总量应在 1 亿以上"[③]。除大量人口迁入西南、西北之
外，也有一批迁入上海、天津租界和香港、澳门。[④] 大量东南沿海工业发达
地区人口的流入，为工业在西南大后方的复兴提供了人力资源保障，加之大
量政府、商业、个人资本的带入，也带动了城市商品经济的发展，促进了城
市商业市场的繁荣，推进了城市建设和文化事业的发展。重庆在全面抗战时
期不仅成为大后方政治、经济中心，而且成为商业中心、文化中心，与其相
连的成都、昆明、桂林、贵阳及其周边泸州、宜宾、柳州、蒙自等城市也都
获得不同程度的发展。其中，重庆在原有基础上，城市空间逐步向郊区扩
展，到 1939 年 9 月，重庆市辖范围由原先的 6 个区增加为 12 个区[⑤]，1939

---

① 谭刚：《抗战时期人口内迁背景的西南大后方现代化》，《重庆社会科学》2012 年第 7 期，
第 112 页。

② 同上。

③ 张根福：《抗战时期人口流迁状况研究》，《中国人口科学》2006 年第 6 期，第 74 页。

④ 张根福：《抗战时期人口流迁状况研究》，《中国人口科学》2006 年第 6 期，第 77～78
页。战时战区各地迁入西南地区的人口 300 万～400 万，迁入西北地区约 300 万。据 1941
年 3 月的人口调查，香港人口为 165 万，这个数字低于峰值，但较之 1937 年 12 月的将近
100 万人口，已经净增 60 余万（张丽，1994）。战前澳门人口约 12 万左右，1939 年突破
24 万，增加至 245194 人（吕志鹏，2004）。

⑤ 见《重庆市区镇保甲数目统计表》，《重庆市政府公报》第 12～13 期，1940，第 127～132
页。转引自何一民、刘杨《抗战时期西南大后方城市发展及其特点》，《民国研究》2015
年秋季号，第 9 页脚注。"这 2 区分别为第 1 区龙王庙镇、太华楼镇、马王庙镇、镇江寺
镇、白鹤亭镇，第 2 区桂花街镇、大阳沟镇、塞家桥镇、北坛庙镇，第 3 区段牌坊镇、东
华观镇、东升楼镇、王爷庙镇，第 4 区观音岩镇、骡马店镇、安乐洞镇，第 5 区金马寺
镇、菜园坝镇、石板坡镇、宝善寺镇，第 6 区曾家岩镇、大溪沟镇、张家花园镇，第 7 区
上清寺镇、两路口镇、中二路镇，第 8 区新市场镇、化龙桥镇、遗庆祠镇、黄沙溪镇、
李子坝镇，第 9 区木关街镇、体仁堂镇、米亭子镇、四方井镇、三洞桥镇、溉澜溪镇，
第 10 区陈家馆镇、刘家台镇，第 11 区龙门浩镇、玄坛庙镇、弹子石镇、窍角沱镇，第
12 区海棠溪镇、南坪场镇、铜元局镇。同时，重庆还另设有新市区直辖镇回龙镇、石马
镇、猫儿石镇、音溪镇、石桥铺镇，以上共计 51 个镇，497 保，5405 甲。"

年 12 月，重庆市区面积即已经划定为约 300 平方公里，四川、云南、广西、贵州各省城市空间也随人口、工厂、商业场所、政府机构、学校等的增加而得到较快发展，满足了当时大后方社会发展的需求，同时也促进了西南社会发展，巩固了大后方社会基础。

在西南大后方城市和城市人口的快速发展中，包含了一大批文化工作者、教师和学生，也包括一大批学校、文化机构，如著名教授、学者、专家、文化界名人费孝通、朱自清、冯友兰、陈寅恪、郭沫若、傅斯年、钱穆、金岳霖、吴宓、茅盾、曹禺、范长江、潘光旦、闻一多、吴晗、高寒（楚图南）、李广田、冯至、沙汀、胡风、曾昭抡、汤用彤、朱光潜、陈省身、华罗庚、吴大猷、钱端升、罗隆基、田汉、欧阳予倩等，国民政府国史馆等重要学术机构，北京大学、清华大学、复旦大学、同济大学、中山大学等五十余所高校，中华全国文艺界抗敌协会等大型文化团体，《新华日报》《中央日报》等重要新闻机构，商务、大东、中华、开明等重要文化企业，"完成了我国文化教育重心向西南的战略转移"①，"保存了中华民族的文化国脉"②。他们的进入，成为大后方建设的重要力量，促进了大后方的稳定、发展，带动了大后方文化事业的繁荣。迁入的高校及校园中的学者、诗人、作家活跃了西南文化活动，在重庆形成了著名的"文化四坝"，在云南的西南联大引领了昆明、蒙自乃至全国文化与思想潮流，而广西桂林则成为著名的抗战文化城，成功举办影响深远的"西南剧展"；中华全国文艺界抗敌协会及其他文化团体积极开展抗战宣传，组织文艺动员，在中共南方局的领导下，克服困难，为抗战和抗战文化发展做出了积极贡献，带动了地方文艺发展，成长起了一大批优秀的文艺工作者，也创作了一大批优秀的文艺作品，极大鼓舞了全国军民的抗战决心。

迁入西南的新闻和出版机构为地方新闻和文化出版事业发展带去了活力，重庆、成都、昆明、桂林等地新闻和文化出版事业得到快速发展。其中在重庆，随政府内迁并成为战时首都，承担起了战时中国政治、军事、

---

① 何一民：《抗战时期人口"西进运动"与西南城市的发展》，《社会科学研究》1996 年第 3 期，第 101 页。

② 潘洵：《从西北到西南：抗战大后方战略地位的形成与演变》，《红岩春秋》2011 年第 4 期，第 40 页。

经济、文化中心的重任后，《新华日报》《大公报》《中央日报》等在全国具有重要影响力的大报以及《抗战文艺》《七月》《文艺阵地》等重要文学刊物先后迁入重庆，还有《文艺战线》《文学月刊》《文哨》《文艺杂志》《文坛》《中原》等大批文学报刊在重庆创办，使得"整个抗战期间重庆有报纸 70 家左右，刊物多达 900 种以上"①，极大地促进了重庆文艺事业的繁荣；在贵州，除迁入的报刊、出版机构外，当地在全面抗战时期还新创办了《民报》《贵州晨报》《兴义抗日周报》《黔声日报》等报纸；而云南在全面抗战期间出现了 60 余种报纸，其中有南京、天津等地迁入的《朝报》《益世报》和国民党中央机关报《中央日报》（昆明版）等，还有云南本地创办的《云南日报》《正义报》《扫荡报》《滇东日报》《曙光日报》《云南民国日报》等，出版了《今日评论》《文聚》《文化岗位》等大量的文学、文化刊物。人口的增加、城市的扩大和文化的繁荣让西南大后方向全国传递出了积极、昂扬和充满希望的战斗声音，进一步巩固了中国持久抗战以争取抗战胜利和民族独立的大后方。

西南作为中国坚持抗战的大后方，不仅在抗日战争这一特殊历史阶段承担特殊的历史使命，同时，也因为历史所赋予的这一光荣使命，使它在为抗日战争做出历史贡献的同时，西南地区的经济、教育、文化、交通及城市建设等方面也获得了重要发展，使以重庆为核心的西南大后方成为中国现代文学新的中心，成为中国现代新诗新的重要栖息地，在独特历史阶段下被赋予了独特意义。

第二节　现代文学中心的西南重构

北京、上海是中国现代历史发展进程中的重要城市，在中国现代文学发展中承担了重要的历史责任，并在一段时期内成为中国现代文学的中心，引领着中国现代文学的潮流和发展方向。1937 年 7 月 7 日日本侵华战

---

① 陈东：《既是地域的，更是全国的——论抗战时期重庆〈新蜀报〉文艺副刊〈蜀道〉的两面性》，硕士学位论文，重庆师范大学，2007，第 3 页。

争全面爆发后，北京、上海在战争中先后沦陷，大批教育机构、文化机构、文艺团体和文人从北京、上海等大城市外迁、流亡，北京、上海的现代文学中心地位也逐渐丧失。而随着国民政府移驻陪都重庆，大批政府机构、教育机构、文化机构等迁入重庆、四川、云南、广西、贵州等西南大后方，其中更有一大批重要的高校、文艺组织、刊物和作家辗转聚集于以重庆为核心的成都、昆明、桂林等西南地区，如北京大学、清华大学等高校，成立于武汉后迁往重庆的全面抗战时期最为重要的文艺组织"中华

《今日评论》封面

全国文艺界抗敌协会"等文艺团体，《抗战文艺》《文艺阵地》《七月》《中央日报》等刊物，郭沫若、茅盾、巴金、老舍、曹禺、林语堂、胡风等重要作家。他们的到来，不仅使西南大后方政治、经济、文化、教育等事业得到快速发展，而且极大地丰富和带动了西南大后方的文艺活动，创办了《文学月报》《文聚》《今日评论》《文化岗位》等一批在抗战时期有重要影响力的文学、文化刊物，承续了新文化运动与新文学革命精神，担负起了启蒙与救亡的使命，诗歌、小说、戏剧等文学艺术创作在抗战时期得到持续发展，并培育和成长起了一批新的文学队伍。如果说，北京、上海的沦陷导致教育机构、文艺团体、文化机构和文人外迁标志着现代文学中心的陷落，那么，外迁的这些机构和人员在重庆为核心的西南的聚集，则标志着现代文学中心在西南大后方的重构。

一 北京、上海现代文学中心的沦陷

文学自身并不会天然地形成在空间和观念上的中心意识，但必然会因政治、经济、文化等多种因素的影响而趋于向一定空间的聚集，从而形成相对活跃和在文学发展上能产生引领意义的空间范畴，人类文明发展进程

中似乎都在遵循着这一规律。近几年获得较快发展的"文学地图"研究、"文学地理学"研究对"文学中心"的确认也十分关注，其中，梅新林在《文学地理学：基于"空间"之维的理论建构》中认为，文学中心的确认要依据文学家的籍贯、活动地理与文学传播的分布、流向等因素，并综合考量后寻找出聚集度最高并对周边可以发挥辐射作用的那个核心位置。他同时认为，文学的中心可能是一个，也可能是双中心及诸多亚中心，而形成对这些因素的聚集，又往往是与经济、文化的发展程度成正比。所以，通常情况下，城市比农村、首都比非首都易于发展成为文学中心。① 在中国历史上，都城作为政治中心的同时，几乎也象征着经济、文化的中心聚集，都城的迁移，也往往是经济、文化中心的迁移。也正因为都城作为国家政治、经济、文化的聚集地，处于不同层级城市体系的核心位置，所以，都城的建立和迁移往往会影响全国文学版图整体格局及演变，梅新林认为："大约从元代开始，由于南方尤其是江南经济与文化的快速发展，不同的城市层级体系与文学—文化版图的中心与亚中心序列开始发生分离，至近代北京—上海新'双都轴心'的形成与对峙，终于由此开辟了不同于传统时代的文学版图新局面。"② 而这种文学上的"双都轴心"的形成，不仅与当时经济发展有关，其实，也与当时的政治、教育、文化等环境有关。

自明清以来就作为帝王之都的北京以其深厚的历史积淀、政治地位，自然成为高等学校、文艺团体和文化人的汇聚地，"它拥有像北大这样的一批现代文化教育机构，为文化转型期的知识分子精英提供了新的生存空间"③。因而，也注定它必将担负起引领新文化运动和新文学革命的使命，成为中国现代文学的中心。进入 20 世纪 20 年代中后期，社会动荡的加剧，社会环境和政治格局发生变化，北洋政府实施文化高压政策，挤压了身处北京的文人的生存空间，部分文人离京南下，而上海正处在都市化发展的高峰时期，"以其优越的经济文化地位和独特的政治环境为知识分子的发

---

① 梅新林：《文学地理学：基于"空间"之维的理论建构》，《浙江社会科学》2015 年第 3 期，第 127 页。

② 梅新林：《文学地理学：基于"空间"之维的理论建构》，《浙江社会科学》2015 年第 3 期，第 127～128 页。

③ 张林杰：《文化中心的迁移与 30 年代文学的都市生存空间》，《北京大学学报》（哲学社会科学版）2000 年第 6 期，第 82 页。

展提供了更多机会"①，因而吸纳了一大群优秀的文人，使上海成为与北京并存的中国现代文学中心。当然，也有一些学者认为，在 20 世纪 20 年代后期，中国现代文学中心是从北京转移到了上海，也就是说，在同一时期文学中心只会存在于一地，因而出现了非此即彼的判断，如杨扬认为："在中国文学从传统走向现代化的过程中，文学的活动中心由北南移，上海替代了北京，成为中国新文学的中心。"② 张林杰也认为："20 年代后期，南下文人、归国留学生以及一部分从实际政治活动中转入文化战线的文人，

《青年杂志》创刊号

都齐聚上海，使它取代了北京的地位，成为 30 年代新文学的主战场。上海取代北京成为新的文化中心，既标志了五四以来短暂的思想自由时代的终结，也标志了新文学的主要生存空间从大学校园向市民社会的迁移。"③ 就 20 世纪二三十年代中国现代文学的发展来看，上海作为中国经济中心，发达的市场经济环境、独特的租界空间和南京国民政府"特别市"政治地位④，使它以经济快速发展为基础，人口和消费市场迅速扩大，文化出版业发展迅速，文化消费成为都市的"新潮"⑤，为现代文学走入市民社会和

---

① 张林杰：《文化中心的迁移与 30 年代文学的都市生存空间》，《北京大学学报》（哲学社会科学版）2000 年第 6 期。

② 杨扬：《南移与北归——20 世纪中国文学今古之变的历史图像》，《学术月刊》2015 年第 5 期。

③ 张林杰：《文化中心的迁移与 30 年代文学的都市生存空间》，《北京大学学报》（哲学社会科学版）2000 年第 6 期；其他还可参看朱寿桐《论作为中国现代文学中心的上海》，《学术月刊》2004 年第 6 期；丁颖《文学中心的南移与 30 年代文人"没海"的文化潜因》，《大连民族学院学报》2014 年第 6 期。

④ 见蒋介石《国民政府代表蒋总司令训词》，《申报》1927 年 7 月 8 日，第 1 版。国民政府定都南京后将上海划为"特别市"，蒋介石明确提出："无论中国军事、经济、交通等问题无不以上海特别市为根据。"

⑤ 赵景深：《编辑后记》（1930 年），转引自张林杰《文化中心的迁移与 30 年代文学的都市生存空间》。

文化市场提供了空间，并促进现代文学中心在上海的形成。事实上，自1915 年 9 月 15 日《青年杂志》(1916 年 9 月 1 日出版第二卷第一号改名为《新青年》) 开始，上海就已经加入了引领中国现代文学发展的阵营之中，后又陆续创刊的《小说月报》《论语》《现代》《文学》《创造季刊》《浅草》《狂飙》等都是中国现代文学发展史上具有重要影响的刊物，在"政治、商业与对'现代性'的追求纠结交织的新的文化空间中，以上海为中心的 30 年代文学形成自己与 20 年代不同的基本品格"①。但是，上海以其独特的资源优势发展为现代文学中心，并不意味着北京现代文学中心地位的彻底瓦解。因为北京在 20 世纪 20 年代以北京大学、清华大学等高校师生为主体形成的文化环境始终还在，虽然在北洋政府的高压政治统治下，李大钊等一些参与政治活动的文人受到迫害，《语丝》等文学刊物甚至被迫停刊，但北京作为文化古都、当时中国最好高校的汇聚地和新文化运动的中心，五四新文化运动的成果，对"民主""科学"精神的追求，已经成为北京文化的一种特质，清华大学中文系倡导"创造我们这个时代的中国新文学"②、胡适在北大力推"新文艺试作"科目③，这些新文学传统成为北京大学、清华大学等学校迁往昆明与南开大学合并组建西南联大并在文学上获得极大成绩的重要渊源。司马长风在《中国新文学史》中也充分肯定："1937 年以前，中国的文学始终以上海和北平为中心。"④

① 张林杰：《文化中心的迁移与 30 年代文学的都市生存空间》，《北京大学学报》(哲学社会科学版) 2000 年第 6 期。

② 杨振声：《中国文学系概况》，《国立清华大学二十周年纪念刊》，1931，第 39 页。

③ 见姚丹《中国现代大学教育与现代文学——以北京大学、清华大学、西南联大为中心》，《励耘学刊》(文学卷) 2012 年第 1 期。主要分为小说、诗歌、散文、戏剧四组，由冯文炳、徐志摩、周作人、余上沅等新文学创作卓有成就的作家和诗人指导。

④ 司马长风：《中国新文学史》(下卷)，香港昭明出版社，1978，第 3 页。持相同观点的还有张武军，他也认为："30 年代，由于政治的、经济的原因，很多作家和文化机构开始向上海迁移，对于中国现代文学的第二个十年来说，上海逐渐居于中心地位，至少已经成为和北京相对峙的另一个现代文学的中心。"见张武军：《北京、上海文学中心的陷落与重庆文学中心的形成——略论抗战对中国现代文学格局的影响》，载《现代中国文化与文学》2005 年第 2 期。冯宪光在《抗战时期重庆的文学中心地位》中也认为："在中国现代历史上，在一个时期事实上往往有两个文化中心。在抗日战争以前，中国由于军阀混战，军事割据，中国形成南北两个文化中心，京派和海派。"见冯宪光《抗战时期重庆的文学中心地位》，《现代中国文化与文学》2005 年第 2 期。还可看看梅新林《文学地理学：基于"空间"之维的理论建构》，《浙江社会科学》2015 年第 3 期。

正如前文所说，文学中心需要依赖于历史积淀、政治地位、市场活力从而获得对文学生产各要素的凝聚力，全面抗战的爆发破坏了现代文学创生二十年来所建构的文学生态，导致了现代文学中心随北京、上海的沦陷而沦陷。在战争中，北京、上海、南京等重要城市除政府机构外，北京大学、北平大学、私立燕京大学、私立中法大学、私立北平民国学院、北平师范大学、北洋工学院、清华大学、私立复旦大学、私立大夏大学、同济大学、私立光华大学、交通大学、上海医学院、音乐学院、上海法商学院等高校，商务印书馆、中华书局、开明书店等数十家出版机构，《七月》《大公报》等数十家重要报刊，茅盾、巴金、老舍、曹禺、沈从文、朱自清、冯至、林语堂、梁实秋、闻一多等著名作家数百人，纷纷从北京、上海外迁、撤离，而北京、上海现代对文学生产的凝聚力也在战争中被破坏。这种撤离颇为曲折，也正是在这种因空间沦陷中现代文学的被迫撤离，标志着北京、上海作为现代文学中心的沦陷。

二　硝烟中流散的现代文学

随着全面抗战的爆发，北京、上海等现代文人聚集的大城市相继沦陷，现代文学也被迫进入了一段流散的历程，也使中国现代文学被迫进入一个新历史阶段。不仅是时间上进入一个特殊时期，在空间上因流散而发生变化，即便在以重庆为核心的西南大后方现代文学的聚集，也并非全部意义上的大汇合，太平洋战争爆发前的上海租界、香港和西北等，也都成为现代文学主要的流散地。所以可以说，全面抗战的八年，几乎就是现代文学在战火与硝烟中流散的八年。

虽然国民政府经营西南作为抗战大后方几乎是在 1935 年就已经确定的战略，但是，也是出于战略安全的考虑，加之政府高层对对日作战意见不一，部分高官和民众对日本侵略者心存幻想，所以对斗争准备并不充分，使得真正的撤离在抗日战争全面爆发后仓促进行。继北京、天津 1937 年 7 月底沦陷后，淞沪会战也告失利，1937 年 11 月上海沦陷，1937 年 12 月南京沦陷，大批机构、人员南撤，北京、上海大多数高等学府、出版社、报纸期刊、文艺团体大多选择外迁①，现代文学开始了一段空间大转移。即便抗日战争全面爆发后，中国对日作战面临的形势仍未获得客观认识，甚至在卢沟桥事变后仍有许多人乐观地认为中日之间只会是短暂冲突，抱希望于只是频发的"摩擦"而待政府与日本侵略者签订停战协定，因而致使机构和人员的撤离出现"节节后撤"的情况——这些外迁的目的地并不如国民政府迁往重庆那样目标明确，而是经历了一段时期在武汉、长沙、广州、香港等地的流散。然而，武汉、长沙、广州、香港等地虽然都一度成为作家和文艺团体的流散地，甚至像武汉在一段时期还成为作家的会聚地，但随着战况的变化，太平洋战争的爆发，使得这些地方也仅仅成为一个暂时的流散地，这也最终使以重庆为核心的西南大后方成为抗战时期现代文学汇聚的中心。

北京和上海之所以能成为现代文学的中心，是因为它在历史积淀、政治影响、经济水平等方面的独特地位，成为人们争相前往的地方，所以"战前，很多作家经过多年的努力和奋斗，已经在京沪及其周边地区扎稳脚跟，习惯了享受着自己的人生和成功、优越、幸福"②。因而，张武军在《北京、上海文学中心的陷落与重庆文学中心的形成——略论抗战对中国现代文学格局的影响》一文中也说："上海和北京文学中心的陷落是一个艰难的过程，是由民族的灾难和无数作家个体的痛苦选择所成就的。"③ 蓝海也记录道："战争激烈的改变着社会的一切，所有的物事均因失去平时的均衡而失掉了常态。因交通和营业影响，也因无法估计这伟大的时代，书店都停顿，杂志全停刊了，作家、中流、译文、光明……等都遭了同样的命运……过去集中在一两个文化中心的都市的作家开始'向愿意去的或能够去的各种各样的领域分散。跑向热情洋溢的民众团体，跑向炮火纷飞的战场……，也跑向落后的城市或古老的乡村'。"④ 正如前文所说，这一

---

① 进入上海租界暂避的作家，利用租界的特殊身份作为自己的掩护，继续从事文艺创作，并形成中国现代文学史上独特的"孤岛文学"，但随着太平洋战争的爆发，租界也被日军占领后，这些暂避租界的作家也大多撤离上海，辗转到重庆、延安、桂林、昆明等地。

② 张武军：《北京、上海文学中心的陷落与重庆文学中心的形成——略论抗战对中国现代文学格局的影响》，《现代中国文化与文学》2005 年第 2 期。

③ 张武军：《北京、上海文学中心的陷落与重庆文学中心的形成——略论抗战对中国现代文学格局的影响》，《现代中国文化与文学》2005 年第 2 期。

④ 蓝海：《中国抗战文艺史》，现代出版社，1947，第 35 页。

撤离的过程随着战况的变化而在变化着——普通民众一方面无法料想这场战争究竟会如何发展，因为他们在辛亥革命以来中国的历史变革中已经见惯了大大小小、持续时间或短或长的战争；另一方面中华民族文化传统中固有的家国情怀也让中华儿女即便在残酷战争的威胁下，也不轻易放弃家园。所以，在对战局好转重返家园的期待中被迫涌向周边暂未成为战场的城市，也成为现代文学的一种无奈选择。上海沦陷后，一大批文人、文化组织、文艺团体的迁入，使武汉、长沙、广州、香港等城市成为现代文学流散途中暂时的汇集中心，并为接续起文艺抗战的历史重任创造了条件——一系列重要的文艺组织、刊物、文艺活动陆续出现。

可以看出，牵引着现代文学流散方向的是抗战的需要。早在日寇侵占北京、天津之时，上海作为文学中心，文艺界已经开始掀起了一场声势浩大的救亡运动，国民政府推动下在上海成立了上海各界抗敌后援会，文艺界做出了积极响应，组织知名人士进行抗日演讲，演剧队、歌咏队进行抗战宣传演出等。中共中央1937年7月15日发出了《关于组织抗日统一战线扩大救亡运动的指示》，要求"各地此时最要紧的任务，是迅速的切实的组织抗日统一战线，以扩大救亡运动……共产党员应实际上成为各地救亡运动与救亡组织之发起人、宣传者、组织者"①，在中国共产党领导下，由"上海剧作者协会"改组的"中国剧作者协会"1937年7月15日在上海成立，并迅速组织创作和演出了《保卫卢沟桥》这一大型话剧，在上海引起强烈反响；1937年7月28日，上海文艺界救亡协会成立，组织了13个救亡演剧队开展抗战宣传；1937年7月30日，电影工作人协会在上海成立；1937年8月，陈波儿、宋之的、崔嵬、贺绿汀等人组织战地移动演剧队奔赴前线服务；1937年9月3日，吴新稼任团长、由流离无依的22个孤儿组成的"孩子剧团"也在上海成立……一场轰轰烈烈的中华全民族抗日战争在这个现代文学的中心拉开了序幕。

北京、上海沦陷之后，为应对抗日战争形势发展，组织好抗战文化宣传工作，1938年2月，国民党"军事委员会"的"政训处"改组为政治部，中共主要领导周恩来任副部长，该部下设的第三厅负责抗日宣传工

---

① 《中共中央抗日民族统一战线文件选编》（下），档案出版社，1986。

作，郭沫若任厅长，阳翰笙任主任秘书，在中共的领导和组织下，该厅抗战初期在武汉乃至全国的抗战文艺工作中发挥了极为积极的作用。文艺组织方面，大批文化名人和文艺工作者撤离北京、上海等地，迁入武汉、长沙等地后，充实了后方的文艺队伍，并迅速响应建立抗日统一战线、开展抗日救亡运动的号召，组织成立了相关抗日救亡组织：1938 年 1 月 1 日，"中华全国戏剧界抗敌协会"在汉口成立；1938 年 1 月 17 日"中华全国歌咏协会"在武汉成立；1938 年 1 月 29 日"中华全国电影界抗敌协会"在武汉成立，田汉、阳翰笙、阿英等人为理事；1938 年 3 月 27 日"中华全国文艺界抗敌协会"在汉口成立，周恩来被推选为名誉理事，郭沫若、茅盾、巴金、老舍、朱自清、冯玉祥、丁玲、许地山等 45 人为理事；1938 年 6 月 6 日"中华全国美术界抗敌协会"在武昌成立，徐悲鸿、冯玉祥等为理事；1938 年 6 月 12 日"中华全国木刻界抗敌协会"在汉口成立。而继"中华全国文艺界抗敌协会"成立之后，后方各地的分会也纷纷成立。同时，一批重要的刊物也先后创办：1937 年 11 月，田汉、洪深、马彦祥主编的《抗战戏剧》在武汉创刊；1938 年 1 月 1 日，"中华全国戏剧界抗敌协会"会刊《戏剧新闻》在汉口创刊；1937 年 8 月《救亡日报》在上海创刊，郭沫若任社长，阿英任主编，巴金、王任叔、茅盾等人任编委，上海沦陷后停刊，1938 年 1 月 1 日在广州复刊；1938 年 1 月 11 日，《新华日报》在汉口创刊；1938 年 1 月 18 日，田汉主持的《抗战日报》在长沙创刊；1938 年 3 月，"中华全国电影界抗敌协会"会刊《抗战电影》在武汉创刊；1938 年 4 月 16 日，茅盾主编的《文艺阵地》在广州创刊；1938 年 5 月 4 日，"中华全国文艺界抗敌协会"会刊《抗战文艺》在武汉创刊……①与广州临近的香港，在 1938 年到 1941 年 12 月香港沦陷前，也成为众多文人迁入的地方，如戴望舒、叶灵凤、穆时英、徐迟、郁风、施蛰存、袁水拍、杜衡等，戴望舒还在香港主编《星岛日报》副刊《星座》，

---

① 本文在对抗战时期文艺史实的梳理中，参看了以下成果：重庆师范学院中文系国统区抗战文艺研究室《抗日战争时期国统区文艺大事记》，分别刊载《重庆师范学院学报》（哲学社会科学版）1981 年第 2、3、4 期；蓝海《中国抗战文艺史》，山东文艺出版社，1984，该书附录部分《抗战时期文艺大事记（1937.7—1949.9）》对部分重要文艺事件作了统计。在此对著者致谢。

郁风、夏衍、戴望舒等人组织创办了抗战时期在香港具有重要影响力的文学刊物《耕耘》。当然，香港更大程度上是重要的中转站，对现代文学文脉的保存、延续具有重要意义。①

《抗战文艺》

战争在如火如荼地进行着，虽与战场相隔并不远，整日遭受日军轰炸，死神如影随形，但广大的文艺工作者们亦如前线将士守卫自己阵地一般，筑起了一道文艺的抗战阵线，话剧演出、街头演讲、抗战作品创作、诗画展等都迅速地在武汉、长沙、广州等地动员了起来。在广州、武汉等地，还组织了多次影响深远的文艺工作座谈会，1938 年 1 月 2 日，郭沫若、蒲风等五十余人在广州举行"新年文艺座谈会"，讨论"文化界统一问题""一年来的文艺运动检讨"。其后，《七月》也组织了由艾青、东平、聂绀弩、田间等人参加的"抗战以来的文艺活动动态和展望"座谈会，稍晚于 1938 年 7 月 16 日，成立不久的"文协"也在汉口举行晚会，检讨一年来的抗战文艺工作等。

虽然现代文学在北京、上海的中心陷落了，但在战火中流散的现代文学也在更广泛的范围内被重新组织了起来。

---

① 王宇平：《学士台风云——抗战初中期内地作家在香港的聚合与分化》，《中国现代文学研究丛刊》2007 年第 2 期。

三 抗战时期现代文学中心的西南重构

日本侵略者图谋侵略中国已久，而中国刚历经辛亥革命、军阀混战，注定将在这场战争中付出惨重代价。因而，在战争爆发之初，虽然不乏殊死抵抗的仁人志士，但仍然难以抵挡日寇侵略步伐，节节败退之下，现代文学暂时聚集的武汉、广州在1938年10月也相继沦陷，而湖南在1938年年初本已陷入战火，大批先期迁入长沙的高校、政府机构已于1938年2月又陆续开始了新的撤离，长沙则在1938年11月12日因守军执行"焦土抗战"命令时失误，使长沙城陷入一片火海之中，城市建筑几乎被焚烧殆尽，居民惨死两万余人。除迁入上海租界和香港的部分文人、刊物等之外，从抗日战争全面爆发到1938年年底，大多迁往了西南、西北的大后方，其中尤以迁入以重庆为核心的西南大后方为主，并在西南政治、经济、文化的聚集下，使得现代文学中心在西南得以重构，并延续至抗战结束。

第一，重庆为核心的四川、云南、广西、贵州等广大西南区域，在全国抗战爆发后承担起了抗战大后方、支援全国抗战的历史重任，并随着东南沿海大城市及国民政府首都南京的沦陷成为从沦陷区撤离的政府机构、工商企业、文化机构迁入的主要区域，从而迅速发展成为全国政治、经济、文化及文学中心。在大一统的政治格局中，一个朝代和一个历史时期的政治中心，往往同时也是文化中心。文化中心的形成往往是一种根源于政治权力、建立依从于政治权力的文化结构的制度性行为。1920～1930年代"北京—上海"双都轴心引领现代文学发展，而在全面抗战爆发后，原有中心的陷落，国民政府1937年11月率先迁入重庆，1938年武汉会战失利后国民政府军事委员会等重要机构又相继迁入，奠定了重庆作为政治中心的基本格局，形成对经济、文化的聚集力，使得以重庆为核心的西南在作为抗战大后方建设中逐步成为全国政治、经济、文化的中心。在"中华全国文艺界抗敌协会"迁往重庆前，冯乃超在刊登于《抗战文艺》中的《论本刊的使命》一文中说："武汉紧急，一切文化设备开始向后方转移，本会会刊《抗战文艺》，也随着这一移动潮流，准备在重庆拓荒。集全国优秀作家的力量，我们相信是能够将闭关锁国的西蜀——以至整个西南的文艺状态，推动到蓬勃发展的道路上去的。'敌人要将我们过去的文化中心变为文化落后的区域，而我们则要将过去文化落后区域变成文化中心。'"① 这几乎是这一时期全国文艺界的共同愿望！也正是抱着这样的信念，随着政府机构、工厂、商业、金融资本、教育机构、文化团体和政府职员、工人、商人、学生及其他文人等的大量迁入，飞跃式的改变了西南的社会生态，使其从"边陲""化外川"这样的边缘地域，成为抗战时期中国的"心脏"，使重庆成为现代文学的汇聚地并辐射和影响全国现代文学的发展。

第二，重庆作为全面抗战时期政治、经济、文化的中心，自然形成了对文人的吸引，使得大批文人自发或是随一些教育、文化机构迁入西南，促使现代文学中心在西南得以重构。"文学中心之所以形成并流动于大都市，归根到底在于其对文学家群体尤其是文学大家与文学经典的聚合力与孕育力，而这种聚合力与孕育力的强弱升降，又最终决定了这些大都市之间文学中心的迁徙与流向。"② 在北京、上海、南京、武汉、广州等重要城市沦陷后，重庆作为全面抗战时期的政治、经济、文化中心，成为沦陷区作家和文学社团迁入的主要地区，郭沫若、茅盾、巴金、老舍、林语堂、梁实秋、胡风、萧红、萧军、冰心、张恨水、叶以群、陈衡哲等重要作家先后齐聚西南。全面抗战时期最主要的文艺工作组织机构"中华全国文艺界抗敌协会"于 1938 年 3 月 27 日在汉口成立后不久，1938 年 8 月又将总会迁往重庆，而在"中华全国文艺界抗敌协会"最初成立之时，西南的成都、昆明、桂林等地先后成立了分会，成为团结本地和外地迁入的广大文艺工作者、建立抗日民族统一战线的重要力量，并借助总会设于重庆的"中华全国文艺界抗敌协会"不仅对西南的文艺工作，而且对全国的抗战文艺工作实现了广泛的组织。同时，一大批迁入重庆、成都、昆明、桂林等地的高校，不仅成为西南抗战文化最为活跃的地方，而且一大批师生成为西南文学的重要力量，如身在高校的曹禺、冯至、闻一多、卞之琳、李广田、何其芳、臧克家、钱钟书、杜运燮等，他们不仅自己在现代文学文坛上具有重要影响力，而且在他们带动下，穆旦、郑敏等一批现代文学新

---

① 冯乃超：《论本刊的使命》，《抗战文艺》武汉特刊第 1 号，1938 年 9 月。
② 梅新林：《文学地理学：基于"空间"之维的理论建构》，《浙江社会科学》2015 年第 3 期。

青年迅速成长起来，昆明、桂林等边疆城市的新文学创作也被鼓舞和带动了起来，创建了文聚社等文学社团，创办了《文聚》（昆明）、《文化岗位》（昆明）、《人世间》（桂林）等刊物，在抗战文化和地方新文学发展中产生积极影响。

第三，西南大后方经济和城市建设的发展，为文化出版事业的发展和文学传播创造了条件，从而使现代文学在西南大后方具备了自身发展所需的生态条件，并在抗战文化建设和文学发展中产生了积极的辐射作用。经济发展、商业繁荣、人口增加和城市发展，使得西南在接纳从沦陷区撤离后迁入的机构、人员、资本使本地获得发展的同时，也以自己的发展为迁入群体的发展提供了条件。迁入西南的文艺团体除"文协"外，还有"中华全国戏剧界抗敌协会""中华全国美术界抗敌协会"等，他们在迁入重庆、成都、昆明、桂林等地后，在有限的条件下迅速地组织开展文化活动，其中，《抗战文艺》《文艺阵地》《七月》《文学月报》《中国诗艺》《今日评论》《文聚》《战歌》《文化岗位》《戏剧岗位》等刊物和《中央日报》《新华日报》《大公报》《云南日报》《广西日报》《贵州日报》等报纸及其副刊成为开展抗战文化宣传、组织抗战文艺动员、文学创作的重要阵地。据统计，抗战时期仅重庆发行的刊物就超过 1000 多种、报社约 70 家，而战时仅在重庆的商务印书馆、开明书店、大东书局、生活书店、读书生活出版社、中华书局、新知书店等经国民政府审批的出版发行机构和书店等就达 404 家，登记注册的印刷厂有 461 家[1]。出版业与文艺报刊发行的兴盛，直接显现了文学艺术在当时发展的状态。所以，张武军教授也明确提出："文艺团体和作家的流失、报刊和出版机构的撤出、高校的搬迁标志着北京和上海这两个现代文学中心随着两座城市的陷落而陷落。而重新在重庆集聚，也标志重庆在 40 年代开始成为中国现代文化和现代文学的中心。"[2]

日本侵略者于 1937 年 7 月 7 日发动的全面侵华战争，迫使中国现代文学的版图在流散中重新汇聚于西南，既造成了中国文化、文学中心的被迫迁移，同时也迫使中国新的文化、文学中心建立，使现代文化和文学发展

---

[1]　周勇：《西南抗战史》，重庆出版社，2013，第 413～415 页。

[2]　张武军：《北京、上海文学中心的陷落与重庆文学中心的形成——略论抗战对中国现代文学格局的影响》，《现代中国文化与文学》2005 年第 2 期。

不论是时间上还是空间上都进入一个新阶段，形成了以重庆为中心的中国现代文学新的文学生态系统。也正是在这个现代文学新的中心、发展的新阶段、新的文学生态系统，产生了一大批影响深远的文学成果，小说方面如茅盾创作的《霜叶红似二月花》《腐蚀》，巴金创作的《寒夜》、抗战三部曲《火》，老舍的首部抗战长篇小说《火葬》和《四世同堂》中的《惶惑》《偷生》，沙汀的《淘金记》《还乡记》，张恨水的《魍魉世界》等；话剧方面举办的西南剧展规模庞大、影响深远，创作出了曹禺的《蜕变》、郭沫若的《屈原》、陈白尘的《大地回春》等优秀话剧；诗歌方面出现了多种街头诗、朗诵诗等诗体，西南联大形成特殊的诗歌群体，艾青的《火把》《向太阳》《溃灭》，郭沫若的《蝈蝈集》，袁水拍的《人民》《向日葵》，老舍的《剑北篇》、路翎的《致中国》，绿原的《颤抖的钢铁》，沙鸥的川地方言诗集《农村的歌》① 等都创作于这一时期。除此之外，还有宋之的、老舍、夏衍、秋江等人进行的报告文学创作，还有"抗战八股""民族形式""战国派""文艺大众化"等文艺论争，不仅对当时的文学、文化乃至社会思想影响深远，甚至影响至今。

所以说，现代文学中心向西南的迁移，"是抗战激流中中国现代思想文化和文学的一次绝无仅有的历史性大转移。它不仅导致了中国现代思想文化和文学中心的转移，更促使中国思想文化和文学发生了质的变化。……重庆无可争议地成为中国现代文学第三个十年的中心地，北京、上海、重庆共同造就了现代文学的辉煌"②。如果说现代文学在北京、上海的前二十年是现代知识分子高擎起的一支文学革命的火把，那么，全面抗战爆发后的现代知识分子则是将这支火把传向了全中国！

第三节　现代新诗在西南大后方的出场

西南大后方诗歌是在西南作为抗战大后方的崛起和现代文学中心在西

① 周勇：《西南抗战史》，重庆出版社，2013，第 394～446 页。
② 张武军：《北京、上海文学中心的陷落与重庆文学中心的形成——略论抗战对中国现代文学格局的影响》，《现代中国文化与文学》2005 年第 2 期。

南重构的重要背景下形成，是现代文学在抗战救亡背景下空间转移的一个结果，是西南大后方文学，也是中国现代新诗和现代文学的重要构成部分。全面抗战爆发前的西南无论是在地理空间位置，抑或是政治、经济、文化及文学的位置，都是与北京、上海等中心及主要城市存在遥远差距的边缘地带，但不得不承认的是，抗日战争的爆发，没有改变西南的地理结构，但政治、经济、文化等原有中心的丧失和在新的地理空间的中心重构，改变了西南在中国政治、经济、文化及文学格局中的地位，使西南大后方诗歌在新的生态环境中的历史出场成为必然。同时，战争是政治的极端化，战时文学生态也是文学生态的极端形式，为西南大后方文学中的一支，诗歌因战时生态环境的特殊性，在诗人、诗歌创作、诗歌传播等方面显现出独特的状态。当然，这种独特性并不是超越于现代文学的整体性，而是在其之内，并因其与小说、话剧、报告文学、散文等文体上的差异而显现出来。基于此，在西南这一中华民族抗击日寇的政治、经济、文化及文学中心，现代新诗在抗日战争这一特殊历史阶段和西南这一特殊空间区域进入一个新的发展阶段，形成了新的文学生态系统。

一　现代诗人抗战时的西南集聚

在现代文学中心陷落及现代文学中心的转移中，现代诗人是这支转移大军中最重要的队伍之一，他们或随同迁往西南的高校进入西南大后方，或随文化机构、文艺团体一同迁入西南大后方，或是自行辗转进入西南大后方，停留时间或长或短，但共同支撑起了中国现代新诗在抗日战争这一历史时期进入发展的新阶段。

随高校等教育机构的迁移进入西南大后方的诗人，是一支富有活力和凝聚力的诗人群体，这始于高校的内迁。史学界对于抗战时期高校内迁基本形成共识，普遍认为高校内迁大体上与八年抗战形势变化相关联，从抗日战争全面爆发初期的 1937 年因"我国易受敌攻击之区，多为学校文化中心"[1] 开始组织内迁，到 1941 年太平洋战争爆发后原躲避进租界的高校

---

[1]　史全生：《中华民国文化史》下册，吉林文史出版社，1990，第 1077 页。

内迁，再到 1944 年豫湘桂战役、黔南战役失利后高校的内迁，大体上分为三个时期。这个三个时期迁入西南的高校包括国立中央大学、金陵大学、山东大学、齐鲁大学、北京大学、清华大学、南开大学、武汉大学、东北大学、国立交通大学、私立复旦大学、国立中山大学、国立同济大学、浙江大学、私立华中大学等约 50 余所，分别分布在重庆北碚、重庆江北、重庆沙坪坝、四川万县、四川乐山、四川巴县、四川璧山、成都华西坝、云南昆明、云南大理、云南蒙自、广西桂林、贵州平阅、贵州贵阳等地①。这些内迁高校，保护了中国现代大学教育的根基，对西南的教育、社会发展、文化都产生了重要影响。其中，随高校内迁的师生中有一批已经是中国现代新诗的重要诗人或正在成长的学生诗人，如朱自清、闻一多、李广田、冯至、卞之琳、何其芳、臧克家、钱钟书、杜运燮、袁可嘉、穆旦、郑敏、陈敬容、力扬等人。在这支庞大的内迁大军中，英国诗人、文学理论家燕卜荪（William Empson）在长沙陷入战火之后，从长沙经香港辗转后抵达云南，继续在合并后的西南联大任教，而闻一多等率领的"湘黔滇步行团"经过历时 68 天的"世界教育史上艰巨而具有伟大意义的长征"后于 1938 年 4 月 28 日抵达云南昆明，其后创办有南湖诗社（后更名为高原文艺社、南荒文艺社）、冬青文艺社、文聚社等文学社团，冯至、闻一多、卞之琳等人身边更是团聚了向长清、刘兆吉、穆旦、郑敏、袁可嘉、杜运燮、刘北汜、萧珊、马西林、林元等一大批青年诗人，"穆旦早期的几首诗《野兽》《园》、赵瑞蕻的代表作《永嘉籀园之梦》、周定一的《南湖短歌》等一系列日后较有影响的作品"②，几乎都在这一时期的校园社团活动中完成。除此外，重庆、昆明、桂林、成都等地依托这些高校，都形成了浓厚的文化、文学氛围，昆明的西南联大、成都的华西坝、重庆的北碚、广西的桂林都成为重要的文化区，西南联大师生诗人群体的诗歌创作与艺术探索更是对中国现代新诗发展产生了重要的影响。

除在高校集中地组织本校内迁过程中一批重要诗人随校迁入西南外，其他随文化机构迁入西南或个人辗转进入西南的诗人，则显得相对分散一

---

① 参看周勇《西南抗战史》，重庆出版社，2013，第 386～393 页。
② 黄葵：《"秋风里飘扬的风旗"——西南联大现代主义诗人群诗歌创作研究》，硕士学位论文，贵州师范大学，2007，第 9 页。

些，而且，他们的迁入也基本上与高校的迁入同样经历了抗战形势变化的三个时期。抗日战争全面爆发之初，北京、上海等最先沦陷的中国现代文学中心所集聚的大批诗人及其相关诗歌团体、文艺刊物等相继停办或撤离，给中国现代文学及新诗发展造成极大损失——1937 年 8 月 25 日由《文学》《文季》《中流》《译文》四刊合编、茅盾任主编的《呐喊》（第二期后改为《烽火》）仅办 3 个月后即告停刊，1937 年 8 月在上海创刊、郭沫若任社长的《救亡日报》上海沦陷后也告停刊，1937 年 9 月创刊于上海、胡风任主编的《七月》（周刊）于 1937 年 10 月 16 日被迫撤离上海……，但这一时期还并非现代诗人向重庆聚集的时期。因为，现代文学中心北京、上海相继陷落后，国民政府虽也已于 1937 年 12 月 1 日在重庆正式办公，但国民政府为便于组织前线战事，国民政府军事委员会等重要机构在武汉会战失利之前还大多暂驻武汉。因而，武汉在 1937 年淞沪会战后逐渐成为南京政府主要机构的临时驻地，也使得武汉及其周边的广州、长沙等地成为临时汇聚之地。而到 1938 年 10 月，武汉、广州相继失陷后，经长沙，进入桂林，或居于桂林，或前往重庆、成都、昆明等地，诗人们才真正完成了第一时期向西南的会聚，这也是相对较密集的一个时期。其中的主要原因就在于国民政府政治部第三厅等部门，"中华全国文艺界抗敌协会""中华全国戏剧界抗敌协会""中华全国歌咏协会""中华全国电影界抗敌协会""中华全国美术界抗敌协会""中华全国木刻界抗敌协会"等文艺组织，《新华日报》《抗战文艺》《七月》等报刊、杂志社及出版机构从武汉等地撤离时的带动，如郭沫若、老舍、胡风、徐迟、田间、穆木天、雷石榆等人。而在太平洋战争爆发后租界、香港等地撤离的诗人以及豫湘桂战役后转移的诗人，则相对较为分散。而且在这期间，西北、西南作为抗战大后方，两地间的交流相对频繁，诗人在两地及抗战前线和大后方的流动也相对较多，如何其芳、穆旦、卞之琳、艾青、田间等人，但整体上，重庆、昆明、桂林、成都等西南各地是现代诗人相对较为集中的区域。

在现代诗人西南的聚集与发展中，"文协"发挥了重要作用。1937 年 7 月 7 日全面抗战爆发到 1938 年底，是中国现代诗人向西南大后方聚集的主要阶段，而他们的聚集，也使西南大后方诗歌社群进入了一个快速发展时期。虽然在 1937 年抗日战争全面爆发之初已陆续有诗人及其他文艺工作者迁入西南，或是原籍在西南因战返乡，但尚未形成整体影响力。而到1938 年，随着"中华全国文艺界抗敌协会"的成立，西南各地"文协"分会也逐步筹备并成立起来，加强了诗人及其他文艺工作者的团结与组织。1938 年 3 月 27 日，经过茅盾、郭沫若、老舍、楼适夷、胡风、冯乃超、穆木天、王平陵、吴组缃等人多次协商和筹备，并获得国民政府中宣部邵力子、张道藩和中共领导人周恩来、国民党高层官员冯玉祥等人的支持，"中华全国文艺界抗敌协会"正式在汉口成立，老舍、郭沫若、丁玲、茅盾等人被推举为理事，周恩来等人为名誉理事，周扬、吴奚如等15 人为候补理事。1938 年 4 月 4 日，在冯玉祥的组织下，"文协"组织召开了第一次理事会，老舍、华林被推选为总务部正副主任，也就是从这一时期开始，老舍成为"文协"实际负责人。其后于 1938 年 5 月 4 日，由老舍、茅盾、夏衍、胡风、田汉、朱自清、成仿吾、郁达夫等33 人组成刊物的编委会的"文协"会刊《抗战文艺》在武汉创办，成为诗人与其他文艺工作者团结的重要阵地。随着武汉战事越发紧张，1938 年 8 月 14 日，"文协"总会正式迁入重庆，会刊也稍后随迁入渝。抗战胜利后，"文协"更名为"中华全国文艺界协会"。"文协"从成立起，就为着"把分散的各个战友的力量，团结起来，像前线将士用他们的枪一样，用我们的笔，来发动民众，捍卫祖国，粉碎寇敌，争取胜利"①的目标，担负起了组织和团结全中国文艺工作者投身抗日民族统一战线、争取全民族自由独立与解放的伟大事业之中的责任。自新文化运动以来，虽然也在中国现代文坛先后出现了大小数百个文艺社团、文学流派等社群组织，但没有任何一个像"文协"一样在全国文艺界获得广泛的支持。从 1938 年 3 月 27 日成立至 1946年更名的 8 年时间中，通过"文协"总会和昆明、桂林、成都、贵阳等地分会的组织，将诗人及其他文艺工作者组织到一起，成为中国现代文学史上超越阶级、党派政治立场、文艺流派观念、文艺类别的、具有空前凝聚力的文艺组织。因此，也可以说，"文协"是中华民族团结抗战的特殊背景下中国现代文学社群发展的新形式，更是一个新的高峰，对建立抗战中北京、上海

---

① 楼适夷：《中华全国文艺界抗敌协会发起旨趣》，《文艺月刊》第 1 卷第 9 期，1938 年 4月，第183 页。

等文学中心被破坏了的文学秩序、改善文学生态发挥了巨大的作用。

现代诗人在西南的聚集，不仅共同开创了中国现代新诗发展的新局面，而且随着西南大后方教育、抗战文化及现代新诗的发展，对西南边疆的本地诗人的成长也产生巨大影响，出现了沙鸥、罗铁鹰、彭慧、马子华等优秀的本土诗人。在笔者看来，这也是西南大后方诗歌作为一个特殊历史阶段的历史出场留下的重要成果之一。

二　诗歌传播场域在西南的构建

在战火与硝烟中辗转迁移、聚集西南的现代诗人们，与其他作家和文化工作者一道将中国现代文学中心在西南重新建构了起来，使诗歌形成新的传播与接受场域。新的场域的形成是西南之所以成为抗战时期现代文学中心的主要基础。

"文学场域"是1980年代法国社会学家布尔迪厄在文学社会学研究中引进的一个新概念，他把文学制作和文学接受划在一个"文学场域"（literary field）中，认为"个体（作者、文学代理人、评论家等等）和其他机构（出版社、书店、文学界等等）是'文学场域'的主要活动者"①，事实上，我们在分析现代文学中心的迁移时谈到过影响文学中心形成的因素，它除了作者、文学刊物与出版外，经济、政治和接受群体需求都在某种程度上会对文学中心的形成造成影响。就西南大后方的诗歌而言，它与西南大后方其他文学样式一样，处在同样的政治、经济环境之中，作为以战时陪都重庆为核心的西南大后方，是中华民族抗日战争活动的重要政治舞台，也是战时中国工业之家及经济中心、文化中心。也正是在这一背景下，中国大部分现代诗人与其他作家和文化工作者将西南作为了战时的聚集地。但就诗歌而言，它的传播场域有其特殊性，也必须引起注意。

诗歌的传播场域与其他文学样式一样，主要是依赖于文学报纸杂志作为传播媒介，虽然面临战争困境，但这一时期的文学报刊逆势而进，成为诗歌传播的主要阵地。陈思和在《想起了〈外国文艺〉创刊号》一文中曾

---

① 〔德〕雷丹：《观察文学场域》，《文学评论》2002年第3期。

《文艺月刊战时特刊》创刊号

指出，在社会大变革中，知识分子个体向社会所发出的声音是有限的，甚至是微弱的，"高头讲章"在这种社会大变革中不仅难以产出，且不易被接受，但"报刊杂志以周期的快与相对的持续性、思想的新与阵容的相对集中性，以及信息的多并能包纳一定的学术深度，成为得天独厚的时代骄子"，他提出："从五四时期与思想启蒙的关系，20 世纪 20 年代《小说月报》《创造季刊》等杂志与新文学创作的关系，30 年代《现代》杂志与中国现代主义文学创作的关系……等等都可以看到期刊对文学史的作用。"①西南大后方文学中心形成的过程中，聚集了从沦陷区迁入的大量文学刊物和办刊、办报的文化工作者，特别是 1938 年 3 月开始，随着长沙、武汉、广州等前线战事吃紧，迁入这些地方的政府机构、文化团体和诗人、作家又相继向桂林、昆明、重庆等西南主要城市迁移。"中华全国文艺界抗敌协会"总会 1938 年 8 月从汉口迁往重庆，中国文艺社 1938 年 6 月 15 日从

---

① 陈思和：《想起了〈外国文艺〉创刊号》，上海市出版社工作者协会、上海市编辑学会编《我与上海出版》，学林出版社，1999，第 498 页。

汉口迁往重庆，郭沫若担任厅长的国民政府政治部第三厅 1938 年 10 月 24 日撤离武汉于 12 月抵达重庆，"中华全国戏剧界抗敌协会""中华全国歌咏协会""中华全国电影界抗敌协会""中华全国美术界抗敌协会""中华全国木刻界抗敌协会"也在 1938 年下半年先后迁入重庆等地。与此同时，大批重要刊物迁入重庆，如"中华全国文艺界抗敌协会"会刊《抗战文艺》也在"文协"迁往重庆后于 1938 年 10 月 8 日在重庆复刊；1937 年 9 月创刊于上海、胡风任主编的《七月》（周刊）于 1937 年 10 月 16 日迁往汉口（改半月刊），后于 1939 年 7 月在重庆重新复刊（1941 年终刊）；1930 年创刊于南京的《文艺月刊》迁往重庆后复刊（战时改名《文艺月刊战时特刊》）；1937 年 8 月在上海创刊、郭沫若任社长的《救亡日报》上海沦陷停刊后，于 1938 年 1 月 1 日在广州复刊，后又因广州沦陷而在 1938 年 10 月迁入桂林；1938 年 4 月 16 日茅盾主编的《文艺阵地》在广州创刊，后被查禁，1941 年 1 月在重庆复刊；1938 年 1 月 11 日在汉口创刊的《新华日报》于 1938 年 10 月 25 日迁往重庆；1902 年 6 月 17 日创刊于天津法租界的《大公报》于 1938 年迁往重庆，1938 年 12 月 1 日重庆版《大公报》出版；1938 年创办于长沙的《中国诗艺》于 1941 年 6 月在重庆复刊……这些报刊大多为综合性文学刊物，以诗歌、小说、报告文学、散文等作品为主，《中国诗艺》等部分刊物则单以诗歌为主。

除迁入刊物之外，也有在西南各地创办的专门性诗歌刊物，如 1937 年 12 月在重庆创办的《诗报》，邹荻帆、姚奔任主编于 1941 年在重庆北碚创刊的《诗垦地丛刊》，1942 年在重庆创刊的《诗丛》，1942 年 2 月 2 日在重庆创刊的《诗垦地丛刊》（该刊在《七月》停刊后成为七月诗派的重要阵地）①，1940 年 10 月 10 日在昆明创刊的《诗与散文》，1942 年 2 月在昆明创刊的《文聚》，1937 年在昆明创刊、1938 年年初正式出版的《战歌》，1941 年 6 月 19 日创刊于桂林的《诗创作》，1939 年 6 月创刊于桂林的《诗》等。除此之外，还有大量专门性和综合性文艺刊物，如《文化岗位》、《笔阵》、《文坛》、《时与潮文艺》、《文艺先锋》、《文哨》、《中原》、《文艺杂志》、《诗座》、《文艺青年》（文化新闻文艺附刊）、《诗前哨》、

---

① 陈程：《重庆抗战诗歌的期刊媒介场域研究》，硕士学位论文，西南大学，2012，第 6~10 页。

《文艺春秋》、《文风》、《文风杂志》、《今日评论》、《文学修养》、《微波》、《文学》等刊物，它们共同构筑起了中国现代诗歌发展的阵地。当然，除了报刊、报纸之外，出版机构对诗歌传播也至关重要，重庆是抗战时期中国出版业的汇聚地，重要的出版机构大多迁入重庆，支撑了期刊、报纸的出版，也为诗文集的出版提供了条件，共同构成诗歌传播的重要媒介场域。但我们也应该看到，虽然诗歌界与文艺界其他同人一样，在抗日战争的艰难环境中逆流而上，积极创作和创办文艺报刊，但国民政府利用施行"战时图书杂志原稿审查办法"和"修正抗战期间图书杂志审查标准"的幌子，以政治倾向为实际标准，导致茅盾主编的《文艺阵地》等多种宣传抗日救亡、民族解放的进步报刊遭到查禁，制约诗歌传播场域的发展，也一定程度上造成了对诗歌创作生态的破坏。

除报刊媒介外，抗战时期西南大后方中国现代诗歌还出现了一些新的传播形式，其中最有代表性的就是街头诗和朗诵诗。在《大后方抗战诗歌研究》一书中，作者评价说："街头诗和朗诵诗是最具抗战时代色彩的诗歌文体。"① 这种时代色彩，某种程度上就是由其传播与接受的场域所形成。街头诗兴起于延安，1938 年 8 月 7 日，西北战地服务团"战地社"和边区文协"战歌社"组织的 30 多位诗人将他们的诗歌印于传单或书写在墙头上让群众阅读，以此拉开街头诗运动序幕，并一直顽强地存在于中国诗坛。街头诗"提出了我们从事大众诗歌运动的一种创造形式和风格，它证明了这是大众诗歌运动的一条可走的路"②，成为抗战时期诗歌大众化运动的一种有效形式，它克服了纸质媒介传播的限制，不仅写在传单、街头、墙头，还被诗人们广泛地运用在了生活、战斗的地方，派生出了"岩石诗、传单诗、路边诗、战壕诗、枪杆诗、地雷诗、手榴弹诗、背包诗等等"③，解放了传播媒介对诗歌的限制，扩大了诗歌的传播效应，这种媒介优势也使街头诗在延安成为当时最流行的一种抗战诗歌文体，在重庆、桂林、昆明等地也形成了极大的发展声势，并扩散到了日占区。朗诵诗与街头诗相比，同样在传播媒介上打破了纸质媒介的限制，但朗诵诗依赖于朗

---

① 吕进等：《大后方抗战诗歌研究》，重庆出版社，2015，第 90 页。
② 陆维特：《苏北墙头诗运动的回顾和前瞻》，《江淮文化》创刊号，1940 年 7 月。
③ 吕进等：《大后方抗战诗歌研究》，重庆出版社，2015，第 100 页。

诵和听众，也就是说，朗诵诗在诗人创作出来后，还需要有朗诵者在有听众的场合进行朗诵，即以诗朗诵进行诗歌传播——"朗诵诗是诗歌的一种特殊的诗歌文体，诗朗诵则是诗歌的一种特殊的传播方式，也是一种诗歌活动"①。陈纪滢曾评价朗诵诗"充当了诗的抗战先锋队"②，它极大地适应了抗战文艺动员的需要，适应了落后的旧中国普通大众的接受需求，扩大了诗歌在普通民众中的传播和抗战文艺动员的效应。

这一时期，文学刊物、报纸及其他出版物仍然是诗歌传播的主要载体，随着人口大量向西南的迁入，特别是沿海发达城市中一些知识阶层的迁入，保证、甚至是刺激了对文学的消费需求，其中就包括诗歌艺术。但同时，在国家与民族危亡，迫切需要动员广大民众积极投身抗战的现实需求下，如何发挥文艺对占人口大多数的、文化水平极低的普通劳动人民的动员，促使了诗歌在传播形式上的变化，并显示出与小说、戏剧等艺术样式的差异。街头诗、朗诵诗在抗战时期适应了广泛的开展文艺动员、发动广大民众积极参与抗战斗争的历史需要，在街头、在民众中间，形成了诗歌特有的传播场域，扩大了诗歌在抗战中的传播效应。当然，密集分布在重庆、成都、昆明、桂林等地的高校，商业经济的繁荣，人口的增加，城市的快速发展，都在一定程度上成为现代诗歌在西南大后方传播场域形成的重要影响因素，与西南大后方诗歌发展有着密切的关系，也是现代新诗在西南大后方历史出场的重要参与者和见证者。西南大后方的诗歌在某种程度上因担负了抗战救亡、文艺动员的使命，而与政治、经济等权利场域的关系相比现代文学前二十年更为密切，使得西南大后方诗歌与政治、经济等场域形成更为复杂的生态关系，这也决定了中国现代诗歌在西南大后方必以独特的面貌呈现在中国现代新诗史上，宣告中国现代诗歌在西南大后方的历史出场。

三　现代诗歌进入新的发展阶段

中国现代诗歌从 1917 年 2 月胡适在《新青年》上发表《白话诗八首》

---

① 吕进等：《大后方抗战诗歌研究》，重庆出版社，2015，第 87 页。
② 陈纪滢：《序〈高兰朗诵诗集〉》（1938 年），转引自吕进等《大后方抗战诗歌研究》，重庆出版社，2015，第 76 页。

到全面抗战爆发，经历短短 20 年的发展，随着现代诗人在西南的聚集和现代诗歌传播场域在西南大后方的形成，现代诗歌在战火与硝烟之中步入了一个新的历史阶段——时间上迈进了中华民族全面抗战的艰难岁月，空间上从北京、上海等大都市迁移到了地处边陲的西南大后方，这一变化，使中国现代新诗在抗战时期面临着新的文学生态环境，从而使中国现代新诗在西南大后方时期被赋予了新的时代特征，也成就了现代新诗新的诗学特征。

文学生态环境的变化，包括政治、经济、文化等在纵向时间上的发展变化，横向的地理空间上的转换，都必然形成对文学发展的影响。日本帝国主义悍然发动的全面侵华战争，犹如一个集结号，让全中华民族空前地团结在一起，打响了一场旷古绝今的、抗击侵略的民族解放战争，中国现代新诗也在抗战形势变化、在全民族抗战历史召唤中集结，随现代诗人在西南的聚集，诗歌传播场域在西南大后方形成，扭转了从北京、上海等大城市流散到武汉、广州、长沙、香港等的状态，重新汇聚成了现代文学中的一支劲旅，这是中国现代新诗与现代文学共同经历的一段艰辛的历程。西南大后方作为中国现代新诗在抗战时期的汇聚地，使现代新诗在西南大后方延续了前二十年的新诗发展脉络，继承了五四新诗传统。但同时，战火与硝烟的洗礼，对中国社会现实与民族苦难形成的新的心理体验，抗战救亡、争取民族自由独立与解放的伟大使命，使西南大后方诗歌在新的文学生态中呈现出了新的状态，进入"蓬勃发展的阶段"①。

整体环境上，南京、武汉先后陷落之后，重庆成为国民政府和抗战时期中国的政治、经济、文化及文学中心，以重庆为核心的四川、云南、广西、贵州更是共同成为现代诗歌活动的主阵地，共同构成了现代新诗发展的新生态——或是对诗歌发展有积极意义，也或是对诗歌的发展造成消极的迟滞，这成为中国现代新诗在西南历史出场必然面临的挑战。之所以这样说的原因主要在于，对于任何陷入战争之中的国家的民众来说，那都是一场灾难，而这种灾难之中所形成的文学生态，会带来一些新的发展，也会毁灭一些原有的优秀的东西。全面抗战爆发初期，虽然正面战场上中国

---

① 艾青：《中国新诗六十年》，载《艾青全集》（第 3 卷），河北花山文艺出版社，1994，第 493 页。

面对巨大的战争压力，但在西南，由于大量工业、商业资本从沿海发达城市的迁入，带来了西南社会一段时期空前的繁荣和快速发展，高校和其他文化机构与人员的迁入，更是带动了西南教育文化事业的快速发展。某种程度上，甚至使西南一些较落后的民族地区实现了社会的跨越发展，而由于处于国共合作、共同抗日的初期，再加之抗战前线战事频繁等原因，使现代文学及诗歌获得了一个较宽松的文学生态环境，一大批宣传和动员抗战救亡、争取民族解放的进步诗歌及其他文学刊物获得发展，特别是在桂林、昆明，更是形成了较好的进步文化氛围。更重要的意义在于，诗歌获得了相对稳定的栖息地，从而可以暂时抚平战火的创痛后投入抗战救亡的伟大事业之中。

对于诗人而言，战争的爆发，"打破了中国现代文学固有的格局和自然发展的态势，中国现代文学随着社会历史的发展被迫进入一个新的阶段"，而在这个新阶段中，"不仅包含着时间上的变化，更体现在空间上的转移"①。空间转移对现代文学及现代诗人们都是一个艰难的过程，且不说对原有的安定舒适的生活的被迫舍弃，以及路途中的辗转，即便历尽艰辛到达西南大后方之后，所面临的又是一个新的、陌生的、不安定的环境。生活的艰辛，以及在战乱中辗转的迁移，甚至奔逃，成为中国现代诗人对中国所遭受的战争祸害的最深重的体验，诗人闻一多、穆旦等更是与西南联大一批学生从长沙长途跋涉三千余华里后抵达昆明，不仅完成了世界教育史上少有的长征，还留下了许多壮美的诗行，在西南的穆旦更是直接拿起枪，参加远征军，经历了战争之中血与火的洗礼。其他诗人如郭沫若、艾青、臧克家、胡风、冯至、穆木天、高兰、田间、徐迟、袁水拍、绿原、沙汀、何其芳、卞之琳、彭燕郊、林林、力扬、马耳、鲁藜、锡金、邹荻帆、王亚平、舒群等，都在诗作中留下了对这场大迁移的刻骨记忆，如艾青的《火把》、舒群的《遥想》、马耳的《怀念》、鲁藜的《想念家乡》等诗篇。随着现代诗人在西南的聚集，诗歌传播场域在西南大后方形成，重新会聚成了现代文学中的一支劲旅、一支中国抗日民族统一战线上的"笔部队"。但正如王璞所言："当这些青年诗人经历了战时的流动性，

---

① 张武军：《北京、上海文学中心的陷落与重庆文学中心的形成——略论抗战对中国现代文学格局的影响》，《现代中国文化与文学》2005 年第 2 期，第 73 页。

一种富有现实包容力而又高度自觉的诗歌语言似乎在 40 年代成为可能。在这个意义上，历史危机为新的一代诗人提供了转机。"①

在此背景下，全面抗战爆发以来民族危亡与深陷苦难的残酷现实，激发了经历了战火与硝烟洗礼的诗人们的创作热情，他们承袭五四文化传统，坚持启蒙主义立场，积极投身于抗战救亡、争取民族自由独立与解放的文艺队伍之中，走向社会、走进民众、以笔为枪，推进了现代诗歌的发展进程，并在抗战时期西南后方文学生态下显现出新的发展生机。

（1）高扬抗日救亡、争取民族自由独立与解放的时代主题。在国家危亡、民族遭受外侮的时刻，抗战救亡必然是诗歌最主要的书写主题，这也是这时期诗歌文学生态的显著特点，正如《诗报》创刊号刊发的《我们的告白》所说："诗歌，这短小精悍的武器，毫无疑义，对抗战是有利的，它可以以经济的手段暴露出敌人的罪恶，也能以澎湃的热情去激发民众抗敌的意志。"② 创刊于桂林的《诗创作》主编胡危舟更是在《新诗短话》中直接喊出："战争的时代是诗的时代。"③ 从"文协"作为全国文艺界抗日民族统一战线的建立，到诗人们在西南的聚集，都为着一个共同的目标"将我们的诗歌，武装起来：我们要用我们的诗歌吼叫出弱小民族反抗强权的激怒；我们要用我们的诗歌，歌唱出民族战士英勇的成绩；我们要用我们的诗歌，描写出在敌人铁蹄下的同胞们的牛马生活"④。在民族危

《诗创作》封面

---

① 王璞：《"地图在动"：抗战期间现代主义诗歌的三条"旅行路线"》，《现代中文学刊》2011 年第 4 期，第 46 页。

② 编者：《我们的告白》，《诗报》创刊号，1937 年 12 月，第 1 页。

③ 胡危舟：《新诗短话》，转引自吕进等《大后方抗战诗歌研究》，重庆出版社，2015，第 72 页。

④ 中国诗人协会：《中国诗人协会抗战宣言》，《中国诗坛》第 1 卷第 4 期，1937 年 11 月，第 1 页。

亡的紧急时刻，诗人就是战士，笔就是枪，"离开了抗战生活的文学没有存在的余地"①，浪漫的抒情、唯美的理想主义变得不合时宜。所以，这一时期的诗歌中，郭沫若、艾青、臧克家、胡风、舒芜、田间、田汉、何其芳、绿原、袁水拍、臧云远、穆木天、穆旦、老舍、绿川英子等诗人们留下了一大批书写抗日救亡、争取民族自由独立与解放时代主题的诗歌，印刻了一个时代的历史痕迹，印刻了一个民族不屈的呐喊！

（2）诗歌大众化运动与朗诵诗、街头诗等诗体蓬勃发展。文艺大众化运动虽然是中国新文学革命始终坚持的方向，但真正使诗歌走向"普罗大众"的，还是在全面抗战时期。出于在占人口绝大多数的底层劳动人民中广泛的开展抗战文艺动员的现实需要，诗歌这"短小精悍"的武器自然得发挥其他文体所难以替代的作用。因而，为着"一、在情感上，激发民众抗战情绪。二、在技巧上，不论音节文字要普遍的使民众接收，普遍的激励民众"② 等的任务，就要求诗歌与抗战的现实需要结合起来，积极深入大众。其中，高兰等掀起的朗诵诗运动、田间等倡导的街头诗运动，不仅推进了文艺大众化、诗歌大众化，促进了诗歌在普通民众中的传播，朗诵诗、街头诗、方言诗等诗体更是在这一时期的特殊生态下获得空前发展，让诗歌在战争之中走向了普通的中国民众。当然，这也改变了五四启蒙主义知识分子居高临下的精英姿态，使新启蒙运动深入中国社会现实和普通民众之中。而随着抗战进入相持阶段，西南大后方经济困难加剧，国民政府掀起的反共高潮，实施的文化专制政策等，压缩了文化及文学的生存空间，极大打击了诗歌的创作生态，但也催生出了艾青、臧克家等的长篇叙事诗、袁水拍等的政治讽刺诗等新的诗歌样式，在极其困难的环境下逆势而上促进了中国现代诗歌发展。

（3）中国现代新诗在西南大后方的历史出场，使现代诗歌受到了西南地域文化影响的同时，也对西南的地方诗歌发展产生影响。闻一多等人徒步从长沙走向昆明完成的《西南采风录》是在一路走向昆明的途中见闻的记录，南开大学、中山大学等高校组织了西南的民歌、民谣搜集整理，而

---

① 吕进等：《大后方抗战诗歌研究》，重庆出版社，2015，第 54 页。
② 中华全国文艺界抗敌协会：《我们对于抗战诗歌的意见》，《抗战文艺》第 3 卷第 3 期，1938 年 12 月，第 39 页。

这些被作为一种学术、文化资源整理的东西，同样深深地印入了现代诗人们的脑海之中——穆旦以"澄碧的沅江滔滔地注进了祖国的心脏……"开启了对从长沙步行到昆明三千里旅途的纪念。一些诗歌，更是借鉴，甚至套用民族、民间歌谣、弹词、鼓词以及旧体诗词，但随着抗战的发展和对诗歌艺术的检讨，也招致批评，并形成"诗歌大众化""诗歌民族形式"的论争。四川诗人沙鸥更是开启了一场方言诗写作的尝试。而与沙鸥成长起来的西南本地诗人还有胡危舟、欧查、阳太阳、罗铁鹰、雷溅波、徐嘉瑞、马子华、麦紫等人，创办有《文化岗位》《诗创作》等一大批十分活跃的文学刊物。作为中国近代史上落后的西南边陲，在抗战时期西南本地诗人的成长及诗歌创作的发展，整体上离不开现代新诗在西南开展文学活动所形成的独特生态。西南本地诗歌的发展，也成了中国现代诗歌发展在新的历史阶段发展的组成部分之一。

当然，在这一时期，秉持抒情传统的诗歌的抒情并未因中华民族抗日救亡的现实斗争需求而被完全终结，恰恰是因社会剧变中对现实认识的深化，使诗歌的浪漫主义抒情走向深刻，走向了中国更广阔的现实，增强了艺术表现的深度，特别是以西南联大为主的学院派诗人，在现代诗歌艺术的探索中有颇多建树，而在冯至、卞之琳等现代派诗人指导下成长起来的"九叶诗派"与以胡风、艾青等现实主义诗人为核心的"七月诗派"，成为全面抗战时期中国现代新诗发展中最具代表性的诗歌流派和诗人群，在中国现代诗歌发展中有着深远的影响。

小　结

全面抗战爆发和中国正面战场的失利，迫使以重庆为核心的四川、云南、广西、贵州成了中国抗战的大后方，并因此而决定了它在抗战时期承担着战时中国政治、经济、文化及文学中心的发展任务，而与此同时，北京、上海等原有文化、文学中心的沦陷，使得现代文学被战争破坏了的秩序在西南大后方得以重建，并因历史进程和地理空间的变化，形成了现代文学及诗歌发展新的生态。

　　综而论之，在全民族抗日救亡的战时生态下，就文学艺术而言，"只有诗歌最能够直接地表现出燃烧着的感情"[①]，西南大后方诗歌是与全民族共同抗战的诗歌。作为现代新诗发展的一个新的、也是重要的阶段，西南大后方诗歌在抗战为主题的战时文学生态环境中，"把力量集聚到一处，筑起最坚固的联合阵营"[②]。虽然抗战文艺运动中创作的一些诗歌作品，特别是 1938 年左右以抗战动员和抗战宣传为主要目的创作的诗歌作品，由于大量借鉴了民族、民间的形式、语言、节奏等而饱受批评，但是，一个时代有一个时代的艺术。全面抗战时期全中华民族面临着的生死存亡的紧迫现实，抗战救亡成为诗歌当仁不让的主题，现实主义成为诗歌艺术上的主要要求，诗歌的审美功能在民族的生存需求面前必然退居了次要位置，而随着抗战形势的发展，以及社会整体政治、经济、文化等文学生态环境要素的变化，从战争初期轰轰烈烈的民族抗战、救亡的亢奋中冷静下来。而对现实更为深入的了解、体验和思考，也使得诗人们对诗歌作为文学艺术自身发展问题逐步形成了新的认识，从而推进了诗歌在创作观念、文体艺术等方面的讨论与变革。这也显示出了文学生态的变化对文学发展的决定性作用。由于诗歌是通过诗歌主体、作品本体和诗歌传播构成完整的文学活动，诗歌的文学生态事实上也就是通过这些环节或要素体现出来。因而，我们下文将依循这一思路，从诗歌主体、诗歌本体、诗歌传播等诗歌活动的主要环节展开，分析和构拟全面抗战时期西南大后方诗歌的创作生态。

[①]　蓝海：《中国抗战文艺史》，现代出版社，1947，第 133 页。
[②]　《中华全国文艺界抗敌协会宣言》，《文艺月刊·战时特刊》第 9 期，1938 年 4 月，第 181页。

第二章

在战火与硝烟中的诗人

诗歌主体研究是以诗歌活动为中心对其构成要素的考察，是对诗歌创作者的分析研究，包括了诗歌创作活动中的诗人和以群体姿态出现在诗歌活动中的诗人群体。战争必然使诗人及其诗歌活动面临一种极端的、残酷的、艰难的文学生态环境。诗人作为诗歌活动的主体，诗人所处的文学生态环境及其对环境的反映，诗人个体及群体的状态变化等，对诗歌创作具有决定性的影响，就如老舍所说："抗战不是桩简单的事，政治、经济、生产、军事……一脉相通，相结如环。"[①] 1937 年 7 月 7 日从卢沟桥燃起的战火，迫使中国现代文学中心逐步转移到了以重庆为核心的西南大后方，导致了现代文学空间的转换。这种空间转换并非文学自身，而是显现为文学主体活动的地理空间的流动。文学地理学学者梅新林认为："文学家群体处在哪里，流向哪里，文学活动与创作成果就带向哪里，文学地理的中心也就转向哪里……文学家是主体，是灵魂；地理是客体，是舞台。"[②] 事实上，全面抗战时期作为诗歌创作主体的诗人与其所置身的作为客体的空间的关系，并不仅仅存在于背离故土、流亡他乡之痛，更重要的是他们从迁离家园起，就以笔为枪，参与到了一场旷日持久的民族救亡、民族解放的斗争中，面临着新的血与火的考验。所以"文协"在其协会成立的发起旨趣中说："民族的命运，也将是文艺的命运，使我们的文艺战士，能发挥最大的力量，把中华民族文艺伟大的光芒，照彻于全世界，照彻于全人类，这任务

---

① 老舍：《三年写作自述》，《抗战文艺》第 7 卷第 1 期，1941 年 1 月，第 77 页。
② 梅新林：《文学地理学：基于"空间"之维的理论建构》，《浙江社会科学》2015 年第 3 期，第 125 页。

乃在我们全中国从事文艺工作友人们的肩上。"①

第一节　战火中的洗礼：诗人生存状态与诗歌态度

每个时代有其时代特征和时代任务，而这种时代特征是通过政治、经济、文化及文学等方面的变化显现出来，而时代任务则是在政治、经济、文化及文学等的整体发展趋势对每个局部所提出来的具体要求。与此同时，也就构成了在这一特定时代下的生态环境。布尔迪厄认为知识分子在知识场域中占据决定性地位，而诗人在诗歌领域中同样占据决定性的地位，但这种决定性地位又并非孤立地呈现自在形式，而是受到诗人所处地域的政治、经济、文化等场域的影响，也因此才有了个体与个体、此群体与他群体间的差异性。抗日战争全面爆发后，作为中国政治、经济、文化及文学中心的西南大后方的建立，为中国现代诗人及其诗歌创作进入诗歌发展的新阶段提供了重要的、独特的生态环境。但是，即便在西南大后方，随着国内外战争形势的变化和大后方政治、经济、文化等生态的变化，诗人的生活及创作等也都受到一定程度的影响，并表现出不同时期的差异变化。就这一点而言，学术界存在多种划分的观点，而这些观点的差异主要在于划分的侧重点的不同，例如，从抗战形势变化的划分就主要集中从战略防御、相持和反攻角度展开，也有侧重于经济、政治和文艺运动等不同重点的划分。我们所讨论的诗人生存环境整体变化状态，是将其置于战时文学生态环境之中来考量。综合国内外抗战形势和西南大后方政治、经济、文化等生态环境的发展变化，西南大后方诗人生存环境整体上呈现出三个阶段的变化，即流散期、稳定期和困难期，但不论是哪一个时期，诗人们都是在经历着一场战火中的洗礼。

一　流散期：吹响民族抗战号角

流散期主要是 1937 年 7 月 7 日抗日战争全面爆发到 1938 年 11 月武

---

① 楼适夷等：《中华全国文艺界抗敌协会发起旨趣》，《文艺月刊》第 1 卷第 9 期，1938 年 4月，第 183 页。

汉、广州沦陷的这段时期。这一时期是抗日战争的战略防御阶段，中国现代文学的大转移时期，也是以重庆为核心的西南大后方文学的聚集时期，随着武汉、广州等地的沦陷和全面撤离而结束。之所以将这一阶段划分为流散期，是因为这一阶段的诗人与其他文人一样，正在经历着从家园撤离到重新集聚的艰难历程。由于"日本侵略者的大举进攻和全国人民民族义愤的高涨，使得国民政府政策的重点还放在反对日本侵略者身上，这样就比较顺利地形成了全国军民抗日战争的高潮"①，这一阶段也成为抗战文艺发展最为活跃的时期。现代诗人们在面临着背井离乡的痛苦选择和经历辗转流离的艰辛历程的同时，在诗歌创作中也是最为热情高涨的时期，一大批诗人不仅积极投身到了抗战救亡的文艺队伍之中，吹响了民族抗战的号角，创作出了大量充满火热激情的战斗诗歌，在诗歌观念和创作艺术上也因时代的剧变而出现了一些新的变化。

在国共两党方面，早在 1937 年 5 月在延安召开的中共全国代表会议上，毛泽东就做了《为争取千百万群众进入抗日民族统一战线而斗争》的报告，在卢沟桥事变后于 7 月 15 日公布《国共合作宣言》，其后又相继公布《为日本帝国主义进攻华北第二次宣言》《抗日救国十大纲领》，力促全国抗战局面的形成。国民党方面在 7 月中下旬组织了两期"庐山谈话会"，与社会各界名流商讨抗战救国之策，沈钧儒等"七君子"也在这一背景中于 7 月底获释，进一步表明抗战救亡成了当时的主要任务。而国民党中央通讯社 9 月 22 日发表《中国共产党为公布国共合作宣言》和蒋介石在 9 月 23 日发表谈话中对共产党的合法地位的承认，标志着抗日民族统一战线的正式形成。抗日民族统一战线的形成，是中华民族御外侮的急迫需求和共同愿望，成为国土沦陷、民族危亡的急迫现实中更广泛地动员民众的重要政治基础，也是抗战文艺动员和抗战诗歌活动蓬勃开展起来的重要根基。也是在此背景下，武汉时期的中共长江局、重庆时期的中共南方局在国统区广泛的参与和领导了抗战文化活动，如"中华全国文艺界抗敌协会"及多地分会的成立，《新华日报》《群众》《救亡日报》在武汉等地的创刊等。而 1938 年初成立，负责抗日宣传工作

---

① 《毛泽东选集》第 3 卷，人民出版社，1991，第 938 页。

的国民党军事委员会政治部第三厅（郭沫若任厅长，阳翰笙任主任秘书），也是国共合作和抗日民族统一战线形成的重要产物，在中共领导和组织下，该厅抗战初期在武汉乃至全国的抗战文艺工作中发挥了极为重要的作用。

　　全面抗战爆发之初，对于处于战争前沿的北京、天津、上海等主要城市的文人们来说，"留下还是撤离"是一个过于仓促而痛苦的选择。闻一多 1937 年 7 月 19 日离北京前往武昌是为把孩子送往妻子处并休假著述，结果离开后就被迅速扩大的战事裹挟进了西迁的队伍；沈从文、朱光潜等一批文人在淞沪会战前一天决定取道天津、南京后前往上海，几经周折到达天津进入法租界后才获知上海遭到日军进攻，进退维谷之际，又一番波折后分别到了武汉和长沙临时大学，成为西迁大军中的一员；1937 年 11 月中旬还身在济南的老舍，也处在艰难的抉择之中，老家北平已然沦陷，携妻儿往他处因大孩不过四岁、幼女尚不满三个月，路途艰险不安全，独自往他处又于心不忍，最后还是在万般不得已的煎熬中"独自逃开"……发生在他们身上的这些情况，现代文人中比比皆是。值得注意的是，抗战初期，除留于上海等地租界和迁入香港的部分文人外，虽然武汉、广州、长沙等地也一度成为北京、上海等地撤出文人的聚集地，但随着战事发展，这些地方也相继在战火中沦陷。

　　叶圣陶在全面抗战爆发初期写给王伯祥、夏丏尊的信中就写下过这样一段话："承嘱返沪，颇加考虑。沪如孤岛，凶焰绕之，生活既艰，妖氛尤炽。并欲离汉，亦由斯故……近日所希，乃在渝地。渝非善地，故自知之。然为我都，国命所托，于焉饿死，差可慰心。幸得苟全，尚可奋勤，择亦途径，贡其微力。出版之业，实未途穷……设能人川，张一小肆，贩卖书册，间印数籍，夫妻子女，并为店伙，既以糊口，亦遣有涯……此想实现，亦新趣也，未知前途，究何如耳。"[①] 老舍创作的剧本《谁先到了重庆》通过主人公吴凤鸣帮助弟弟吴凤羽逃出已沦陷的北平前往重庆参加抗战，而自己留在北平刺杀日军军官和汉奸并以身殉国，牺牲前说了一句"还是我先到了重庆"点缀主题，把去重庆看作神圣目标，"赞颂了即便身

---

　　①　商金林：《叶圣陶年谱》，江苏教育出版社，1986，第 206 页。

不去心早已往重庆的可歌可泣的精神"①。除大多数左翼文人、右派文人和集中内迁的学校外，这其实是当时大多数中间文人②的普遍心理，"因为在他们看来，也只有重庆是国命所托，是维系中华民族生死存亡的希望之地，是他们心中的圣地。当时，国民党迁都重庆并不是慌不择地的亡命逃跑，而是希望以此作为大后方继续与日军抗衡"③。所以，"择亦途径，贡其微力"更成为当时大多数文人，包括诗人们共同的内心想法。某种程度上，显示出了当时以陪都重庆为核心的西南大后方作为全国抗战大本营的独特位置，这也反映了当时文学的政治生态。

虽然这一阶段的诗人们大多还处在流散的途中，辗转于武汉、广州、长沙和西南的桂林、昆明、重庆等地，甚至绝大部分在中国现代新诗发展史上有着重要影响的诗人，还尚流散于武汉、广州、长沙、香港等地，并随着南京、杭州、厦门、广州、武汉等地的沦陷而迁往西南。但"对于身处三四十年代历史危机中的诗人们来说，旅程和写作既是由历史情境所决定的整体，互相建构，同时也彼此矛盾，互为'症候'"④——一方面，战争中被迫背井离乡，给原本平静的生活平添了颠沛流离，甚至妻离子散的苦楚，另一方面，这也加深了诗人们对落后中国饱受欺凌、民族危亡和百姓正在经受着的苦难的深切体会，使得"多半的诗人也和其他千万的人民一样，都投身于争取国家民族的斗争中"⑤。特别是在国共合作、广泛发动民众和建立抗日民族统一战线的背景下，诗人们火热的战斗激情被点燃了。《救亡日报》在 1938 年以"中国诗人协会"名义发表抗战宣言："民族战争的号角，已经震响得使我们全身的热血，波涛似的汹涌起来了！……我们是诗人也就是战士，我们的笔杆也就是枪杆。"⑥ 对诗人们发出了以笔为

---

① 张武军：《北京、上海文学中心的陷落与重庆文学中心的形成——略论抗战对中国现代文学格局的影响》，《现代中国文化与文学》2005 年第 2 期。

② 中间文人是指没有明显的党派政治倾向的知识分子。

③ 张武军：《北京、上海文学中心的陷落与重庆文学中心的形成——略论抗战对中国现代文学格局的影响》，《现代中国文化与文学》2005 年第 2 期。

④ 王璞：《"地图在动"：抗战期间现代主义诗歌的三条"旅行路线"》，《现代中文学刊》2011 年第 4 期。

⑤ 蓝海：《中国抗战文艺史》，现代出版社，1947，第 133 页。

⑥ 中国诗人协会：《中国诗人协会抗战宣言》，《中国诗坛》第 1 卷第 4 期，1937 年 11 月，第 1 页。

枪、投身抗战的号召，艾青、臧克家、冯乃超、卞之琳、闻一多、王亚
平、李广田、力扬、穆木天、任钧、田间、锡金、高兰、邹荻帆、马耳、
冯玉祥、鲁藜、何其芳等一大批诗人，纷纷唱响了战歌。

《中国诗坛》封面

　　一些诗人在流亡中，加深了对社会残酷现实的认识，诗歌创作态度也发
生了较大转变。例如，专门的诗歌刊物《中国诗坛》中记载了战争爆发初期
因战争而无辜死难的情况："由八月十六日到现在，先后在南京轰炸了八十
多次，死伤居民千人以上，在上海轰炸了六十多次，死伤七百人以上，在广
州轰炸了三十多次，死伤一千人，在武汉也屠杀了六七百居民……"[1] 战火
逼迫中走出学校的"汉园三诗人"之一的何其芳，在漫长的西迁路途中目
睹着惨烈的社会现实和人民的苦难，诗人一改"你有珍珠似的少女的泪，
常流着没有名字的悲伤，你有美丽得使你忧愁的日子，你有更美丽的夭

---

① 　中国诗坛社：《反对日本帝国主义轰炸非战斗员对外宣言》，《中国诗坛》第 1 卷第 4 期，
1937 年 11 月，第 1 页。

亡"（《花环》）等诗歌中"为艺术而艺术"的唯美主义诗歌理想，从一个"波德莱尔散文诗中，那个忧郁地偏起颈子，望着天空的远方人"，变为"情愿有一个茅草的屋顶，不爱云，不爱月，也不爱星星"（《云》）的战斗者，他于1938年辗转回到成都时写下了诅咒黑暗、顽强抗争、期待光明的战歌《成都，让我把你摇醒》：

> 于是马哥孛罗桥的炮声响了，
>
> 风瘫了多年的手膀，
>
> 也高高地举起战旗反抗，
>
> 于是敌人抢去了我们的北平、上海、南京，
>
> 无数的城市在他的蹂躏之下呻吟，
>
> 于是谁都忘记了个人的哀乐，
>
> 全国的人民连接成一条钢的链索。
>
> 在长长的钢的链索间
>
> 我是极其渺小的一环，
>
> 然而我象最强顽的那样强顽。
>
> 象盲人的眼睛终于睁开，
>
> 从黑暗的深处我看见光明，
>
> 那巨大的光明呵，
>
> 向我走来，
>
> 向我的国家走来……①

臧克家在抗战初期结成的诗集《从军行》，收录1937年7月到1938年4月间诗人创作的《我们要抗战》《从军行》《换上戎装》《抗战到底》等14首诗歌，该诗集题词可以说是那个阶段诗人共同的呼声——"诗人呵，请放开你们的喉咙，除了高唱战歌，你们的诗句将哑然无声"，并兴奋且满怀信心地写下预言："时代太伟大了。神圣的民族抗战，不但将使中国

---

① 何其芳：《成都，让我把你摇醒》，载北京大学、北京师范大学、北京师范学院中文系中国现代文学教研室主编《中国现代文学史参考资料·新诗选》第二册，上海教育出版社，1979，第152页。

死里得生，而且会使它另变一个新模样。"① 这几乎成为抗战初期诗人和其他作家们共同心境的写照，在自身遭受着战火的戕害的同时，兴奋地迎接国家和民族在战火洗礼中的伟大变革！

这一时期在武汉、广州等地纷纷创办的文艺刊物，成了诗人发出呐喊的重要阵地，如 1937 年 9 月 11 日创刊于上海的《七月》、1937 年 9 月起在武汉出版的《文艺月刊战时特刊》、1938 年 1 月 11 日创刊的《团结》（《新华日报》副刊）、1938 年 4 月 16 日在广州创刊的《文艺阵地》、1938 年 5 月 4 日在武汉创刊的《抗战文艺》等。同时，随着全国及文艺界抗战统一战线的形成，诗歌自身发展的组织机制和文艺观念也在流散中走向集中和成熟：1938 年 1 月 2 日，郭沫若、蒲风等五十余人在广州举办"新年文艺座谈会"，讨论"文化界统一问题"，并对一年来的文艺运动开展检讨；其后，胡风主持的《七月》也组织了由艾青、东平、聂绀弩、田间等人参加的"抗战以来的文艺活动动态和展望"座谈会；成立不久的"文协"于 1938 年 7 月 16 日在汉口举行晚会，对一年来的抗战文艺工作检讨；1938 年 2 月 20 日，《新华日报》发表黎嘉的文章《诗人，你们往哪里去？》，对鸥外鸥、柳木下、欧罗巴等"少壮诗人"的主张和作品提出批评，对诗人中在政治、艺术上存在的错误倾向做出了纠正……广大的诗人和其他作家们，就在这样的流散的艰难路途中结成了一股统一的力量，诗人们也面临着诗歌发展的新的任务，共同为抗战服务。也是在这一时期，"诗歌大众化运动"也被战争带入了一个新的阶段，以高兰为代表的朗诵诗、田间为代表的街头诗等诗体创作获得快速发展，并深刻影响着中国现代新诗艺术的整体发展。

蓝海比较了抗战文艺和战前新文艺的差异认为：第一，战争迫使文艺活动的空间从亭子间和作为文化中心的都市走到了更加广阔的天地，解除了狭小空间的束缚得以为国家和民族歌唱，与现实结合的更为紧密，从而既完成了教育民众的任务，也在现实中使自己转变了对现实的看法，提高了认识水平和创作方法。第二，战争中，前方和后方的城市、战区和游击根据地都成了新文艺发展的新的沃土，民众在抗战中对文化的需求的增加

---

① 臧克家：《从军行》（序言），生活书店，1938，第 1 页。

使得文艺书刊的产量比战前增加了数倍，新的作家也在这片沃土中陆续出现。甚至认为："中国自七·七抗战以来，才真正到了'文艺复兴期'。"①虽然后期的"文艺检讨"和后世的诗歌研究中，对这一时期诗歌艺术上的得失有过颇多批评，但放在这样急遽的变化情势之下，这一饱含激情的评价，充分考虑了抗战初期的文学生态环境，显然对当时状态中的文艺工作者们而言，做出这样的评价也是恰当的。

二 稳定期：浴火后的西南聚集

1938 年年底至 1940 年年底这段时间，诗人们穿越了前方战火，基本完成了一次集体迁移，也是西南大后方诗人群体生活环境和整体状态相对稳定的时期。从诗人群体来看，1938 年年底，随着武汉、广州等地的沦陷及作为西南大后方屏障的长沙保卫战打响，抗战初期流散武汉、广州、长沙等地的诗人，不论是随学校、政府机构、文化团体的集体迁移，还是个人的分散迁移，大多已经进入了重庆、昆明、桂林等地，形成了一支相对稳定的队伍。在外部环境上，这一阶段也是政治、经济、文化都相对宽松的时期，虽然国民政府在这一时期加强了文化专制政策，但总体环境上，这一时期仍然是全面抗战时期诗人所处的相对稳定阶段。这段时期诗人们仍然延续着抗战呐喊的热情，延续和实践着"诗歌的大众化"，同时，也在和缓之中，拉开了"诗歌民族形式"的论争，对抗战初期的诗歌创作作总结和检讨。

以重庆为核心建设抗战大后方，是国民政府三十年代中期就已经基本确立的战略构想，借助追剿红军，从派驻参谋团到设立行营，国民政府中央采取建设公路、兴办工业、整顿军队、控制财政等措施，一步步加强了对四川、重庆、贵州等西南主要核心区域的掌控，基本实现了政令统一，为抗日战争全面爆发后国民政府及其他各类机构、人员的迁入创造了条件。经过几年建设，到1938 年，以重庆为核心的西南大后方在政治、经济、文化等方面都获得较快发展，并进入快速发展甚至是短暂的繁荣时

---

① 蓝海：《中国抗战文艺史》，现代出版社，1947，第 40～41 页。

期，从而为国民政府正面战场阻击日寇进犯失利后固守西南、坚持持久抗战提供了重要基础。而且，国民政府经历武汉保卫战的失败后①，放弃了对武汉的据守，退守西南大后方，与日本侵略者形成战略对峙，国民政府政治及军事重心也完成了向西南的转移，西南大后方的政治、军事地位也完全确立了起来。由此，必然使国民政府加强了对西南的全面治理。在经济生产领域，武汉失陷前就基本完成了沿海发达地区工商业、金融资本等向西南的转移。1938 年以来，迁入和兴办的工矿企业迅速发展起来，到1940 年形成了重庆、川中、广元、川东、昆明、桂林、贵阳等工业中心，工业资本、金融业、商业也都成数倍、数十倍增加。同时，国民政府积极倡导耕荒拓殖、发展农贷事业，扩大了耕地面积，并促进了农业改良，使农业生产指数在 1938 年、1939 年、1940 年达到全面抗战以来的最高水平。② 同时，西南地区在城市和交通设施等基础建设方面也取得较快发展，进一步稳固了大后方社会整体环境，成为这一时期诗人们的个人生存趋于稳定的重要基础。

　　社会政治、经济上的稳定，为文艺团体、报刊媒介、出版机构等也提供了相对平稳的发展环境。在武汉、广州等地沦陷，长沙陷入战火之中后，原本流散于这些地方或创建于这些地方的"文协""剧协"等文艺团体和报刊、出版机构大多陆续迁入西南，成为凝聚和团结诗人，在文艺战线上继续开展抗战救亡和诗歌创作活动的重要媒介。如 1938 年 3 月 27 日在汉口成立的"中华全国文艺界抗敌协会"在武汉形势紧迫后，"文协"总会于 1938 年 8 月迁入重庆③，"文协"会刊《抗战文艺》也于 1938 年10 月 8 日在重庆正式复刊；抗战时期在文化、文艺工作和斗争中发挥了极为积极作用的国民党军事委员会政治部第三厅，也于 1938 年 10 月 24 日撤离武汉，于 1938 年 12 月途经长沙、桂林后抵达重庆；私立复旦大学、国

---

① 国民政府 1937 年 12 月制定了《军事委员会第三期作战计划》，决定"国军以确保武汉核心、持久抗战，争取最后胜利为目的"。这也是为什么北京、上海抗日战争全面爆发初期沦陷后，武汉聚集了大量文化人和其他人员、机构的主要原因。

② 参看潘洵、鲁克亮编《抗战时期西南后方社会变迁研究》，重庆出版集团、重庆出版社，2011，第 65~68 页。

③ 老舍携带"文协"印鉴于 1938 年 7 月 30 日进入四川，1938 年 8 月 14 日抵达重庆并开始办理总会会务。学术界普遍认为，这标志着"文协"正式迁入重庆。

立中央大学、金陵大学、山东大学、齐鲁大学、燕京大学、武汉大学、东北大学、国立交通大学等高校也已大多在西南稳定下来，而北京大学、清华大学、南开大学三校合并组建的西南联大，更是成为抗战时期诗人和诗歌创作最为活跃的地方之一。此外，虽然这一阶段的文艺出版并非抗战期间出版种类和数量最多的时期，但七月派重要阵地《七月》于1939年7月在重庆复刊、迁入桂林的《救亡日报》桂林版于1939年1月10日正式出版，还有迁入西南的《大公报·战线》以及在西南创刊的《诗报》《文学月报》《战歌》《文化岗位》等仍然成为团结诗人、开展诗歌创作的重要阵地。这些迁入的机构、文艺团体、文艺刊物、诗人等，与西南地区成立的文艺团体、创办的刊物和正在开展着诗歌活动的诗人们，在这一时期共同汇成了西南大后方重要的文艺队伍和抗战力量，并推动了抗战诗歌的持续发展。

《战歌》封面

穿越了前方的战火与硝烟走入大后方的诗人们，在战争的失利之中，仍然积极坚定了抗战的信念。在武汉与蒋锡金合编《时调》诗月刊的穆木天，在武汉沦陷后辗转中来到昆明，积极参与并支持了"文协"昆明分会专门性诗歌刊物《战歌》的创办，并在目睹着昆明蓬勃开展的抗日救亡运动中写下了充满战斗激情和充满信心的诗歌《昆明！美丽的山城》：

> 你武装起来了！
> 我看见，在你的街头上，
> 震荡着救亡的歌曲，
> 燃烧着新的动力！
> 在你的各个角落上，
> 新生的猛火都在开始燃烧着。
> 在你的腹心里，
> 在锻炼着一切的钢铁的战士。①

在这一时期，虽然仍然十分艰苦，战火摧残下的记忆仍然挥之不去：

> 垂死的街道上，
> 残留着敌人的铁蹄。
> 破瓦颓垣间，
> 呈露着被难者的血迹。
> 门上挂着锁，
> 院墙缺少半边，
> 老鸭在空院子里，
> 窃食几粒劫后的米。②

但整体相比趋于稳定的大后方社会环境，使诗人们在对日本帝国主义发动侵华战争给人们带来的苦难有了更深切的感受，特别是流亡到大后方的诗人们：

> 我幻想到故土，
> 遥隔万重关山，
> 我不能归去了么，

---

① 穆木天：《昆明！美丽的山城》，《抗战文艺》第 3 卷第 1 期，1938 年 12 月，第 15 页。
② 罗烽：《垣曲街景》，《新蜀报·蜀道》，1940 年 1 月 3 日。

> 敌骑暴加横阻。
> 我怀念着家乡，
> 不禁在深夜唱出一只哀曲——
> "我的家，
> 在东北松花江上……"①

正面战场上的失利，也并未完全让诗人们失去抗战的斗志，一大部分诗人反而在大后方增强了信心，激起了更为强烈的抗战热情：

> 不错，中国又失去了粤汉，
> 但这绝不是中国的败北！
> 因为今后的抗战，
> 力量会增加到过去的百倍千倍②

这一时期，诗人们把在武汉等地兴起的朗诵诗、街头诗等新诗体的创作也带入了后方，持续地在大后方的诗歌运动中发挥着作用。特别是进一步带动了大后方"诗歌大众化"的讨论，对诗人们诗歌创作观念产生了重要影响。除"文协"、《七月》等组织的相关座谈外，《战歌》等诗歌刊物也参与到了"诗歌大众化"的讨论之中。同时，大后方暂时相对和缓的社会环境，也使诗人们在抗日战争全面爆发初期激越的抗战呐喊中逐渐冷静了下来，对"诗歌大众化"运动中诗歌的一些问题形成反思、检讨，出现了"诗歌民族形式"的讨论。当然，我们需要注意的是，"诗歌民族形式"的讨论，是对诗歌借用、借鉴民间形式进行新诗创作的反思，这并非意味着对过去的全盘否定，而恰恰是出于当时中国抗战进入新的阶段，在大后方形成的新的环境之下，诗歌对自身发展面临的新问题、新情境提出的新要求。王平陵在"文协"1940年底组织的文艺座谈会上也强调："到了一九四〇年，在武汉时代努力学习旧形式，写作旧形式的诸位先生们，多已放弃旧形式，重新从事新形式作品的写作了。这不是作家们又回过头来反对旧形式，而是抗战现实所提出的诸问题，究竟多半不是旧形式所能胜任

---

① 若嘉：《怀乡曲》，《华西日报》1939 年 11 月 2 日。
② 沙雁：《诅败北论者》，《抗战文艺》第 3 卷第 2 期，1938 年 12 月。

表现，胜任解决的；作家既要拖着民众在抗战中前进，则必须将当前的现实告诉民众，让民众彻底地了解、感动，这就新形式要比旧形式有力得多，有用得多。"① 无论是短句及其他民间形式的借鉴，还是朗诵诗、街头诗等新诗体的发展，都是特定环境中诗人在艺术上做出的一种回应，而新的文学生态中，诗人们也必然会面临着一些新要求。抗战诗歌在文体上究竟该如何发展？应该采取什么样的表现形式？这些都由全中华民族抗日斗争的现实所决定。

　　另一个不容忽视的变化，是国民政府的文艺政策进一步走向专制。由于这一时期日本侵略者将矛头主要指向敌后的抗日根据地，并着力巩固对沦陷区的统治，正面战场上放缓进攻速度，大体上处于战略对峙时期。因而，国民党政府也在西南大后方加强了文化统治。他们一方面采取一定的帮扶措施，以"拉拢"文人、作家；另一方面则采取文化专制政策，加强文化独裁统治。可以肯定的是，国民政府在全面抗战爆发后至1943年前，在经济上对"文协""剧协"等团体及作家等给予的帮扶，虽然数额并不足以支撑这些团体的活动，但其积极意义是值得肯定的，如1940年初，还成立了专门负责救助作家、补贴文艺出版等事宜的中央文艺奖助金管理委员会，还对稿费等问题开展了专门工作。但是，国民政府对文化管控也采取了一系列新的手段。1938年7月21日，国民党第五届中央委员会第八十六次会议通过"战时图书杂志原稿审查办法"和"修正抗战期间图书杂志审查标准"两个文件，并决定设立中央图书杂志审查委员会，同时在各省市设立审查处。虽然这一举措遭到商务印书馆、中华书局等十余家重要文化企业联名呈请撤销，但被国民政府拒绝。1939年2月10日，"重庆市戏剧审查委员会"成立，而该会"系国民党中央宣传部命令，会同重庆市政府、宪兵三团、警备部等联合组成。负责审查戏剧、电影，登记演员及管理剧场"②。到了1940年3月，甚至发生了《新华日报》成都分馆经理洪宗希遭国民党反动派杀害的暴行，暴露了国民党的文化专制本性。诗人

① 郭沫若、王平陵等：《一九四一年文学趋向的展望》，《抗战文艺》第7卷第1期，1941年1月，第4页。

② 重庆师范学院中文系国统区抗战文艺研究室：《抗日战争时期国统区文艺大事记》，《重庆师范学院学报》（哲学社会科学版）1981年第2期，第11页。

卞之琳在全面抗战爆发后于 1937 年 9 月离开上海先到达南京，后在朱光潜邀请下经武汉前往成都，在四川大学任教，与何其芳共同创办《工作》，1938 年 8 月底抵达延安，在鲁艺有一段授课经历，并参加"抗战文艺工作团"前往抗战前线，这段经历对他在 1939 年 8 月底返回四川后创作诗体"慰劳信"有重要影响，但也是在政治形势变化的背景下，延安的这段经历也使卞之琳在 1940 年暑假被川大驱逐，使卞之琳被迫离开成都前往昆明，加入了西南联大。① 这些新的变化和新的发展趋势，无疑也对诗人及其诗歌创作观念带来新的影响。

三 困难期：向现实的深处掘进

自 1941 年初到抗日战争结束的这段时期，是诗人们生活越发困难的时期，也是诗人在诗歌观念上向现实更深层次掘进的时期，跨越了抗日战争正面战场的相持和反攻两个阶段。在这一时期，国内外形势都急剧变化，大后方持续遭遇大轰炸、皖南事变、太平洋战争爆发、国内经济衰退、官僚腐败等，国民政府统治更加黑暗，社会整体环境逐步恶化，诗人们的生存状态更是日益维艰，但也孕育了诗人在诗歌观念和创作上的一些新变化。

抗战进入相持阶段以来，虽然日本侵略者正面战场的进攻放缓，但却加紧了对国民政府核心机关和经济、文化中心所在地的重庆等西南大后方的空中轰炸，妄图摧垮中国军民的抗战意志和决心。仅重庆，侵华日军在 1938 年 2 月 18 日至 1943 年 8 月 23 日，实施了长达 5 年半的轰炸，"据不完全统计，仅从 1938 年 10 月 4 日到 1943 年 8 月 23 日，日军出动飞机 9513 架次，实施轰炸 218 次，投弹 21593 枚，炸死市民 11889 人，炸伤 14100 余人，炸毁房屋 17608 幢"②，其中尤以 1939 年"五三""五四"大轰炸和 1941 年"六五""较场口大隧道窒息惨案"给重庆人民造成的生命、财产损失最为严重，而持续数年的大轰炸也"'炸断'了重庆城市建

---

① 参看王璞《"地图在动"：抗战期间现代主义诗歌的三条"旅行路线"》，《现代中文学刊》2011 年第 4 期。

② 潘洵、鲁克亮编《抗战时期西南后方社会变迁研究》，重庆出版集团、重庆出版社，2011，第 267 页。

设和城市化前进的步伐"①。武汉沦陷后，随丈夫来到重庆的日本女诗人绿
川英子在目睹日军罪行后写下长诗《五月的首都》，描写了中国居民坚韧、
顽强的意志：

> 关于这个世界的悲剧，
>
> 我怎么说，您才会高兴，
>
> 您失去了几千人，
>
> 留下了那么多可怜的孤儿、寡妇，
>
> 您哭泣，因为您折断了手，因为您烧伤了脚，
>
> 您正处在痛苦中。
>
> 您满身流血——可是您不怕。②

身在重庆的郭沫若，在 1941 年 6 月 5 日的"较场口大隧道惨案"发
生后，既恨日军残暴，又怒国民政府当局管理不力，致使人民安全无以保
障而冤死，愤而写下《罪恶的金字塔》：

> 心都跛了脚——
>
> 你们知道吗？
>
> 只有愤怒，没有悲哀，
>
> 只有火，没有水。
>
> 连长江和嘉陵江都变成了火的洪流，
>
> 这火——
>
> 难道不会烧毁那罪恶砌成的金字塔么？③

现实的变化还不仅是侵华日军野蛮、残暴的持续轰炸，还有国内外其
他形势上的变化。太平洋战争爆发后，虽然此时整体上还处在战略相持阶
段，但东南亚战场上的失利，不仅使得大批华侨逃难进入大后方，增加了

---

① 潘洵、鲁克亮编《抗战时期西南后方社会变迁研究》，重庆出版集团、重庆出版社，
2011，第 267 页。

② 〔日〕前田哲男：《重庆大轰炸》，李泓、黄莺译，成都科技大学出版社，1989，第 118 页。

③ 臧克家：《中国抗日战争时期大后方文学书系（第六编）：诗歌》第 2 卷，重庆出版社，
1989，第 1393 页。

大后方的资源负担，同时，外援物资渠道也受到极大破坏，加之远征军战场失利后，滇西战局也一度十分紧张。这些因素，也对西南大后方社会发展带来极大冲击。诗人穆旦也是在这一时期参加了远征军，亲历滇缅大撤退、翻越野人山，这段经历过于惨烈、残酷，使他直到1945年才在被称为中国现代主义诗歌史上名篇的《森林之魅——祭胡康河上的白骨》中才写下这段经历，但令他慨叹的是：

> 在那被遗忘的山坡上，
>
> 还下着密雨，还吹着细风，
>
> 没有人知道历史曾在此走过，
>
> 留下了英灵化入树干而滋生。①

这一时期给诗人们带来重大影响的还有经济的衰退。1941年的国民政府经济上虽然还延续了1939年以来的发展势头，仍然有所提高，但已经是强弩之末，随战争的持续、形势变化和大后方持续遭遇的大轰炸，大后方经济逐渐进入衰落期。加上抗战进入相持阶段以来，日本侵略者加强了对沦陷区物资管控，加强了对交通运输线路的封锁，而战争消耗却持续增加，加重了国内经济困难。此后，1941年12月太平洋战争爆发、1944年豫湘桂战役失利等，都进一步加剧了大后方的社会负担，特别是物资奇缺、通货膨胀等问题，直接使诗人们陷入了生存的困境之中。臧克家在1944年的自寿诗中写道：

> 我爱泥土，爱穷人，爱大自然的风光。
>
> 可是时代变，社会也变了：
>
> 而生活的颜色，声音，味道，意义，
>
> 都变得这末可怕，这末惨！②

著名戏剧家洪深一家三口1941年2月因贫病交加而服毒自杀，后及时抢救得以脱险；重庆《商务日报》1942年9月26日报道，当时的一些影

---

① 穆旦：《森林之魅——祭胡康河上的白骨》，《云南档案》2005年第4期，第38页。

② 蓝海：《中国抗战文艺史》，山东文艺出版社，1984，第293页。

剧明星如白杨、张瑞芳、舒绣文等，"高薪者只能买半担上等米或两斤多白糖，低薪者连一包哈德门香烟或半斤白糖也买不到"①；田仲济在《重庆琐忆》中对1944年生活之困难有过形象的记载，其中就回忆到小孩子因烧火煮饭时多放了一块木柴而被大人打了一巴掌。田仲济还写道："教授既被讽为教'瘦'，作家的遭遇何尝两样"②；诗人臧克家也在回忆录中写道："一九四四年，我在重庆，精神苦闷，生活困窘"③；西南联大教授闻一多也迫于生计而挂牌制印，并在后期书信中记录道："弟之经济状况，更不堪问。两年前，时在断炊之威胁中度日。乃开始在中学兼课，犹复不敷。经友人怂恿，乃挂牌刻图章以资弥补。最近三分之二收入端赖此道"④；同在西南联大任教授的朱自清在经济拮据、生活条件恶劣的环境下仍然坚持拼命工作，身体状况极差，时常为病痛折磨，以至于"人也日渐憔悴了，虽然才是四十多岁的人，但头发已经见白，简直像个老人了"⑤。这些情况随着抗战的持续越发严重，使"教授教授，越教越瘦""薪水薪水，不能买薪买水"成为一种普遍现象。虽然叶紫病逝后，引起了社会对作家、诗人生存状况的关注，在发起对叶紫遗属援助募捐活动后，"文协"等团体和宋庆龄等人还先后发起了"作家生活保障运动""募集援助贫病作家基金运动"等，但在社会整体环境恶化的情境下，虽然在一定范围内发挥了积极作用，帮助一些作家、诗人渡过了最困难的时期，但终究无以改变社会整体颓势下作家、诗人们生存环境的恶化。

经济的衰退和社会环境整体的恶化，在文艺刊物的出版上也有直接体现。例如"文协"会刊《抗战文艺》定价在八年抗战中就发生了翻天覆地的变化："《抗战文艺》的定价，从最初的三日刊零售价一本三分钱，变为周刊后一本五分钱，调整至九元一本，因通货膨胀1944年出版的第九卷第

---

① 潘洵、鲁克亮编《抗战时期西南后方社会变迁研究》，重庆出版集团、重庆出版社，2011，第98页。

② 田仲济：《重庆琐忆》载重庆出版社编《作家在重庆》，重庆出版社，1983，第123页。

③ 臧克家：《少见太阳多见雾》，载重庆出版社编《作家在重庆》，重庆出版社，1983，第102页。

④ 闻一多：《闻一多全集》第12卷，湖北人民出版社，1993，第402页。

⑤ 陈竹隐：《追忆朱自清》，载西南联合大学北京校友会、校史编辑委员会编《笳吹弦诵在春城——回忆西南联大》第一集，云南人民出版社，1986，第106页。

五六期合刊甚至卖到了 120 元。"① 定价的急速上涨，并非刊物紧俏可以多赚钱，而是物资奇缺、物价上涨，整个社会通货膨胀所致。也正是在这样的环境下，许多刊物也难以为继。这也足见当时诗人们所处环境的恶劣和生存的艰辛。1944 年的《新华日报》中的一则消息也可看到经济衰退对文学艺术的影响："向称文化城的桂林，近来文化事业已经非常衰落，一年前的情形是每月新书总是四十多种，如今只剩一半，甚至一半都没有了。"② 同一时期重庆《大公报》也有类似报道："重庆市书业以淡月将届，门市冷落，外埠欠款不易归还，多半已停印新书，并停止向外批发。"③ 战时交通运输困难，物资奇缺，物价通胀，人民生活困难购买力低，出版物资金来源和资金回收十分有限，加上出版物多重审查和政府内部的腐败、盘剥，导致书刊出版业也十分艰难。

持续的战争和严酷的现状，让诗人们逐渐从抗战初期的兴奋和乐观中走了出来，使诗人们的观念随时代而在悄悄地发生着转变。贯穿于抗战时期诗歌活动始终的"诗歌大众化运动"，虽然从它登上历史舞台就遭遇了颇多责难，但它所持的民间立场，拉近了诗人与现实生活的距离，拉近了他们与普通民众们的距离，即便他们大多数本身也只是普通民众中的一员，并从现代知识分子话语诞生之初，就选择启蒙主义立场，始终关注民众命运，为大众的解放而斗争。抗战时期，新的启蒙要求让诗人们真正地走向大众，并要求他们发动和"武装"大众，掀起民族抗战的热潮。而抗日战争的持续和艰难的现实，必然使诗人们从最初诗歌动员、诗歌抗战的狂热中冷静下来，重新思考诗歌表达艺术、表现力等自身发展与社会现实的问题，这在 1938 年、1939 年持续的"文艺大众化"讨论中已经显现。而 1939 年、1940 年对"诗歌民族形式"的论争，进一步加深了对诗歌在担负抗战的历史使命的同时如何更好地继承新诗自身艺术传统和获得自身艺术生命力的问题的探究。而 1941 年后的社会整体形势变化，将诗人们的

---

① 黄菊：《抗战时期文协经济状况考察》，《成都大学学报》（社会科学版）2012 年第 3 期。
② 《新华日报》（1944 年 5 月 29 日），转引自吴永贵、王静《抗战时期大后方书刊出版概览》，《中国编辑研究》2009 年年刊，第 465 ~ 466 页。
③ 《大公报》（1944 年 5 月 13 日），转引自吴永贵、王静《抗战时期大后方书刊出版概览》，《中国编辑研究》2009 年年刊，第 465 页。

诗歌观念也逐步推向了对现实的新的审视，这也就使得叙事诗、讽刺诗等诗体在这一时期成为诗人们对自我生命体验的艺术表达的一种新形式。1942 年，在桂林的舒模目睹难民、伤兵饿于街头，物资奇缺，物价上涨，而一些"坏东西"还借助权柄囤积居奇、哄抬物价，给老百姓造成更大苦难，愤而写下在大后方广为流传的讽刺诗《你这个坏东西》，将斗争矛头直指一群人：

> 囤积居奇、抬高物价、
> 扰乱金融、破坏抗战，
> 都是你！
> 你的罪名和汉奸一样的。
> 别人在抗战里，
> 出钱又出力，
> 只有你，整天在钱上打主意。
> 你这个坏东西，
> 嗐，你这个坏东西，
> 真是该枪毙！①

郭沫若的《罪恶的金字塔》同样有着浓烈的政治讽刺性，他强抑强烈的悲愤，讽刺当局妄图以雾一般黑暗的统治掩盖真相、蒙蔽人民，甚至粉饰自己，但这只是自欺欺人，那"金字塔"是"罪恶砌成的"，文中写道：

> 雾期早过了。
> ……
> 然而，依然是千层万层的雾呀，
> 浓重得令人不能透息。
> 我是亲眼看见的，
> 雾从千万个孔穴中涌出，
> 更有千双万双黑色的手

---

① 舒模：《你这个坏东西》，张宪文、李良志主编《石头说话丛书：抗战诗歌》，刘增杰选释，河南大学出版社，2005，第263页。

掩盖着自己的眼睛。

朦胧吗？

不，分明是灼热的白昼

那金字塔，罪恶砌成的，

显现得十分清晰。①

在 1940 年年底"文协"召开的座谈会上，郭沫若结合社会形势变化和诗歌发展规律，充分认识到，随着战争的延长，抗战初期暴风雨似的战争的刺激已渐渐式微，诗人们激情退却而对现实有了更周详的观察，并有计划有组织地开展活动，诗人对抗战现实与社会现实认识的深化，使得富于激情的短诗已难以适应对现实冷静观察和思考的结果，而现代新诗必然在文体特征上出现新变化，因而认为，1941 年后"更雄大的叙事诗、更音乐性的抒情诗、多幕剧、长篇小说，将更多地出现"②。一些统计数据也显示出这一显著变化，如重庆版《新华日报》文艺副刊上刊登的叙事诗，从 1938 年到 1941 年平均每年约 5 首，而 1942 年到 1947 年则达到每年约 20 首。③ 这个时代，也使臧克家、艾青、力扬、王亚平、老舍等在长篇叙事诗创作中取得了较高创作成就，其中，臧克家的《古树的花朵》、老舍的《剑北篇》等获得极高评价。苏光文甚至将朗诵诗、叙事诗、政治讽刺诗作为抗战诗歌发展的三个阶段，认为："以这三种诗体为标志的三个阶段，鲜明地展示出抗战诗歌创作的发展轨迹"④，这也充分说明了叙事诗和讽刺诗所显现出来的鲜明时代特征。但是，诗体上出现的新变化，并不意味着对诗歌大众化和现实主义理想的抛弃，而是诗人们在现实生活中对诗歌艺术批判的继承和发展，这也是抗战时期新诗保持自我生命力的重要思想源泉。

当然，自从抗日战争全面爆发以来，抗战虽然成为压倒一切的现实，但在这个现实面前，诗人们对诗歌艺术的探索也从未止步，对国外诗歌和

① 臧克家：《中国抗日战争时期大后方文学书系（第六编）：诗歌》第 2 卷，重庆出版社，1989，第 1394 页。

② 郭沫若、王平陵等：《一九四一年文学趋向的展望》，《抗战文艺》第 7 卷第 1 期，1941 年 1 月，第 7 页。

③ 吕进等：《大后方抗战诗歌研究》，重庆出版社，2015，第 279 页。

④ 苏光文：《抗战诗歌刍论》，《西南师范大学学报》1986 年第 1 期。

《文化岗位》封面

理论著作的译介，西南联大等高校的独特文化氛围，西南的民风民俗、民间歌谣、地方语言等，都无疑对西南大后方诗人产生着一定的影响，丰富了诗人们的诗歌世界，成为诗歌生态的重要影响要素之一。其中，对国外文艺作品的译介，是中国现代文学确立自身现代性的一种途径，大多早期新文学革命的发起人和参与者都有外国文艺作品翻译的经历。抗战时期，"文协"及其会刊《抗战文艺》，还有《新华日报》《大公报》《文艺阵地》《文哨》《诗》《诗创作》《文化岗位》等刊物，都或多或少刊载了国外译介的诗歌作品，其中，惠特曼、普希金、莱蒙托夫、马雅可夫斯基、高尔基、叶赛宁、乔叟、艾略特、莎士比亚、哈代、拜伦、奥登、雪莱、燕卜荪等人的诗歌，在中国现代诗人对诗歌的现实主义或浪漫主义艺术探索和发展，包括对西南联大诗人群体，都产生了重要影响。

中华民族空前统一抗击日本侵略者、争取民族解放的伟大时代不能复制，以战时政治、经济、文化及文学中心的重庆为核心的西南大后方无法复制，诗人们在这个伟大时代在西南大后方的生命体验不可复制，这样就使得它所产生的意义不可替代，所以林淡秋1948年在《文协十周年暨文艺节纪念特刊》撰文《我看文运》一文中认为："抗战以来翻天覆地的斗争，根本改变了我们的政治情势，社会情势，因此也根本改变了新文艺运动的情势。"① 战争中聚集在西南的诗人们，在战火与热血的激荡中造就了苦难的、激越的、不屈的和抗争的诗歌情怀，成就了中国现代新诗发展的一段独特历程。

第二节　硝烟中的集结：诗歌社群与诗人组织

中国现代文学是一部由各种文学社团在特定历史环境下演绎的文学发展史，而20世纪上半叶的中国文学社团流派则是"随着中国现代文化及其主体的现代知识分子诞生的国民'群'的观念，形成的一种特殊的精神载体"②，既是一种物化的审美实体，也是一种集体意识综合作用的精神结构。③ 社群在文化人类学中是指由具有一定关系的个人结成的群体，而文学社群是一个整合性的概念，囊括了文学社团与流派的基本特征及"社群"的文化范畴。引入文学社群的概念，既是对文学社团、流派群体特征的整合，同时也便于我们在广阔的生态背景中考察潜隐在诗人个体与文学社群整体互相生成关系中的文学生态，而并非以"社群"对单一社团、流派进行新的命名，由诗人个体及其活动中结成的社团、形成的流派是文学社群的构成单元，同时，西南大后方抗战时期由各种关系结成的或大或小的社团、流派等，共同构成了战时西南大后方的社群现象。

贾植芳先生主编的《中国现代文学社团流派》、范泉先生主编的《中国现代文学社团流派词典》都对现代文学社团有过专门整理和研究。其中，据范泉先生主编的《中国现代文学社团流派词典》中所做的不完全统计，20世纪上半叶中国文学社团达千余个，文学流派也近50个左右，足见文学社团、流派在中国现代文学发展史上所占据的独特位置。鲁迅先生在《中国新文学大系·小说二集·导言》中，将文学社团与作家的关系做过一个形

---

① 林淡秋：《我看文运》，载《文协十周年暨文艺节纪念特刊：五四谈文艺》，中华全国文艺协会编印，1948，第32页。

② 杨洪承：《"公共空间"与文学社群关系——20世纪中国现代文学社团流派研究的再思考》，《文学评论》2011年第6期。

③ 参看朱德发《论现代中国文学流派营造的主体性》，《山东师范大学学报》（人文社会科学版）2002年第2期。

象的比喻——"文学社团不是豆荚，包含在里面的，始终都是豆"①。虽然对于鲁迅先生的这一话语因研究视角的差异而有不同的解读，但就鲁迅先生与"语丝社""未名社""莽原社""浅草社""沉钟社""朝花社"及"左联"等文学团体或多或少的联系，我们是否可理解为，鲁迅先生赞同并肯定文学社团对作家的凝聚，并强调作家的个体精神。但同时，他也反对将文学社团如豆荚一般"封闭""自守"，而是应该在凝聚、团结作家的同时，保持开放性，"重视文学社团的内核'豆'即独立人格的个体精神，也关注文学社团包裹的'豆荚'即时代社会的整体文化语境……看重群体默默耕耘、创作特色的彰显……反对有意识的组织派别对立"②。但总的来看，文学社群在对作家个体的组织及个体与团体发展的互构，是值得肯定的，李光荣甚至认为"假若抽去文学社团及其成员，任何一部中国现代文学史都会破碎零落，不成体统"③。而在全面抗战时期，由于战争中北京、上海的沦陷和现代文学中心的转移，诗人及其创作活动的场域也在战争中经历了一段在武汉、广州、长沙等地的流散与在重庆为核心的西南大后方的重构。同时，对于诗人而言，由于在北京、上海等中心城市形成的原有生态在战争中被破坏，文学社群发展在新的生态中也出现了新的变化，更由于战争中原有秩序被打破及文艺抗战的需要，文学社群必然承担起了诗人新的组织任务，重建战争中遭到破坏的文学秩序，改善战争环境下的文学生态。

一　"文协"的建立与诗人动员

战争与破坏如影随形，何况是在偌大的中国爆发的一场全面战争。从 1937 年 7 月 7 日卢沟桥事变后，抗战范围逐渐扩大，地面侵占和空中轰炸，对中国造成了巨大的破坏。北京、天津、上海、南京等主要城市先后沦陷后，原本聚集在北京、上海等地的文艺工作者和在这些地方形

① 鲁迅：《中国新文学大系·小说二集·导言》，《鲁迅全集》第 6 卷，人民文学出版社，1981，第 255 页。

② 杨洪承：《"豆"与"豆荚"——鲁迅与现代中国文学社团之关系考辨》，《鲁迅研究月刊》2009 年第 12 期。

③ 李光荣：《社团与中国现代文学》，《学术探索》2001 年第 4 期。

成的文学生产秩序，因战火而被打乱，四处流散。全面发动民众，打一场声势浩大的争取全民族自由独立的民族解放战争，成为时代的呼声，也迫切需要将流散各地的文人统一组织和团结起来，将被打乱了的文学生产秩序重建起来，这成为"文协"成立的重要使命。在《中华全国文艺界抗敌协会发起旨趣》一文中，楼适夷等对"文协"在抗战形势下的组织目的做了明确说明："因中心都市的沦陷，出版条件的困难，文艺人的流亡四散，虽一方产生了大量新型的报告，通信等文艺作品，且因抗战的内容，使新文艺消失了过去与大众间的膈阂，但在一切文化部门的对比上，文艺的基本阵营，不可讳言是显得寂寞了一点。反视敌国，则正动员大批无耻文氓，巨量滥制其所谓战争文学，尽其粉饰丑态，麻醉民众的任务。我们感到文艺抗战工作的重大，散处四方的文艺工作者有集中团结，共同参加民族解放伟业的必要。"① 因而，从一开始，对全国文艺工作者最大范围的动员与组织的紧迫要求，就期待着"文协"这一组织形式的出现。也正如吴溅予所说："在日本帝国主义暴力的压迫之下，我们要求得我们的生存，要支持这争取生存的长期抗战，先决的问题，就得改变散乱无组织的生活成为有组织，以冀集中力量从事抗战工作。"② 所以说，全面抗战爆发后，对文艺工作者与文艺工作的组织成为"文协"建立及对包括诗人在内的文艺工作者动员的历史现实要求。

在抗战的历史任务中建立的"文协"，在中国现代文学史上有着极为重要的意义，不仅在于它是全面抗战时期成立的全国最大的文艺团体，而且还在于它是获得国共两党共同认可和支持、但又不在党派中的文艺界抗日组织，是全面抗战时期全国抗日民族统一战线的重要组成部分，1938 年 3 月 27 日"文协"在汉口的成立也标志着抗战时期全国文艺界抗日民族统一战线的形成。

从"文协"成立之初周恩来、周扬、冯雪峰、冯玉祥、邵力子、张道藩等国共两党的参与情况，我们也可以看出，"文协"作为新文学史上规

---

① 楼适夷：《中华全国文艺界抗敌协会发起旨趣》，《文艺月刊》第 1 卷第 9 期，1938 年 4 月，第 183 页。

② 吴溅予：《对中华全国文艺界抗敌协会的希望》，《文艺月刊》第 9 期，1938 年 4 月，第 187 页。

模最大的文学团体，它的成立本身依赖于政治上国共两党的再次合作，建立起了在国共两党合作框架内的文艺界的抗日民族统一战线。国民党颁布的《抗战建国纲领》中也明确："在抗战期间，于不违反三民主义最高原则，及法令范围内，对于言论出版集会结社，当舆以合法之充分保障"①，在抗日民族统一战线的特殊政治生态下，对文艺活动给予了一定的空间。"文协"成立之初也明确表明自己的态度："这不是一个普通的文艺集团，而是一切文艺家为反抗暴日帝国主义的大团结；集合在这抗日旗帜下的我们，虽然在文艺流派上说起来是可以区分为多种多类的，但是我们在政治上只有一个目标一个信念：中华民族必须求得自由独立，而要求得到自由独立，必须全民族精诚团结！"②　所以，"文协"的成立得到了周恩来、冯玉祥、邵力子、陈立夫等中共和国民党高层的关心和支持，并得以广泛团结不同文学、政治立场的文艺工作者——在"文协"的成员中，既有茅盾、周扬、丁玲等左翼文人，也有张道藩、王平陵等右派文人；既有中国共产党党员，也有国民党党员；既有茅盾、端木蕻良等小说家，曹禺、田汉、欧阳予倩、陈白尘等戏剧家，胡风、朱光潜等理论家，也有艾青、臧克家、高兰、臧云远、穆木天、彭慧等诗人。周恩来在"文协"成立大会上的讲话中盛赞："这种伟大的团结，不仅是在最近，即在中国历史上，在全世界上，如此团结，也是少有的！这是值得向全世界骄傲的。"③　正是在这一背景下，"文协"成为一个最具凝聚力的文艺团体，担负起了动员和组织诗人等文艺工作者投身抗战救亡、争取民族自由独立与解放的历史重任。

在诗人及其他文艺工作者的动员组织和"文协"的建设上，"文协"从总会到分会的系统统筹，实现了对全国文艺工作者最大范围的动员与组织④，将诗人与其他文艺工作者组织和团结在了一起，从而有效地改善了当

① 中央社：《抗战建国纲领》，《半月文摘》第 2 卷第 5 期，1938 年 4 月 25 日，第 134 页。
② 中华全国文艺界抗敌协会：《告全世界的文艺家》，《文艺月刊》第 9 期，1938 年 4 月，第 182 页。
③ 《新华日报》1938 年 3 月 28 日。
④ 冯乃超：《中华全国文艺界抗敌协会简章》，《文艺月刊》第 9 期，1938 年 4 月，第 184 页。在《中华全国文艺界抗敌协会简章》中，对会员做了相关规定："凡同意本会宗旨，具有下列资格之一者，由本会会员二人以上之介绍，经常务理事会通过，得为本会会员。甲：文艺作者，乙：文艺理论及文艺批评者，丙：文艺翻译者。"

时被破坏了的文学秩序，改善了文学生态，在抗战文艺活动、文艺工作者权益保障等方面发挥了积极作用，成为一个多元共生的文学社团。

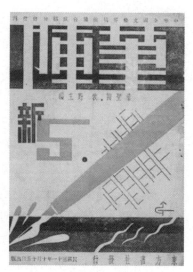

《笔阵》封面

为了实现在更大范围对文艺工作者的组织，且出于战时生态的特殊性，"文协"从创立开始，就确立了总会统筹会务，并在会员达5人以上的各个地方设立分会的组织结构。其中，总会又由会员大会、理事会、常务理事会和下设机构总务部、组织部、研究部、出版部等分别组织和处理不同事务，利用会刊《抗战文艺》等媒介对外公布会务情况并引导文艺工作发展，形成了较为有力和有效的组织机制。"文协"总会成立后，成都、昆明、桂林、贵阳等地纷纷成立分会，使文艺界被广泛地动员和组织了起来，使迁入西南的诗人们和西南本地的诗人汇成了一股洪流。事实上，"文协"在筹备成立之初，就着手了对全国文艺工作者的动员和组织，据《中华全国文艺界抗敌协会筹备经过》中记录，在"文协"筹备中，为了将成立"文协"相关文件向散处各地的文艺工作者宣传，并调查登记各地文艺工作者，做好"文协"对全国文艺工作者的组织工作，"文协"对各地的任务做了具体分工，"重庆推曹禺，沈起予负责，调查该地作家，成都推周文，陈白尘负责，昆明推李长之，朱自清负责，长沙推王鲁彦，张天翼负责，广州推胡春冰，汪馥泉负责，桂林推孙毓棠，封禾子负责，香港推茅盾，许地山负责，其余各地，均有人负责调查登记等事"①。其中，"文协"昆明分会成立于1938年5月1日，以朱自清、李长之、杨振声、雷石榆、高寒（楚图南）、杨东明、彭慧等人为理事，并于1938年7月13创办会刊《文化岗位》（1941年改为《西南文艺》），1938年8月20日又创办诗歌月刊《战歌》②；"文协"桂林分

① 草莱：《中华全国文艺界抗敌协会筹备经过》，《文艺月刊》第9期，1938年4月，第186页。
② 余斌：《抗战初期昆明文协成立的前前后后》，《西南学刊》2012年第2期。

会成立于 1939 年 10 月 2 日，以鲁彦、林林、欧阳予倩、艾芜、舒群、胡愈之、夏衍等人为理事，以会报《抗战文艺》（桂刊）、《救亡日报》等为主要活动阵地；"文协"成都分会几经波折，在冯玉祥、老舍等的支持协助下于 1939 年 1 月 14 日成立，李劼人、刘开渠、谢文炳、周文、罗念生等人负责，以会报《笔阵》为主要创作阵地；"文协"贵阳分会由蹇先艾、谢六逸、张梦麟等人发起，成立于 1940 年 2 月①，办有会刊《抗建》，并依托《中央日报》（贵阳版）、《贵州日报》等开展文学创作活动。在这些分会中，尤以桂林、昆明"文协"分会最具影响力，其原因，既有政治环境方面的因素，也有文人整体聚集的状态、工作与生活条件等因素的影响。例如"文协"桂林分会，由于桂系军阀盘根错节的势力与蒋介石国民政府之间始终明争暗斗，故而对国民政府的文化专制政策执行并不彻底，甚至搪塞敷衍，同时对进步文化人士加以笼络，从而为桂林赢得了较宽松的生态环境，许多诗人及其他文艺工作者聚集于此，"文协"桂林分会依托这些力量，文艺活动十分活跃，《中国诗坛》《诗创作》《拾叶》《诗》等专门性诗歌刊物先后创刊，而且还有大量其他文艺刊物，扩展了诗人们诗歌战斗的阵地，并且在诗歌艺术探索、诗歌朗诵活动等方面都开展了丰富的活动，显示出诗人组织和动员的极大成效。虽然西南之外的延安、香港等地建有分会，但由于战争中地理空间阻隔、信息交流不畅等因素影响，整体上，从"文协"总会到各地分会，西南大后方各会联系最为紧密，形成了一个多元共生的大型文艺社团，改善了西南大后方文学生态，并带动改善了战时的中国文学生态。②

　　通过"文协"的有力组织，使广大的诗人、小说家、戏剧家、文艺理论家、翻译家等艺术工作者，"不分轸域，不分思想观点，不记旧仇新怨"③，都统一到了文艺界抗战救亡的统一战线上，使"文协"建设犹如一

---

① 〔日〕杉木达夫：《文协的分会》，李家平摘译，《中国现代文学研究丛刊》1989 年第 4 期。

② "文协"各地分会的组织活动情况，还可参看以下成果：潘成菊《论抗战时期"文协"分会的活动》、余斌《抗战初期昆明文协成立的前前后后》、邬萌《抗敌"文协"成都分会始末》、谢扬青《李劼人先生与"文抗——文协"成都分会片断》、杨益群《高举团结抗战旗帜的文协桂林分会》、张红《"文协"桂林分会与桂林抗战文化运动》等。

③ 胡绍杆：《中华全国文艺界抗敌协会始末》，《新华日报》1943 年 3 月 27 日。

颗落地的种子，从幼苗到枝干逐渐繁茂——仅"文协"1941 年、1945 年度选举名单中的不完全统计，即便抗战后期，大后方整体形势也不甚乐观，但总会会员均维持在 300 人左右，分会会员或人数更众。① 由此，我们也可以看出"文协"组织在文艺界所获得的认可及其凝聚力。郭沫若在纪念"文协"成立五周年的发言中，充分肯定了"文协"在文艺界的组织和统一战线建立上的积极意义，他认为："抗战以来在中国文艺界最值得纪念的事，便是'中国文艺界抗敌协会'的结成。一切从事于文笔艺术工作者，无论是诗人、戏剧家、小说家、批评家、文艺史家，各种艺术部门的作家与从业员，乃至大多数的新闻记者、杂志编辑、教育家、宗教家等等，不分派别，不分阶层，不分新旧，都一致地团结起来，为争取抗战的胜利而奔走，而呼号，而报效。"② 楼适夷在 1947 年的文艺界座谈会上回顾"文协"对文艺界统一战线的建立中，也充分肯定了"文协"的团结作用，认为："文艺界在抗战以前，简直团结不起，但在抗战以后，成立了抗协，却团结了起来。"③ 通过总会与地方分会对分散在各地的文艺工作者的组织，"文协"得以在武汉、重庆乃至全国范围内先后在前线和后方组织多种形式的抗战动员，并利用文艺创作开展对日和面向国际的宣传活动，发起和组织民众参与"献金活动""慰劳信"活动、寒衣捐献等活动。同时，"文协"不仅注重联合文艺工作者抗击侵略、争取民族自由独立与解放，而且还借助"文协"这一组织，也在战时极为恶劣的、艰苦的环境下，借助群体力量，发起了"作家生活保障运动""募集援助贫病作家基金运动"等活动，解决文艺工作者的生存困难，增强了文艺工作者们的凝聚力。

在"文协"通过组织机制建设实现对文人的团结与组织的同时，"文协"及昆明、桂林等地分会，通过组织诗歌座谈会、诗歌朗诵会、诗人节等活动，并依托《抗战文艺》《文化岗位》《战歌》等刊物为阵地，对诗

① 参看邓牛顿《中华全国文艺界抗敌协会会员索考》，《新文学史料》1995 年第 2 期。
② 郭沫若：《新文艺的使命——纪念文协五周年》，《沫若文集》第 13 卷，人民文学出版社，1961，第 90 页。
③ 孔另境、安娥、范泉等：《五四文艺节座谈会》，《文艺春秋》第 4 卷第 5 期，1947 年 5 月，第 2～3 页。

人在抗战诗歌观念、艺术形式等方面的引领，增强了诗人的凝聚力，充分发挥了诗人在抗战文艺运动中的积极作用，为战时文学生态注入了积极的因素，对西南大后方现代诗歌和诗人队伍发展有着积极意义。

中国现代诗人曾在抗日战争全面爆发前的 1937 年 4 月 25 日在上海组织成立了"中国诗人协会"，王统照、艾青、穆木天、林林、高寒（楚图南）、冼星海、厂民等 25 人参加了成立大会，未能参会的郭沫若、王亚平、臧克家、雷石榆、阿英、杨骚、陈子展等人也都成为该会会员。但是，由于抗日战争的爆发，中国诗人协会后期并未能够开展更多活动。[①]"文协"成立后，在抗战大局面前，不同政治立场、不同流派、不同文艺主张的诗人们也团聚在了一起，其中包括了郭沫若、艾青、臧克家、胡风、高兰、艾芜、光未然、穆木天、朱自清、王亚平、李广田、杨振声、闻一多、冯至、溅波、雷石榆、彭慧、冯乃超、姚蓬子、安娥、严辰、聂绀弩、叶圣陶、李白凤、何其芳、徐迟、罗铁鹰、力扬、卞之琳等诗人。事实上，"文协"从创建之初，就十分重视诗人及诗歌活动的组织，刚成立不久的"文协"于 1938 年 7 月 16 日就在汉口举行晚会，检讨一年来的抗战文艺工作。1938 年 8 月 14 日，"文协"总会迁入重庆后，进一步落实了各部工作，其中，研究部负责组织诗歌座谈会、小说座谈会、戏剧座谈会三种座谈会。据诗歌座谈会的召集人之一方殷回忆，仅在 1938 年 10 月到 1939 年 3 月，就组织了 6 次诗歌座谈会，"老舍、魏猛克、高长虹、胡风、安娥、贺绿汀、高兰、沙梅、王礼锡、李华飞、常任侠、杨骚、臧云远等，都是经常的与会者"[②]，这些座谈会涉及的议题包括"诗歌大众化""诗歌民族形式"、朗诵诗运动、街头诗运动等。

"文协"总会和地方分会的会刊《抗战文艺》《文化岗位》《战歌》等不仅是诗人们作为"笔部队"战斗的主要阵地，同时还对诗歌发展中诗人们和其他文艺工作者关心的"诗歌大众化""诗歌形式""诗歌翻译"等问题组织笔谈，例如，"文协"总会刊物《抗战文艺》刊发了《文艺的'功利性'与抗战文艺的大众化》（姚蓬子，第 1 卷第 8 期）、《从'学院

---

① 参看陈松溪《中国诗人协会成立的概况》，《新文学史料》1987 年第 2 期。
② 方殷：《入川出川》，载重庆出版社编《作家在重庆》，重庆出版社，1983，第 60 页。

派'古典派形式主义讲到目前救亡歌曲》（贺绿汀，第 1 卷第 8 期）、《抗战文艺的题材》（沙雁，第 1 卷第 8 期）、《略观战争以来的诗》（胡风，第 3 卷第 7 期）等；"文协"昆明分会专门的诗歌刊物《战歌》上也刊发了《论诗歌朗读运动》（穆木天，第 1 卷第 4 期）、《我们需要讽刺诗》（海燕，第 1 卷第 4 期）、《高兰的朗诵诗》（徐嘉瑞，第 1 卷第 3 期）、《大众化与'诗歌的斯泰哈诺夫运动'》（茅盾，第 1 卷第 5 期）、《谈诗歌朗诵》（佩弦，第 1 卷第 5 期）、《展开我们战斗诗歌的运动》（溅波，第 1 卷第 5 期）、《诗歌的民族形式，口语化、形象化》（溅波，第 2 卷第 2 期）等……这些讨论，及时地总结和回应了诗人在诗歌创作中出现的新问题，纠正和引导了诗歌发展的方向，对于诗歌文学生态无疑有着极为积极的意义。

在武汉、重庆、桂林、昆明等地，"文协"总会及各地分会还通过聚餐会、文艺晚会、诗朗诵会等方式，加强了对诗人的组织和团结。其中，1941年 5 月 30 日（农历 5 月 5 日"端午节"）"文协"在重庆中法比瑞同学会大会议室组织的"第一届诗人节大会"，得到了于右任、陈立夫、冯玉祥等人的支持，郭沫若、老舍、安娥、孙伏园、徐仲年、李长之、任钧、吴组缃等人专门撰写了纪念文章，于右任担任大会主席，高兰等人在诗人节上朗诵了自己或他人创作的诗篇，尉迟允然在《诗人节》短论中盛赞诗人节"不仅是诗人的，而是全民族的"①。诗人臧克家既是抗战时期西南大后方最为活跃的诗人，也是"文协"中最为活跃的组织者，他对"文协"有着亲切而温暖的记忆——"抗日战争时期，重庆张家花园六十五号——'中华全国文艺界抗敌协会'成了我的家"②，同一时期，艾青、王亚平及其他在重庆或昆明、桂林等地的诗人与臧克家一样，都因"文协"而有了"家"一般的归属感。

在复杂的文学生态环境下，"文协"作为一个跨党派、跨文学流派的多元共生的文学社团，不可避免地会遇到一些不和谐的声音，但正如老舍在回应张道藩的"老舍叫共产党包围了"的言论时所说的："现在是团结抗日的时候，大敌当前，我们的一切都是为了抗战。凡是抗战的人我都欢

---

① 尉迟允然：《诗人节》，《抗战时代》第 3 卷第 6 期，1941，第 1 页。
② 臧克家：《少见太阳多见雾》，载重庆出版社编《作家在重庆》，重庆出版社，1983，第 89 页。

迎，不抗战、假抗战的不管什么人我都反对。"① 这种团结抗战的大局意识，使诗人与其他文艺工作者摒弃偏见，团结在了"文协"的大旗之下，有效地改善了战争初期被破坏了的文学秩序，改善了文学生态。

二　《七月》等报刊媒介与诗人组织

《七月》创刊号

在中国现代文学史上，虽然并非所有的文学社团、流派都有自己固定的文学报刊，但不可否认的是，文学报刊作为文学活动阵地和连接作者、作品、读者的一种特殊媒介，确实对社团、流派的形成与发展有着重要的意义。贾植芳先生在《中国现代文学社团流派·序》中也曾指出："五四兴起的中国新文学运动，它的一个重要的历史特色，是从发轫性刊物《新青年》起始，随着运动的深入开展，相继涌现出各式各类的文学社团和文学流派，而这些文学社团和流派之所以成为文学社团和流派，又往往以一个刊物为中心而成名或得名。"② 充分肯定了刊物在文学社团、流派发展中的作用。例如，《创造社丛书》《创造》（季刊）、《创造周报》《创造日》（《中华新报》文学副刊）等与创造社，《语丝》杂志与语丝社，《学衡》与学衡派，《新流月报》与太阳社，《莽原》与莽原社，《论语》杂志与论语派，《弥撒》与弥撒社，《星报》杂志与星社，《礼拜六》《眉语》等与鸳鸯蝴蝶派，《小说月报》与文学研究会，《湖畔集》与湖畔诗社、湖畔派，《新月》《晨报副刊》《诗刊》与新月社、新月派，《现代》杂志与现代诗派，《文艺月刊》与中国文艺社，《新诗歌》与中国诗歌会等，这些报

---

① 邓牛顿：《民族大义　团结御敌——中华全国文艺界抗敌协会档案纵览》，《世纪》2015年第 5 期。
② 贾植芳：《中国现代文学社团流派·序》，江苏教育出版社，1989，第 1 页。

刊由于各种因素的影响，存在时间或长或短，但对于文学社群及文学社群对作家的文学创作组织来讲，有着重要作用。抗战时期的文学报刊，同样作为这样一种媒介，凝聚起许多文学社群，并通过社群对诗人的组织，促进了诗人队伍发展，对于诗歌生态有重要意义，例如，以《抗战文艺》为主要阵地的"文协"，以《七月》杂志为阵地的七月诗派，以《春草》杂志为阵地的春草社，以《文聚》杂志为阵地的文聚社，以《战歌》杂志为阵地的救亡诗歌社，以《诗创作》为阵地的诗创作社，以《诗垦地丛刊》为阵地的诗垦地社等。文学社群的形成和发展，依赖于一定媒介的扭结，这是文学发展史中的一种普遍规律。这种媒介，可以是地域上的因素，如我们习惯上所称的海派、京派，乃至于文学陕军、文学桂军、文学滇军等；可以是文艺思潮、创作艺术上相同、相近的旨趣，如山药蛋派、荷花淀派、九叶诗派……而依赖于一定的报刊媒介的社团、流派，由于有了文学创作活动的阵地，"可以不受原报刊编辑的政治倾向和美学观念的限制，在报刊上说自己想说的话，按自己的表达方式说话，这样就容易形成自己的风格"①，因而，以相对固定的报刊，形成的具有相同或相似文艺主张的社群，还是最为重要和常见的一种类型。如果说"文协"是抗战时期西南大后方乃至全国文艺界的统领性机构，那么，在报刊媒介场域中凝聚到一起的诗歌社群，则是这个统领性的统一战线下一个个的战斗团体。

自中国新文化运动开启以来，文学报刊就作为一个重要的活动阵地，从标志着新文化运动开始的《青年杂志》（后更名为《新青年》）到最大文艺团体"文协"的会刊《抗战文艺》，或许它们创办的主旨并非都是在于对文艺工作者的会聚，但从它们创办开始，就自然成了文艺工作者会聚的重要媒介。全面抗战爆发以后，中国原有的文学中心沦陷后，原有文学秩序被打破，许多刊物由于人员的四散和其他条件限制而被迫停刊，文学生态遭到严重破坏。队伍的聚集、文学活动阵地的重建、新时代要求下的文艺创作的展开等，成为中国现代文学发展的迫切问题。文艺工作者总是在依赖于一定媒介的文学活动中，形成了一个时代文学的整体风貌，并结

---

① 李光荣：《社团与中国现代文学》，《学术探索》2001 年第 4 期。

成一定的社群。正如同《七月》中所说"工作在战斗底怒火里面罢,文艺作家不但能够从民众里面找到真实的理解者,同时还能够源源地发现从实际战斗里成长的同道伙友"①。全面抗战爆发以后,文学报刊的创办本身也是中国文艺工作者开展文艺动员、投身抗日救亡运动的主要途径,而西南相对稳定的后方社会政治、经济、文化环境,也为一些报刊的发展提供了一定条件。"文协"会刊《抗战文艺》作为综合性刊物,对诗歌创作极为支持,创刊8年间发表朗诵诗、讽刺诗、叙事长诗等共计约140余首,还有一批诗论和译介的国外诗歌,胡风、艾青、臧克家、田汉、穆木天、高兰、袁水拍、臧云远等诗人,都是《抗战文艺》中诗歌的主要创作者,同时,《抗战文艺》利用诗歌、诗论和国外诗歌译介等,也担负起了诗歌创作在艺术标准、文艺观念等方面的引导,成为诗人的一种组织途径。除《抗战文艺》外,这一时期诗人诗歌创作活动相对较为活跃的报刊还有《七月》、《希望》(为《七月》停刊后的替代刊物)、《诗垦地丛刊》、《春草》、《战歌》、《文聚》、《救亡日报》、《诗报》、《诗歌丛刊》、《诗丛》、《文艺阵地》、《文学月报》等,《新华日报》《大公报》《中央日报》及重庆、成都、昆明、桂林、贵阳等地报纸及其副刊,也成为当时诗人们开展诗歌创作活动的重要阵地。以这些刊物为阵地,郭沫若、臧克家、艾青、胡风、穆木天、高兰、臧云远、邹荻帆、冯至、闻一多、王亚平、牛汉、柳倩、绿原、方殷、任钧、袁水拍、力扬、曾卓、鲁藜、冀汸、姚奔、杜谷、葛珍、厂民、方然、蹇先艾、彭慧、澌波、雷石榆、海燕等诗人,开展了丰富的诗歌活动,在抗战救亡、争取民族自由独立与解放的伟大事业中,发出了诗人们集体的声音。

如果说诗人借助文学报刊发出了自己的声音而使得报刊媒介在对诗人个体的凝聚上显现了积极作用,那么这种作用或许更大程度上体现为诗人作为诗歌创作主体的个体自觉而参与到社会发展的进程之中,而尚不足以显示出文学报刊在文学生态中所隐含着的对集体主体秩序的建构,那么,以报刊媒介为阵地结成的社团、流派则不同,报刊媒介对于社团、流派"起了一种有力的组织动员作用。它们有各自的发起人和基干成员,又有

---

① 七月社:《愿和读者一同成长——代致辞》,《七月》第1期,1937年10月,第1页。

大量从读者中涌现出来的新生力量作补充，从而形成一种文学力量，在文坛上造成自己的声势和影响"①，这其实已经成为中国新文学发展的一种传统。从新文学革命开启以来，报刊就"一直是作为作家发表自己创作和文学观点的场所，或者是代表文学社群意识的一个重要窗口"②。例如在全面抗战中成长起来并且在中国现代诗歌发展中有着重要影响的七月诗派、九叶诗派等。其中，七月诗派的形成依赖于 1937 年 9 月 11 日在上海创刊的《七月》，以及其后的《半月文艺》《诗创作》《诗垦地丛刊》《希望》等刊物。《七月》创刊之后，在战火中屡屡迁移，并于 1939 年 7 月迁入重庆后获得暂时稳定，但在 1941 年皖南事变后，政治形势的急转直下及国民政府对文化专制统治的加强，迫使《七月》及其他一批进步文艺刊物停刊，原先会聚在《七月》阵地上的诗人们转而在"同人杂志"或"半同人杂志"的《半月文艺》《诗创作》《诗垦地丛刊》等刊物继续进行诗歌创作，直至胡风几经周折后使《希望》作为《七月》的继任者得以创刊，接续起了《七月》的文艺重任。从《七月》在上海创刊以来，因坚持或支持鲁迅等人提出的"民族革命战争的大众文学"口号而被学术界称为"鲁迅派"的胡风，虽在《七月》创刊初期出于文艺立场的差异，主要团聚的是萧军、端木蕻良、萧红、曹白、柏山等一批"鲁迅派"同人，但由于战争中各自迁移的目的地差异，逐渐分散。从而，在抗战文艺的蓬勃发展中，依托《七月》为媒介，胡风作为主编和主要撰稿人，通过组织座谈会、发表诗论和其他理论文章，不仅在以重庆为核心的西南大后方，而且在延安等地区，又团结、组织和培养了一批新的创作者的加入，形成了包括艾青、田间、绿原、阿垅、彭燕郊、邹荻帆、冀汸、牛汉、化铁、天蓝、庄涌、方然、杜谷、陈亦门、山莓等 30 多位诗人的革命现实主义诗歌流派，关注抗战与中华民族的前途命运，"继承了左翼文学的现实主义诗学传统"③，"共同把自由诗推向了一个坚实的新高峰"④。

---

① 贾植芳：《中国现代文学社团流派·序》，江苏教育出版社，1989，第 1 页。
② 杨洪承：《"文协"的社群形态与抗战文学文化研究的视阈》，《当代作家评论》2008 年第 3 期，第 26~27 页。
③ 吕进等：《大后方抗战诗歌研究》，重庆出版社，2015，第 200 页。
④ 绿原：《百色花·序》，人民文学出版社，1981，第 7 页。

　　除七月诗派外，以重庆、昆明、桂林、成都、贵阳等主要城市为主的西南各地，抗战时期还活跃着许多其他的社团、流派。1942 年由王亚平、臧云远等人在重庆发起成立的诗人专门组织"春草社"，以诗歌刊物《春草诗丛》为阵地，参与的诗人十分广泛，除七月派部分诗人外，在重庆的诗人几乎都参加到了"春草社"中，主要包括艾青、柳倩、臧克家、臧云远、冯乃超、沙鸥、袁水拍、高兰、徐迟、力扬等，在重庆及西南都形成一定影响，并发展为"以革命现实主义为其特征的、坚持诗歌大众化方向的一个诗派"①；1942 年 2 月，迫于"昆明的文坛太沉寂"而由林元、马尔俄等联大学生倡导的《文聚》在昆明创刊，并组成在昆明乃至西南形成久远影响的"文聚社"，《文聚》为师生们的文学创作提供了重要舞台，冯至、卞之琳、闻一多、穆旦、杜运燮等著名诗人以自己的诗篇对该刊给予了支持，团结、会聚并影响了一大群优秀的西南联大学生，穆旦一生中最好的诗歌《赞美》《诗八首》都发表于《文聚》②，可以说，《文聚》对后期穆旦、杜运燮、郑敏、袁可嘉等为主的九叶诗派的形成所产生的作用不容置疑。除此外，还有以《战歌》杂志为阵地的救亡诗歌社，以《诗创作》为阵地的诗创作社，以《诗垦地丛刊》为阵地的诗垦地社，以《高原》壁报为阵地的蒙自南湖诗社，以《警钟》为阵地的警钟社，以《新诗》《诗与画》为阵地的新诗社，以及后期成长起来的以《诗创造》《中国新诗》为主要阵地的九叶诗派等众多诗歌社团和流派。诗人社团、流派的形成中依赖于报刊媒介，同时也以报刊媒介为阵地，在对诗人的组织、动员中建构了文学的秩序，改善了诗歌发展生态。

　　在战争中随着文学中心的沦陷而被破坏的秩序，经历短短的时间能够通过"文协"等组织和文学报刊等媒介得以重建，并形成一些独具特点和有重要影响的社团、流派，一方面可以说明经过二十多年发展的中国现代文学，已经形成了自身顽强的生命力，具备极强的对现代社会形态的适应能力；另一方面也表明，借助文学报刊使文学社群得以发展，是战时生态下文学自身发展的一种内在要求。因为，通过这种方式，在适应抗日民族

---

① 朱光灿：《中国现代诗歌史》，山东大学出版社，1997，第 810 页。
② 黄葵：《"秋风里飘扬的风旗"——西南联大现代主义诗人群诗歌创作研究》，硕士学位论文，贵州师范大学，2007，第 10 页。

统一战线需要的同时，能保持和满足文学艺术的多样性、多元化发展。正是依赖于文学报刊自身的凝聚力，作为诗歌创作活动阵地，文学报刊在对诗人的会聚中，作为重要媒介，促进了诗歌社群的发展，也进一步增强了诗歌社群对诗人的组织，不仅维持了相对稳定的诗人创作队伍，而且在一定程度上丰富了诗歌艺术的发展形态。中国现代文学发展的历程充分证明，报刊媒介在文学社团、流派的形成中充当了重要的推动力量，用陈平原的话来说就是："报刊适合于'造势'"，而"文学要革新，学术要进步，需要集合一些同道、提出一些口号，以推进文学及学术事业的发展，这时候，个人著述的影响力，远不及报纸、杂志来得大"，所以以报纸、杂志为主体的报刊媒介就成为"集结队伍、组织社团以交流思想的主要阵地"。[①] 西南大后方的报刊媒介也正是依赖于相对集中的诗人队伍、相对稳定的社会环境、联系上的相对紧密，从而在诗歌社团、流派的形成和发展中，实现甚至优化了对诗人的组织，影响甚至导引着诗歌艺术发展的方向，改变了大后方的诗歌生态。

文学活动并不天然地要依赖于文学报刊，但文学报刊对于文学生态却有着十分重要的影响。文学报刊作为文艺工作者活动的阵地，是创作主体、作品与读者连接的纽带，同时，也受到政治、经济、文化等生态环境的直接影响，甚至是控制。也就是说，政治、经济、文化等生态环境决定并影响文学报刊的发展的同时，又通过文学报刊对文学生态形成直接影响，并体现在创作主体、作品及作品向读者的传播。虽然晚清以降的中国文学就已经逐渐形成了"以报刊为中心来展开"[②] 的传统，但在战时的西南大后方，战争的破坏，政治上的专制和黑暗、经济上的衰败，以及"战时图书杂志原稿审查"等文化专制制度的管控，文学生态整体上并不稳定，许多报刊办刊条件十分艰难。即便是在一定程度上获得国共两党支持，并得到如邵力子、冯玉祥、宋庆龄等许多进步人士支持的"文协"总会会刊《抗战文艺》，也在抗战后期曾经一度难以为继，出版数量、稿费都几度缩减。《抗战文艺》与"文协"尚且如此，对于其他报刊媒介而言，

---

① 陈平原：《文学的周边》，新世界出版社，2004，第100页。
② 同上。

就更为艰难,《七月》《战歌》《文聚》《笔阵》《救亡日报》《中国诗艺》《诗垦地丛刊》《诗前哨》《文艺阵地》《文学月报》等刊物,在诗歌社群的形成、发展与诗人的组织等方面都发挥了积极作用,有的报刊虽几经停刊后又艰难复刊,但在抗战胜利前停刊的却不在少数。这也使得这一时期诗人社群的变化十分频繁,社群成员流动性也较大。当然,这不仅受到报刊媒介的影响,也还由于中国正处于社会历史的变革阶段,所以"文学作为一种社会意识形态,它的发展和前进,必然受到其它意识形态,尤其是作为上层建筑的主体的政治力量的制约和影响,这就不仅造成文坛上的各文学社团或流派相互之间的竞争和消长,也造成文学社团或流派自身内部的变异、分化和消亡"①,文学社团的发展变化,其实也是由文学自身所处生态环境所决定而形成的一种发展规律。在这样的生态环境之下,诗人们自然在诗歌中充满了动荡颠沛与热血怀想,成就了时代独具的诗歌。

三 西南联大等校园文学社群与诗人的组织

西南大后方校园诗人在抗战时期的组织,虽然已经引起了当今学者的关注,但并未获得足够重视。整体上看,学术界更多关注到的只是像穆旦、郑敏、辛笛、袁可嘉等作为一个诗人的身份及其诗歌的创作,忽视了他们作为一个群体所成长的时代和校园空间,将诗人与其所成长的生态系统割裂。但我们可以肯定地说,如果没有西南大后方校园中的学生诗人社群,特别是西南联大校园诗人社群,那么,所谓的"西南联大诗人群"也就无从谈起,西南大后方诗人、诗歌及整体的诗歌生态,也就不完整。从五四新文化运动以来,北京大学等校师生,特别是高校师生,就已经自觉地承担起了社会变革先锋的历史使命,而这也已经为历史所证明。在抗战时期,迁入西南的高校为主体的在校师生,同样未曾止住他们在历史变革中前行的脚步。他们主要依托分布在重庆、成都、昆明、桂林、贵阳及其周边的城镇、乡村的校园,以师生为主体,在文学领域也积极开创着新的空间,结成多个文学社群。虽然因各校自身环境、所处地方政治、经济、

---

① 贾植芳:《中国现代文学社团流派·序》,江苏教育出版社,1989,第1页。

文化环境等的差异，使得社群数量上或多或少、规模上或大或小、存在时间或长或短，但通过社群组织凝聚力量，形成了与"文协"和学校外的报刊媒介所不同的诗人的组织形式。

杨洪承在对 20 世纪中国现代文学社团流派的研究中指出："任何时代的群体现象离不开彼此相互联系的'空间'，尤其走向现代社会的群体与'空间'有着更深层的意蕴。"① 教育本身"是'社会文化的一种具体形态'，是渗透和体现着整个社会文化、社会生活的教育事实和教育生活"②，既处于社会发展的整体文化环境之下，但又有着其自身独特的文化空间。战时高校的西迁及其在重庆、成都、昆明、桂林等西南部分主要区域的聚集，虽然办学和生活条件十分艰苦，甚至经常因侵华日军的轰炸而面临死亡的威胁，但国民政府中的一些有识之士相信教育是"国家大计"、建国"中坚"，所以出台了《战区内学校处置办法》《战事发生前后教育部对各级学校之措置总说明》《公立专科以上学校战区学生贷金暂行办法》《战区各级学校学生转学及借读办法》《教育部登记专科以上学校学生分发借读办法》《国立中学战区学生贷金暂行办法》等政策措施，对学校运转和学生继续学习提供了一定的保障。同时，在西南大后方战时特殊社会生态下，加之校园空间联系紧密、文学和文化资源汇聚，形成一些文化繁荣的中心区域，如迁入昆明的北京大学、清华大学、南开大学合并组建的西南联大，汇聚在成都华西坝的南京金陵大学、燕京大学、齐鲁大学、金陵女子大学、中央大学医学院成"五校联办"盛况……在重庆的"沙坪坝"、成都的"华西坝"、北碚的"下坝"、江津的"白沙坝"甚至因学校、文人、文艺社群的聚集和丰富的文化活动而获得了"文化四坝"的美誉，这相比于战时社会因战争破坏而导致的松散、凌乱、无序，学校成为一个高度聚合的文化场域。从而也使聚集在学校这个独特的文化场域中的爱好文学的学生和诗人、作家们，在空间上的联系更为紧密，为一些社群的形成并对诗人在战时生态下的组织创造了便利，成为战时西南大后方诗歌社群

---

① 杨洪承：《"公共空间"与文学社群关系——20 世纪中国现代文学社团流派研究的再思考》，《文学评论》2011 年第 6 期。

② 白明亮：《文化、政治与教育——教育的文化政治学阐释》，博士学位论文，南京师范大学，2014，第 41 页。

成长和诗人组织的与"文协"和报刊媒介不同的又一独特而重要的生态环境。据统计，仅在云南昆明的西南联大及其在云南蒙自等地的分校中出现过的群社、联大剧团等社群组织就达到 100 多个，其中包括冬青文艺社、文聚社、新诗社、南湖诗社、边风文艺社、火星文艺社、两周文艺社、布谷社、新地社、春雷社、微波社、枫社、百合诗社、文艺社、新河文艺社、耕耘社、十二月文艺社等数十个文学社团①，其他还有在重庆北碚兼善中学的突兀社，重庆复旦大学的复新社，以重庆复旦大学学生为主体成立的中国学生导报社等。他们甚至大多并未在历史上停留太长时间，但在那个特殊时代，他们创造条件，团结在一起，在发出自己的呼声和书写文学激情的同时，也使这个集体中孕育和培养了中国现代新诗的新希望。当然，在此背景下在西南联大中形成的诗歌社群及成长起来的诗人影响最大，杜运燮甚至认为："西南联大的校园诗构成了中国现代诗歌史上的高峰。"②

西南联大的校园文学社群及诗歌取得极高成就，既是历史的因缘际会，也是当时西南联大所在地文学生态环境作用的结果。一方面，全面抗战爆发后，迫使中国高校大迁移，北京大学、清华大学、南开大学也就在此背景下合并，联合成立西南联合大学，不仅使学校文化理念、思想意识、校园风气不同的学校整合到一起，而且还会聚了三所中国最优秀的现代大学师资，形成了中国现代教育史上最伟大、影响也最深远的大融合，三校合并并未因各校传统的差异而导致矛盾和分裂，反而秉持"刚毅坚卓"的校训，坚持"学术独立、精神自由"的文化理念，聚合在西南联大的现代知识分子普遍具有吃苦耐劳、团结合作的精神与民主和谐、兼收并蓄的品格，共同成就了一个自由积极的学术环境；另一方面，西南联大所在地昆明的实际权力尚在民族主义者龙云手中，保持着与国民党政府既协调又对抗的关系，"其间所形成的张力，为联大师生自由的精神活动提供了一个天然的保障"③，并且由于龙云治下的云南重在地方建设与维护地方稳定，政治相对开明、环境宽松，经济上也在全面抗战大迁移后得到快速

---

① 参看李光荣《西南联大的文学社团》，《云南日报》2007 年 3 月 20 日，第 9 版。
② 杜运燮、张同道编《西南联大现代诗钞》，中国文学出版社，1997，第 585 页。
③ 姚丹：《西南联大历史情景中的文学活动》，广西师范大学出版社，2005，第 66 页。

发展和充实，而龙云的儿子龙绳武本就是民主进步运动的积极分子，他在1944 年 12 月创办的《观察报》中刊发的社论被喻为"锋利的匕首"①。因而，这种校内外的环境，使西南联大校园文化十分繁荣，校园诗歌社群异彩纷呈，遥遥领先于其他地方的学校。

南湖诗社由联大学生向长清和刘兆吉发起，成立于 1938 年 5 月 20 日，因当时西南联大设于云南蒙自的分校地处蒙自南湖畔而得名，既是西南联大第一个专门性的诗歌社团，也是西南联大成立后创办的第一个文学社团。1938 年 8 月蒙自分校回迁昆明后，更名为高原文艺社，后于 1939 年 5 月在萧乾的倡导下又更名为南荒文艺社，并将成员范围从西南联大扩大到校外，中山大学、同济大学等学校的文学爱好者也参与到了社内。该社团在朱自清、闻一多等校内导师和香港《大公报·文艺》副刊负责人萧乾、《中央日报·平明》副刊负责人封凤子等的关心和支持下，从南湖诗社到高原文艺社，再到南荒文艺社，不断获得成长，"是西南联大文学社团发展的重要阶段，在西南联大文学社团史上，起着奠基和开拓的作用，它在组织形式、作品发表方式、对民间文艺的重视等方面为后来的社团所继承，尤其重要的是它为后来的文学社团培养和准备了骨干"②，包括了穆旦、赵瑞蕻、陈士林、辛笛、陈祖文等。

"西南联合大学学生社团中活动最长、文艺成就最突出、影响最大"③的、以林元、刘北汜、马尔俄、杜运燮等人为骨干的冬青文艺社在 1940 年初诞生，并一直持续到抗战胜利后北归复员。冬青文艺社聘请了闻一多、冯至、卞之琳、李广田为导师，广泛吸收西南联大本校和其他学校师生参与，冬青社不仅如其他文学社一样广泛组织诗歌朗诵会、座谈会、文艺晚会，举办演讲、游园等活动，借助昆明的《中南三日刊》《革命日报》（贵阳，后改名《贵州日报》）开辟诗歌等作品发表园地，团结和动员诗歌爱好者积极参与活动、增强凝聚力，而且还通过组织壁报《冬青》、手抄本《冬青》杂志，以及在街头、农村的墙壁、树干粘贴《街头诗页》等途径，拓展和丰富

---

① 王作舟：《抗战时期的云南新闻事业》，《思想战线》1996 年第 2 期。
② 李光荣：《西南联大的早期文学社团》，《新文学史料》2005 年第 3 期。
③ 蓝华增：《云南现代作家、文学社团和期刊（之三）》，《楚雄师专学报》（社会科学版）1990 年第 2 期。

了富有校园气息和活力的社团活动空间。其中，仅冬青社从 1941 年 6 月至 1942 年 8 月在《革命日报》辟出的《冬青诗抄》就刊载了"冯至、李广田、卞之琳、闻家驷、谢文通、方敬、力扬、林庚、杨刚、穆旦、刘北汜、杜运燮、汪曾祺、李白凤、吕亮耕、姚奔、黑子、金克木、汪铭竹、孙望、陈赤羽"[①] 等人的诗歌或译介作品，杜运燮后来回忆时还评价冬青社在校外铅印出版物"可能是联大早期学生社团活动中，独一无二的特殊情况"[②]。在师生共同建设下，一大批优秀的新诗战将在冬青社中成长起来。

文聚社的发展同样令人瞩目。1941 年，"皖南事变"后，西南大后方政治气氛骤然凝重，一批刊物停刊，一些文人撤离西南，本就在战时生态下艰难维系的文学生态再受重压，校园中的文学气氛也偏于低沉。林元、马尔俄、李典、马蹄等深受五四精神熏陶的西南联大学生"为了冲破'皖南事变'后国民党反动政府的政治高压气氛"[③]，筹划创办了文艺刊物《文聚》，于 1942 年 4 月 16 日创刊，并将社名确定为"昆明西南联大文聚社"。文聚社是一个综合性文艺社团，《文聚》也是一份综合性文艺刊物，但诗人和诗歌创作是其中最重要的组成部分。在文聚社创立之初，就获得了冯至、卞之琳等当时著名的现代主义诗人的支持，并且在《文聚》刊物上发表诗歌、译介诗作多篇，其中包含了冯至最具代表性的 6 首十四行诗，以及对济慈（杨周翰译）、里尔克（卞之琳、冯至译）、尼采（冯至译）、魏尔伦（闻家驷译）等人诗歌的译介。还吸引了穆旦、郑敏、杜运燮、辛笛、罗寄一等青年诗人的参与，其中也包含了冬青社等其他文学社团的成员们，以及西南联大外的国统区、解放区的何其芳、袁水拍、方敬等诗人的参与，并在《文聚》发表作品多篇。文聚社不仅为师生们的诗歌创作、交流提供了一个十分重要的舞台，而且通过冯至、卞之琳等诗人的带动，以及他们对国外诗歌艺术作品选择性的译介，传播和营建了浓厚的现代主义诗学氛围，构建了良好的诗歌生态，促进了学生诗人们的成长。其中，

---

① 蓝华增：《云南现代作家、文学社团和期刊（之三）》，《楚雄师专学报》（社会科学版）1990 年第 2 期，第 38 页。

② 杜运燮：《白发飘霜忆"冬青"》，载西南联大校友会编《笳吹弦诵在春城——回忆西南联大》第一集，云南人民出版社，1986，第 324 页。

③ 蓝华增：《云南现代作家、文学社团和期刊（之四）》，《楚雄师专学报》（社会科学版）1990 年第 4 期，第 28 页。

穆旦不仅在这一时期创作了《赞美》《春的降临》《诗三章》《合唱二章》《线上》等诗歌，并借助《文聚》发表，而且，其中发表在《文聚》第 1卷第 1 期上的《赞美》也是他具有代表性的作品，诗中以欢呼"一个民族已经起来"为情感基调，抒写对饱经苦难的、不屈的民族精神的赞美：

> 说不尽的故事是说不尽的灾难，
> 沉默的是爱情，是在天空飞翔的鹰群，
> 是干枯的眼睛期待着泉涌的热泪，
> 当不移的灰色的行列在遥远的天际爬行；
> 我有太多的话语，太悠久的感情，
> 我要以荒凉的沙漠，坎坷的小路，骡子车，
> 我要以槽子船，漫山的野花，阴雨的天气，
> 我要以一切拥抱你，你
> 我到处看见的人民啊，
> 在耻辱里生活的人民，佝偻的人民，
> 我要以带血的手和你们一一拥抱，
> 因为一个民族已经起来。①

这首诗采用现代技巧，将抒情寓于大量意象、象征之中，丰富了诗歌内容，增强了情感的表现力，是穆旦所提倡的"新的抒情"的早期实践。这也可以说是在西南联大这样的文学生态环境中，许多现代主义诗人成长共同经历的一个结果，向"新的抒情"的进发，包括郑敏、杜运燮、袁可嘉、辛笛等。

同为校园诗歌社团的新诗社虽创办时间较晚，于 1944 年 4 月 9 日方才成立，但他们在学生诗人组织及诗歌活动的开展方面极为积极，闻一多担任该社导师，他们不实行会员登记——"大门永远开着"，通过举办不同规模的诗歌朗诵会传播了普希金、惠特曼、艾青、冯至、绿原等人的诗歌，对学生诗人的成长有积极意义，该诗社还组织学生诗人们参加"文协"活动，组织贫病作家募捐活动，传播了民主进步思想。在抗战结束西

---

① 穆旦：《赞美》，载穆旦《穆旦诗选》，人民文学出版社，1986，第 51~52 页。

南联大各校复员北上时，新诗社社长何达写下了一首诗歌为新诗社作最后总结，其中写道：

> 她在阳光里诞生，
> 在暴风雨里成长。
> 她从来不长吁短叹，
> 低吟慢唱；
> 她没有小声小气地讲过话，
> 因为她的面前
> 永远是成千上万的人，
> ……
> 当大家都在
> 一团雾里
> 提心吊胆地过日子，
> 新诗社大胆地喊着：
> "我们太冷了，
> 我们太潮湿了，
> 我们要把肋骨
> 象两扇大门似的打开，
> 让阳光直晒我们的心。"
> ……
> 那一群坦白热诚的青年，
> 没有顾忌地批评，
> 真心真意地赞美，
> 他们的大门永远开着，
> 没有一个抽屉是上了锁的，
> 他们用生命来写诗，
> 不是用笔墨。①

---

① 蓝华增：《云南现代作家、文学社团和期刊（之四）》，《楚雄师专学报》（社会科学版）1990 年第 4 期。

这首总结性的诗歌伤感而自信，充满浓浓的校园气息，以及青年们勃勃生机中不屈的抗战精神和对美好未来的无尽向往，几乎也可以把它视作对战时大后方校园诗歌社群中聚集的学生诗人们精神世界的写照。

在西南大后方，其他学校也出现了多个社团，但相比之下，由于西南联大所处生态环境，以及西南联大教师中本身就会聚了一大批当时影响力极大的诗人、作家，因而，在这种环境下成长起来的社团，不只是团结和组织了本校文学爱好者并引导他们在文学的道路上成长，同时也担负起了引领全面抗战时期中国校园学生文学运动的重任。当然，校园中的文学社群事实上也往往聚集在一定的报刊媒介场域之中，如我们前面所提到的以西南联大师生为核心的文聚社等，但是，如冬青社，他们也结合校园空间与人员集中的特点，在不具备出版条件的情况下，利用壁报、手抄杂志、街头报等形式，拓展了学生诗人们的活动阵地，丰富和改善了校园诗歌生长环境，并丰富了诗体艺术、传播形式等，它对于校园学生诗人们成长和中国现代诗歌发展的意义也值得肯定。

小　结

诗歌生态是外在文学生态环境作用于诗歌活动的结果，但这种作用是通过诗人及其主导的诗歌活动显现出来。诗人作为诗歌创作活动中的主体，处于诗歌生态的中心，而人既是感性的也是现实的，"是一切社会关系的总合"[①]。全面抗战时期的中国现代诗人，在战火与硝烟的催逼之下，走出书斋，走出家园，走出学校，很多人眼见着自己的温暖家园在战火中沦陷，在战火中破败，被逼迫走向了他乡，甚至走向了战场，这样的生命体验和经历，成为中国现代诗歌发展中最为宝贵的资源。因而，诗人的生存状态，也成为诗歌生态中最重要的构成部分。

虽然西南大后方并未能给诗人们提供一个乌托邦式的理想之境，但相

---

① 《马克思恩格斯选集》第 2 卷，人民出版社，2012，第 135 页。

比于战火中被毁坏的、被蹂躏的、已沦陷的大半个中国，相比于那些被奴役的、被屠戮的同胞们，这里仍然为诗人们会集到一起并发出抗战救亡、争取民族自由独立与解放而斗争的呼声提供了空间。在此基础上，"文协"、《七月》等报刊媒介、西南联大等学校学生文学社群等，在诗人的动员、组织中，重构文学在战争中被破坏了的秩序，改善了战时文学生态。正如楼适夷等在《中华全国文艺界抗敌协会发起旨趣》中所说："过去中国文艺界虽有过几次全国性的文艺组织，但是因种种原因不能一致，总不能有良好的成果。现在情势已完全不同了，全国上下，已集中目的于抗敌救亡。"① 也就是说，抗敌救亡的紧迫现实，使文艺界空前地团结在了一起。郭沫若在 1937 年 10 月 19 日上海文化界纪念鲁迅逝世一周年集会上留下"鲁迅以前，前无鲁迅，鲁迅以后，无数鲁迅"② 的警句，激励了无数文学青年。而西南大后方成长起来的年青诗人们，也成为这支大军中的一员。

当生存成为第一要紧的事情的时候，艺术其实就退居了次要的位置，或者至少也是要服从于生存的需要。战时诗人们从初期的流散，到 1938 年之后的聚集，民族、国家的生存，自我个体的生存，这些问题的纠缠在这个时代就显得特别明显，不论是"文协"还是其他诗歌社群，抑或是闻一多挂牌制印、"文协"组织为贫病作家募捐，无不是这种纠缠的显现。这种纠缠作用于诗歌创作中，促成了诗歌艺术上的多重变化，甚至于奠定了诗歌发展的基调——革命的、大众的、现实的。

---

① 楼适夷等：《中华全国文艺界抗敌协会发起旨趣》，《文艺月刊》第 1 卷第 9 期，1938 年 4 月，第 183 页。

② 重庆师范学院中文系国统区抗战文艺研究室：《抗日战争时期国统区文艺大事记》，《重庆师范学院学报》（哲学社会科学版）1981 年第 2 期。

第三章

诗歌的接受与传播状态

文学的传播与接受是文学活动的重要环节，也是完整的诗歌创作活动的主要构成部分，因而传播与接受生态也是诗歌创作生态的重要内容。一般逻辑上，我们常常将文学传播与接受视作文学创作活动流程中的末端，将其置于创作活动的被动位置。但事实上，文学创作活动中的主体及作品本体、客观世界和作品的传播与接受，同构成完整文学活动的同时，也是相互影响，并共同形成文学的发展生态。全面抗战时期的西南大后方及其战时生态的客观现实，构成了诗人们所处的生态环境的特殊性，也决定了战时生态下诗歌的传播与接受，必然因中华民族救亡图存的艰辛与伟大的历史使命而呈现出其独特的阶段性历史特征，并因此而对诗人及其诗歌创作提出新的时代要求。正如艾青在《论抗战以来的中国新诗——〈朴素的歌〉序》中指出：

> 当着一个国家临到了它空前的危机的时候，当着侵略的敌人已跨上了它的土地的时候，诗人不仅应该用情感去激起人民的仇恨与愤怒，不仅应该由仇恨与愤怒鼓舞起人民参加战斗；诗人们更应该教育给人民以生活的智慧，教育给人民以后慎密的思考，培长人民的坚韧沉毅的性格，使他们能从悠久的盲目迷信的，被蒙蔽着的，反科学的神秘精神里摆脱出来，从封建文化的桎梏里摆脱出来。[①]

但某种程度上，这只是向作为创作主体的诗人提出了时代性的要求，

---

① 艾青：《论抗战以来的中国新诗——〈朴素的歌〉序》，《文艺阵地》第6卷第4期，1942年4月，第10页。

为了达成这一目标，诗人们就必须在应和接受和传播现实的基础上，才能进而"启蒙"大众，因为"文学文本只有被读者感受领悟、评者思考判断，才可能被真实可信地理解、言说，才能被公众普遍认知并融进公众的生活中"①，进而，也才能彰显其创作的意义与价值。诗歌作为一种文学样式，自然也概莫能外。

第一节　接受群体类型及其对创作的影响

自从文字诞生以后，数千年以来，文学就一直是小众化艺术，虽然在中国的古代就曾经出现了金石器皿、竹简木牍、锦缎丝帛及各类纸张为材质的文学传播载体，但真正意义上的文学的传播与其受众，仍然是掌握在少数人的手中，是少数人的特权。即便是到了"五四"以后，新文化运动和新文学革命的高涨，五四知识分子高扬启蒙主义立场、推行文艺大众化运动，但这时的文艺大众化所依赖的是大量从国外习得或译介的"现代性"知识和思想，正如陈独秀创办的《青年杂志》中所说："我国青年，虽处蛰伏研求之时，然不可不放眼以观世界。本志于各国事情学术思潮尽心灌输，可备攻错"②，将"放眼以观世界"作为启蒙民众的主要方式。毫无疑问，这对于冲破统治中国两千多年的封建礼教桎梏、为传统文化注入新鲜的血液、解放人性和启蒙民主思想，并使中国从两千多年的封建社会真正从思想上步入现代社会，其意义是巨大的。但如果就"五四"运动至全面抗战爆发前的文艺大众化运动来讲，由于它并未能真正走进民众之中，"它本身的不通俗"③，读者群体主要限于市民阶层的知识分子，对广大的工农群众产生的影响十分有限，并未能实现真正意义上的大众化，更大程度上只是一场对知识分子阶层的自我启蒙。全面抗战爆发后，文艺大

① 张政文：《文学文本的意义之源：作者创作、读者阅读与评者评论》，《社会科学战线》2017年第8期，第127页。
② 青年杂志社：《社告》，《青年杂志》第1卷第1期，1915年9月，第1页。
③ 李振坤：《鲁迅与文艺大众化运动》，《新疆师范大学学报（社会科学版）》1981年第1期，第52页。

众化运动成为知识分子在战时参与民族救亡的一种途径，并且因战争中任何阶层、任何身份的人都共同面对的生死存亡问题，而使文艺大众化获得了打开阶层区隔的介质。在此背景下，诗歌这个"短小精悍"的武器，被时代推向了抗战文艺动员的前沿。也因为这个时代的变化，使诗歌随抗战文艺动员向工农阶层的大众化发展拓展了诗歌的接受群体结构，也影响着诗歌的创作生态。

一 底层的大众：文艺动员中的普通市民和工农

全面抗战爆发后，抗战救亡成为全中华民族最为紧迫的共同任务，民众都积极地动员和被动员参与到了民族救亡的大潮之中，都被迫着发出了最后的吼声。也正是在此背景下，诗人们自觉地承担起了历史赋予他们的责任，在国民政府第三厅、"文协"及各种诗歌社群的组织下，积极将诗歌向社会底层普通民众传播，在中国新诗史上使诗歌接受群体第一次真正意义上走向了大众化。这个群体是中国社会各阶层的民众，包含了传统意义上的城市知识分子阶层、学生等，但更直接指向占人口绝大多数的、身处底层的普通市民、工人、农民阶层。回看那段历史，无论是作为壮丁被征送前线战场上参加战斗的士兵，还是在后方被征调参加基础设施建设的民工，他们绝大多数是来自底层的农民、工人和其他普通市民，因为他们本身就占据了中国社会人口的绝大多数。在西南，参战将士总数达百万，而且其后历年征送的壮丁仅四川就约258万人，西南征送壮丁总数在400万以上，征调的民工总数在4000万人次以上，其中仅修筑滇缅公路就耗民工2500余万人次。[1] 在西南大后方建设中，聚集在主要城市及其周边工厂中的各类工人总数也在150万人以上，还有分布在周边的难以计数的为抗战提供重要的粮食保障的农民。[2] 而在中国的其他地方，工人、农民和普通市民阶层同样占了人口的绝大多数。因而，抗战动

---

[1] 参看潘洵、鲁克亮编《抗战时期西南后方社会变迁研究》，重庆出版集团、重庆出版社，2011，第16～21页。

[2] 参看潘洵、鲁克亮编《抗战时期西南后方社会变迁研究》，重庆出版集团、重庆出版社，2011，第49～57页。

员，首先就是向底层的大众发起动员。

首先，在全国总动员、全民族抗战的伟大现实面前，诗人及其诗歌向人民大众的深入，是抗日战争的伟大历史任务对诗歌的召唤。

"战争的时代是诗的时代"①，这个看似偏执的观点，恰恰反映出了战时生态下对文学提出的特殊要求。在抗日战争的伟大历史任务面前，诗人不仅是被动员起来参与到抗战中的一员，而且担负着以自己手中的笔创作的诗歌激发民众抗敌意志、担负着动员民众矢志抗战的重任，在他们看来，"民族战争的号角，已经震响得使我们全身的热血，波涛似的汹涌起来了！……我们是诗人也就是战士，我们的笔杆也就是枪杆"②，他们显然更清楚地意识到诗歌文体特征在动员和发动民众中的独特优势。全面抗战爆发后不久的 1937 年 7 月 25 日，诗场社就迅速出版了《诗场号外·卢沟桥事件专刊》，刊登了黄宁婴的《卢沟桥》、芦荻的《卢沟桥》、鸥外鸥的《中国守卫中国土地》等实事诗歌，编者在《编完》中写道："在敌人的炮火轰炸着卢沟桥之下，我们身在南方，不能立刻跑上前线，于万分悲愤之余，仅以热血挥成诗篇，预祝卢沟桥的胜利，预祝中华民族的胜利"③；《光明·战时号外》在全面抗战初期也先后刊出了任钧的《中国已经开始怒吼了》、臧克家的《抗战的火苗》、王亚平的《八月的黄浦江》、窦隐夫的《劝同胞》等诗歌；《七月》发表了苏金伞的《我们不能逃走——写给农民》、胡风的《血誓》《给怯懦者们》等诗歌……他们以诗的形式，不仅表达着自己内心的情感，而且及时向人民大众诉说着中国正在经历着的战争，向同胞们发出抗战的号召。诗"永远是表达着作者情感生活与时代的脉搏相通的体验的抒情啊"④，所以，它并非新闻、小说等其他文体所可以替代的。也正如《诗》杂志刊出的《我们的呼吁》中所说的："凡有战斗的角落，凡居住着不愿做奴隶的人们的地方都有诗，凡有年青人的地方，凡有人性底呼吸的地方，凡有油印机的地方，凡有纸笔的地方，也都

---

① 胡危舟：《新诗短话 A 节》，《诗创造》第 13 期，1942，第 20 页。

② 中国诗人协会：《中国诗人协会抗战宣言》，《中国诗坛》第 1 卷第 4 期，1937 年 11 月，第 1 页。

③ 《诗场号外·卢沟桥事件专刊（编完）》（1937 年 7 月 25 日），转引自刘福春《中国新诗编年史》上卷，人民文学出版社，2013，第 229 页。

④ 胡危舟：《新诗短话 A 节》，《诗创造》第 13 期，1942，第 20 页。

有诗。"① 诗人们自觉地带着自己的诗歌走进了大众之中。

其次，诗歌接受群体的大众化也是诗歌在抗战的现实需求中积极投身抗战、对诗歌创作做出主动调整的结果。

中国现代新诗从其诞生之初，就高扬反传统文化的诉求，试图救治中国文化生态，"使处于劣势的中国文化生态重新获得旺盛的生命力"，从而也就在新诗诞生之初就赋予了新诗"与生俱来的崇高性和外在的文化责任感"。② 所以，从新诗诞生之初，就弃文言而倡导白话，有了胡适的《尝试集》，不仅开了新文学运动的风气，而且掀开了中国文学从外形到内质的一场大变革，高擎启蒙主义大旗，向民族与社会的变革进军。可是，不容忽视的是，发起这场运动和文学革命的干将，几乎是有着日本、欧美等国留学背景的、接触了社会形态已经高度现代化或一定程度现代化的文人，从《新青年》始，陈独秀、鲁迅、胡适、周作人等人倡导学欧美、习东洋，大量译介国外科技文明及文艺作品、理论成果，适应了精英知识分子为民族国家的觉醒而呐喊和启蒙民智的启蒙话语需求，使现代诗人在借鉴和移植国外经验中促使新诗获得了现代性特质，并且，现代传媒空间的发展和他们在现代社会中所习得的经验，也使他们充分考虑到了启蒙思想的传播与接受，这些都值得充分肯定。但也正因此，使得五四以来诗歌在文艺大众化的呼声中适应了城市知识阶层的文化需求的同时，由于并未真正了解和触及普通市民、工人、农民等底层大众所关心的问题，也未获得他们充分的理解，却远离了普通市民、工人、农民等底层大众，即便现代诗人们主观上并未想要远离普通市民、工人、农民等底层大众，甚至是一再地想要接近和深入他们中。

全面抗战爆发以后，民族生死存亡、民族国家的自由独立与解放的共同问题，使现代诗人与普通市民、工人、农民等底层大众之间获得了空前的共识。诗人们也顺应了时代的要求，积极投身抗战救亡的民族抗战队伍之中，走出书斋、走出学校，在战火与硝烟中穿梭，深切地认识和体会到了中国社会的现实，也了解到了底层大众的生存状况与文化生态状况，一

① 本刊同人：《我们的广播——我们的呼吁》，《诗》第 3 卷第 3 期，1942 年 8 月，第 3 页。
② 方长安：《新诗传播与构建》，中国社会科学出版社，2012，第 2 页。

大批诗人从浪漫的抒情转向对现实的呐喊，而原本就坚持现实主义立场的诗人们，更加深了对战时中国惨烈现实的认识，喊出了大众的声音，如苏金伞的《我们不能逃走——写给农民》中，用普通百姓最显见、最易理解的话语写道：

> 年来日子过得不算好，
> 但那都是鬼子苦害了我们的：
> 他不等你爬起来，就赶紧给一腿，
> 如今他抢到一个地方到处放火，
> 黑烟和火光哩哩啦啦几十里，
> 连老鸹窝也烧的不剩一个；
> 年轻人抓去挖战壕，背子弹，
> 老婆子和小妮子也被奸淫，
> 一不对眼就活埋和剥皮。
> 为了报复这些污辱与仇恨，
> 我们不能逃走，
> 要拿起家伙跟鬼子拼一拼！
> 一个人是一个铁圈，
> 扣在一起就是坚强的铁缆，
> 把那载我们的大船锁靠牢稳，
> 永远不叫那毁灭人类的海盗击碎。
> 等把鬼子赶跑了，
> 再细细品尝那蓝天下
> 倚着锄头时一管烟的滋味。①

特别是随着在战争中政治、经济、文化及文学中心的转移，在战火中聚集在西南大后方的现代诗人们，吸收和借鉴民族民间歌谣、鼓词、民歌、小调、弹词、戏曲等的节奏、韵调和语词等，适应了民众接受的口味，发万众所渴望的呼声，开启了新的启蒙话语，充分显现了中国知识分子"文须有益

---

① 苏金伞：《我们不能逃走——写给农民》，《七月》第 2 期，1937 年 11 月，第 52 页。

于天下"的精神品质。同时，考虑到接受群体的大众化要求和诗歌传播中的现实问题，高兰等掀起了朗诵诗运动，田间等掀起了街头诗运动，进一步适应诗歌大众化传播的需求，也丰富了现代新诗的创作样式和传播形式。正如蒲风在日记中记述自己写作《关于街头诗歌》一文时所说："街头诗歌的提倡，也许又会被人认为大胆的罢！但是，我不是为提倡而提倡，目今的事实上的环境，却要求我来作此开导。……为了宣传，为了尖锐的刺激，我们特别来写作这一类简短的诗歌是有必要的。"① 高兰则呼吁着《展开我们的朗诵诗歌》、锡金高喊着《朗诵去》！老舍在诗歌座谈会上提出的诗歌的任务就包括："一、在情感上，激发民众抗战情绪。二、在技巧上，不论音节文字要普遍的使民众接收，普遍的激励民众。"② 老舍甚至认为："我以为抗战诗有趣味。能使大家高兴。说不定老人也会掮起枪杆来。"③ 这种在抗战现实需求中对诗歌创作艺术的调整，某种程度上适应了中国身处底层的最广大的普通市民、工人、农民阶层的实际，使诗歌大众化运动深入普通民众之中，使诗歌接受群体真正实现大众化成为可能。

林淡秋在 1948 年刊发的《我看文运》一文中认为，抗战对新文艺运动的影响主要体现在两个方面："一方面是新文艺运动向人民的扩大和深入，向政治运动教育运动的广泛会合，文艺与文艺工作者在人民生活与斗争中的考验与改造。而另一方面，更重要的一方面，则是由于生活激变所引起的人民政治文化水准的迅速提高，他们对于文艺的意义和作用的逐渐认识以及他们参加文艺活动的必要和可能。"④ 林淡秋在对抗战对文艺运动的影响所做的回顾中，不仅充分认识到战争对于国家政治和社会整体发展的影响，而且充分肯定了战时生态下文艺工作者在深入大众使自身获得新的实践经验和个体体验的同时，通过文艺向大众的传播，也使大众对文艺的意义和作用形成了新的认识，从而也改变了人民大众对参与文艺活动的

---

① 黄安榕、陈松溪编选《蒲风选集》下册（1985 年 6 月），转引自刘福春《中国新诗编年史》上卷，人民文学出版社，2013，第 232 页。
② 中华文艺界抗敌协会：《我们对于抗战诗歌的意见》，《抗战文艺》第 3 卷第 3 期，1938 年 12 月，第 39 页。
③ 同上书，第 42 页。
④ 林淡秋：《我看文运》，载《文协十周年暨文艺节纪念特刊：五四谈文艺》，中华全国文艺协会编印，1948，第 32 页。

态度。这表明，诗歌大众化运动在深入大众和适应大众接受需求的同时，也改变和重构了诗歌创作的生态，从而在诗歌艺术上促成了一些新的变化，这恰恰是诗歌大众化运动和诗歌接受群体大众化的真正意义所在。

二 挑剔的读者：西南大后方城市知识分子群体

城市是政治、经济、文化等资源的汇聚地，也是各类人群的聚集地。在全面抗战爆发后，以重庆为核心的西南大后方随战事的发展，不仅成为政治、经济、文化及文学的中心，而且由于它作为战时中国的心脏而在中国抗日战争大局中所具有的特殊地位，使它也成为沦陷区知识分子和其他流散人群主要汇聚的地区。其中，汇聚在西南大后方的知识分子群体，不仅是抗战时期文化活动的发起者、参与者，也是文化产品的主要接受者，并因知识分子自身独特的审美标准而成为诗歌接受中与普通市民、工人、农民等大众不同的另一类群体，从而对诗歌创作也提出了不同于普通大众的要求。

鸦片战争后，中国在沦为半殖民地半封建社会的同时，现代性因子也逐渐进入中国的政治、经济、文化等领域，现代化、城市化及工业化成为中国发展的新要求，从而进一步推动了资本向城市的集中，也吸引了人口向城市的流动，促进了现代城市的发展，仅在 1912 年到 1928 年的 16 年间，中国城镇人口总数就从 3100 万增加到 4100 万，人口净增数相当于晚清 70 年间城镇人口增加的总数[1]。全面抗战爆发前夕，更形成了人口数在百万以上的 6 个特大城市，其中，上海达 370 万人、北平 157 万人、武汉 129 万人、天津 123 万人、广州 116 万人、南京 101 万人。[2] 也正是在人口及资源向这些主要城市的集聚中，北京、上海成为中国现代文学的中心，成为知识分子的主要汇集地。全面抗战后，北京、天津、上海、南京、武汉、广州等特大城市和东北、华东、华中、华南的大部分地区都先后沦陷，战前的城市发展生态遭到严重破坏，大量人口向西南、西北后方迁

---

[1] 张景岳：《北洋政府时期的人口变动与社会经济》，《近代中国》1993 年第 3 辑。

[2] 何一民、刘杨：《抗战时期西南大后方城市发展及其特点》，《民国研究》2015 年秋季号。

移。也是在此过程中，随着国民政府迁入重庆，使西南逐渐成为资源和人口的主要汇集地。其中，作为战时首都的重庆的市区人口从战前的 33.9 万人到 1946 年的 125 万人，成都从战前的 48 万人到 1945 年的 74 万人，昆明从 1936 年的 14 万人到 1942 年的 30 万人，桂林从 1936 年的 7 万人增加到 1941 年的 11.9 万人，贵阳从 1936 年的 11.5 万人到 1945 年的 28 万人，这些数据还不包含奔赴抗战前线的数百万官兵。[①] 现代文人们也在历史的裹挟下汇聚西南，重构被破坏了的文学秩序。其实在任何时代，知识分子作为一个群体，既是知识的生产者，也是作为知识的接受者而存在。战时生态中，聚集在西南大后方城市中的知识分子们也不例外，成为诗歌的接受群体之一。

以重庆为核心，包含四川、云南、广西、贵州在内的西南，既是抗战物资、人员保障与供给的中心，更是凝聚中华全民族抗战意志的核心，因而，作为精神产品生产主力的知识分子群体自然有着当仁不让的责任。同时，他们自身也成为西南大后方这个特定场域中知识的接受者。所以，西南大后方诗歌的传播中，聚集在西南大后方城市中的知识分子群体构成了其中的接受群体之一。之所以花费这么多的笔墨来阐述这一问题，根本原因在于战时生态下聚集在西南大后方的知识分子群体本身的特殊性。

也正因为作为诗歌接受群体之一的聚集在西南大后方的知识分子群体的特殊性，因而，如果说抗战文艺动员让诗人及诗歌走向了普通市民、工人、农民等社会底层的普通大众，并促使诗人在适应抗战文艺动员需要及底层人民对诗歌接受需求中主动调整了诗歌创作，那么，西南大后方城市知识分子阶层则因其群体身份对诗歌提出了新的要求——它使诗人携着他们的诗歌在努力走向城市普通市民、工人、农民等底层大众的同时，不至于使诗人丧失了对诗歌自身艺术的探寻。

因而我们可以说，作为诗歌接受群体之一的聚集在西南大后方城市中的知识分子，是一群"挑剔"的读者，但他们的"挑剔"构成了西南大后方诗歌创作生态中不可或缺的调和剂。由于他们的存在，从全面抗战之初，诗歌的创作就在经历着拣选，就如《七月》中所说："文艺家底这工

---

① 谭刚：《抗战时期人口内迁背景的西南大后方现代化》，《重庆社会科学》2012 年第 7 期。

作，一方面将被壮烈的抗战行动所推动，所激励，一方面将被在抗战热情里面踊动着成长着的万千读者所需要，所监视。"① 诗人及其他知识分子们作为读者恰恰构成了这个"挑剔"的监视者。所以，在西南大后方诗歌发展中，才出现了对于现代诗人们诗歌创作中的各种论争。全民族抗战的伟大现实，确立了文学必须要反映抗战生活才有生存余地的普遍共识，也进一步确立了在诗歌等文艺创作中以"抗战"为主要表现内容的文艺创作方向。在诗歌情感的表达上，一大批文艺批评家倡导诗歌要为激发民众的抗战激情、激发民众的抗敌意志服务，从而也就形成了对现代新诗诞生二十多年来"多注意个人情绪"表达的批判，并获得广大诗人的响应，其中，中国诗人协会就宣告"在这种全国抗战的非常时期里，我们诗歌工作者，谁还要哼着不关痛痒的花，草，情人的诗歌的话，那不是白痴便是汉奸"②，呼吁用诗歌吼叫出弱小民族反抗强权的愤怒、唱出民族战士英勇的成绩、写出敌人铁蹄下同胞们的牛马生活。

更为重要的是，"挑剔"的城市知识分子群体，带着批判性的眼光审视诗歌的创作活动，虽然远远不如诗人们饱含着激情，但正因这份冷静，使他们得以对诗歌的发展表达着自己的理性建议，从而不断纠正着诗人前行的方向，成为现代新诗发展中自我建构和创作生态优化的有效途径。在蒲风的日记中就有一段饶有趣味的记录："《救亡日报》上今天登载了一篇教训我们的文章。作者为蓝波君，声明了其为诗歌的门外汉，但是鉴赏者之一。其中心点在骂我们忽视诗歌的形式，认为我们缺乏苦心孤诣地创造'恰足以配合精确的内容'的完美形式的忍耐力。"③ 蓝波批评这时的诗歌创作是在"热情地加紧粗制滥造"之中，但蒲风对此完全不能接受，认为蓝波是在未曾读完诗集的情况下"举一倒万""出风头"，蒲风确信"讽刺诗却预备由此而产生"。值得注意的是，蓝波在发表诗歌评论时自称"门外汉"，这实际上是很多不写诗的评论家自谦的说法，但也正说明了他们作为一个特殊接受群体存在的事实。蒲风日记中所显现

---

① 七月社：《愿和读者一同成长——代致辞》，《七月》第 1 期，1937 年 10 月，第 1 页。
② 中国诗人协会：《中国诗人协会抗战宣言》，《中国诗坛》第 1 卷第 4 期，1937 年 11 月，第 1 页。
③ 黄安榕、陈松溪编选《蒲风选集》下册，海峡文艺出版社，1985。

出的"矛盾",事实上也是文人由于审美标准的差异,而对诗歌创作所作出的不同判定,类似的论争贯穿了中国现代诗歌乃至现代文学发展的始终。

当然,不从事诗歌创作的城市知识分子也是诗歌的接受群体,而从事诗歌创作的知识分子同样也是这个群体中的一员,并形成了诗歌论争的热闹场面。例如艾青就曾多次清晰表明过自己诗歌接受的态度,他在《我怎样写诗的?》一文中,直截了当地说:"我最不喜欢浪漫主义的诗人们的作品。"① 而在给《文艺阵地》发去的一封短信中,同样表现出了一个诗人对诗歌接受的鲜明立场:"对新诗,我差不多每天都在过着激愤的日子:诗人们,有技巧的没有内容,有材料的没有技巧,弄得整个诗坛很混乱。尤其使我很难过的是像×××那样的东西也算是诗,简直就连最拙劣的报告也赶不上。"② 表达了对许多诗人诗歌创作不认同的鲜明立场,而"×××"在原信中或许是有具体所指,但在刊出时却已被隐去,一方面使批评留有余地,另一方面扩大了隐射面,也显示出了办刊者的诗歌接受立场。这一时期的诗歌形式的论争,同样也出现了不同的观点,其中,萧三在《论诗歌的民族形式》③ 一文中认为从中国古代的诗词歌赋等传统文化及吸收和借鉴民间歌谣、鼓词、民歌、小调、弹词、戏曲等,对中国新诗形式上得以"成形"是有益的,反对"洋八股",反对西洋化,倡导在诗歌形式上形成普适性审美标准;但力扬则在《关于诗的民族形式》④ 一文中反驳了萧三的观点,认为以古文为根基来作现代诗歌,必然陷入晦涩难懂,需读者具备"大学的国文程度不可",他坚持新诗在形式上的自由灵活,倡导诗歌创作"为抗战"的战时性审美原则。除此之外,还有关于"诗歌大众化""朗诵诗运动""街头诗运动"等的论争,都有诗人及其他知识分子群体的参与,他们在诗歌创作与批判性接受中,使诗人及诗歌在为时代服务的同时,坚持了自己的艺术发展并不断获得新鲜的血液。苏光文在《大后方文学论稿》中审视了抗战时期的大后方文学整体发展状态后,认为:

① 艾青:《我怎样写诗的?》,《学习生活》第 2 卷第 3、4 期合刊,1941 年 3 月,第 152 页。
② 艾青:《文阵广播:艾青来信》,《文艺阵地》第 3 卷第 3 期,1939 年 5 月,第 921 页。
③ 载周扬主编《文艺战线(延安)》第 1 卷第 5 号,1939 年 11 月,第 6~8 页。
④ 载《文学月报(重庆)》,第 1 卷第 3 期,1940 年 3 月,第 138~140 页。

"抗战文学——大后方文学创作中，诗歌来得最快，来势迅猛。这一诗歌创作势头，持续不衰。抗战时代确实是一个诗的时代啊。"[①] 只有落寞才会凋零，诗歌在抗战时期的持续不衰无疑与知识分子群体对诗歌持久的注视和始终坚持批判性接受的立场是分不开的——它在众声喧哗中保持了旺盛的生命。

三　诗歌逐梦者：西南大后方校园中的学生群体

现代新诗在校园中的学生接受群体，在任何时候也不会再像抗战时期那样集中的并且几乎都以社团的形式出现，可以说，这也是战时生态下形成的极为独特的现象之一。长期以来，许多人只关注到以西南联大诗人群为主的西南大后方校园中的学生作为诗人的身份，探究他们在诗歌创作上的艺术特色和取得的成绩，而往往忽视了他们作为诗歌接受群体的特殊性。任何时代，战争都必然带来资源的匮乏，即便是在作为中国战时政治、经济、文化及文学中心的重庆，也难以超越这一普遍规律，从而使得信息沟通、交流、传递都受到资源的限制。学校是一个既开放又封闭的独特场域，开放在于它也是社会的构成部分之一，也积极参与社会的活动，关注和向社会表达自己的声音；封闭则主要是指它在结构上相对的自成一体，形成自我内部的组织形式、活动方式，并内化外来的信息而获得自我的判断，从而传承、创新和创造知识。这种开放性和封闭性，使校园中的学生们得以通过结成社团的形式，将获得的外界的有限资源，最大化地在社团中传播和共享，也因此，使得这一时期的校园社团活动十分热闹，不仅获得了绝大多数学生的参与，也获得了许多著名文人的支持，从而使现代新诗在西南大后方轰轰烈烈的抗战诗歌创作中，形成了一个恬静的栖息地。

校园中的学生们对诗歌的接受，主要来源还是由学校为他们购买的书刊资料等，这也是最为集中的资源渠道，并且体现出了与其他群体的差异。除此之外，学生们也善于利用和创新资源，主要有以下三种方式。

---

① 苏光文：《大后方文学论稿》，西南大学出版社，1994，第 199 页。

一是在校内的学习中接受的诗歌和诗歌理论。这对于西南联大等高校的学生们来说，他们可是拥有着得天独厚的资源。西南联大及其所在地昆明聚集了一大批当时优秀的作家、诗人，例如朱自清、沈从文、冰心、林徽因、卞之琳、冯至、闻一多、李广田等，还有外国的理论家燕卜荪以及同为学生但属诗歌创作佼佼者的穆旦等。其中，冯至不仅积极参加冬青社、文聚社等学生社团活动，担任导师指导学生诗歌创作，而且他自己创作的十四行诗在联大学生中影响极大，九叶诗人郑敏就深受冯至影响。而燕卜荪在教学中对英国现代诗人奥登的《西班牙》的讲授，以及对 T. S. 艾略特、埃兹拉·庞德等人的介绍，还有冯至、李广田等人对普希金、惠特曼、马雅可夫斯基、高尔基、雪莱等人的诗歌在校园中的推介①，打开了学生们对诗歌艺术理解的视野，拓宽了学生们对诗歌艺术的理解，对中国现代派诗歌艺术的发展有着极为重要的影响。

二是在各类集会中接受的诗歌。学生社团的最大优势就在于他们拥有着自己最为紧密的联系空间，从而十分便于开展组织集会，这并非"文协"或校外的其他社群组织所能比拟。学生社团需要通过活动来增强社团交流并提高社团的影响力，这是一种普遍的做法，同时也会参与其他社团或校外各地"文协"分会组织的活动，这些活动包括组织的座谈会、文艺晚会、纪念会、朗诵诗会、诗歌创作交流会、游园活动等，从而加强了对诗歌资源的接受和交流。例如，西南联大冬青社，自成立后，就积极组织开展了多种形式的集体活动，诗歌朗诵活动中不仅朗诵自己的诗歌作品，举办多语种的诗歌朗诵，还邀请校内外著名诗人如闻一多、雷石榆等诗人朗诵他们的作品并作指导，还于 1945 年冬季，同"文协"昆明分会等团体共同组织了罗曼·罗兰和托尔斯泰的追悼会等活动。其他在重庆、成都和桂林等地的校园学生群体，也同昆明西南联大等高校的学生一样，在资源紧缺的情况下，仍通过集会这些青年学生乐于参与的方式，扩大了诗歌的接受阵营。

三是借助创办的刊物等媒介进行诗歌学习与交流。其实，在战时生态下，经济条件十分有限，要创办刊物是件十分不易的事情，但是，一些学

---

① 参看吕进等《大后方抗战诗歌研究》，重庆出版社，2015，第 295～325 页。

生社团仍然积极筹措资金创办了一些刊物，其中以《文聚》最具代表性。《文聚》虽是学生社团发起创办的刊物，但却得到了当时许多著名诗人和其他作家、翻译家、理论家的支持，其中冯至发表的不仅有诗歌《十四行六首》《招魂》等，而且有翻译的里尔克、尼采等的诗歌。除冯至外，还有朱自清、靳以、袁水拍、李广田、卞之琳、罗常培、余冠英、杨周翰、何其芳等人，及学生诗人穆旦、杜运燮、陈时、流金、郑敏、黄丽生等人的诗歌在上面刊发，如穆旦的《赞美》、杜运燮

《文聚》封面

的《滇缅公路》、陈时的《悲剧的金字塔》等，从而拉近了学生与诗歌的距离，促进了诗歌在学生中的传播与接受。而且，这些身在校园中的学生们，在艰苦的条件下，为满足学生对诗歌的需求，开创了壁报、诗抄等形式，既便于大家的共享，也便于互相的交流。

　　校园中的学生们对现实更为敏感、更为关切，也更渴望民族国家在抗战中能够打破旧秩序而获得新生，所以，他们充满着了解现实的热切期待和改变现实的美好理想，诗歌也就成了他们逐梦的一片田园。但很明显的是，由于他们所处的校园与社会之间确实存在着一定的距离，他们在诗歌的接受中，不可能仅仅满足于民众抗战动员的大众化诗歌，加之他们通过多种渠道和途径所接触到的诗歌理论和不同艺术风格的诗歌作品，使他们对诗歌的审美判断显现出独有的学院色彩，特别是受到燕卜荪、奥登、艾略特等人影响，现代派诗歌艺术明显在西南联大等高校学生诗人中占据了重要位置，从而也促进了九叶诗派从校园中成长起来。

　　总体来说，全面抗战爆发后社会整体格局和环境的变化，以及战时生态下对诗人及诗歌提出的时代要求，"让诗歌的受体范围扩展到乡土民间。为了适应救亡语境和内地文化传统，现代诗被迫采取了浅化与降

格的传播策略"①，促使诗歌接受群体走向了普通市民、工人、农民、城市知识分子及校园中的学生等不同群体，也由于接受群体的差异，也导致了对诗歌创作的不同要求，但整体上，接受群体的多元发展，也使得现代新诗在服务于时代需求的同时，不断在探寻和建构现代诗歌的艺术样式，这是接受群体多元发展对诗歌创作生态所显示出来的积极意义。

第二节　诗歌传播的主要途径与困境

任何时代，文学艺术的传播总要依赖于一定的载体、媒介，同时，也受到政治、经济、文化等社会生态环境要素的制约，或积极或消极，或促进或迟滞，共同构成传播的场域环境。场域是布尔迪厄社会学理论中的空间隐喻概念，"是指商品、服务、知识或社会地位以及竞争性位置的生产、流通与挪用的领域"②，是一个依赖于特定的"资本类型"或是经过"资本组合"而形成的空间化结构。全面抗战爆发后经历大迁移汇聚在重庆为核心的西南大后方的政治、经济、文化及其他资源，在自身依赖于后方空间得以重组的同时，也形成了战时发展的新形态和新秩序，为现代文学生产与传播提供了新的场域。吕进等认为："和以情节为基本特质的叙事文学不同，诗歌的传播问题尤其特殊。而特殊时期的诗歌更是必然有着特殊的传播方式。"③事实上，特殊的战时政治对文化战线的重视，以及社会经济在大后方的复兴，成为战时诗歌及其他文学艺术传播的重要生态环境，一大批出版机构、文学期刊、新闻报纸等的迁入和兴办，成为诗歌传播的重要媒介，推进了诗歌创作活动的发展和诗歌艺术的繁荣。在战时生态环境中，也催生了诗朗诵、街头贴诗等诗歌传播的新途径，拓展了战时条件下诗歌生存空间，也促进了诗歌大众化运动的深入。

---

① 章亚昕：《中国新诗史论》，山东教育出版社，2006，第 131 页。
② 〔美〕戴维·斯沃茨：《文化与权力：布尔迪厄的社会学》，陶东风译，上海译文出版社，2006，第 136 页。
③ 吕进等：《大后方抗战诗歌研究》，重庆出版社，2015，第 3 页。

一 出版发行机构的发展与诗歌文集出版

中国现代文学从诞生起，就与出版发行业及其他报刊媒介有着不可分割的关联，在全面抗战时期西南大后方出版的政治、经济、教育、史地、科学、哲学、文艺等类图书中，文艺类图书出版数占出版总量的 40% 以上①，因而，出版业的发展，某种程度上也是反映文学生态状态的晴雨表。出版发行业的发展，不仅是期刊、报纸发展的重要支撑行业，也在诗歌文集的单独出版发行方面做出了积极贡献，促进了诗歌传播和创作活动的开展。很多文学史家在研究诗歌的传播时，注意到了文学期刊、新闻报纸对诗歌的传播，却对出版发行业在诗歌文集出版、传播上的重视不够。从新诗诞生以来，亚东图书馆 1920 年 3 月出版的胡适的《尝试集》、泰东图书局 1921 年出版的郭沫若的《女神》、北新书局 1925 年 11 月出版的李金发的《微雨》、新月书店 1928 年 1 月出版的闻一多的《死水》、开明书店 1934 年 3 月出版的臧克家的《烙印》（1933 年为自印本）、现代书局 1933 年 8 月出版的戴望舒的《望舒草》等，都借助出版发行机构之势，在全国许多大中城市广为传播，胡适的《尝试集》不仅是他个人里程碑式的作品，更作为中国第一部白话诗集开创了中国新文学运动之风气；郭沫若的《女神》不仅突破旧格套束缚，而且以雄浑奔放的自由诗体开辟了新诗发展的空间，成为中国现代新诗发展的奠基之作，出版后获得无数青年的热爱，一版再版，也影响了无数青年……可以说，没有出版发行机构对诗歌的推广，现代新诗成长的道路就不可想象。

继 1937 年 11 月底国民政府移驻重庆后，一大批出版发行机构也在北京、上海、南京、武汉、广州等地沦陷后先后迁入重庆、桂林等地，并在人力资源、金融资本、物质资源向西南的聚集带动经济、文化、教育事业发展的同时，出版发行业也获得较大发展。实际上，全面抗战爆发前，中国现代出版业经历了几十年发展后，已经初步取得了一定的发展规模，到 1936 年，"图书出版达到该期最高峰，当年共出书 9438 种，1 亿多册，若按当时全国 4 亿多人口计算，约合每两人有一本书"②，在激烈的市场和商

---

① 参见张忠《民国时期成都出版业研究》，博士学位论文，四川大学，2007，第 91 页。

② 沈旻：《抗战时期国统区文化出版及产业发展调查分析》，《艺术百家》2008 年第 3 期。

业竞争环境下，形成了商务、中正、中华、开明、大东、世界六家大型出版发行机构。全面抗战爆发后，商务等一些出版发行机构遭到破坏，甚至是严重损失，一些大小出版发行机构、书店纷纷迁入重庆等西南大后方地区，在西南经济、文化、教育的复兴和发展带动下，出版发行业又迎来了一个快速发展阶段，特别是在 1942 年、1943 年，出版发行业达到了发展的新高峰。据统计，这一时期仅在重庆经国民政府审批的出版机构、书店等就达 404 家，登记注册的印刷厂有 461 家①，如商务印书馆重庆分馆、开明书局、北新书局、大东书局重庆分局、正中书局重庆分局、中华书局重庆分局、中国图书杂志公司、振亚书局、益志书局、七七书局等；桂林以其独特的区位优势和政治环境，也吸引了大量的出版发行机构和文人，在豫湘桂战役之前文化极为繁荣，"1938 年冬以后，书店、出版社、印刷厂如雨后春笋纷纷开办。当时的桂西路（今解放西路）一带，书店林立，门庭若市，被称为'文化街'"②，出版社、印刷厂和书店多达 200 家③，如生活书店、新知书店、读书生活出版社、文供社、秦记西南印刷厂、三户图书社、三户印刷厂④等，出版的图书总量约 2200 种，其中文学类的图书就达到 892 种，占出版总量的 40.5%⑤；在贵州，全国性重要的出版发行机构（如商务印书馆、中华书局、世界书局等）在贵阳等地设置了分理机构，文通书局、火柴头出版社、驿路出版社等机构也获得极大发展，开明书店、生活书店、读新书店、正风书店、正中书局等书店在贵阳等地的图书发行，也促进了出版发行事业和文学事业的繁荣；昆明在北京大学、清华大学、南开大学及中山大学、同济大学、中法大学、中央文化研究院等高校及其他文化机构迁入后，著名教授与文化名人云集，文化事业获得了极大生机，除正中书局等大型出版发行机构在昆明设立的分局外，这一时期较为活跃的出版发行机构还有进修出版教育社、李公朴创办的北门出版社等，以及云南大学、西南联大等高校自行组织的图书、刊物等的出

---

① 周勇：《西南抗战史》，重庆出版社，2013，第 413～415 页。

② 中国抗日战争史学会：《抗战时期的文化教育》，北京出版社，1995，第 193 页。

③ 参看吴月芽《抗战时期文化人西迁对西部地区新闻出版事业的影响》，《浙江师范大学学报（社会科学版）》2007 年第 2 期。

④ 参看龙谦《抗战时期我党对桂林出版事业的领导》，《广西党史》1994 年第 4 期。

⑤ 覃静：《桂林抗战时期出版物调查分析》，《图书世界》2011 年第 5 期。

版；成都的印刷出版业在抗战前已经有所发展，抗战全面爆发后，西南大后方建设及其发展的整体带动促进了成都出版发行事业的发展，其中较活跃的出版发行机构如正中书局成都分局、大东书局成都分局、中华书局成都分局、统一出版社、东方书社成都分社、年青人出版社、北新书局、中华出版社、燕风文艺社、大文书局、环球书局等，还有一大批书业新办，仅中共地下党人和进步人士开办的出版发行机构就有 30 余家，1937 年到 1949 年在祠堂街及其附近一带新开设书业就有 120 家左右。据国民政府1942 年发布的全国十个区图书统计数据显示，重庆、桂林、成都所出版图书占全国总比分别为 33.3%、25.7%、12.1%，稳居全国前列。[①]

　　诗人们在抗战全面爆发后响应时代的号召，积极投身民族救亡运动，生活条件和创作环境虽然日益维艰，但创作热情却空前高涨。同时，依赖于西南大后方经济、文化、教育事业发展及人口聚集而发展起来的文化出版事业，进一步为诗歌创作提供了重要土壤。为更清晰地呈现这一时期出版发行业在诗歌传播中的情况，笔者依据刘福春先生著作《中国新诗编年史》，对这一时期诗人们出版的诗集做了统计（详细统计情况请查看附录部分）。经统计，从全面抗战爆发的 1937 年 7 月到 1945 年 8 月，出版的诗集、诗文集在 380 部以上，涉及诗歌出版的出版发行机构有 202 家，出版2 部及 2 部以上诗集、诗文集的出版发行机构为 54 家，所出版诗集数占出版总数的 54.21%；仅出版 1 部诗集的出版发行机构为 148 家，所出版诗集数占出版总数的 38.95%；其余出版机构不详。（见表 2）：

表 2　1937 年 7 月到 1945 年 8 月诗集、诗文集出版情况统计[*]

单位：部，%

出版机构	出版活动时间跨度	出版诗集、诗文集数	主要出版作者	占总数比
诗歌出版社	1937 年 11 月至1940 年 10 月	28	蒲风、艾烽、陈残云、胡危舟、克锋（金帆）、雷石榆、零零、芦荻等	7.37
文化生活出版社	1938 年 10 月至1945 年 2 月	11	艾青、方敬、何其芳、孙毓棠、王统照、邹荻帆等	2.89

---

① 　参看张忠《民国时期成都出版业研究》，博士学位论文，四川大学，2007，第 73 页。

续表

出版机构	出版活动时间跨度	出版诗集、诗文集数	主要出版作者	占总数比
独立出版社	1939 年 12 月至 1943 年 8 月	10	常任侠、杜衡之、李白凤、李长之、孙望等	2.63
艺术与生活出版社	1941 年 6 月至 1943 年 10 月	9	黄萧秋、黄茶、陈梅、穆穆、顾视等	2.37
南天出版社	1942 年 8 月至 1944 年 5 月	8	冀汸、绿原、鲁藜、孙钿、天蓝、田间、邹荻帆等	2.11
商务印书馆	1940 年 11 月至 1945 年 8 月	8	方殷、李长之、李金发、罗家伦、王平陵、臧云远、王亚平等	2.11
上海图书杂志公司经售	1938 年 2 月至 1941 年 4 月	7	玉辛、安娥、艾青、任钧、臧克家、鲁丁、吕剑、风磨等	1.84
生活书店	1937 年 10 月至 1940 年 9 月	7	郑振铎、艾青、陈迩冬、安娥、田间、臧克家等	1.84
诗创造社	1942 年 5 月至 1943 年 2 月	7	孙艺秋、胡危舟等	1.84
五洲书报社	1937 年 11 月至 1939 年 6 月	5	唐琼、华铃	1.32
三户图书社	1938 年 4 月	4	冯玉祥、华爱国、臧克家	1.05
诗文学社	1944 年 9 月至 1945 年 5 月	4	何其芳、力扬、曾卓、汪铭竹	1.05
白虹书店	1941 年 8 月至 1943 年 9 月	3	奚名、徐迟、萧野	0.79
北新书局	1937 年 7 月	3	王一心、张不拔、朱企霞	0.79
春草社	1945 年 2~6 月	3	索开、王亚平等	0.79
烽火出版社	1938 年 5 月至 1941 年 6 月	3	王健先（王统照）、邹荻帆、艾青	0.79
改进出版社	1941 年 12 月至 1945 年 7 月	3	郭风、李雷、姚奔	0.79

续表

出版机构	出版活动时间跨度	出版诗集、诗文集数	主要出版作者	占总数比
建国出版社	1938 年 4 月至 1945 年 5 月	3	吴秋山、臧克家、邹荻帆	0.79
今日文艺社	1941 年 11 月至 1943 年 6 月	3	林绥、严杰人、臧克家	0.79
开明书店	1939 年 5 月至 1943 年 9 月	3	冰心、马君玠、王统照等	0.79
明日社	1940 年至 1942 年 5 月	3	卞之琳、冯至	0.79
普益图书公司	1941 年 11 月至 1942 年 12 月	3	郭秋白、沙坪、左右	0.79
诗人社	1939 年 4 ~ 12 月	3	路易士（纪弦）	0.79
文献出版社	1941 年 7 月至 1942 年 10 月	3	伍禾、江子美	0.79
远方书店	1942 年 5 月至 1943 年 11 月	3	袁水拍、戈茅等	0.79
正中书局	1941 年 1 月至 1943 年 9 月	3	孙望、魏冰心等	0.79
北门出版社	1944 年 6 月至 1945 年 6 月	2	艾青、光未然	0.53
大路书店	1938 年 2 ~ 6 月	2	高兰、刘丹	0.53
大众出版社	1939 年 6 月至 1942 年 10 月	2	方家达、筱薇	0.53
东方书社	1942 年 12 月	2	臧克家、臧云远	0.53
读书出版社	1940 年 6 月至 1945 年 3 月	2	曹吾（杭约赫）、柯仲平	0.53
国民出版社	1940 年 9 月至 1944 年 4 月	2	李满红、王季思	0.53

出版机构	出版活动时间跨度	出版诗集、诗文集数	主要出版作者	占总数比
国民图书出版社	1943 年 5~9 月	2	林咏泉、任钧	0.53
海燕诗歌社	1939 年 2 月至 1940 年 6 月	2	莫洛、艾青	0.53
建中出版社	1943 年 12 月至 1944 年 1 月	2	高兰	0.53
救亡诗歌社	1938 年 11 月至 1939 年 2 月	2	罗铁鹰、溅波	0.53
联华书店	1939 年 11 月	2	胡风、庄涌	0.53
山山书屋	1940 年 12 月至 1943 年 7 月	2	灰马	0.53
上海乐华图书公司	1937 年 7~8 月	2	穆木天、任钧	0.53
诗场社	1937 年 10 月至 1941 年 1 月	2	黄鲁、胡危舟	0.53
诗领土社	1945 年 2 月至 1945 年 4 月	2	路易士（纪弦）	0.53
石门新报社	1943 年 10 月至 1944 年 8 月	2	何辉等	0.53
世界书局	1939 年 7 月至 1944 年 2 月	2	白曙、石灵等	0.53
微光出版社	1940 年 12 月	2	艾青、刘伙子	0.53
文化供应社	1943 年 4~5 月	2	艾青、雷石榆	0.53
西部文艺社	1940 年 4~10 月	2	斯因	0.53
厦门诗歌会	1938 年 1~4 月	2	童晴岚、连城	0.53
新诗出版社	1937 年 7 月至 1940 年	2	路易士（纪弦）、袁水拍	0.53
行列社	1941 年 7~8 月	2	荒牧、徐野	0.53
学艺刊行会	1941 年 7~8 月	2	金音、冷歌	0.53

续表

出版机构	出版活动时间跨度	出版诗集、诗文集数	主要出版作者	占总数比
战时出版社	1937 年至 1938 年 2 月	2	冯玉祥、郭沫若等	0.53
中国诗坛分社	1939 年 12 月至 1940 年 11 月	2	未艾、马荫隐	0.53
中国图书杂志公司出版	1940 年 6 月至 1941 年 5 月	2	南星、白金、李骆子	0.53
中西书局	1943 年 11 月至 1944 年 8 月	2	陈新明、臧克家	0.53

＊：本统计仅限于出版数量在 2 部及 2 部以上的各出版社出版情况。

　　笔者在进行统计时，统计范围并不限于地理空间上的西南大后方，而是几乎囊括除国统区、解放区、上海孤岛、香港等地出版的诗集，但其中也不包含诗人自印的诗集、诗人及其他文人撰写的诗论文集，也不包含东北等地出版的为日伪歌功颂德的诗集。之所以做出这样的模糊统计，是因为在战火中出版发行机构往往难以固定场所，许多出版发行机构甚至年年迁移，特别是小型出版发行机构，而商务印书馆等一些大型出版发行机构又在全国多地设有分理机构，也有排版和印刷两地分离等的情况，除少量图书中有出版地，大多数难以一一核实，故而也造成了统计的困难。但就抗战时期迁移的基本规律来看，从 1937 年 7 月到 1938 年底这段时间，大多出版发行机构还处在流散、搬迁过程中，但仍然出版发行了 69 部诗集，已属难得；而据统计，到 1938 年年底以后，全国出版机构中的约 80%[①]汇聚在了西南的重庆、桂林、成都等地；出版诗集较多的臧克家、王亚平、穆木天等人也长居重庆、昆明、桂林等地；艾青这一时期也处于高产阶段，出版的诗集不少于 13 部，他虽在重庆等地停留时间不长，但在重庆等地期间诗歌创作十分活跃，到达延安后也一直与西南诗坛保持联系，大多作品在西南刊发或出版，对西南及中国诗坛影响极大；与艾青类似的还有田间、何其芳、路易士（纪弦）等人……基于此，我们可以判断，至全面

---

① 参看张忠《民国时期成都出版业研究》，博士学位论文，四川大学，2007。

抗战中后期已经形成了由以重庆为核心的西南辐射全国的出版发行版图，而出版发行业在诗歌出版中的实绩也表明它在抗战时期仍然是诗歌传播的重要途径之一，也因此促进了抗战时期现代文学以重庆为中心辐射全国的文学发展版图的形成。

从当时出版的诗集情况来看，全面抗战之初到抗战结束所出版诗集呈现明显的时代主题——主题集中突出了发出救亡的呼声、抗战号召和对抗战前线的书写，如穆木天的《流亡者之歌》（1937 年）、任钧的《战歌》（1937 年）、郑振铎的《战号》（1937 年）、温流的《最后的吼声》（1937 年）、萧剑青的长诗《战歌》（1937 年）、克锋的《赴战壮歌》（1937 年）、雷石榆的《国际纵队》（1938 年）、雄子的《总动员》（1938 年）、陈残云的《铁蹄下的歌手》（1938 年）、臧克家的《从军行》（1938 年）、王亚平的《中国兵的画像》（1938 年）、溅波的《战火》（1938 年）、冯玉祥的《敌军反战》（1938 年）等，大多发出激昂的战斗的声音，而这一时期出版的诗集集中体现出这一显著特点，表明它不仅是诗人们普遍的表达愿望，而且符合当时时代和读者的接受需求。抗战进入相持阶段及其之后，诗人们创作的主要内容依然以抗战为主题，如芦荻的《驰驱集》（1939 年）、王亚平的《祖国的血》（1939 年）、筱薇的《泪里的花叶及其他》（1939 年）、胡风的《为祖国而歌》（1939 年）、艾青的《他死在第二次》（1939 年）、斯因的《祖国的吼声》（1940 年）、刘雯卿的《战地诗歌》（1943 年）、张泽厚的抗战史诗《昆仑关》（1943 年）、溅波的《前进！中国兵》（1945 年）等，但也出版了一大批针砭时弊、揭露后方社会问题和充满个人抒情色彩的诗集，如王统照的《欧游散记》（1939 年）、邹荻帆的《尘土集》（1940 年）、艾青的《向太阳》（1940 年）和长诗《火把》（1941 年）、袁水拍的《人民》（1940 年）、卞之琳的《十年诗草》（1942 年）、冯至的《十四行集》（1942 年）、方殷的《平凡的夜话》（1942 年）、李金发的《异国的情调》（1942 年）、孙望的《煤矿夫》（1943 年）、曾卓的《门》（1944 年）、穆旦的《探险队》（1945 年）、何其芳的《预言》（1945 年）等。这种出版业在诗歌传播中的变化，也反映出了大后方文化生态在战时生态下的变化——战争持久，抗击外侮的同时，生活的多样性需求也逐渐显现。

《文聚》杂志中的图书广告

　　值得注意的是，民国时期许多出版发行机构本身兼具图书、报刊出版和发行销售的职能，如商务印书馆、开明书店、正中书局、生活书店等，这样有助于出版经费的回收，在出版经费等方面解决许多现实问题，从而为诗人诗歌文集的出版创造了便利。其中，商务印书馆就创办有《小说月报》《东方杂志》《教育杂志》《少年》《学生杂志》《儿童画报》等刊物，尤以《小说月报》在现代文学发展中影响巨大。同时，也有许多杂志社本身也出版发行图书，例如文聚社，定期出版《文聚》杂志，也出版穆旦的《探险队》等诗集；春草社，定期出版《春草》，也出版了王亚平的《火雾》、索开的《荒原的声音》等诗集，还有诗创作社、诗社、新诗社等，这些期刊借助刊物更新速度快、传播广，有固定读者等优势，对出版的图书进行广告宣传，扩大了图书的传播面，借助这些条件，无疑也扩大了诗歌在诗人与诗人、诗人与读者间的传播。

　　从整体上看，全面抗战时期诗歌文集的出版情况并不乐观，而且大多数出版社的出版经营状况并不理想，甚至许多出版发行机构存在时间极短，因而出现了出版业看似十分兴盛但图书出版体量不大的现象。这也显现出战时出版业生存的艰难。

二 《抗战文艺》等报刊媒介的诗歌传播

在出版业对诗歌的出版整体表现疲软的情况下，报刊媒介的发展，成为诗歌创作的重要阵地。报刊媒介的发展与出版发行行业有着千丝万缕的联系，甚至其中许多报刊社本就兼具出版发行的职能，但它们对诗歌等文艺作品的传播又与图书出版物的传播有着一定差异。这种差异主要体现在：一是报刊媒介出版周期短，能迅速将最新作品向读者传播，但图书出版则因其创作时间和排版发行时间都相对较长，甚至于许多诗人所出版的诗集往往都是以单篇在报刊先行发表后整理而成，从而使得报刊媒介在诗歌传播中体现出优先性；二是报刊媒介刊载的作品篇幅相对有限，更适合诗歌"短小精悍"的文体特点，但图书出版则需要达到一定的体量，从而也使得报刊媒介中的诗歌产出较快，数量相对显得较多，而图书出版数量上则相对较少；三是报刊媒介借助广告等途径，使得出版经费获得更多保障，作品刊出的"入门"标准相对较低，使得许多年轻的文学爱好者得以有机会加入诗人的阵营之中，但图书出版由于多为个人作品，要保证市场销量和资本回收，因而"入门"标准较高，所以我们在统计中也看到，当时较为活跃和声誉较高的诗人臧克家在全面抗战期间出版诗集达到 15 部之多，艾青达到 13 部之多，路易士（纪弦）、王亚平、蒲风各自出版作品集也达到 7 部之多，其他如冯玉祥、邹荻帆、何其芳、卞之琳、穆木天、袁水拍、徐迟等人也都出版了不少诗集，但更多刚步入诗坛的新诗人，则极少见有诗集出版。正是报刊媒介与出版发行行业的差异，使报刊媒介在诗歌创作活动中担负起了诗歌传播的重要责任。

对于报刊媒介作为诗歌传播场域在西南大后方的形成，在本文第一章第三节已有专门论述，此处不再赘述。总体上，全面抗战爆发后，"沦陷区各大报纷纷迁来重庆出版，全国许多新闻记者和文化界人士都来到重庆，一九四一年太平洋战争爆发，港、澳更有大批文化人来到内地，重庆成为全国政治、经济、文化和舆论的中心"①，大迁移中迁入的报刊、西南

---

① 姚江屏：《抗战时期重庆新闻界的统一战线》，载中国社会科学院新闻研究所编《抗日战争时期的中国新闻界》，重庆出版社，1987，第 304 页。

大后方原有的报刊，以及在西南大后方建设和发展中新创办的报刊，有些
有政党背景，如《七月》《新华日报》《文艺月刊》《中央日报》等，也有
很多报刊努力使自己站在中间位置，如《抗战文艺》《今日评论》等，还
有许多是学生主导创办的刊物，如西南联大学生为主体创办的《文聚》
等，虽显复杂，但总体上构成了空间被压缩在西南大后方的中国现代诗歌
多元、互补的传播格局。几乎与诗人的迁移一样，为广泛地利用文艺武器
开展抗战动员和有针对性的与侵略者开展文化斗争，随诗人、其他文人和
文化机构等的迁移，从 1937 年到 1938 年年底是全国及西南大后方报刊种
类增长最快的时期，1939 年以后进入平稳发展阶段，每年都有数量不少的
新报刊创办，粗略估计西南大后方先后出现的报刊总数为 2000 余种。其
中，在重庆总数应超过 1000 种①，其中包括《抗战文艺》《文艺阵地》
《七月》《文学月报》《中国诗艺》《诗报》《诗垦地丛刊》《诗丛》《文坛》
《文艺杂志》《文艺月刊》《中央日报》《国民公报》《新华日报》《大公
报》《群众周刊》《新民报》等。在云南先后出版报刊达到 312 种②，主要
集中在昆明、蒙自、大理等地，其中包括《战歌》《文聚》《诗风》《诗与
散文》《今日评论》《枫林文艺丛刊》《文艺季刊》《高原文丛》《救亡》
《抗敌月刊》《文化岗位》《西南文艺》《云南日报·南风》等。桂林作为
西南与中东部地区连接的锁钥之地，抗战期间先后出现的报刊数量也达到
约 273 种③，其中包括《大公报》（桂林版）、《文艺生活》《救亡日报》
《文化杂志》《戏剧春秋》《辛报》《国防周报》《民众报》等，许多报纸在
抗战后期迁往了重庆、昆明等地。成都在抗战时期同样吸引了许多机构和
文人的迁入，先后创办了一大批报刊，"仅据四川省图书馆馆藏报刊统计，
抗日战争时期（指全面抗战时期——编者注）成都的报刊，前后共有三百
三十多种，实际数目当不止此"④，特别突出的是，成都的报纸几乎都办有
副刊，其中又以文艺副刊最为出众，《新民报晚刊》副刊《出师表》、《华

① 张武军：《北京、上海文学中心的陷落与重庆文学中心的形成——略论抗战对中国现代文
　学格局的影响》，《当代中国文化与文学》2005 年第 2 期。
② 参看王勇等《抗战期间云南境内出版的报刊》，《云南档案》2013 年第 7 期。
③ 覃静：《桂林抗战时期出版物调查分析》，《图书馆界》2011 年第 5 期。
④ 高成祥、巫怀毅等：《抗日战争时期的成都新闻界》，载中国社会科学院新闻研究所编
　《抗日战争时期的中国新闻界》，重庆出版社，1987，第 311 页。

西晚报》副刊《艺坛》、《四川日报》副刊《文化界》等；贵州在抗战时期也迁入了浙江大学、上海大夏大学、湘雅医学院、唐山工学院等高校 23 所和一批军事院校，聚集了一批优秀的学者，郭沫若、茅盾、巴金、闻一多、舒芜、臧克家等人也都曾在此驻足，全面抗战时期贵州仅出版的文艺报刊数量就有 70 多种①，包括《抗建》、《中央日报》（贵州版）、《贵州日报》、《七七》、《西南风》、《文讯》、《力报》、《南民晚报》等，出版报刊总数 200 余种。按照各地出现的刊物统计数量，西南大后方先后出现的刊物总数为 2000 余种，虽然这其中包含了政治、经济、军事、农林、教育及其艺术类的报刊，但如此庞大的报刊出版基数，为西南大后方诗歌传播提供了重要的基础，而据丁婕在《抗战时期文学期刊研究》中依据刘增人先生的《中国现代文学期刊叙录》对抗战时期文学期刊出版情况所作统计显示，全面抗战时期重庆新办文学期刊 155 种、成都 92 种、桂林 79 种、昆明 50 种②，贵州为十余种，也就是说，全面抗战期间西南大后方新创办的文学期刊数有

400 种以上，还有许多报纸的副刊，同样承担了诗歌的传播任务，共同构成图书出版之外诗歌传播的主阵地。

报刊业作为诗歌传播途径的发展，就如同抗战文艺动员对诗人的召唤一样，是抗战救亡伟大历史使命中文人们的一种自觉行为，也是这个时代所促成的一种独特的消费市场。艾青在《抗战以来的中国新诗》一文中谈过这样一段话，他说："今天每本杂志都以很大的篇幅刊登诗了，日报的副刊也差不多每天都有诗了，诗人们虽然穷，却一本一本地以自费结印诗集，大家兜钱办诗刊，书店里经常

《诗》封面

---

① 朱伟华：《抗战时期贵州的文化与文学》，《中国现代文学研究丛刊》2006 年第 3 期。
② 丁婕：《抗战时期文学期刊研究》，《社会科学家》2012 年第 10 期。

有新发刊的诗杂志出现，每本诗杂志里，大多数都是新的名字。诗集的销路好起来了。书店的店员说，诗集与杂志的销路已超过其他书籍了。"① 这说明了诗歌在当时所受欢迎的程度，而李广田也曾有过类似的感受，他感到：从全面抗战爆发后不仅编印了很多诗集、创办了很多纯粹的诗刊，而且新诗在抗战时期几乎成为所有文艺刊物都必然会刊登的一类作品，其原因就是很多读者要读诗，很多诗人在写诗，从而一改诗歌曾经令书商头痛的历史而成为书商喜好经营的文化消费品。而《诗》刊在 1940 年 2 月的复刊号上同样有过这样一段话："本刊以前一卷是在桂南的一个小城市里，以游击的姿态与油印的形式出世的，那小城的交通相当便利，……我们初出版的时候，意外的是销路好得很，常常接到读者从遥远的角落来信附来五分邮票，要我们按址寄去（我们的定价恰等于五分邮票），记得在出版地的一家代售的书店里，卖得非常之快，后来我们把编者几个人私存的十本八本，也拿出来补充，但是很快的也就卖完了。我们举出这个事实，表现了前方文化粮食之重要，和诗歌读者之多，在任何一方面都值得我们重视与兴奋。"② 正是在此背景下，许多报刊才真正如雨后新芽一般纷纷破土而出，结出娇艳的花朵，并显现出鲜明的时代意义。

作为诗歌传播途径的报刊媒介，据其对文学作品传播类型的差异，显现出三种不同类型，即综合型文学期刊、专门的诗歌期刊、新闻报纸的文艺副刊，并因此也体现出传播上的差异。

综合型文学期刊不仅刊登诗歌，也刊登小说、散文、报告文学等文体的作品，它们虽然不是单纯的诗歌传播媒介，但由于它们文体类型相对较多，能适合更多读者阅读的口味，因而，影响还相对较大，如《抗战文艺》《七月》《文聚》《文艺阵地》《文艺月刊》《文化岗位》等。其中，作为从全面抗战初期创刊一直到抗战结束从未间断的《抗战文艺》，共编辑正刊、特刊达 80 期之多③，

① 艾青：《抗战以来的中国新诗》，《中苏文化杂志》第 9 卷第 1 期，1941 年 7 月，第 60 页。
② 编辑者：《复刊语》，《诗》第 1 卷第 1 期，1940 年 2 月，第 1 页。
③ 《抗战文艺》"出版期数是 72 期，其中第 10 卷第 4、5 两期合刊编好后未能印出，另有"武汉特刊" 4 期，《文协成立五周年纪念特刊》和《文协成立七周年并庆祝第一届文艺节纪念特刊》两期特刊"，见林虹霓《〈抗战文艺〉中的诗歌研究》，重庆师范大学硕士学位论文，2010，第 5 页。另据吕进等著的《大后方抗战诗歌研究》中认为《抗战文艺》"8 年内共出了正刊、特刊 77 期"，见吕进等《大后方抗战诗歌研究》，重庆出版社，2015，第 237 页。笔者比较考证后认为 80 期的统计更为可信。

虽不是纯粹的诗歌专刊，但从它创刊以来，就一直在"文协"动员并领导全国文艺工作者开展"抗战文艺运动"的宗旨下，倡导"为大众的文化而战斗"，汇聚了艾青、臧克家、胡风、穆木天、高兰、田间等一大批优秀的诗人，据统计，正式出版发行的《抗战文艺》中一共刊载了诗歌约 140 首、诗论 12 篇，"尤其是在《抗战文艺》的第一年，即第 1 卷第 1 期起至第 3 卷第 12 期止，诗歌创作的数量在小说、论文、戏剧、翻译介绍、书评等各种体裁中居于首位"①，足见《抗战文艺》对诗歌传播在"抗战文艺运动"中的意义的重视。《抗战文艺》作为"文协"的会刊，它不仅在积极实践着"激励人民发动大众"的目标，刊发了艾青的《反侵略》、王平陵的《觉醒罢！出卖祖国的奴役！》、力扬的《黎明》、任钧的《诅咒和感谢》等富有启蒙色彩的战斗诗歌，而且通过这一传播媒介，积极引导着中国诗歌发展的方向——从早期对包括诗人在内的文艺工作者和全国民众的"鼓"与"呼"，到通过诗歌座谈会等方式，检讨诗歌大众化运动中的艺术形式等问题，从朗诵诗、街头诗的讨论到叙事诗等体式的倡导，从国外诗歌作品翻译到国外文艺理论推介，从而在诗歌传播中形成了对抗战时期中国现代新诗发展的建构。《七月》也是影响极大的综合型文学期刊，延续"革命文学"的理想，力图将《七月》打造为"意识战线"上的坚固阵地，因而，在胡风的主持下，他们吸引和扶持了一批革命现实主义诗人，在《七月》和《希望》上刊发了胡风的《血誓——献给祖国底年青歌手们》、苏金伞的《我们不能逃走——写给农民》、艾青的《雪落在中国的土地上》《向太阳》、田间的《给战斗者》《"荣誉战士"》、侯唯动的《斗争就有胜利——献给东北抗日联军的兄弟们》等诗歌共计达到 226 首之多，也刊发了胡风、艾青、柯仲平等人一批重要的诗论，如雪韦、柯仲平等的《关于诗歌朗诵：实验和批判》、胡风的《关于诗与田间底诗》以及艾青等人的诗论，吸引了众多的读者，对革命现实主义诗歌的传播和发展产生了极为重要的作用。除此外，《文艺阵地》刊发了 200 余首诗歌、《文学月报》刊发了48 首诗歌、《天下文章》虽出刊 11 期但刊发诗歌 44 首，还有《文聚》《文

---

① 林虹霓：《〈抗战文艺〉中的诗歌研究》，硕士学位论文，重庆师范大学，2010，第 6 页。需更正的是，1938 年最后一期实际上是第 3 卷第 3 期，第 3 卷第 4 期出版于 1939 年 1 月 7 日。

艺月刊》《今日评论》等刊物虽也是综合型文学期刊，刊发诗歌、小说、文艺理论等多种文类的作品，但它们有着一批相对固定的创作群体，有着相同或相似的诗歌创作趣味，在诗歌传播中同样引领了诗歌艺术的发展，如《七月》之于"七月诗派"、《文聚》之于"九叶诗人"等，都是对诗歌艺术发展影响极大的综合性文学期刊。[①]

《中国诗艺》封面

专门的诗歌期刊基本以刊发诗歌作品为主，间杂有诗论、外国诗歌翻译等作品，如《诗》、《战歌》（昆明）、《诗创作》、《诗星》、《诗前哨丛刊》、《诗报》（重庆）、《诗丛》、《诗垦地丛刊》、《中国诗艺》、《诗家丛刊》、《诗前哨》、《诗叶》等。很明显，全面抗战初期诗人们创作诗歌和创办诗歌刊物的热情极为高涨，如果单从创办刊物的种类上来说的话，诗歌类的刊物出现的种类几乎是最多的，分布的范围也极为广泛，具备铅印条件的用铅印，不具备的则用油印，刊载的作品类型与综合型文学期刊相比虽属单一，但就诗歌本身而言，也是种类繁多，特别是适应了多种诗体创作的尝试。例如，还在诗人们处于流散时期，锡金、穆木天在武汉创办的《时调》就率先展开了对朗诵诗的介绍，仅在 1937 年第 3 期上，就刊发了高兰的朗诵诗《展开我们的朗诵诗歌》、锡金的朗诵诗《朗诵去》、方殷的朗诵诗《你帝国的怪鸟》、邹荻帆的朗诵诗《战争，我歌颂你》、平林的朗诵诗《献给中国的儿女们》、冯乃超的诗论《关于诗歌的朗诵》、穆木天的诗论《诗歌朗诵与大众化》等，隆重地把朗诵诗运动推介给了诗坛和读者们，其中，高兰的《展开我们的朗诵诗歌》中大声呼吁道：

---

① 参看吕进等《大后方抗战诗歌研究》，重庆出版社，2015，第 243 页。

诗人哪！

救亡的朗诵诗歌，

它需要每一个有热血，

有正义的读者和作者，

使它，

广大的展开，

广大的传播，

与全民族抗战的步调相配合！

诗人哪！

惟有朗诵的诗歌，

才是我们的诗歌。①

高兰以直白的语言向诗坛发出的呼吁，迅速地扩大，并掀起了一场诗歌朗诵运动，其他许多期刊也都相应的展开了讨论，可以说，《时调》虽办刊时间不长，但它对诗歌朗诵运动的影响却十分之大。"文协"昆明分会和其所属的"救亡诗歌社"创办的专门性诗歌刊物《战歌》从 1938 年 8 月创刊到 1941 年 1 月"皖南事变"后停刊，多刊发外省诗人的作品，但也刊发云南本土诗人和解放区诗人的作品，包括老舍、芦荻、王亚平、冯至、、蒲风、袁水拍、陶行知、朱自清、李广田、穆木天、楼适夷、力扬、雷石榆、高寒、徐嘉瑞、罗铁鹰、彭桂萼、华铃、彭慧、寒谷等 90 多位诗人的作品，涉及了反映抗战前线的诗歌，如克锋的《血的故事》、雷石榆的《响应》、方殷的《咱们走》、彭慧的《怀念一位东北的年青朋友》等，也有反映后方生活的，如王亚平的《五月的中国》、连城的《我们是钢铁的一群》、溅波的《轰炸后的潘家湾》、寒谷的《丽江吟》等，还有一些讽刺诗，如青鸟的海燕的《天下汉奸一般丑》《你是个难民》、晓黛的《破碎了的铁鸟》等。除这些以外，《战歌》与这一时期大多数诗歌刊物一样，十分注重诗歌创作艺术的探索，刊发了对惠特曼、莱蒙托夫等诗人诗歌的翻译和 30 余篇诗论，在诗歌大众化、通俗化、诗歌形式等方面展开了

① 高兰：《展开我们的朗诵诗歌》，《时调》1937 年第 3 期，第 4 页。

讨论，被茅盾誉为"闪耀在西南天角的诗星"。其他很多专门的诗歌刊物在相应时代的号召中积极探索诗歌创作的大众化，增强诗歌在普通大众中的传播，对诗歌的语言、形式、节奏等方面的内容都进行了大胆的探索，从而也形成了一些诗歌刊物自身的办刊特色，也形成了对现实主义和现代主义艺术的不同开掘，在讽刺诗、叙事诗、方言诗等诗体艺术上取得了新发展。但我们也应该看到，专门的诗歌期刊由于刊登文艺作品类型单一，必然也就造成接受群体单一、传播范围有限，因而存在时间普遍都较短。当然，诗歌刊物存在时间较短的原因也并不仅只是刊物内容单一的问题，也还有其他因素，我们下文再做具体分析。

新闻报纸的文艺副刊也是抗战时期诗歌传播的重要媒介，它主要依托新闻报纸的发行渠道，会因报纸的读者市场而影响到诗歌的传播面，因而，在当时的一些重要报纸的文艺副刊对诗歌传播自然具有与一般期刊所不同的传播效应，例如《大公报》《新华日报》《中央日报》等，作为当时影响最大的报刊，它们对诗歌传播的效应，远远在文学期刊之上，而且有西南各地的（如《广西日报》《云南日报》《贵州日报》《救亡日报》《西南日报》《新蜀报》《新民报》《扫荡报》《国民公报》等）数百种新闻报纸辟有文艺专版或是副刊，其中就有大量刊发诗歌作品，极大地促进了诗歌的传播。其中，《大公报》在全面抗战之初的 1937 年 9 月 18 日这个特殊的日子创办了副刊《大公报·战线》，在第 1 号上就刊出了锡金的朗诵诗《老家》，寓意深刻地开启了文艺抗战的动员，同时，也承担了作为诗歌实验阵地的责任。其后，《大公报·战线》不仅积极支持诗歌传播，而且着重于对诗歌大众化运动的推动，刊发了一大批具有探索性的诗歌和诗论，仅高兰的朗诵诗就刊发了《放下你那支笔！》《迎一九三九》《我的家在黑龙江》《这里是不是咱们的中国》《老仆人的悲哀》《这里不是咱们的乐园》《冬天来了》《八月的末尾》《哭亡女苏菲》《这不是流泪的日子》等，还有胡绍轩的报告诗《我有一个报告》、穆旦的《我》等诗歌，王亚平的《西北的抗战歌谣》、臧云远的《诗的音韵美》、陈纪滢的《新诗朗诵运动在中国》、袁水拍的《论诗歌中的态度——给臧克家兄的一封信》等诗论，其他诗人还有穆木天、邹荻帆、蒲风、臧克家、王亚平、老舍、方殷、陈梦家、任钧、姚奔、李长之、庄涌、雷石榆、杜运燮、姚雪垠、冯玉祥、陈残云、力扬、曾卓、黎焚薰等，对诗歌传播、推动诗歌大众化运动和诗歌艺术发展发挥极为重要的作用。《新华日报》在武汉创刊以来就利用舆论优势，积极动员建立广泛的抗日民族统一战线，支持"文协"的建立，积极推动诗歌及文艺大众化运动，提倡抗战的、现实的文学和文艺的大众化、通俗化、民族化，先后刊发了郭沫若、胡风、何其芳、艾青、臧克家、臧云远、胡风、光未然、力扬、老舍、冯乃超、安娥等多人的诗歌和诗论，成为中华民族在争取自由独立与解放的伟大斗争中"前进的号角"，它在创刊之初就设置了《团结》副刊，以"促进团结，拥护抗战"，后设的《文艺之页》副刊出版了 62 期共刊发诗歌 200 多首、诗论 30 余篇，在《文艺之页》停刊后，又新设了综合文化版的《新华副刊》，接续起了诗歌传播和艺术引领的重任，特别是在诗歌朗诵运动、街头诗运动、民歌运动等文艺运动中，《新华日报》副刊发挥了极为重要的作用。此外，《救亡日报》《云南日报》《贵州日报》《广西日报》等新闻报刊及其副刊，也都积极投身抗战文艺传播之中，对诗歌传播和诗歌发展发挥了积极作用。

总体来说，报刊媒介在抗战时期以其传播渠道的多样性、版面的灵活性、出版的经济性和受众的广泛性，仍然是诗歌传播的最主要的途径，它们不仅直接刊发诗人作品，而且借助其更新较快的优势发布诗人、诗歌活动和诗集出版信息，本身也构成了一种有效传播，丰富了创作生态环境。虽然有些报刊存在办刊质量不高、文章水平参差不齐、发行时间无以保障等各种各样的问题，但战火之下这份热忱和激情的存在，无疑丰富了诗人们开展诗歌创作活动的阵地，也激励了现代诗歌高歌的豪情，对诗歌发展的积极意义也不容否认。

三 诗朗诵、街头诗等传播途径的发展

战时的文艺工作，很大程度上承担起了战争动员的宣传任务，郭沫若在《文艺与宣传》一文中也极力强调这一点，他说："文艺的本质就是宣传"，他谈道："在平时颇有一部分人不肯相信，甚至加以攻击，到了战时却愈见显示着这是道破了一片真理……真的，无论你是赞成或反对，文艺

的本质不外是宣传"。① 所以，为着"宣传"的这个战时需要，诗人们也极尽可能的在拓展和创新宣传的途径，图书出版、报纸杂志刊文作为诗歌传播的主体形式，但更多是集中于城市和具有基本购买力的群体，而它们的出版发行本身也依赖于一定的物质基础，例如征集稿件经费、出版经费、运输寄送等，这些条件本身在和平环境下主要由市场来决定，但在战时生态环境下，这些诗歌创作的基础条件因战争的破坏而更为艰难，所以很多出版发行机构、报刊都在战火中夭亡，更有广大的底层大众，由于经济水平、知识水平等的限制，难以通过书刊途径实现诗歌的传播，更不要谈战时对大众的新的启蒙，因而，也就迫使诗人们因地制宜、克服资源限制，拓展形成了一些新的传播途径，例如诗朗诵、街头贴诗等。其中，"朗诵是把诗歌和舞台表演结合起来的传播方式，街头诗是把诗歌从桌面推向公众空间"②，从而丰富了诗歌传播的途径，促进了诗歌向底层民众的传播，极大地推进了诗歌大众化运动的发展。

诗歌朗诵并非全面抗战时期发明的专利，而是在世界文化发展史中形成的传统，而中国现代新诗朗诵运动的高峰则是出现在全面抗战时期，并因它的出现推动了诗歌传播途径的多样化，更推进了诗歌大众化运动的深入开展。

中国传统文化中就有"诵诗"之说，而从《诗经》的发轫到文人雅集之时的相互唱和、民间歌谣的传唱等，本也形成了诗歌口头传播的传统，加之新文化运动以来对国外诗歌艺术的学习，并受启于高尔基、泰戈尔、马雅可夫斯基、叶赛宁等诗人推行的诗歌朗诵，在全面抗战时期，诗歌朗诵运动在高兰、锡金、穆木天、常任侠等人的推动下，蓬勃地开展了起来，因为它适应了中国广泛动员全民族抗战的战时生态需要。全面抗战的爆发迫切要求民众积极支持和参与抗日救亡，中国共产党更是积极号召要广泛的动员和发动民众，筑起全民族抗战的铜墙铁壁，从而促使了"文协"对文艺界的组织和文艺界抗日民族统一战线的形成，也极大地鼓舞和凝聚了诗人及其他文艺工作者抗战的决心。但事实上，积贫积弱的旧中

---

① 　郭沫若：《文艺与宣传》，《大公报》1938 年 3 月 27 日。
② 　吕进等：《大后方抗战诗歌研究》，重庆出版社，2015，第 3 页。

国，大多数底层百姓难以获得接受教育的机会，这也是导致"五四"启蒙
运动范围十分有限的主要原因之一，而这也必然使诗歌的传播受到制约。
正因此，力推诗歌朗诵运动的陈纪滢曾有过这样的论述："只能够印在纸
上供知识分子读一读的文字，在现实是已经不够用了……因为我们正在生
死线上挣扎……并且我们的大众还有百分之八十是文盲。"[①] 而中国当时最
为紧迫的现实就是要动员全国民众，包括这 80% 的文盲，预备着上前线或
是参加到抗日斗争的其他事业之中，但如果这 80% 的没有识字能力的预备
着上前线的民众，没能看懂诗人们及其他文艺工作者的宣传文章，从而必
然使他们对战场上的敌人、抗战的形势和争取抗战胜利的意志受到影响，
所以，就诗歌而言，在陈纪滢看来："仅印在纸上使知识分子看了是不够
的，必须同歌咏一样地发挥它的力量，使大众直接受到感动。因此把抗战
的诗朗诵给他们听是唯一好方法。"[②] 在战时生态下，这一观点某种程度上
成为高兰、锡金、穆木天等主张和呼吁开展诗歌朗诵运动的诗人们普遍的
想法。锡金在《诗歌和朗诵》中认为："诗歌工作者要负起抗战时期的伟
大的救亡的任务。要号召光明和胜利的企求，要打破诗歌自身的厄运，非
得替诗歌另找一条出路不可，新的表现方式和传播方法有一个，是朗
诵。"[③] 极力地推崇通过朗诵加强诗歌在抗战救亡运动中的传播。

　　同时，战时物资供应的困难，报刊、书籍出版的纸张和印刷条件虽在西
南大后方的建设中获得一定发展，但条件仍然十分有限，这也增加了诗歌通
过纸质书刊传播的难度。我们在上述部分的论述中，已经阐述过这一问题。
文学类的图书和报刊的印制、传播，它的购买对象大多是集中于城市之中的
知识分子阶层，而对于大多数身处底层的普通老百姓而言，一是识字不多
甚至不识字，而即便识字的人，购买书刊的条件和经济能力也十分有限，
这无疑同样阻滞了诗歌向普通大众的传播。或许也可以说，文人集会等成
了诗歌朗诵的实验场。在此背景下，从武汉到重庆，诗歌朗诵运动蓬勃地

---

① 陈纪滢：《序〈高兰朗诵诗集〉》，载高兰编《诗的朗诵与朗诵的诗》，山东大学出版社，
　　1987，第 30 页。

② 陈纪滢：《序〈高兰朗诵诗集〉》，载高兰编《诗的朗诵与朗诵的诗》，山东大学出版社，
　　1987，第 31 页。

③ 锡金：《诗歌和朗诵》，《文艺月刊》第 12 期，1938 年 6 月，第 262 页。

开展起来，成为诗歌依靠文集出版发行和报刊媒介的诗歌传播之外的又一重要途径。1938 年 2 月，大路书店出版了诗歌朗诵运动的主要推动人高兰的《高兰朗诵诗集》，《抗战文艺》还专门为诗集的出版刊发了广告①，对诗歌朗诵和高兰的朗诵诗给予了高度好评，并肯定了诗歌朗诵是教育和组织大众的"宣传工具"，契合了时代的要求；1940 年 1 月 28 日乐群社专门举办了一场诗歌朗诵晚会，朗诵了《海燕之歌》《火把》吸引了近千名青年观众观看；1941 年端午节在重庆举办的第一届诗人节庆祝晚会上，高兰、常任侠、光未然等人朗诵了《离骚》等诗歌；1942 年 10 月 19 日，"文协"桂林分会为募集基金，在百东门剧场举行的演出会中，除音乐、戏剧等之外，还包含了由凤子、韩北屏等人演出的诗歌朗诵。除此外，校园中的师生们更是热衷于诗歌朗诵，聚集在西南的西南联大、中央大学、复旦大学等高校都开展了丰富的校园文艺活动，一些社团的集会中诗歌朗诵是必备的节目，例如西南联大的冬青社就多次组织诗歌朗诵，不仅邀请闻一多、李广田、雷石榆等诗人参加，还采取普通话、广东话、英语、法语等多种形式的朗诵等。

毫无疑问诗歌朗诵将诗歌从诗人到作品到读者的单向性个体传播，转变为诗人直接面向听众的群体传播。它既依赖于作品的创作，并由于朗诵的需要而对作品的创作提出新的要求，同时也借助于朗诵者的声、情等的表达，这些无疑对于朗诵艺术的发展而言有着积极的意义。我们看到，在诗人们竭力的倡导和组织下，许多在校的学生、文艺爱好者、戏剧演出者等组成的宣传队伍、战地服务团、慰劳团等，他们把一些诗人的诗歌以朗诵的方式传到了街头巷尾，传向了农村和抗战的前线，促进了诗歌的传播，也鼓舞了全国军民抗战的斗志，这不仅对于诗歌生态有所补益，对战时的社会生态改良也有积极意义。

---

① 广告中说："在抗战期中，'朗诵诗'是一种教育大众组织大众的宣传工具。因为它除保持艺术技巧外，在宣传工具中不单是口号的，而且是富于理解性的。本书著者高兰先生生长于黑龙江省的爱辉县，在燕京大学毕业后，就参加东北义勇军工作，以他的浑厚朴实北方人的性格，加上充实的生活经验，使他的诗歌更特别雄壮而有感情。这本集子里的诗，大都经汉口广播电台朗诵读过的；有的更被制成曲谱，或者被选作抗战戏剧的序曲。我们相信，本书出版后，集会场所或游艺会中，将添加一个'朗诵诗'的节目。"载《抗战文艺》第 1 卷第 2 期，1938 年 5 月 7 日，第 8 页。

与诗歌朗诵运动相比，以墙壁、大石头、电线杆等介质上书写诗歌的形式开展的街头诗在重庆等西南大后方，却显得有些落寞，但它仍然作为一种独特的传播形式在西南大后方的诗歌传播中发挥了积极作用。

街头诗充分显示出其媒介的传播优势。在街头诗作为一种诗歌传播的途径被用于诗歌传播之前，街头剧《放下你的鞭子》在街头演出就已经获得了观众的积极响应，引起社会极大反响，并被多个剧团反复增加和改变内容演出，达到了很好的宣传效果。可以说，这种宣传效应一定程度上起到了示范性，也启发了街头诗运动。街头诗不像纸质的图书、报刊需要依赖于纸张、印刷，甚至还需要一定的购买力，在和平环境下，这些或许并不会成为诗歌传播太大的制约因素，但在战时生态环境下，却必然成为制约诗歌传播的重要因素；街头诗也不像诗歌朗诵需要依赖于传播对象的在场，诗歌朗诵是以口头语言传播替代纸张的书面媒介，但必须保证传播对象在场，才能够完成诗歌传播，让对象获取信息。街头诗在传播的媒介上，正由于纸张、印刷设施等条件的限制而获得拓展，它主要借助于街头巷尾、交通要道随处可以利用的固定的媒介或可移动的媒介，如固定的墙壁、电线杆、石坎等，可移动的如战士们的枪杆、箩筐、各型车辆等，只要有一支粉笔、毛笔或者是其他可书写的物品，诗人们就可以将诗歌写在这些媒介上，不需要再去耗费物资印刷，更不需要花钱去购买，而是以这些常见物质为媒介构成了一个开放的传播场。也正因此，显现出街头诗另一个传播上的显著特点，即街头诗的传播并依赖于传播对象的在场。街头诗写于墙壁、大石头、电线杆等媒介上，呈现为一种固态的形式，任何经过的人、见到的人，不论何时，只要它未被破坏，都可以成为它的接受者，这样也就克服了朗诵诗的不足，扩大了诗歌传播的效果。

街头诗运动在一段时期内适应了中国战时生态的需要，所以才得以流传。1940 年 6 月 6 日，"文协"桂林分会诗歌组在桂林组织开展街头诗运动，他们组织通过编辑出版大幅诗壁报、出版《六月街头诗宣言》等诗特辑，并以传单形式在街头散发，引起社会和诗坛的极大反响。校园中的学生们作为接受新事物最快的一个群体，也很快借鉴了街头诗的方法，将创作的诗歌以壁报、手抄报等方式在校内传播，同时，西南联大的冬青社等学生社团还带着他们创作好的诗歌走向街头巷尾、走向乡村，写在墙壁、树干等上面，促进了诗歌的传播，也助推了诗歌大众化运动的深入。同时，由于街头诗运动范围的扩大，文艺界也引起极大关注：迁入桂林的，《抗战文艺》《中国诗坛》《七月》等刊物发表多篇田间、林山等人创作的街头诗，并刊发了多位诗人、文论家的街头诗论文，其中《中国诗坛》第五期刊发了林山的《敬礼》《给难民》《不要吵架》《送出征战士》四首街头诗，还刊发了高咏的诗论《论街头诗歌》；《七月》不仅刊登了田间等诗人多篇街头小诗，还刊发了多篇诗论，其中较有影响的是胡风的《关于诗与田间底诗》，对杨云琏对田间诗作"拘泥于简短的形式，过分的吝啬诗句底容量"① 等的质疑做出回应，高度评价田间"是第一个抛弃了知识分子底灵魂的战争诗人和民众诗人"②，这也相当于对战时生态下街头诗运动对诗歌传播及其意义的极大肯定。田间曾回忆街头诗运动中有这样的一些场景："写在墙头或贴在门楼旁以后，马上便围上一群人，有手执红缨枪的，有手持纪念册的，有牵着山羊的，有嘴含大烟锅的，都在看，都在念。"③ 这既表明底层大众对诗歌艺术的关注，但由此也正实现了诗歌本身传播的目的，从而，如何通过这一途径更好地吸引底层大众的持续关注，这也就对街头诗自身语言、内容、形式等提出了创作的新要求。

四　战时环境下诗歌传播的主要困境

全面抗战爆发后，出于凝聚抗战意志和战斗决心的需要，国民政府设立了"第三厅"专司文化事务，而且还设立总站位于重庆、分站及支站遍布各战区及游击区的"中央文化驿站"，以"办理……及有利于抗战建国书刊之传递与散布事宜"④，为了做好书报的传播，还专门出台了《战地书报供应办法》，完善了各地篓运、邮运网络，从而提升了信息流通能力，很多报刊甚至于刊登征订启事，采用平邮、挂号等方式邮寄读者预订的期

① 胡风：《关于诗与田间》，《七月》第 5 集第 2 期，1940 年 3 月，第 84 页。
② 胡风：《关于诗与田间》，《七月》第 5 集第 2 期，1940 年 3 月，第 86 页。
③ 吕进等：《大后方抗战诗歌研究》，重庆出版社，2015，第 105 页。
④ 中国第二历史档案馆：《抗战时期国民政府设立"中央文化驿站"有关史料选》，《民国档案》1987 年第 1 期。

刊，例如《文哨》就在 1945 年 5 月 4 日创刊号上刊登了"征求基本订户五千户"的广告，并可让读者自行选择平邮、挂号等方式邮寄所订刊物。这些传递条件的改进，不仅使西南大后方各地间的沟通和信息传播得到加强，也促使了西南为中心辐射全国的战时中国文学传播格局的形成。

《文哨》创刊号封面

但是，社会生态环境是一个完整的、相互连接的整体，并附着于一定的场域之中，政治、经济权力场域的变化，某种程度上主导了文化生发的基本状态。西南大后方的图书出版发行行业和报刊业虽借助于偏居西南、资源与人口汇聚的优势取得了一些成绩，推进了中国文化、文学、教育事业的发展，特别是在现代文学中心在西南的重构和诗歌的传播中发挥了重要作用。但我们也应该看到，战争的破坏性从来不会留有余地，更何况是在地域辽阔但又贫穷落后的中国土地上，它无论是对中华民族劳苦大众的生命的戕害，还是对国家政治、经济、文化等的破坏，都是不可估量的。即便是在作为战时政治、经济、文化及文学中心的以重庆为核心的西南大后方，随战争持续，国民党为维护自身独裁统治而加剧的文化专制政策，以及随资源紧缺、社会负担的加重而加剧了的经济的衰退，无不成为破坏诗歌传播生态的负面因素。

首先，战争威胁下造成的社会不稳定，导致了出版发行机构、报刊、印刷等行业的夭亡。

从全面抗战开始，中国现代文学就进入一段流徙的漫长历程，甚至于在西南的聚集本身也是流徙途中的短暂停留，抗战结束后的"复员"潮，几乎一下子将西南抽空，文学中心瞬间不复存在。所以可以说，战争导致了整个社会的动荡。从北平到上海，再从武汉到重庆、桂林、昆明等地，不仅中国现代诗人与其他作家在四处奔逃，同样奔逃的还有与诗歌传播相关的这些各类图书、报刊出版、印刷、发行的机构。抛开小的先不说，即便当时已经是国内举足轻重的大型出版机构的商务印书馆也是几经周折，并损失惨重。在全面抗战初期，商务印书馆就将驻守上海的总部改为驻沪办事处，并将主要人员、机构等迁移到长沙，但长沙也未能停留多久，长沙战事又吃紧，只能再次将印刷设备、工厂等迁移到重庆，结果在重庆还是遭到火灾，损失惨重，不得已迁到香港，结果"立足未定旋因太平洋战事爆发又陷停顿，最后在重庆重建总管理处与编审部，继续出书直至战争结束"①。商务印书馆这类实力相对雄厚的机构尚且如此，更不要说小报、小刊和小型出版发行机构了。因而，我们在统计中也发现，很多出版发行机构的出版发行活动常常仅维系几个月即告停。因而，也导致了西南大后方出版发行机构和报刊总体数量多，但连续性不强，这在一定程度上不仅制约了诗歌等文学作品的传播，也对诗歌创作生态带来负面影响，甚至很多刊物由于环境的不稳定而影响了刊发作品的质量。

另外，战时经济不仅因与诗人生活的紧密相关而直接影响诗人的创作，同时更直接对诗歌传播造成直接影响。

诗歌文集出版发行或报刊发表等途径，不仅是很多诗人、小说家等文艺工作者曾经赖以生存的重要手段，而且是诗歌传播的主要途径。但不论是诗歌文集的出版发行还是借助报刊刊发诗歌，都依赖于一定的经济条件，纸张生产、纸张购买、印刷材料、印刷设备、编辑排版等，每个环节都需要经济作为基础，而任何一个环节的衰微，也必然导致出版生态的破坏。抗日战争进入中后期，特别是太平洋战争爆发以后，国民政府战争支出持续加大，财政收支赤字惊人，物资供应更加困难、物价不断上涨。金陵大学曾编制过一组物价指数统计，据数据统计显示："1937 年物价指数比 1936 年增加 15%，1938 年比 1937 年增加 16%，1939 年比 1938 年增加 38%，1940 年比 1939 年增加 284%，1941 年比 1940 年增加 249%，1942 年比 1941 年增加 296%，1943 年比 1942 年增加 305%，1944 年比 1943 年增加 369%。"②这种急剧攀高的物价，使得无论是纸张制造业、还是印刷业都遭到严重影响，图书出版和刊物办刊成本急剧攀高。与此同时还有物价上涨导致的民众购买力的下降，据统计："出版业战时各项费用普遍比战前有所上涨。其中，稿

---

① 沈旻：《抗战时期国统区文化出版及产业发展调查分析》，《艺术百家》2008 年第 3 期。

② 张忠：《民国时期成都出版业研究》，博士学位论文，四川大学，2007，第 74 页。

费每千字涨 50 倍，排工每千字涨 150 倍，纸型涨 633.33 倍，纸张涨 600倍，封底面土纸涨 266.66 倍，浇版涨 400 倍，印工涨 103.33 倍，封面涨160 倍，装订涨 150 倍。计算下来……一本书涨价 9 万多元。"[①] 这让一般的工薪阶层读者如何承担得起，势必造成恶性循环，严重破坏诗歌等文学作品的传播生态。在此背景下，许多出版发行机构和报刊难以维系。甚至还在全面抗战之初，很多报刊就已经因经济等问题而暂告停刊，如《诗报》半月刊于 1937 年 12 月 16 日在重庆创刊，但仅到次年 1 月出完第 2 期后即告停刊；穆木天、蒋锡金主编，于 1937 年 11 月 1 日创办于武汉的诗刊《时调》，到次年 3 月 1 日出到第 5 号即告停刊；《救亡日报》还曾在郭沫若支持下组织重庆戏剧工作者演出夏衍的《一年间》，以募集办报基金等。受经济条件影响，一些刊物为维持运转而扩大广告版面，一些文学杂志中则常见各类跌打损伤、舒筋活血等类药品的销售广告，甚至这些药品销售广告占据大量版面，这本是一种经营策略，但一些报纸为获得更多广告收入以维持运转而将广告的位置放置更显著位置，形成对诗歌传播版面的侵占……诸如此类的现象，一方面可看作我们文学期刊适应市场环境的灵活性，但从另一侧面，也反映出传播生态的恶化，以至不得不以大量出卖版面以维持生计。

小　结

整体来看，全面抗战时期由于国土的沦陷和西南大后方的空间聚集，在抗战救亡的呼求下使诗歌接受群体更趋丰富，特别是使五四以来就提倡的"文艺大众化"得以以知识分子"俯身"的姿态亲近底层大众，这在某种程度上或可看作是知识分子阶层对知识垄断的再次"革命"，也为诗歌朗诵、街头诗等诗歌形式提供了传播土壤。而抗战时期的出版、传媒业因战时救亡而加强了与社会各界抗日救亡组织及其活动成果的联系，从而为诗歌创作提供了重要阵地，改善了诗歌创作的生态环境。艾青在《论抗战

① 张忠：《民国时期成都出版业研究》，博士学位论文，四川大学，2007，第 75 页。

以来的中国新诗——〈朴素的歌〉序》中充分评价了抗战时期新诗传播和接受的成效：

> 由于新诗运动的发展，由于诗晚会，诗朗诵，诗壁报，街头诗等样式的提倡推行，诗在报章杂志和书本的印刷以外更增加了许多新的传达和广播的方法，同时诗人们和读者群众之间的接触，也由于诗晚会和诗朗诵等形式的介绍而成为经常化了。
>
> 读者群众的鉴赏能力被提高了。我们可以说，生活不仅影响了作者，而且也同样影响了读者，已慢慢地从士大夫，学者，名流，教授与绅士，而转换到更广大的人们，他们包括着一切热心于中国的民族解放运动，热心于中国现实的理解，关心人类进步事业，而具有文学的初步修养（当然这并不是论中国新诗经不起更高的艺术的评价）的所有的人们，而这广大的人们由于他们的生活的进步，由于他们参加战斗的热情，由于他对于文化教养的渴望与自我教育的努力，他们已极明显地，在鉴赏能力上比中国新诗的旧有的读者进步了。①

文学接受和文学传播是创作活动中具有互动关系的环节，就如创作者与客观世界、文学接受、文学传播所共同构成的创作活动整体一样。正是这种互动的并互相影响的关系，使它们成为相互连接的整体，并共同构成了创作生态系统中的重要因素之一。全面抗战爆发后，民族救亡运动蓬勃开展中抗战热情的高涨，刺激了全国同胞对文化的需求，而抗日斗争的严峻现实，也迫切需要文艺工作者积极行动，不仅参与到抗战文化斗争的"笔部队"之中，而且还要以诗歌"短小精悍"和极具"煽情"性、富有宣传价值的这一武器，积极动员广大民众、鼓舞大众抗战的意志和争取抗战胜利的决心，因而使诗歌受到文艺界的重视。如果说城市知识分子和学生群体作为诗歌接受群体几乎是延续了战前二十多年新诗发展的传统，那么工人、农民和其他普通市民阶层的动员需要，则再一次将"如何真正大众化"的问题摆在了诗人们的面前，这不仅迫使诗人们做出对语言、形式

---

① 艾青：《论抗战以来的中国新诗——〈朴素的歌〉序》，《文艺阵地》第 6 卷第 4 期，1942，第 12 页。

等诗歌的表达艺术做出积极调整，而且成为图书出版、报刊发行等诗歌传播形式之外，诗歌以朗诵和街头诗等途径进行传播的根本动因，并因接受群体向普通底层大众的主动转向和传播途径的调整，对诗歌创作进一步提出了新的要求，包括什么样的诗歌适合于朗诵、什么样的诗歌适合于街头传播，这再次促进了诗歌在文体上发生新变，呈现出诗歌创作生态的复杂性。当我们再次审视战争中的动荡不安、统治阶层的政治压迫和经济上的困窘时或许会对艾青所作出的这一积极评价生发出新的认识。

第四章

诗歌本体的生态适应

何其芳对诗下过一个备受文坛推重的定义，他认为："诗是一种最集中地反映社会生活的文学样式，它饱含着丰富的想象和感情，常常以直接抒情的方式来表现，而且在精炼与和谐的程度上，特别是在节奏的鲜明上，它的语言有别于散文的语言。"[①] 他不仅如他所秉持的诗歌理念一样强调诗歌的抒情、节奏和语言，而且突出了诗歌对社会生活的集中反映。也就是说，诗歌既是社会生态环境作用的结果，同时，诗歌本身也蕴藉着社会生态要素。艾青在《我怎样写诗的？》中也同样强调"教养和出身的环境"对于作者的限制，他认为："每个作者的进步过程就是他逐渐摆脱他的限制的过程。我是一个从来不敢停止努力的人。我在继续不断地摆脱我出身的环境所加给我的限制。我常常努力着使我的诗里尽量地采取口语。……假如我们没有以自己的努力去重新发现世界，发现事物与事物的关系，人与事物的关系，人与人的关系，我们就没有必要去制造一首诗。"[②] 在诗歌创作的整体活动中，作为创作主体的诗人在战火与硝烟中历经民族救亡激情的燃烧与艰难生存现实的沉潜，同样还交织着复杂的时代任务——民族救亡、个体生存和现代新诗作为艺术的本体诉求，这既是时代造就的复杂生态，同时又构成了诗歌创作的生态环境，从而使诗歌创作面临着空前复杂的文学生态。笔者始终认为，不论是在什么时期，包括诗歌在内的任何文学创作，都必然地印刻着时代的痕迹，这其中就包括对时代需

① 何其芳：《关于写诗和读诗》，作家出版社，1956。
② 艾青：《我怎样写诗的？》，《学习生活》第 2 卷第 3、4 期合刊，1941 年 3 月，第 152 页。

求的回应，但这个时代也必然制约着它的发展，即便我们永远相信文学一直葆有"仰望星空"的浪漫情怀，但仍然不可能超越这一普遍规律。事实上，就前文对现代文学中心在西南大后方所处整体社会环境、诗人的生存状态与诗歌态度变化、诗歌的传播与接受生态的梳理来看，作为社会文化活动重要构成部分之一的诗人的诗歌创作一直继承着新文学革新中国文化生态、启蒙大众的革命意识。但同时，作为社会生产活动之一的诗歌创作，又无法避免地要适应社会生态环境的要求，并通过诗人、诗歌传播与接受等创作活动要素的直接作用显现在诗歌本体的变化、发展之中。

诗歌本体包括"诗的文体、诗的节奏、诗的韵式、诗的结构，包括诗的语言与诗的意象"①　等构成要素，诗的文体也即诗歌体式，某种程度上可以说是诗的节奏、结构、语言和意象的综合显现，王光明教授在《中国新诗的本体反思》一文中也指出"新诗与白话诗不同之点，正在于它体式上的新"②，强调了体式对于诗歌自我特性确立的重要性。所以，本章拟以诗歌体式为主线，梳理诗歌本体的生态适应。新文学革命初期，新诗运动就是从"诗体解放下手"③，开辟了中国新诗对诗体艺术不断探寻的道路，出现了自由体诗、散文体诗、民歌体、无韵诗、小诗、格律体诗等多种诗体，其中，自由体诗在新诗运动中逐渐发展为现代新诗的主要形式。在抗战时期，因抗战文艺发展的需要和文学生态的变化，新诗运动延续了"诗体解放"的传统，自由体诗在朗诵诗、街头诗、叙事诗、方言诗等诗体上获得了新发展。蒲风在 1937 年 12 月 29 日的日记中，有过这样一段记述："值得我们注意的是：现代派诗人之一的林英强也投稿来了。他们的没有出路是显然的呵！——只可惜他的转向仍不彻底，不然，也预备用他一篇的。他寄来的一篇，太多'词'的风味。"④　可见，在新时代的生态环境下，诗歌体式的变化是抗日斗争的历史现实下诗人们对社会生态所作出的创作调适的结果，是获取自我生存空间的必然要求，它改变了新诗诞生以来发展的走向，也为新诗的发展注入了新的血液。

---

① 王泽龙：《中国现代诗歌意象论》，中国社会科学出版社，2008，第 3 页。
② 王光明：《中国新诗的本体反思》，《中国社会科学》1998 年第 4 期。
③ 朱自清：《中国新文学大系·诗集·导言》，良友图书公司，1935，第 2 页。
④ 黄安榕、陈松溪编选《蒲风选集》下册，海峡文艺出版社，1985。

第一节　朗诵诗等：“使诗歌，成为大众的东西”

文艺大众化是中华民族抗日斗争对文艺工作者提出的要求，也是文艺工作者为争取民族抗战胜利参与对敌斗争的一种途径。所以，“使诗歌，成为大众的东西”① 成为对诗人诗歌创作的时代要求——“门外有万千的群众在等待”②，而诗歌“原是从泥土里劳动中生长出来，是群众自己的东西，离开了群众，它将逐渐的萎缩，死灭”③。在此背景下，朗诵诗、街头诗、方言诗等诗体为适应大众化的要求，以独特的传播方式、独特的诗歌语言和形式显现出了独特的文体特征，适应了战时生态的需要，也丰富了诗歌艺术的表达方式，正如老舍说：“新诗遇到了抗战，这是千载难逢的机会。”④

一　高兰等的朗诵诗创作

“去，朗诵去”，使朗诵诗“与全民族抗战的步调相配合”⑤，这是全面抗战爆发后时代对诗人们发出的强有力的战斗的号召。朗诵诗运动适应了中国抗战宣传、文艺动员的救亡需要，特别是朗诵诗以其现实的、战斗的语言适应了抗战救亡宣传工作的需要，并以其口语朗诵的传播形式适应了战时传播和接受生态的要求，在抗战文化的土壤中焕发出勃勃生机，使诗歌走向大众，与其他诗歌共同构成了大后方诗歌的壮美图景。为了能以朗诵的方式向大众做诗歌传播，同时出于使普通大众能够接受诗歌的创作目的，朗诵诗不仅要能朗诵，还要能让普通的大众听得懂，“她是作者有意的宣传”，是大众性的，因而“身边的琐事，神秘的叫声，晦涩的辞藻，

---

① 穆木天：《诗歌朗诵与诗歌大众化》，《时调》第 3 期，1938，第 15 页。
② 锡金：《朗诵去》，《时调》第 3 期，1937，第 4 页。
③ 同上书，第 5 页。
④ 老舍：《论新诗》，《中央日报》，1941 年 5 月 30 日。
⑤ 高兰：《展开我们的朗诵诗歌》，《时调》第 3 期，1937，第 4 页。

费人思解的文句，同怪头怪脑的韵律等"都是该被抛弃的，才能使诗歌"走上纯粹的战斗的方向：煽动民众，组织民众，武装民众"，[①] 从而完成为抗战救亡服务的文艺任务。陈纪滢甚至认为："凡写在纸上而不能朗诵的诗绝不能称之为诗，否则，至少算失去了它的效用；凡写在纸上的诗就应该可以朗诵，否则，至少文字和意义上有缺陷。"[②] 所以，这就使得朗诵诗在诗歌艺术上显现出独有的特征——"朗读诗的内容，应当切实于民众的生活，朗读诗的话语，应当是民众的口语，朗读诗的情感，应当是抗战总动员中的民众的情感"[③]。朱自清认为："朗诵诗原是要诉诸大众的，所以得特别写作——题材，语言，声调，都得经过一番特别的选择。"[④] 既点明其读者对象的大众化，又强调因大众化而对诗歌创作在题材、语言、声调等方面的特殊要求。

　　高兰是全面抗战时期较早进行朗诵诗创作和进行诗歌朗诵的诗人，从武汉到重庆，一路将朗诵诗创作和诗歌朗诵运动推向前进。诗歌朗诵并非抗战时期新创的事物，而是在古今中外早已有之的传统艺术形式，但作为新诗诗体之一的朗诵诗创作是新诗诞生后在抗战中才得以发展起来。高兰作为探路者，在全面抗战初期借助穆木天和锡金负责的诗歌刊物《时调》推出了朗诵诗，以回应文艺界提倡的文艺大众化运动，使诗歌真正走向大众中间。高兰的《咱们去当兵》在创作中采用了极具现场感的对话语体，获得了强烈的融入感和感召力，诗中写道：

《时调》封面

---

① 佳禾：《论朗诵诗》，《春云》第 3 卷第 6 期，1938 年 6 月，第 1 页。

② 陈纪滢：《序〈高兰朗诵诗集〉》，载高兰编《诗的朗诵与朗诵的诗》，山东大学出版社，1987，第 30 页。

③ 穆木天：《诗歌朗诵与诗歌大众化》，《时调》第 3 期，1938，第 16 页。

④ 朱自清：《美国的朗诵诗》，《时与潮文艺》第 5 卷第 1 期，1945 年 3 月，第 64 页。

走吧！

张大个子！

李二楞！

咱们为啥不去当兵？

好好的家不能住，

好好的地不能耕

谁抢去了？

谁占去了？

你怎么还认不清？

光生闷气，

怎能打退日本鬼子兵！

…………

告诉你吧！

年头儿大改良，

几句新话你听听：

"好铁做飞机，

好汉去当兵！

打死日本鬼，

才算大英雄！"①

诗歌一开头就用普通民众日常生活中习见的"张大个子""李二楞"等称谓，以及"咱们""你""他"等具有包容性的人称代词和对话色彩浓烈的设问，瞬间切入读者和听众的心理情境之中。继而，诗歌如叙家常一般，在历数普通百姓因战火而使得"家不能住""地不能耕"的悲惨遭际中，痛诉侵华日军"打死咱们爹娘""掘了咱们的祖茔"，害我们国破家亡的罪行，直指侵华日军是"咱们的大仇人"，号召村庄里的弟兄们去当兵，"打死日本鬼，收回东四省"！诗歌适应了战时特殊社会生态的发展环境，用具有现场感的对话体，以普通民众最易理解的语言，层层深入，贴

---

① 高兰：《咱们去当兵》，《救中国》第 11 期，1938 年 1 月，第 126 页。

近民众心理，既强调情感的鼓动，又在事实的层层理析中，将为啥要去当兵的理由揭示清楚，从而真正实现宣传的目的。所以，高兰的朗诵诗并非简单的口号，如陈纪滢所说："在抗战期间的宣传工作，我们不但要顾及到煽惑性的重要，同时更应该注意到理解性的重要，一方面我们应该把全民族的抗敌情绪鼓动起来，另一方面更应该使每个参加抗敌的人对于现实和他的工作有所理解，这样才能结成一个全民族的坚强的抗敌阵线。"① 很显然，高兰的《咱们去当兵》兼具了鼓动性和理解性，正如诗中所说有家不能住、有地不能耕、爹娘被杀、祖坟遭掘、国家遭难，在此等国恨家仇面前，诗人写下的诗句振聋发聩——"不替国家出力你算是一包脓！不替爹娘报仇更对不起祖宗"！使整首诗歌以通俗的、面向普通大众的话语实现了为抗战救亡进行宣传动员的目的。反过来讲，正因为诗歌创作者应和了向普通大众广泛开展抗战动员的实际需求，在诗歌创作中贴近普通大众对诗歌的接受实际，才使得通俗的语言在朗诵诗的创作中显现出了独特的艺术力量。

在高兰的另一首朗诵诗《给绿林好汉》中，诗人同样以通俗的口语入诗，如身临其境般的还原绿林好汉的对话，而且使用了绿林中的行话"贴着柳子""上过绿"等，不仅使诗歌语言适应了抗战的大局需要，而且适应了对象的特殊性，诗人在诗中大声呼吁绿林好汉们"调转枪尖，走上抗日的阵线"，不要干"趁火打劫"的可耻事情，以至于：

> 糊涂的生，
> 糊涂的死啊！
> 作了民族的罪人！
> 作了敌人的鹰犬！
> 用什么告慰祖先？
> 怎对得起中华的好儿男？
> …………
> 是好小子的和日本鬼子"克"！

---

① 陈纪滢：《序〈高兰朗诵诗集〉》，载高兰编《诗的朗诵与朗诵的诗》，山东大学出版社，1987，第30页。

有骨头和日本鬼子干！①

巴山雨的朗诵诗《去呀，踏上战场》更是以胸中之气大声呼喊兄弟们、姊妹们"踏上战场"，不论来自闺房、来自工厂、来自课堂，还是来自田庄的，都相约着"相见在战场"！语言直白，以"向敌人冲，向敌人掷，向敌人密集放"② 等一系列排比句层层推展，情绪高昂、激荡人心，适宜了发动和动员各行各业民众投身抗战热潮的生态语境，富有对普通大众进行抗战宣传的效应。

除语言外，朗诵诗在主题、所使用的材料上也最能体现出对其所处生态环境的适应，不仅在我们前面所谈到的《咱们去当兵》这首诗歌，而且在高兰及其他诗人所创作的大量朗诵诗中都能体现出这一点。他们设身处地地走进接受对象的内心和生活之中，擢取接受对象最习以为常的事物、话语，以方言、俚语、民谣等入诗，适应了接受对象的心理和接受习惯，增强了诗歌的感染力，也丰富了诗歌的表现方式。在《咱们去当兵》中，以动员民众踊跃参军为主题，服务社会的现实意义跃居重要地位。同时，出于为大众而歌、动员大众的目的，诗歌中多择取贴近大众生活的素材，家园、田地、爹娘、祖坟，直至国家的危亡，处处扣动着中华儿女的心弦，成为战时生态下诗歌与受众产生共鸣的重要元素，也可以说对这些材料在诗歌创作中的使用适应了战时的文学生态。

高兰的朗诵诗《哭亡女苏菲》是诗人在 1942 年 3 月所创作的纪念前一年因病无钱救治夭亡的小女儿的诗歌，1942 年 3 月 29 日在重庆的《大公报·战线》上刊出后，被多家报刊不断转载，震动重庆诗坛并引起社会强烈反响。《哭亡女苏菲》一诗以一年前尚未夭亡的女儿在台上唱"打走日本出口气"的追忆开始，如泣如诉地写道：

你哪里去了呢？我的苏菲！

去年今日

你还在台上唱"打走日本出口气"！

---

① 高兰：《给绿林好汉》，《文艺月刊》第 4 卷第 1 期，1940 年 1 月，第 35 页。
② 巴山雨：《去呀，踏上战场》，《文艺阵地》第 3 卷第 5 期，1939 年 6 月，第 978 页。

今年今日啊！

你的坟头已是绿草蔓迷！

…………

一年了！

春草黄了秋风起，

雪花落了燕子又飞去；

我却没有勇气

走向你的墓地！

我怕你听见我悲哀的哭声，

使你的小灵魂得不到安息！①

　　诗人在追忆中强忍着痛失亲人的人都曾体会过的"撕裂人心的哀痛"，在湿透的泪眼中泛起点点记忆，在一遍遍翻看女儿遗物中低唤着"苏菲！苏菲！"，伏在箱子上"放声大哭"。在诗歌中诗人诉说女儿患的只是疟疾，可庸医即使挖去了诗人"最后一文钱"，却未能留住女儿如花朵般的生命，甚至使诗人只能当了最值钱的衣物勉强为夭亡的女儿买下一口白色棺木，就更不要说烧纸钱祭奠。更令诗人难忍悲痛的是即便苏菲尚在人世时，也常衣衫褴褛，常只能"把手指头放在口里，呆望着别人的孩子吃着花生米，望着别人的花衣服"，在寒冷冬夜，三口之家仅有一床薄被，颠沛流离七载却难有一日的饱食暖衣。即便如此艰难，诗人从未退却过，"贫穷我们不怕，因为你的美丽象一朵花，点缀着我们苦难的家"，但现在却不同了：

唉！一年来，我象过了十载，

写作的生活呀！

使我快要成为一个乞丐！

我的脊背有些伛偻了，

我的头发已经有几茎斑白，

这个世界里，依旧是

富贵的更为富贵，

---

① 高兰：《哭亡女苏菲》，《大公报·战线》第 909 号，1942 年 3 月 29 日。

贫穷的更为贫穷；

我最后的一点青春与温情，

又为你带进了黄土堆中！

小鱼！我的孩子，

你静静地安息吧！

夜更深，

露更寒，

旷野将卷来狂飙！

雷雨闪电将摇撼着千万重山！

我要走向风暴，

我已无所系恋，

孩子！

假如你听见有声音叩着你的墓穴！

那就是我最后的泪滴入了黄泉！

…………

一字一流泪！

一句一呜咽！

放下了笔，哭啊！

哭够了！再拿起笔来。①

　　整首诗感情真挚、浓烈，饱含着家国情仇、时事艰辛和生活的辛酸，令人动容，每每在当年大后方各地的诗歌朗诵会上诵起，总能让全场上下为之失声恸哭。这首朗诵诗有一定的长度，围绕对亡女的悼念这一线索，揭示出了侵略者制造的灾难、统治的腐朽、社会体系的没落等多重重压下生活的悲苦和无奈，以一家人诉说了一个时代的苦难，吃不饱、穿不暖、贫穷、疾病以及亲人倏忽间的生离死别，这又何止是诗人对自我个体体验的慨叹，而是写出了中华民族共同的苦难，因而，获得了大众的回应。

　　诗在中国和世界其他国家的文化传统中本就可以诵，但中国新诗诞生

---

① 　高兰：《哭亡女苏菲》，《大公报·战线》第 909 号，1942 年 3 月 29 日。

以来，由于对旧的诗歌形式的破坏和对新的诗歌形式的建设，新诗如何才能朗诵恰恰又成了新的问题，特别是要使诗可以朗诵还需具备一定的条件，就如陈纪滢所说的要富有战斗性、通俗化、有韵、富有感染力、易记等，这显然在新诗尚未完成自身新形式建构的过程中难以兼顾。而抗日战争全面爆发后的抗战动员，为新诗朗诵诗体的发展创造了条件，同时，也是新诗自身适应新的生态环境做出自我调适的结果，使朗诵诗在诗歌大众化运动中成为重要的一支。除高兰外，在昆明的光未然常在"文协"昆明分会组织的讲演会、文艺晚会等朗诵自己创作的诗歌，艾青的《反侵略！给日本的士兵大众》、鲁藜的《想念家乡》、沙鸥的《今天》、锡金的《千人针》、朱庭芸的《岷江，去告诉敌人：那残忍的豺狼》、田间的《那些工人》等都是这一时期较受欢迎的朗诵诗，高兰更是辑录了多集朗诵诗集，推进了朗诵诗创作和艺术发展。不可忽视的是，正由于朗诵诗的独特传播方式和在语言、形式上为适应大众化而做出的调适，适应了抗战斗争的需要，朗诵诗从而得到了文化界、文艺界的热烈回应。《抗战文艺》《中央日报》《新华时报》《大公报》《文艺月刊》《战歌》等报刊刊发了穆木天、臧克家、茅盾、徐迟、锡金等人大量关于朗诵诗和朗诵诗运动的诗论，推进了朗诵诗创作和新诗艺术的发展。学校中也广泛地组织诗歌朗诵活动，像西南联大的冬青社不仅经常组织诗歌朗诵会，而且尝试普通话、方言和外语等多种语言的朗诵活动，推进了朗诵诗的传播。"新诗不易被广大群众所接受、传诵，朗诵正是一个很好的媒介，能把诗歌推广到群众中去。"①

二 田间等的街头诗创作

街头诗是"作者从人民对于政治事变的突发的感应里面把政治动员溶化进去了的鼓动小诗"②，是全面抗战时期诗歌大众化运动中发展起来的另一重要诗体，由田间、林山等人发起，并因适应抗战宣传深入大众的需要

---

① 王亚平：《诗歌朗诵感想》，载高兰编《诗的朗诵与朗诵的诗》，山东大学出版社，1987，第 156 页。
② 胡风：《关于诗与田间》，《七月》第 5 集第 2 期，1940 年 3 月，第 86 页。

而形成的灵活多样传播形式而使诗歌创作上形成了诗体短小精悍的艺术特征。

可非写于 1937 年 11 月 23 日的《大众化与方言街头诗》中就明确提出，当前最紧要的事情是开展诗歌大众化运动的实践，"街头诗歌是大众化运动的一条大道"①。1938 年 8 月 7 日，田间、林山、柯仲平、邵子南等人以边区文协战歌社和西北战地服务团战地社在延安率先发起街头诗运动。据田间在回忆录中记述："一天，我和柯老相遇，谈起西战团在前方搞的戏剧改革，也谈起苏联马雅可夫斯基搞的'罗斯塔之窗'，还谈到中国过去民间的墙头诗。于是我们一致问道：目前，中国的新诗往何处去？怎样走出书斋，才能到广大的群众中去，走出小天地，奔向大天地？我们又一致回答，必须大众化，要做一个大众的歌手。"② 1938 年 8 月 15 日《新华日报》上刊发的《街头诗运动宣言》中宣称："在今天，因为抗战的需要，同时因为大城市已经失去好几个，印刷、纸张更困难了，我们展开这一大众街头诗歌（包括墙头诗）运动，不用说，目的不但在利用诗歌作战斗的武器，同时也就是要使诗歌走到真正的大众化的道路上去；不但要有知识的人参加抗战的大众诗歌运动，更要引起大众中的'无名氏'也多多起来参加这个运动。"③ 鲜明地表明街头诗是全面抗战时期新诗发展的一个重要方向，是为适应抗战需要的诗歌大众化运动的一种实践形式。同时，街头诗也适应了印刷、纸张困难的现实，拓展了诗歌传播的途径——借助墙壁、电线杆、石壁、大石块等媒介，既可以克服朗诵诗面向受众朗诵时的在场性要求，可以长期保存，又可以克服纸张、印刷等条件的限制而就地取材。也就是说，街头诗是为适应诗歌大众化对传播途径的开拓和对新的传播途径的适应而在诗歌语言、形式上进行的新的探索。特别是街

---

① 可非：《大众化与方言街头诗》，《中国诗坛》第 1 卷第 5 期，1937 年 12 月，第 2 页。

② 田间：《田间自述》，《新文学史料》1984 年第 4 期。"罗斯塔之窗"（Windows of Losta）：苏俄国内战争时期国家通讯社罗斯塔印行的宣传画，由马雅可夫斯基和宣传画家切列姆内赫在莫斯科根据通讯社的电讯稿，改画成一种富于战斗性的政治宣传鼓动画，张贴于通讯社的橱窗和街道商店，故称罗斯塔之窗。其利用诗画并茂的形式，通俗易懂，发挥了战斗作用，得到列宁的好评。

③ 柯仲平、田间、林山、邵子南等：《街头诗运动宣言》（1938 年 8 月 15 日），转引自刘福春《中国新诗编年史》上卷，人民文学出版社，2013，第 242 页。

头诗本身的兴起就源自西北边区，这些地方相对于重庆、昆明、桂林等西南的后方城市而言，条件更加艰难，因而也迫使得街头诗在特殊的生态环境下兴起，并在西南大后方引起极大关注，成为抗战时期诗歌发展的一种重要形态。

从形式上来看，街头诗由于在传播途径上力图打破对印刷、纸张等介质的依赖，转而灵活多样地利用身边的街头墙壁、路边电线杆、石壁、大石块，甚至前线战士们的行军物品等物质媒介，因而对诗歌的创作形式就要求不仅要适合于普通大众的接受，也要适合于在这些物质媒介上的书写，所以整体上，街头诗的行数少则三五行，多则十余行。从语言上来看，由于传播的媒介不同于纸张，不利于长篇唱和的形式限定，就要求语言上精练，内容集中。同时，街头诗作为诗歌文体上的新发展，本就是对诗歌大众化的实践，其目的在于向大众歌唱，所以在语言上与朗诵诗一样力求口语化、通俗化、亲近普通大众，较多取材于民众生活之中，同时主题又都较为集中，并富有鼓动性，体现出在战时生态下艺术的战斗力量，符合战时生态的艺术发展要求。

被闻一多誉为"时代的鼓手"的田间是街头诗运动的发起人之一，也是街头诗创作最有成就的诗人，创作了大量富有革命激情和战斗力量的抗战诗歌。据一些回忆录中记载："我们从延安出发，在赴晋察冀边区的路上，与搞艺术的同志合作，沿途在村头、路旁岩石上，书写一些街头诗、岩头诗。当时最积极的是田间同志，常见他提着粉桶，拿着毛刷，书写他的短诗。"① 其中，他创作的《假使我们不去打仗》是最具代表性的街头诗之一，诗中写道：

> 假使我们不去打仗，
>
> 敌人用刺刀
>
> 杀死了我们，
>
> 还要用手指着我们的骨头说：
>
> "看，

---

① 曼晴：《春风杨柳万千条——回忆晋察冀边区的诗歌运动》，《新文学史料》1979 年第 5 期。

这是奴隶！"①

　　整首诗紧紧围绕抗战宣传动员，长度为 6 行，语言通俗易懂，便于在街头墙壁和其他物质载体上书写和传播，也便于普通民众的阅读。诗歌的目的很明确，就是动员人们积极参加抗战斗争，但是，诗人并未直接地表达这一想法，但又未把主题藏得过于隐晦，而是在"假使我们不去打仗"的假设和敌人杀死了我们还要用刺刀指着我们骨头把我们骂作"奴隶"的对比中产生出强烈的震撼感和鼓动性。很显然，这种在假设和对比中所产生出来的煽动力量远远超过了直接的宣传，而如果过于隐晦、晦涩，则不适合普通大众的接受实际，也难以达到宣传的效果。同时，田间在诗歌创作中看似形式灵活、随意，实则有着强烈的节奏感，在形式的变化中显现出诗歌战斗的力量，刺刀、杀死我们、指着我们骨头，层层递进，到直接引用暴徒的话"看，这是奴隶"时，瞬间将诗歌的情绪推向高潮，引来的是诗歌接受者无比的愤怒和抗争的决心。田间的另一首街头诗《假使全中国不团结》，同样使用了假设和对比，诗中写道：

　　　　假使全中国不团结，
　　　　等于把大门打开
　　　　让敌人随便地进来，
　　　　给他们痛快，
　　　　那我们比吊死
　　　　还要坏！②

　　诗中要表达的主题显然是呼吁全中华民族团结一致抗击外侮，这类诗歌和口号从九一八事变以来其实就常常见诸各类报刊之中。田间在写这一主题时，紧扣核心，突出"不团结"则等于"大门打开"，那么敌人进来后，"他们痛快"而我们"比吊死还要坏"，在简单的事例中寓意着深刻的说理，特别是在假设和对比中，将血淋淋的现实通俗化地展现在了大众眼

① 田间：《假使我们不去打仗》（1938 年春），转引自《诗选刊》2015 年第 7 期。
② 田间：《假使全中国不团结》，《七月》第 6 卷 1~2 期，1940 年 12 月，第 73 页。

前。无怪胡风盛赞田间街头诗创作的形式是"带着天才光芒的形式",是"从他底诗心和生活的结合道路以及结合强度这上面产生出来的"。[①] 确实,田间如果不是在战火之中有着深刻的体验,以及对中华民族的前途命运的深切忧虑,难以以简单的言语切中关系中华民族命运的核心,更难以打动人们的心理而动员人们积极参与战斗。田间的另一首街头诗《保卫战》,更是呼唤老婆子、小伙子统统行动起来,在受到敌人突然包围时,不能坐以待毙,动员大家:

> 统统扑过去,
> 就是死罢,
> 尸首还在家乡,
> 像活着一样地歌唱![②]

歌颂战斗和为战斗而死是虽死犹荣,充满了战斗的号召性,并在语言和内容上紧紧围绕着中国广大农村的普通大众们,富有针对性和煽动性。而辛予摘录的一首署名摇梧者的名为《保卫岢岚》的街头诗,同样以保卫战为主题,诗歌语言也以通俗化的口语为主,但以设问方式进入,诗中写道:

> 你爱岢岚,
> 我也爱岢岚,
> 家家户户,
> 住了几百年?
> 要不要保卫岢岚?
> ——要!
> 一个人一支枪,
> 从这个山头下去。
> 向着北面,
> 南面,
> 东面,

---

① 胡风、杨云琏:《关于诗与田间底诗》,《七月》第 5 卷第 2 期,1940 年 3 月,第 86 页。
② 田间:《保卫战》,《七月》第 6 卷 1~2 期,1940 年 12 月,第 72 页。

　　——到前线！①

　　诗中明确提出爱岢岚就要拿起枪去保卫岢岚，但同样是"保卫战"的
主题，与田间的《保卫战》相比，力量显得弱了许多。

　　街头诗创作的另一位重要实践者是林山。他创作了大量的街头诗，如
《不要在街头游荡》《敬礼》《给难民》《送出征战士》等。林山的街头诗
与田间的诗一样，不仅注重对传播形式的适应，而且十分强调诗歌接受对
象的大众化，语言通俗易懂，形式短小、灵活，主题集中。其中林山的
《不要在街头游荡》，作为街头诗，虽短短 8 句，但字字提醒着街道上的
"空闲的人"，不要在街头上游荡，呼吁他们：

> 走吧！
> 快去找工作，
> 不是流血，就是流汗，
> 不要在街头游荡！②

　　充满即时性的效果，既符合了诗歌传播所借助的街道墙壁的环境、氛
围，也在主题上紧扣时代要求，适应了当时的文化生态。林山另一首诗歌
《给难民》将对象瞄准了因战火而流离失所、四处逃难的难民，这在当时
的中国是一个司空见惯的现象，林山正是看到了难民潮的涌入，感于人们
知道逃命，却不知道抵抗，因而急切地问道：

> 告诉我，同胞！
> 你们是从什么地方逃出来的？
> 离开家乡已经多久？
> 肚子饿吗？
> 身体冷吗？
> 心里痛苦吗？

---

① 辛予：《"街头诗"运动在晋西北》，《民族革命》第 1 卷第 7 期，1938 年 11 月，第 38
页。
② 林山：《不要在街头游荡》，《中国诗坛》第 6 期，1940 年 12 月，第 22 页。

> 愤恨吗？
>
> 想报仇吗？……

是呀，想报仇吗，是谁让我们流离失所，离开了自己的家园，没有吃也没有穿，更难寻觅到遮风避雨之处，这万般的苦难难道要我们默默忍受？不是，诗人坚决地予以了反驳，喊道：

> 去！不要再在街头流浪，
>
> 去！不要再躲在收容所，
>
> 去！去！去！
>
> 去打仗呀！
>
> 去报仇呀！
>
> 去把鬼子赶走呀！
>
> 去夺回被践踏的家乡呀！①

这些语句流传在街头，流传在流离失所、四处奔逃的难民队伍中，让诗歌成为最富渗透力的宣传武器。诗中连用多个"去"字，看似口号化的呼喊，实则由于融入了难民们悲惨的逃难生活，抓住了他们心中压抑的情绪，反倒如呼出了一口重压下的气一般，连贯而舒畅。就如田间所说："街头诗中，有的难免有'口号'，但这'口号'要和全诗融为一体，好象宫殿的一根柱子，不是装饰，不是附属品，不是节外生枝，更不是炫耀自己的那些废话。"② 诗歌只有深入生活之中，才能抓住人内心深处最为共通的情感，就如胡风所说诗人只有深入对象（生活）的深处，做到对完整的思想性的把握、完整的情绪世界的拥抱才能和对象完全地融合，也才能具备打动人心的力量。例如王长贵的《记住这句话》：

> 你听到打回南宁的新闻，
>
> 高兴煞啦！

---

① 林山：《给难民》，《中国诗坛》第 5 期，1940 年 10 月，第 19 页。
② 《田间自述》，《新文学史料》1984 年第 4 期，第 111 页。

　　可要记住这句话：

　　"吃屎的狗不会忘记吃屎的路！"①

　　诗中直接引用民间的俗语，既提醒民众不能掉以轻心，又在诙谐之中把侵略者的凶残本性表露无遗，透露出街头诗在写作时的灵活性，而"只要作品有内容，而且和群众的现实生活距离不远，即使你使用的是为过去所没人用的新形式，也还是能被群众所接受"②，在抗战中的街头诗是最为生活化的诗歌。

　　除对抗日斗争做宣传和动员的大量街头诗创作外，也有一些街头诗将矛头指向那些在全民共同抗战时仍然自私自利、发国难财、祸国殃民的人。例如胡危舟的《你要发棺材了》，诗中以训话式的形式，充满现场感地写道：

　　张开你的耳朵，

　　听我的话：

　　做买卖不是做强盗呀，

　　你想快发财

　　怎么没有勇气去抢呢？

　　告诉你——发国难财的歹种，

　　明天你要发棺材了！③

　　这是多么严厉的警告！语句简洁明了，似替万民呐喊一般，发出了最具震慑力的声音。

　　西南联大的学生文学社团冬青社也受街头诗的影响，编辑了《街头诗页》，贴在昆明街头墙上和路边大树上，参加群社下乡宣传时他们也仿效街头诗的做法，在一些农村张贴书写的短诗。《抗战文艺》《七月》等影响力遍及全国的文学刊物，也都对街头诗做了一定的推介，促进了街头诗运

---

① 王长贵：《记住这句话》，《中国诗坛》第 6 期，1940 年 12 月，第 22 页。

② 中华文艺界抗敌协会：《我们对于抗战诗歌的意见》，《抗战文艺》第 3 卷第 3 期，1938 年 12 月，第 42 页。

③ 胡危舟：《你要发棺材了》，《中国诗坛》第 6 期，1940 年 12 月，第 22 页。

动在西南大后方开展，增强了影响。其中，《七月》不仅发表了田间、史轮、方冰等的街头诗 20 余首，而且刊发了胡风的《关于诗与田间的诗》、吕荧的《人的花朵》等街头诗诗论，对街头诗发展有着积极意义。特别是胡风的《关于诗与田间的诗》一文，对评论界、读者对街头诗形式、语言等的误解加以纠正，并对田间的街头诗探索加以肯定，影响较大，促进了诗歌艺术发展。而随着这种不拘于纸张、印刷的诗歌传播形式和诗歌创作的发展，"随便走到一个极偏僻的乡村都可以看到墙壁上贴满了街头诗，在每一个盛大的集会中都飘荡着'诗传单'，在报纸杂志上，街头诗也占了很大的篇幅。许多小学生、勤务员与乡下农民等，也都在练习写作"，其原因就在于"街头诗是一种被解放了的诗的形式，接近大众的缘故"。①据田间回忆，在整个抗日战争时期，街头诗运动兴起后，就未曾停止过。所以，街头诗创作的意义和价值在那个时代以及新诗发展的历程中不容否定。

三　沙鸥等的方言诗创作

方言入诗并非全面抗战时期新诗发展道路上的新事物，而是在新诗诞生之初就已经随新诗对旧的传统的打破和新的传统的建立而同时发展着，它包括了具有地域性特征和本土传统文化色彩的土语、俗语、俚语、民间歌谣、谚语、小调、童谣等。颜同林著作《方言与中国现代新诗》详细阐述了新诗诞生以来不同时期的白话、方言入诗的背景及其变化情状，并分析了方言与新诗内部关系的复杂情态，其中也认为："20 世纪 30 年代，特别是抗战期间，在提倡诗歌大众化与民族形式的宏阔背景下，方言可以入诗伴随着方言文学的流行与争论，形成一时的热点，涌现出一些写作方言诗的个体与一批以本地方言为主的典型，如蒲风的客家方言诗，华南地区的粤语诗创作潮，陪都重庆沙鸥、野谷、老粗等人的四川方言诗写作，袁水拍、倪海曙等人掺杂上海方言唱的山歌等。"② 充分肯定了抗战时期方言

---

① 凌云：《晋察冀文化工作的过去与现在》，转引自吕进等《大后方抗战诗歌研究》，重庆出版社，2015，第 105 页。
② 颜同林：《方言与中国现代新诗》，中国社会科学出版社，2008，第 7 页。

诗写作在新诗发展史上的重要地位，其中，又尤以沙鸥的方言诗创作影响较大。

方言入诗一直是新诗发展中探索和丰富诗歌语言的一种途径，即便是在白话与方言分道扬镳之后，方言也常常在不经意间因"我手写我口"的潜意识而被写进白话新诗之中，甚至颜同林在《方言与中国现代新诗》中认为白话新诗的"白话""就是某种流行最广的方言"①，但由于历史积淀和地域上的绝对优势，"其方言的局限性倒遮得严严实实"，从而成为在全国范围内能变换各地土话的通行的官话，从而就有了雅言（白话）和方言的差异。但正如我们前面所说，即便如此，方言也并未真正的与新诗决裂，如郭沫若的《女神》就是"众语杂生"，其中"我是全宇宙的 energy 底总量"等诗句中间杂有舶来词、方言词、文言词等，丰富了诗歌的语言生态。而到 1930 年代以蒲风、王亚平、穆木天、任钧、田间等为代表的中国诗歌会诗人们更是以向下看的姿态走向以普通民众为主体的底层读者，从而在诗歌创作中大量吸取民歌民谣、大鼓小调等，向民族民间吸取语言资源，在诗歌中使用了较多的方言词语，以使民众更便于接受和理解，丰富了诗歌的创作资源。

全面抗战爆发后，方言不仅仅是以方言入诗，更是被作为一种特殊的诗歌形式提倡，因为"用方言写作，是通俗化口语化之最高的形式，是大众化最具体的表现"②，它适应了诗歌大众化的需要，山歌、民谣、民间小调、鼓词、民间谚语、皮黄、金钱板等成为诗歌语言拓展的重要资源。从北平、上海到武汉、广州、长沙，再到重庆、桂林、昆明等地，诗人们在一路的撤离之中，个体生活境遇的巨大改变和眼见的战火下百姓的流离失所与蝼蚁般被践踏的生命，加深了对抗战救亡、争取民族自由独立与解放的责任认识，同时也使他们对战争、救亡、诗歌、语言和普通大众读者间的关系有了新的认识——中国抗战必然需要全中华民族团结一致的战斗和不怕牺牲的抗战决心，才能赢得抗战救亡的胜利，而诗歌是诗人最好的战斗的武器，但只有写普通大众能听得懂的诗句才能最广泛地发动大众。正

---

① 颜同林：《方言与中国现代新诗》，中国社会科学出版社，2008，第 47 页。
② 可非：《大众化与方言街头诗》，《中国诗坛》第 1 卷第 5 期，1937 年 12 月，第 2 页。

如颜同林评价说："在如何面对需要启蒙宣传的、以农人士兵等为主体的广大受众时，新诗语言再一次大面积地散文化与口语化，夹杂各地民众方言在内的日常口语，成为战争语境下新诗语言的常态。"① 从而，也使方言诗迎来了一个发展的高峰，涌现出沙鸥、野谷、林林、黄宁婴、丹木、符公望等的四川方言诗、粤语方言诗。

沙鸥原名王世达，四川巴县人，是全面抗战时期在西南大后方积极开展方言诗实验的代表性诗人，在 20 世纪 40 年代着力于四川方言的诗歌创作，留下了《农村的歌》《化雪夜》《林桂清》《烧村》《百丑图》等四川方言诗集。早期的沙鸥在诗歌创作上主要模仿艾青，但往往陷于构词筑句的效仿，却难以有所超越，这让年轻的沙鸥十分苦闷，并苦思诗歌创作上的突围和凝练个性。在这种探索之下，沙鸥在走入农村生活和农民之间后寻找到了突破口：

> 一九四四年的暑假，我去离重庆不远的马王坪农村舅父家里。这年和第二年的寒假，又去了万县白羊坪的山区农村。农民的穷苦生活和悲惨命运，把我带到一个全新的题材的天地。我开始用四川农民的语言来写农民的苦难。我一方面深入了解当地佃农和贫农的生活，一方面把写的诗念给他们听，听他们的意见。我写的有短的抒情诗和小叙事诗，有的也受到四川及西南民歌的影响。
>
> 从写自己的空虚与苦闷，变为用农民的语言写农民的苦难，对我写诗来说，是一个十分重要的转折。我突破了自己的禁锢。我很快觉察到，不仅这个新的天地有写不尽的题材，自己的诗风也变化了。②

沙鸥获得转变的这个过程，实际上是延续了抗战初期开展的诗歌大众化的创作传统。沙鸥自己也认为，方言诗的创作就是诗歌大众化的问题，因为大众化在他看来，"就是我们文艺工作者自己的思想情绪，与工农大众的思想情绪打成一片。应从学习群众的语言开始……方言诗正是用群众的语言，

---

① 颜同林：《方言与中国现代新诗》，中国社会科学出版社，2008，第 146 页。
② 沙鸥：《关于我写诗》，转引自颜同林《方言与中国现代新诗》，中国社会科学出版社，2008，第 177～178 页。

使诗歌从知识分子的手中，还给广大的群众、与群众取得结合的开始"①。正因此，沙鸥在方言诗创作中，围绕对自己所身处的农村和农村的农民生活的接触中所形成的主题表达的需要，大量使用四川本地口语、民间谚语、俗语、俚语、民歌、民谣等，写完后往往要反复念给熟悉四川话的朋友或是当地农民听，力求音节上与方言相符，语言上要让农村的妇孺都能听得懂，即便目不识丁的农民，可以看不懂，但听得懂是关键。如沙鸥的《黄昏》：

> 大牯牛滚水回来了，
>
> 它的尾巴把太阳扫落坡了。
>
> 外婆坐在门前的竹凳上，
>
> 一只手搓麻线，
>
> 一只手还抓谷头喂鸡子。
>
> 蚊虫嗡嗡地朝起王来，
>
> 隔壁的幺婶子又在喊消夜了。②

诗中的农村安静祥和，大牯牛、滚水、谷头、蚊虫朝王、幺嫂子等词语均是四川地方土话，其他语句重在画面描述，与战时的喧嚣相比恰恰有了一种难得的宁静与甜美，使人向往。同样是以方言写就的农村，在《夜》中则换了一种感觉：

> 有凶人用枪把子打门，
>
> 用绳子捆走年青人。
>
> 有人用刀剁甲长，
>
> 有的用扁担砍死乡丁。
>
> 夜晚又回到一年前的老样子，
>
> 连狗也得不到安宁。③

这显然是抓壮丁和农民反抗的一幅画面，在简单而日常化的四川本地

---

① 邵子南：《沙鸥的诗》，《新华日报》1946 年 8 月 19 日，第 4 版。

② 沙鸥：《黄昏》，载止庵编《沙鸥诗选》，人民文学出版社，1996，第 391 页。

③ 沙鸥：《夜》，《骆驼文丛》新 1 卷第 1 期，1947 年 8 月，第 21 页。

方言勾勒下，凌乱、血腥、晦暗的生活画面跃然而出，适应了当地农民语言接受的习惯。而《荒凉》一诗虽同样使用了四川方言，但表述上变得更为含蓄，诗中写道：

> 山路上不印有牛脚印了，
> 水田在雪风里，
> 动着老婆婆额上一样的皱皱呵！
> 黄桷树遭冷天脱下衣裳，
> 树脚下的茅棚棚的竹篾门，
> 冷得闭紧嘴。
> 看过去，从枯草坪一直到山垭口，
> 连人影也不见了，黑沉沉的，
> 只有几向土房子像野坟样立着。①

诗歌以山路上没了"牛脚印"、水田在雪风中就像"动着老婆婆额上一样的皱皱"、黄桷树被冻得"脱下衣裳"、竹篾门都"冷得闭紧嘴"，而一眼望去的草坪到山垭口不仅连人影都不见，还"黑沉沉的"，一切都显得死气沉沉，诗以"几向土房子像野坟样立着"更将这种没有丝毫生气的死寂推向了高潮。这首诗也是沙鸥方言诗中象征手法用得最为突出的诗歌之一。

除四川方言诗创作的探索外，其他地域性的方言诗创作也有很多。其中，诗歌大众化运动重要倡导者之一的袁水拍，在这一时期也以"马凡陀"的笔名唱出了《幕开幕落》《冻结》《"亲启"》《一个秘密》《大人物狂欢曲》等许多山歌，还结集出版了《马凡陀的山歌》（1946 年），并随着诗人在抗战后期到抗战结束后从重庆到上海的地域流动，诗歌中也从四川方言到上海方言一路变化，大量借用"脱裤子放屁""踏进茅房""硬是要得"等俚语、儿歌、民歌、民谣、小调等社会底层普通民众熟悉的语言和形式，适应了抗战文化传播的需要。再如黄宁婴的粤语方言诗《边个重敢话？》：

---

① 沙鸥：《荒凉》，载止庵编《沙鸥诗选》，人民文学出版社，1996，第 393 页。

边个重敢话

中国唔够日本打？

边个重敢话

我地係一盘散沙？

边个重敢话？

汉奸种！杀绝他，杀绝他！

…………

我地唔怕，唔怕！

迟早

喺我地嘅大刀下，

包保他变只狗头

都变成硄地冬瓜！

我地唔係小敌人，

但係我地更咪睇小自己呀。

相信自己嘅力量喇！

相信自己嘅力量喇！①

诗中完全采用粤语方言作为书写语言，像"保他变只狗头""变成硄地冬瓜"等词语形象而生动，"汉奸种！杀绝他，杀绝他！"等话语则形象地表现出人们的愤恨之情。重要的是，粤语方言在南方拥有较大的使用者，且南方与北方、东南沿海相比相对落后得多，工农阶层的普通民众更是占人口的绝大多数，他们在语言上与官方白话差异十分明显。因而，与官方白话相比，诗歌以粤语方言书写便于诗歌在粤语方言区普通民众中的接受，拉近了与方言区民众间的距离。无疑，这成为诗歌与方言区民众沟通的一种重要途径。

当然，我们这里的论述中并没有将纯粹的方言诗和部分方言入诗做截然的区分，但它们的区别显然存在。锡金在《方言的扩大》一文中曾经谈到过这一问题，当时一些人就以方言朗诵提出："假如要方言朗诵的话，

---

① 宁婴：《边个重敢话？》，《中国诗坛》第 1 卷第 5 期，1937 年 12 月，第 16 页。

就应该用纯粹的方言来写，纯粹的方言来朗诵。"反对方言与白话的掺杂，但锡金却对这样的观点表示反对，他认为："这其实都是把方言看得太死了，好像她就是原生那么一块，捣不烂，锤不碎。"他指出："方言不断由人们不断自己在创造着，而且也不断在吸收着别地方言，经过使用得纯熟了，不久也混在自己的原来的方言里分不出来了。"反对无选择地用方言和滥用方言，认为使用方言要结合工作来选择使用，"方言会因我们的工作而起许多的变化"。① 锡金的话十分有道理，方言和白话没有截然的界限，一些方言词用得多了，自然也就成为通用的白话中的一员。中国现代新诗从诞生以来，其实就在不断地吸纳着这样一些词，才使得新诗语言艺术不断获得新的发展，包括我们前面所谈到的高兰的朗诵诗、田间的街头诗中的很多诗篇，虽然不是纯粹的方言诗，但也有许多方言词汇，如高兰的《给绿林好汉》中不仅语言通俗，而且使用了绿林中的行话"贴着柳子""上过绿"等词语，丰富了诗歌的语言艺术，也与诗歌传播对象的接受特征相符合。可以说，方言诗本身就是中国现代新诗发展中始终存在的现象，只是在抗战时期由于它应和了诗歌大众化的要求，能以方言打通与一定地域范围中特定人群间的沟通，显示出独特的意义。

总的来说，全面抗战时期的朗诵诗、街头诗、方言诗等诗体，在诗歌语言、形式等方面做出自我调适，适应了"文章下乡""文章入伍"的文艺大众化的要求，是新诗诞生以来知识分子诗歌向大众的诗歌创作实践的重要成果。正如艾青所说的："农民喜欢具体，欢喜与他直接相关的事，欢喜明快简短的句子，欢喜实实在在的内容。"② 同时，也"只有诗面向大众，大众才会面向诗"③，而朗诵诗、街头诗、方言诗等诗体正是迎合了大众的接受需要而在这一时期获得了发展的空间。虽然从纵向的诗歌发展历史长河来看，许多诗歌并没有显示出持久的意义，但在当时的特殊生态下，它们的现实意义和对中国现代新诗整体发展的转向，仍具有不可否认的价值。

---

① 锡金：《方言的扩大》，《诗创作》第 6 期，1941 年 12 月，第 17、18 页。
② 艾青：《吴满有·附记》，《解放日报》1943 年 3 月 9 日。
③ 艾青：《展开街头诗运动——为〈街头诗〉创刊而写》，《解放日报》，1942 年 9 月 27 日。

第二节　叙事诗："新诗的再解放和再革命"

从被朱自清誉为"新文学中第一首叙事诗"（见朱自清《中国新文学大系·诗集·诗话》）的《十五娘》[①] 始，到全面抗战爆发后，中国现代叙事诗随文学生态环境的变化而不断变化着，整体上体现为三个发展阶段，即：1920 年到 1926 年是现代叙事诗的第一个阶段，1927 年蒋介石发动"四一二"大屠杀到抗日战争全面爆发是中国现代叙事诗的第二个阶段，而卢沟桥事变爆发则是中国现代叙事诗进入第三个阶段的标志。[②] 全面抗战初期，抗战文艺动员的民族救亡需要，使内容丰富、篇幅较长的叙事诗暂时被富有鼓动性、篇幅相对较短的革命现实主义抒情诗所替代。但随着抗日战争进入相持阶段，诗人们从最初的激情中冷静下来，走出书斋后在抗战激流中丰富了见闻，并在战火之中接受了洗礼，加深了对社会、民族、普通民众以及自身所面对的问题的思考，想要抒发的强烈的情感已经非一般短诗所能容纳，使得诗人在战时文学生态下对民族救亡需求与艺术审美追求做出了主动调适——"三十年代常见的那种纤弱的诗风和精致的意象结构被一种精力四射，雄浑壮阔的美学追求所替代"[③]，艾青、臧克家、柯仲平、邹荻帆、王亚平、江宁等一大批诗人纷纷倾力叙事长诗创作，推进了叙事诗艺术的演进。

可以说，全面抗战后叙事诗的发展，是中国现代新诗发展的一个新阶段，是叙事诗的一个发展高峰，也是诗人们历经战火与硝烟，对现实认识深入发展和个体生命体验不断丰富，实现救亡与审美融通后的一个结果。

一　在全面抗战中走向新的抒情

徐迟在亲历战争之后创作完成的《抒情的放逐》一文中曾说过："也

---

① 玄庐：《十五娘》，《民国日报·觉悟》1920 年 12 月 21 日，第 2～3 版。
② 参看骆寒超《论中国现代叙事诗》，《文学评论》1985 年第 6 期。
③ 姜涛：《从"抒情的放逐"谈起》，《扬子江诗刊》2005 年第 2 期。

许在逃亡道路上，前所未见的山水风景使你叫绝，可是这次战争的范围与程度之广大而猛烈，再三再四的逼死了我们的抒情的兴致。你总是觉得山水虽如此富于抒情的意味，然而这一切是毫没有道理的；所以轰炸区炸死了许多人，又炸死了抒情，而炸不死的诗，她负的责任是要描写我们的炸不死的精神。"[1] 徐迟的这段话充满了感伤气息，而他所说的"抒情"在某种程度上由于与现实的惨状形成了鲜明的对比，就或多或少地倾向于"歌颂"了。显然从现在回头去看那段历史，我们多少会觉得徐迟用是否具有以大自然为中心的古典感受作为诗歌抒情性的判定标准，不论是引用刘易士、艾略特，还是叶芝、奥登，[2] 其所指代范畴相对狭小了些，甚至将诗歌艺术有意引入了非此即彼的二元对立之中，忽视了中国新诗发展在全面抗战时期所面临的独特生态。因为，在全面抗战初期，诗人们在向西南、西北等后方的撤离之中，虽几经战火，甚至是生离死别，眼见了许多战火之中的惨剧，但无论是站在民族救亡立场上的抗战宣传，还是以悲天悯人的情怀发出的对敌人的诅咒，事实上也都是一种抒情的方式。与现代主义的浪漫的、唯美的抒情不同，它更转向了对现实的关怀。诗歌本身就是一种抒情的途径，喜、怒、哀、乐、爱、恨、情、仇，这些情绪的宣泄，不都是抒情吗？谭君强在《论抒情诗的叙事学研究：诗歌叙事学》一文中曾指出："无论在诗人的写作中，还是在读者或欣赏者对诗歌的欣赏与解读中，都不会将抒情与叙事完全割裂开来……叙事诗中包含着抒情，或抒情诗中包含着叙事，在诗歌中并不是个别的现象。二者有时融为一体，难分难舍。"[3] 所以，也正如穆旦所说："假如'抒情'就等于'牧歌情绪'加'自然风景'，那么诗人卞之琳是早在徐迟先生提出口号以前就把抒情放逐了。"[4] 所以他认为："如果放逐了抒情在当时是最忠实于生活的表现，那么现在，随了生活的丰富，我们就该有更多的东西。"[5] 也就是穆旦所提出的"新的抒情"，这恰恰是新诗在新的生活或是文学生态下抒情的新发展。

---

① 徐迟：《抒情的放逐》，《顶点》第 1 期，1939 年 7 月，第 51 页。
② 姜涛：《从"抒情的放逐"谈起》，《扬子江诗刊》2005 年第 2 期。
③ 谭君强：《论抒情诗的叙事学研究：诗歌叙事学》，《思想战线》2013 年第 4 期。
④ 姜涛：《从"抒情的放逐"谈起》，《扬子江诗刊》2005 年第 2 期。
⑤ 姜涛：《从"抒情的放逐"谈起》。

　　全面抗战初期，全民族抗日救亡的激情冲击着神州大地的每一个角落，文艺队伍的空前团结和凝聚，更为民族抗战高涨的热情助了一把火。许多诗人疾呼着"伟大时代"的到来，热切期盼着轰轰烈烈的抗日斗争彻底使中华民族从帝国主义的压迫中获得解放，实现民族的自由独立。为着这个神圣而伟大的目标，诗人们纷纷唱响了救亡的诗篇。如果说自有诗歌以来，抒情就与诗歌如影随形，那么这一时期的诗歌仍然保留着这一抒情传统，甚至是更为炽烈的抒情。诗歌大众化运动背景下以高兰为代表的朗诵诗创作和诗歌朗诵运动，高唱着《我们的祭礼》，不仅"打开了新诗朗诵运动"[1] 的局面，而且将诗歌中的情感直接通过朗诵者传达给听众，如高兰的《哭亡女苏菲》中痛失爱女的悲痛、悔恨、憎恨等情绪，每每朗诵都令听者动容。相反的是，缺乏情感的诗歌在诗人们看来不适宜朗诵。所以，臧克家说："雄壮的诗使人听了奋发，悲哀的诗使人听了落泪，快乐的诗使人听了起舞。"[2] 如朱自清的诗歌《不怕死——怕讨论》：

　　　　我们不怕死

　　　　可是我们怕讨论

　　　　我们的情绪非常热烈

　　　　谁要叫我们冷静的想一想

　　　　我们就撕他捅他

　　　　我们就大声地喊

　　　　滚你妈的蛋

　　　　无耻的阴谋家[3]

　　诗歌情绪爆发激烈而充满力量，就如诗中所说的"我们只有情绪""我们全靠情绪"，难道这种情绪在诗歌中的显现不是抒情吗？

　　除朗诵诗外，还有街头诗、方言诗等体式作品的创作，同样是在全面

---

[1]　沈用大：《中国新诗史》，福建人民教育出版社，2006，第515页。

[2]　臧克家：《诗的朗诵》，载高兰编《诗的朗诵与朗诵的诗》，山东大学出版社，1987，第110页。

[3]　朱自清：《论朗诵诗》，载高兰编《诗的朗诵与朗诵的诗》，山东大学出版社，1987，第102页。

抗战初期的诗歌大众化运动的生态背景下获得了新的发展空间，它们都为着点燃民众抗战的热情而激烈地呐喊着，如林山的街头诗《给难民》中向裹挟着疲于奔命的难民们呼喊着"去打仗呀！去报仇呀！去把鬼子赶走呀"，黄宁婴的粤语方言诗《边个重敢话？》中愤怒的叫骂着"汉奸种！杀绝他，杀绝他！"，这些诗歌都充满着浓烈的抒情，但与全面抗战之前的抒情不同，普遍高扬着中国诗歌会所倡导的"时代感与战斗性相结合的大众化写实诗风"①。也就是说，在全面抗战初期，想象的、浪漫的、唯美的抒情暂时在抗战激情的喧闹中压低了声音，现实的抒情成为全面抗战初期诗歌审美的重要向度。其实，这一时期之所以会形成"抒情的放逐"的观点，某种程度上就是由于诗歌参与现实和干预现实的功能超越了审美功能，这是对时代需求主动回应的结果。因为在全民族伟大的抗战斗争中，"诗人们的诗篇，也必须是帮助这种神圣的战争"②，所以，全国的文艺工作者团结在了文协之中，形成了文艺界抗日民族统一战线，诗歌朗诵运动、街头诗运动、方言诗运动等对诗歌大众化的实践路径不断开拓，饱含着整个民族战斗的呐喊，这能说不是一种抒情吗？很显然，抗战初期的抒情已经因生态环境的变化而轰轰烈烈地将中国现代新诗引向了新的方向。

与此同时，艾青、臧克家、卞之琳、胡风、穆旦、闻一多、王亚平、臧云远、柳倩、何其芳等人不仅在撤离到西南的路上几经波折，而且许多诗人还以多种方式体验到了战争的残酷，目睹了战争的惨状和中华民族生活的现状。例如，穆旦曾参与到了中国远征军中，在留下中国远征军累累白骨的野人山历经九死一生，所幸终于回到国内，但这些经历，成为他诗歌中最为重要的素材和思想源泉；臧克家、邹荻帆、王亚平、柳倩等诗人长时间在战区中从事战地文化工作，对他们诗歌创作有重要影响；何其芳、卞之琳、林山等人在西北解放区不仅积极从事文化工作，而且接触到了红色根据地不一样的文化环境；还有老舍、杨骚等人参与的战地服务团，在文化界都产生重要影响……这些经历对于诗人们而言，最重要的意

---

① 颜同林：《方言与中国现代新诗》，中国社会科学出版社，2008，第 148 页。
② 黎嘉：《诗人，你们往哪里去？》，《新华日报》1938 年 2 月 2 日。

义是为他们的生命体验中注入了新的元素，使他们感受到了书斋与外面现实世界之间巨大的差距，从而在带来心理震撼的同时，更使这些经历成为诗歌创作中重要的生命体验。

短小精悍的"战歌"随着抗战的持续和诗人们对现实体验的积累和增加，已难以承载一部分诗人抒情的需要。臧克家有过这样一段记述：

> 抗战的号角一响，我疯狂了，一肚子淤积得到了倾倒，一腔子热情，无遮拦的流泻，看到什么写什么，听到什么写什么，匆匆的，在战壕旁边写；匆匆的，以膝盖做案头写；匆匆的，一颗心浮在半空里写。大炮呀，飞机呀，火呀，杀呀，血呀，泪呀，写了三四年，写了三四本。今天，再回头一看，笑了。烽火固然使我恢复了青春，但同时也伴来了稚气。黑暗一下子就可以总崩溃吗？光明一呼就可以普照天下吗？呵，当时自己怎么会那样看，那样想呢？眼前的现实又把一块石头压在我心头上，心，沉下去了。一双眼睛看过去，看过去写下的诗篇，我羞于承认它们是我生产的。这并不是因为抗战没能够写出好诗来，而是没深入抗战，没把自己变成一个真正的战斗员，才没能够写出好诗来。我歌颂士兵，而自己却不能真正彻底了解士兵，因为他们卧在战壕里，而我只是在战壕边上站了一忽儿；我歌颂斗争，却不是从同样斗争的心情出发；这样，我的歌颂就悬在了半空。这歌颂，你不能说它没有热情，但它是虚浮的，刹那的；这歌颂，你不能说它没有思想内容，但它是观念的，口号的。而且，写它们的时候，也来不及作内心和技巧上的压缩，精炼，切磨。而不幸的是，一个真正的好诗，却正需要深沉的情感化合了思想，观念，锻以艺术熔炉。①

这段话与诗人在全面抗战初期《我们要抗战》中呼吁"诗人呵！请放开你们的喉咙，除了高唱战歌，你们的诗句将哑然无声"②、《别潇川》中唱出"用欢喜的泪，去庆祖国的新生"③ 的亢奋激情形成了鲜明的对比。

---

① 臧克家：《十年诗选·序》（1944 年 12 月），转引自刘福春《中国新诗编年史》上卷，人民文学出版社，2013，第 249 页。
② 臧克家：《我们要抗战》，载《臧克家文集》，山东文艺出版社，1985，第 215 页。
③ 臧克家：《别潇川》，载《臧克家文集》，第 244 页。

虽然臧克家在抗战后期对自己在前期所创作的诗歌表达出了颇多遗憾，但这正如一个人的成长过程一样，对曾经走过的路回头看时，又有多少人会十分满意而毫无遗憾？特别是在全面抗战的初期，诗人们的热血在民族战争的号角中汹涌了起来，而那些唱着"不关痛痒的花，草，情人"的诗人，甚至被视作汉奸与白痴。所以，诗人们几乎都在声嘶力竭地发出着与战火的喧嚣一般激烈的战斗的呐喊！对于诗人们而言，抗战中所经历的一切，都是新鲜的事物，它究竟何以发生的，会往何处去，给中华民族带来的影响究竟有多大，每个家庭、每个人、不同阶层的人等在这场战争中又面临了什么，经历了这场战争的中国又将走向何处等问题，诗人们在全面抗战初期又何曾来得及去思考，这一切都需要经过一段时间沉潜中的"压缩，精炼，切磨"。也只有这样，才是臧克家所说的"深入"了，也方才能写出不会让自己"羞于承认"的作品。

所以，自 1930 年代末期，也就是进入抗战相持阶段之后，文艺界几乎随抗战相持阶段的到来一并地进入了一个反思的阶段——全面抗战初期的激情减退了，高调的呐喊声也变得嘶哑了，但前期的这段积累也成为文艺界在沉潜中创作的有价值的思想源泉，甚至是重要素材，一大批现代文学史上具有重要影响的作品纷纷被创作出来，像曹禺的《北京人》、茅盾的《霜叶红似二月花》、巴金的《春》《秋》等。而诗人们对于现实的积累终于再次迎来了叙事诗发展的一次高峰，臧克家《古树的花朵》、艾青的《火把》等重要作品都产生于这一阶段。其中的代表性作品如臧克家的叙事长诗《古树的花朵》，以抗日名将、民族英雄范筑先的真实事迹写成，诗中以通俗化的语言和自由的句式，把范筑先这个英雄人物放到寻常生活之中，将他还原为一个和普通群众一样有血有肉的人，从而以与大众一样的普通的一个人，在儿子、女婿在战场上牺牲后强忍泪水说"牺牲不要紧，只是这一次太不够本"，并继续将女儿派往战场，正是这样一个人，在强敌压境的危局之下，毅然坚持要"守住我的防地，不然，我就为它死"，并通电全国："誓死不渡黄河。"正是臧克家笔下这样一个与普通民众一样有血有肉的普通人，他以自己誓死守卫防线守住了华夏民族抗战的决心，筑起了中华民族抗战的精神长城，褒贬之立场跃然于纸上，诗歌是为英雄立传、为时代述史，但又何尝不是为抗日救亡鼓与呼。

　　王亚平在谈到他创作叙事诗《湘北之战》的失败经历时，自我总结认为："这试验是失败了，内容太复杂，偏重于事实的描绘，忽略了诗的真正抒情。"① 向新的抒情的迸发就是新诗自我发展的目标，是战时生态下的诗人们积极参与社会生活实践和对新的现实适应的结果，也是新诗对自我的新的解放和革命，在现实的描述、故事的叙述中，使叙事成为诗歌表达和抒写情感的一种途径。"叙事诗顾名思义就得叙事；但它是诗，又得抒情，因为诗毕竟是以抒情为其职能的。由此看来，抒情化叙事是叙事诗艺术追求的核心内容。"② 如果说全面抗战初期，在文艺为抗战服务及诗歌大众化运动中所发展起来的朗诵诗、街头诗、方言诗及其他的现实主义诗歌和现代主义诗歌，或多或少显现出为全民族抗战的政治服务而充满了政治抒情色彩的话，那么，1940 年代初到抗战结束这段时间的长篇叙事诗，则因它承载了诗人们在这个史诗般的时代中"对抗战本质的认识、对战时生活的理解、对未来的渴求以及自己深沉的思想"③，从而在延续写实性的"时代感与战斗性相结合"的诗风而富有政治抒情色彩的同时，又增添了历史抒情的色彩，使诗歌的抒情走向深度和广度。

二　诗歌内容随现实体验深入而丰富

　　胡适认为："文学革命的运动、不论古今中外、大概都是从'文的形式'一方面下手、大概都是先要求语言文字文体等方面的大解放。"④ 而不论是诗歌的形式，还是语言文字文体等方面的变化，都依赖于一定的生态环境。艾青曾指出："抗战以来的中国新诗，由于现实生活的不断的变化所给予他的新的主题和新的素材，由于他所触及的生活的幅员之广，由于他所处理的题材，错综复杂，由于他的新的思想和新的感觉的浸润，他已繁生了无数的新的语汇，新的辞藻，新的样式和新的风格。"⑤ 因而可以

---

① 王亚平：《抒情时代 叙事时代》，《时与潮文艺》第 5 卷第 1 期，1945 年 3 月，第 122 页。
② 骆寒超：《论中国现代叙事诗》，《文学评论》1985 年第 6 期。
③ 苏光文：《抗战诗歌刍论》，《西南师范大学学报》1986 年第 1 期。
④ 胡适：《谈新诗：八年来一件大事》，《星期评论（上海 1919）》纪念号第五张，1919，第 1 页。
⑤ 艾青：《论抗战以来的中国新诗——〈朴素的歌〉序》，《文艺阵地》第 6 卷第 4 期，1942 年 4 月，第 11 页。

说，新诗对救亡与审美的融通是以诗人在现实中的生与死、血与火的体验，对个人、国家与民族的思考为基础，具体体现在叙事诗内容上的丰富。

文学讲究"文章合为时而著，歌诗合为事而作"，总是要置身于其所身处的时代并反映这个时代。中国现代新诗从第一首叙事诗《十五娘》开始，每个不同的历史阶段中所创作的叙事诗，虽然发展的总体状态和成绩各有差异，并整体上随现代新诗的发展而趋于成熟，但总体上都体现着那个时代所独有的风貌。在现代叙事诗初创期的 1920 年到 1926 年，是五四运动方兴未艾之时，五四运动所倡导的反帝反封建的革命精神、军阀混战下中国社会的深重灾难以及"新青年"对个性解放的强烈要求等成为时代的主题，刘半农的《敲冰》、郭沫若的《洪水时代》、玄庐的《十五娘》、朱湘的《王娇》、冯至的《蚕马》《吹箫人》等作品集中地反映了这些内容。但是，"这批叙事诗具有题材的广泛性和主调的现实性，不过，总的来说，这种现实主义的生活反映是广度有余而深度尚嫌不足的：以神话和历史题材写成的叙事诗占了较多的份量，写爱情婚姻的也多了一点，从审美情调看，未免凄迷和飘忽了些"①。作为中国现代叙事诗发展的第二个阶段的 1927 年"四一二"大屠杀到 1937 年全面抗战爆发这段时期，是中国现代历史上内外交困的时期，民族矛盾日益尖锐、革命与反革命的斗争愈加残酷、人民大众在阶级压迫下的苦难生活及其反抗等富有时代感的现实主义内容，在现代叙事诗中占据了主流。殷夫以自己被国民党逮捕入狱的经历写就的叙事长诗《在死神未到之前》不仅以现实主义笔法描述了革命斗争中血雨腥风的现实生活，而且以较高起点开启了叙事诗发展的第二个时期，蒋光慈的《乡情》、罗澜的《暴风雨之夜》、杜力夫的《血与火》、蒲风的《六月流火》、臧克家的《自己的写照》、柳倩的《震撼大地的一月间》等作品分别从不同角度书写了这些内容。

全面抗战爆发后，民族矛盾成为压倒一切矛盾、斗争的重中之重，国共合作、抗日民族统一战线的建立和国民政府经营西南、建立抗战大后方等一系列在战争逼仄下形成的新秩序，以及诗人们在战火之中所历经的一

---

① 骆寒超：《论中国现代叙事诗》，《文学评论》1985 年第 6 期，第 80 页。

切，构成了叙事诗在新时期发展的新生态，从而也为叙事诗的创作提供了新的、丰富的内容，叙事诗创作也进入一个繁荣的时期，"概括生活的广度，反映现实的深度，这时期的现代叙事诗都大大超过了前两个时期"①。前面我们所历数的臧克家、艾青、王亚平等人在这一时期所创作的叙事诗，不仅在数量上是叙事诗几个发展阶段中最多的时期，而且其中如臧克家的《古树的花朵》、艾青的《火把》等作品不仅是叙事诗发展历程中的代表性成果，也是中国现代新诗中的优秀作品。全面抗战初期的叙事诗如朗诵诗、街头诗等大众化运动的诗歌产物一样，内容更追求直接地表现战争中人民的遭遇、英雄的事迹等，以适应抗战文艺动员的需要。像田间的《她也要杀人》就集中以战争中民族仇恨的怒火和抗战的鼓动性为基调，塑造了白娘这个反抗者的形象，她在家破人亡、遭受侮辱后，从一个蚂蚁也不敢踩死的善良农村女性被逼得"要杀人"了，几乎延续了田间善于在对比之中显现矛盾冲突的抗战诗歌的写作方法，集中于抗战内容的书写，也成为这一时期较有代表性的典型。其中一个显著的共同点就是在内容上直指抗战救国的民众动员，内容和取材都相对集中，更为直接地体现出服从和服务于抗战文艺动员的时代要求。

真正将叙事诗创作推向高潮的是在抗日战争进入相持阶段以后，仅创作于这一时期的叙事长诗就有臧克家的《淮上吟》《古树的花朵》《向祖国》《感情的野马》、艾青的《火把》《吴满有》，还有柯仲平的《平汉路工人破坏大队的产生》、江宁的《难民行》、杨刚的《我站在地球中央》、邹荻帆的《木厂》、老舍的《剑北篇》、左右的《生命的动力》、伍禾的《萧》、深渊的《衡岳放歌》等作品。经历了全面抗战爆发后激荡的抗日热情，在战火与硝烟之中的辗转迁移，前线的血与火的考验，后方无休止的轰炸和近在咫尺的死亡，工作的流离，物资的匮乏，生活的无着落，诗人们接触到了更多的社会现实，并随着抗战进入相持阶段和激情的消退，更冷静的思考和战争全面爆发以来所见所闻的累积，无疑成为这一时期诗歌创作最为丰富的内容。臧克家《古树的花朵》中的"新型民族英雄"范筑先、艾青《雪里钻》中历经枪林弹雨的战马、艾青《他死在第二次》中对祖国怀有

---

① 骆寒超：《论中国现代叙事诗》，《文学评论》1985年第6期，第83页。

崇高感情的受伤后又参加战斗的农民战士等，都是直面战争，以战争中的人、事、物等为主要内容的叙事诗。虽然写法上有全景式的、片段式的，也有特写式的，但战争必然是叙事诗的主要书写内容。

显然，激情消退和对社会了解愈加深入的诗人们，不会仅仅将目光投注在战争之上，而是"怀着'复仇的哲学'挣扎在'暴戾的苦海'里，为自由、民主和人民的不幸命运献出了一首首郁愤的悲歌"①。如艾青在离重庆去延安之前创作的叙事长诗《火把》，将他身处重庆期间所感受到的国统区纷繁芜杂的社会书写了出来。诗中以唐尼在李茵启发下、在游行的火把所象征的抗日力量的强烈感召下的心路变化为线索，整合了在侵华日军战火下遭受蹂躏的同胞们凄惨的遭遇、青年对爱情的憧憬、投敌汉奸奴颜婢膝的可耻嘴脸等时代内容于诗歌之中，融象征、抒情于叙事之中，激昂地高喊着"我们是火的队伍，我们是光的队伍"，要那些"软弱的""卑怯的""昏睡的""打呵欠的"都滚开，呼号着"我们来了，举着火把"，想要以游行队伍发出的如"霹雳的巨响"，去"惊醒沉睡的世界"。是啊，诗人想要惊醒的何止是唐尼，而是整个中华民族，是那些不愿意"同奴隶结婚"、不愿意"做奴隶儿子的母亲"、不愿意"直到死做个奴隶"的人！整体上看，诗歌的内容已超出简单的战争动员，也超出了对现实的简单描述，而是有了系统的、整体的观察、思考，对社会的洞察更显深刻。力扬的《射虎者及其家族》从一个守着"向自然界的猛虎复仇"祖训的贫农家族几代人的悲剧命运，深入向戕害自己的命运之神复仇，继而在觉悟后才意识到，真正害自己的是那剥削和残害劳动者的黑暗的社会制度，也只有用比弓箭、笔更好的武器，才能实现复仇。但从历史的角度看，战争无疑是丰富了这一时期的诗歌内容。

三　诗歌语言随诗歌形式发展而扩容

新的生态环境下的新事物表达的需要及其表达内容的丰富，促使叙事诗在语言上形成了一些新的变化，所以说，新诗的发展还体现在叙事诗语

---

① 骆寒超：《论中国现代叙事诗》，《文学评论》1985 年第 6 期。

言的扩容上。

姚雪垠在《中国作风与叙事诗》一文中就认为："西洋和印度古代的伟大史诗都是从民间口传文学发展起来的，或者是天才诗人根据民间口传文学改造制作的。这一方面说明了民众创造力量的伟大，一方面说明了史诗同民众的密切关系。"[①] 从较早的白话诗中白话的确立，再到方言入诗，以及全面抗战爆发后民间歌谣、民间谚语、俗语、俚语、鼓词、小调等的入诗，新诗从诞生以来，就始终在探寻着诗歌语言发展的问题。从新诗诞生初期胡适的《尝试集》起，新诗就倡导句子长短不定[②]，讲究句子的自由灵活，自然也就对诗歌的长度未加限制，虽然部分抒情诗如郭沫若的《凤凰涅槃》、沈玄庐的叙事诗《十五娘》等有一定的长度，但从胡适的《蝴蝶》（初题为《朋友》）、《鸽子》到全面抗战前夕，不论是抒情诗还是叙事诗，整体上短诗成为创作的主要倾向。"抗战以来，中国的新诗，由于培植它的土壤的肥沃，由于人民生活的艰苦与复杂，由于诗人的战斗经验的艰难与复杂，和他们向生活的突进的勇敢，无论内容和形式，都多少倍地比过去任何时期更充实更丰富了。"[③] 不仅朗诵诗、街头诗、方言诗、讽刺诗等诗体纷纷出现，而且叙事诗在全面抗战进入相持阶段后也进入了一个发展的高峰。

相比较而言，全面抗战初期以朗诵诗、街头诗等短诗较多。其中，朗诵诗、街头诗、方言诗等诗歌是诗歌大众化实践的主要成果，而这些诗体由于传播的独特要求，在诗歌长度上有一定的限定。如朗诵诗，既要考虑到便于朗诵者识记，甚至背诵，又要考虑到朗诵的时间长度，因而诗歌本身既不能太短，也不能过长，一般控制在数十行到百余行；街头诗主要依赖于街头巷尾墙壁、电线杆、路边大石头等为传播载体，对象是路人，因而在长度上更是需要严格控制，少则三两行，多则十余行，从而既便于书写，也便于阅读和阅读后的口耳相传；方言诗所针对的读者以地域性为范围，且以普通民众为主，其阅读和传播讲究口语化、通俗化，内容与表意

---

① 姚雪垠：《中国作风与叙事诗》，《文学（重庆）》第 1 卷第 3 期，1943 年 6 月，第 4 页。
② 胡适：《谈谈"胡适之体"的诗》，《自由评论（北平）》第 12 期，1936 年 2 月，第 15 页。
③ 艾青：《论抗战以来的中国新诗——〈朴素的歌〉序》，《文艺阵地》第 6 卷第 4 期，1942 年 4 月，第 11 页。

集中，因而一般也不长。全面抗战进入相持阶段后，随着诗人们抗战初期激情的逐渐消退，冷静的思考和抗战初期的境遇积累，使得诗歌内容丰富的同时，诗歌书写的长度也在悄然变化着。不仅有艾青的《火把》等上千行的叙事诗，而且还产生了臧克家的五千余行长诗《古树的花朵》、张泽厚的七千余行长诗《花与果实》等长篇叙事诗，与全面抗战初期，乃至新诗诞生以来的诗歌形式显现出截然的差异。这些长篇巨制，并不是长度的简单拼接，而是对社会复杂而伟大历史的现实描写，是在诗歌长度上对社会历史发展内容的主动适应。

叙事诗，特别是叙事长诗在内容上由于篇幅已经远远超越了一般短诗，因而，对语言也提出了更高的要求。当然，这并非要求语言更为精练和概括，也并非更为含蓄或是富有表达的深刻意蕴，而是能在满足丰富的内容书写需要的同时，在语言上不断变化，以适应内容书写需要的同时，显示出语言的丰富性。其实，经过30多年白话新诗的发展和积累，诗歌语言已经远远超越了单纯的所谓官方白话的范畴。前文我们也谈到过，不论是早期的胡适、郭沫若等，还是全面抗战时期的诗人如臧克家、艾青、田间、穆木天、高兰、老舍、袁水拍、冯至、穆旦等，他们的诗歌语言以官方白话为主，但同时又都或多或少地吸收了地方方言、俚语、民间歌谣、小调等入诗，从而丰富了诗歌的语言和文化内蕴。全面抗战爆发后，在文艺大众化、诗歌大众化运动之中，口语与书面语、方言与官方白话之间相互妥协、影响，一直在并行着，即便到了今天，不仅日常生活中方言和普通话的影响和转化一直存在，而且扩散到了网络与书面语言、口语言之中。而在全面抗战时期，诗歌大众化运动背景下的朗诵诗、街头诗等诗体对民间歌谣、俗语、俚语、谚语、方言等的借用、吸收，某种程度上成为新诗语言"扩容"的一次高峰。相对短小的朗诵诗、街头诗等诗体尚且为适应战时文学生态而在语言上做出了大幅度的调适，更何况内容更为丰富、长度更长的叙事诗。

在这一时期，相对于前二十年的新诗发展而言，叙事诗在语言上延续了新诗语言探索的传统，在适应新的时代内容和时代发展要求的背景下，获得了新的发展。如老舍在创作《剑北篇》时，就尝试了以大鼓调进行创作，他在自述中还说道："大体上，我是用我所惯用的白话，但在逼不得已时也借用旧体诗或通俗文艺中的词汇，句法长短不定，但句句要有韵，句句要好听。"① 不论是语言还是韵调，都是老舍在文艺大众化背景下对诗歌创作所作出的一种调整，以适应战时生态的需要。臧克家的长诗《古树的花朵》是一部战争史诗题材的长诗，以主要历史人物范筑先的事迹为主线，但同时贯穿着抗战时期许多大小历史事件和场景，为适应表达的需要，臧克家句式上或长或短、自由安排，语言上多采用如"老太婆们可怜的小脚，挪动着身子，象挪动着泰山……""飞机，一队刚去，一队又来填，抬头只见飞机，不见了青天"等生动、丰富的口头语言"形成生活化、群众化、民族化的风格"②。《向祖国》诗集中收的长诗《敲》和《"为抗战而死，真光荣"》与《古树的花朵》相似，以丁铁珊、徐铁蛋等抗日战士为主要人物，诗歌用通俗化的口语活灵活现地重塑了抗日英雄形象，突出了"抗战光荣"的时代主题。

一时代的文艺创作必有其时代性的任务，这本身也是文艺自身生存价值所在。在抗日战争硝烟的弥漫之中，救亡图存的民族革命现实，首先逼迫着诗人们向现实进发，而叙事诗"作为社会具体变动的直接影响产物，总是在特殊的历史时期大量出现，与历史，与时代同行。因此，叙事诗有鲜明的时代色彩和现实主义特征"③，这种时代色彩和现实主义特征也正是诗人们对时代需求的主动回应。茅盾在《叙事诗的前途》一文中曾指出："中国的新诗有一个新的倾向：从抒情到叙事，从短到长。二三十行以至百行的诗篇，现在已经算是短的，一千行以上的长诗，已经出版了好几部了……'从抒情到叙事'，'从短到长'，虽然表面上好像只是新诗的领域的开拓，可是在底层的新的文化运动的意义上，这简直可以说是新诗的再解放和再革命。"④ 抗日战争时期是中国现代叙事诗发展的黄金时期，是中国现代新诗在战时生态下的一次沉淀，它在概括生活的广度、反映现实的深度等方面达到了新的高度，掀开了中国现代新诗发展新的篇章。

① 老舍：《三年写作自述》，载《老舍生活与创作自述》，人民文学出版社，1982，第68页。
② 鲁煤：《〈古树的花朵〉常开不谢——在"臧克家作品研讨会"上的发言》，《文艺理论与批评》1995年第2期。
③ 吕进等：《大后方抗战诗歌研究》，重庆出版社，2015，第274页。
④ 茅盾：《叙事诗的前途》，《文学》第8卷第2期，1937，第414页。

小　结

作为诗歌本体发展最为直接体现的诗体，在全面抗战时期出现了许多新的变化，不仅有我们重点举例谈到的朗诵诗、街头诗、方言诗、叙事诗等，而且有讽刺诗、报告诗、诗剧等诗体，它们在抗日战争全面爆发后的战时生态下，都取得了一些新的成绩。特别是在西南一角的西南联大，现代派诗歌在冯至、卞之琳等诗人及燕卜荪等理论家的引导和影响下，并深受 T. S. 艾略特、里尔克、奥登、哈代、拜伦、雪莱、惠特曼等人诗歌及其美学思想影响，既因其所处环境的特殊性与现实政治保持了一定的距离，但又因中国全面抗战的现实而无法"忘情对现实的良知与热诚"[①]，在诗歌创作和诗歌艺术上取得了许多重要成绩，特别是在西南联大成长起来的穆旦、郑敏、袁可嘉、辛笛等九叶诗人，对开启抗战后中国现代新诗发展新篇章具有十分重要的意义。但一方面是限于本文讨论的重点和篇幅，难以一一深究，加之报告诗、诗剧等创作所涉及诗人较少，马凡陀的《冻结》《三万万美金的神话》《关于米》等一大批揭露国民党贪官污吏的政治讽刺诗的创作虽持续时间较长，在全面抗战中后期"血一样的迸射了出来"[②]，参与诗人也较多，但它更多是延续到抗战结束到新中国成立的这段时期，故不在本文中作过多详述；另一方面是由于西南联大及现代派诗歌在当代学术界已经获得了较为充分的阐述，不论是专题研究如邓招华的《西南联大诗人群研究》、孙玉石的《中国现代诗歌艺术》、吴晓东的《临水的纳蕤思：中国现代派诗歌的艺术母题》、王珂的《新诗现代性建设研究》等成果，抑或是朱光灿著的《中国现代诗歌史》、陆耀东著的《中国新诗史》、王光明主编的《中国诗歌通史·现代卷》等，都对现代派及穆旦等九叶诗人有侧重性论述，而本文自觉也暂难以有所超越，故不再对这些研究成果已颇为丰硕的对象做重复性赘述。

---

① 孙玉石：《〈荒原〉冲击波下现代诗人们的探索》，载孙玉石《中国现代诗歌艺术》，北京大学出版社，2010，第 236 页。

② 臧克家：《地层下·序》，载苏金伞《地层下》，星群出版公司，1947，序。

相反的是，像穆木天、王亚平、锡金、溅波、雷石榆、胡危舟等一大批高唱"战歌"的诗人则鲜见关注者，甚至于高兰、田间、沙鸥等也仅是作为诗体出现的新现象的代表而被提及，诗歌创作上的成绩及贡献则较少被提及。朗诵诗、街头诗、方言诗、叙事诗等也大多被从它所身处的环境中剥离，从而难以对它们在当时的价值做出恰当评估，就如梅林在1942年所说的："我们相信文艺是政府与民众间的桥梁。"① 一时代的文艺创作必有其时代性的任务，这本身也是文艺自身生存价值所在。所以，本章以朗诵诗、街头诗、方言诗、叙事诗等诗体为观察点，试图将其作为全面抗战时期新诗在西南大后方出场后诗人、诗歌接受与传播等新的创作生态环境中所孕育的一个结果。

在一种极端的生态环境下，诗歌创作是否真如"国家不幸诗家幸"所说一般，迎来了发展的黄金时期？事实上或许并非如此。正如艾青怀着乐观的现实主义精神所指出的：

> 这场战争的革命的性质，这战争的进步的意义必须被每个诗人所了解，所稔熟，这不是帝国主义的侵略战争，所以我们没有国民精神的杀人的沉醉，这是半殖民的国家为了自己能从奴役与被宰割的命运里解救出来的革命的战争。所以我们有权利要求诗人具有冷静的眼睛，和深刻的思想，随时警戒着避开那些掩伏在向胜利之路的两方的黑暗的窥伺，和正在等待着整个民族堕到里面去的陷阱。诗人们必须在他的作品里，比一切更重要的，提醒自己并向人提醒，这战争的最基本的革命因素：反对帝国主义的战争，反对血腥的世界法西斯的统治，反对一切充当敌人的清道夫的汉奸及其倾向，反对一切使中国倒退到封建统治的企图及其倾向；诗人们必须提醒自己，并且向人民提醒：这战争是在全国人民和政府的团结一致这基础上才能持久，这战争必须在民主政权的迅速实现上，才能得到胜利。②

---

① 梅林：《"文协"五年工作志略》，《抗战文艺》（文协成立五周年纪念特刊），1942年3月，第28页。
② 艾青：《论抗战以来的中国新诗——〈朴素的歌〉序》，《文艺阵地》第6卷第4期，1942年4月，第10~11页。

如艾青所言，诗人在这场对中国具有革命性意义的战争中，有着自己的任务——使自己"能从奴役与被宰割的命运里解救出来"，而为着这个目标，要求诗人们具有"冷静的眼睛""深刻的思想"，要警戒"黑暗的窥伺"和"陷阱"，无疑这些都要在他们的作品中体现出来。换个角度来说，就是诗人们要在自己创作中，适应"革命的战争"的需要，而我们从诗人在战火与硝烟中所饱受的创伤，诗歌传播与接受所发生的转向，已经清晰地感受到这是时事逼迫下调适的结果。夏中义教授认为："每个读者都只能接受他所能接受的，因为每个'接受主体'都是有限的，这限度取决于该主体的文学素养级差或文化级差。假如说，接受的发生与否取决于读者与作品之间的文化通约；那么，接受的深浅则取决于读者与作品之间的文化通约所达到的实际程度。"① 而古语也有云："诗无达诂。"对后世的文学艺术长久意义和影响的作品，在当时当世不一定就有着多大的意义，而在当时当世所急切需要的作品，或许它的生命力又恰恰十分有限。即便我们在本文中带着同情、理解的情感基调做着诗歌创作生态的梳理，但仍时时被眼前突起的当时的批评性文章所迷乱，从诗歌的形式、语言，到具体的对民间歌谣、俗语、鼓词、小调等的借鉴，从纯诗到诗歌大众化及大众化的具体实践，同一个对象，否定和肯定即便在同一时期也都交错杂陈，何况是跨越了近一个世纪。如此来看，还原创作生态，对于我们理解诗人及其诗歌创作，或可形成一些新的认识。

---

① 夏中义：《"文学主体论"批判》，《华东师范大学学报》（哲学社会科学版）1995 年第 6 期，134 页。

第五章

战时生态下新诗创作活动的变化

日本帝国主义全面侵华的战火迫使中国新诗生态发生了新的变化，但汇聚在西南大后方的诗人们与不屈的中华民族一样，在战火中激发起了更强烈的革命、战斗和创作激情，不断在与现实生活的深入接触中汲取新的养分，创作新作。贯穿于我国现代新诗发展始终的"西方影响与民族传统""启蒙救亡与诗歌本体"两对基本矛盾，决定了新诗发展复杂而曲折的局面。① 但可以肯定的是，新诗所历经的发展道路也在抗战烽火中、在大众化的实践中得到了新的反思，加强了与自己所置身的土地和民族之间的血肉联系。中国新诗在西南大后方的特殊生态环境中，"不仅为民族的生存与新生尽了自己的时代的责任，同时，也在时代的呼唤与推动下，得到了空前发展与创造的机会"，从而走向了"多向开拓和渐趋成熟的丰收的历史阶段"。② 主要体现在：诗人队伍空前的凝聚，郭沫若、臧克家、艾青、胡风、卞之琳、李广田、闻一多、冯至、穆木天、朱自清、任钧、高兰、光未然、安娥、姚蓬子、厂民、雷石榆、王亚平、马子华、彭桂萼、绿原、方殷、臧云远、罗铁鹰、冰心、溅波、孟克、力扬、柳倩等一大批诗人在战火与硝烟中汇聚西南，许多诗人的诗歌创作更趋成熟，并在西南联大等文化环境中成长起了穆旦、杜运燮、辛笛、郑敏、袁可嘉等一批年轻的现代诗人；在极其困难的环境下，先后有《抗战文艺》《七月》《文艺阵地》《战歌》《文聚》《诗创作》《笔阵》《诗报》《诗垦地》《诗丛》

---

① 潘颂德：《中国新诗史1918—1949·序》，载沈用大《中国新诗史1918—1949》，福建人民出版社，2006，第1页。

② 孙玉石：《20世纪中国新诗：1937—1949》，《诗探索》1994年第4期。

《中国诗艺》《诗家丛刊》《诗前哨》《诗座》及《新华日报》《大公报》等 2000 余种报刊在西南大后方得以复刊或创办，虽因经济、政治等因素办刊时间或长或短，但它们作为文学生产的重要环节，为一大批新诗作品的生产提供了条件，成为战时生态下新诗得以发展的重要阵地、诗人力量凝聚的重要平台、诗歌传播的重要媒介；出版了臧克家的《泥淖集》《古树的花朵》、艾青的《火把》、冯至的《十四行集》、王统照的《欧游散记》、纪弦的《不朽的肖像》、王亚平的《红蔷薇》、卞之琳的《慰劳信集》、老舍的《剑北篇》、田间的《给战斗者》、高兰的《高兰朗诵诗》（多集）、臧云远的《静默的雪山》、何其芳的《预言》、穆旦的《探险队》、彭桂萼的《后方的冈位》、绿原的《童话》等数百部诗集，其中像艾青的《火把》、臧克家的《古树的花朵》、冯至的《十四行集》、何其芳的《预言》、穆旦的《探险队》等作品在中国新诗史，乃至现代文学史上都具有重要影响。新诗诗体在适应战时生态发展中，高兰、田间、沙鸥、臧克家、艾青、袁水拍等人分别在朗诵诗、街头诗、方言诗、叙事诗、讽刺诗等诗体的创作上获得一定的发展，其中臧克家的《古树的花朵》、艾青的《火把》等不仅是叙事诗创作中最具代表性的成果，而且是新诗发展史上具有重要影响的作品。

但可惜的是，全面抗战时期的诗歌创作在后世的评价中并未获得充分的认可，甚至在 1940 年代，就已经有各种非议之声，从形式、语言等艺术上，几乎都遭到否定。但正如《新华日报》所刊发的臧克家的《吊古，自吊》中所说的："今日的诗人同样有高尚的政治理想——民主与自由；同样有献身民族的意志，也同样有高洁的人格与爽朗的胸怀。可是，在精神上，多少诗人却做了刖足的献宝者！把整个灵肉交给了国家，但，还需双手捧着自己的一颗血淋淋的心到处求人辨认。"[1] 充满对不公正评价的愤懑。无独有偶，艾青 1942 年在延安发表了名为《了解作家，尊重作家》的文章，他说："作家并不是百灵鸟，也不是专门唱歌娱乐人的歌妓。他的竭尽心血的作品，是通过他的心的搏动而完成的。他不能欺骗他的感情

---

[1] 臧克家：《吊古，自吊》（1944 年 6 月），转引自吕进等《大后方抗战诗歌研究》，重庆出版社，2015，第 56 页。

去写一篇东西，他只知道根据自己的世界观去看事物，去描写事物，去批判事物。在他创作的时候，就只求忠实于他的情感，因为不这样，他的作品就成了虚伪的，没有生命的。"① 中国传统诗学中提倡"文章合为时而著，歌诗合为事而作"。② 战火和侵略者的暴行之下，不仅是个人的生存，也包括了民族的生存，成为第一要务。本章的主要目的就在于分析在战时特殊的创作生态下，现代新诗受创作生态的影响必然面临创作上的转向以适应时代发展的整体要求，从而导致的诗歌创作活动与其创作生态相适应的特点和新发展。

第一节　战时生态下的新诗创作活动特点

在全面抗战爆发后的中国，"地无分南北，年无分老幼，无论何人，皆有守土抗战之责，皆应抱定牺牲一切之决心"③ 成为历史最激昂的呼声，积贫积弱的民族忧患和强寇进犯的民族存亡危局，导致了中国现代文学发展的大转向，其中又以诗歌为最。在如火如荼的民族抗战环境下，诗歌创作活动必然立足于社会发展的现实，从而导致诗歌情感要服务于中国民族救亡现实的"规定性"。早在 1933 年中国诗歌会在其机关刊物《新诗歌》创刊时就审时度势地提出："中国新诗歌的时代任务是应该：站在被压迫的立场，反对帝国主义的第二次世界大战，反对帝国主义侵略中国，反对不合理的压迫，同时导大众以正确的出路。"④ 表现出了与新月派"悠闲的感情的享乐和幻美的事物的追求"和现代派"丁香花一样的哀愁"的决裂。全面抗战爆发后，民族危机加重，诗歌的审美艺术功能退居次要位置，而深入社会和民众之中的宣传、动员和反映现实的功能和价值意义在时代的要求下急剧凸显，从而也使诗歌创作活动在适应历史和新的战时生

---

① 艾青：《艾青论创作》，上海文艺出版社，1985，第 562 页。

② （唐）白居易：《与元九书》。

③ 蒋中正：《认清"最后关头"——七月十七日在庐山谈话会席上的讲词》，《会声月报》第 1 卷第 5 期，1937 年 8 月，第 5 页。

④ 同人等：《关于写作新诗歌的一点意见》，《新诗歌》第一卷创刊号，1933 年 2 月，第 8 页。

《新诗歌》封面

态要求下显现出独特的时代特征。

一 创作目的的工具化

创作目的的工具化是许多高扬文艺无功利性和纯粹审美的文艺家所不认可的事实，中国传统文学中虽也高倡"文以载道"的积极入世态度，但"陶冶性情"仍然是远离庙堂的一般文人们非现实功利和审美功利的文学创作目的。但在现代中国，从新诗诞生以来，就以"革命"的姿态积极回应并试图引领社会文化生态的改良，即便在新诗及新文学诞生之初重在对人自我的解放，相比较于两千多年的封建传统，这已经是一次社会和人自身的巨变。然而，我们也应当看到，由于阶层身份及其传统的根深蒂固，传统的打破和新秩序的建立必然要经历一段漫长而艰辛的历程，新诗对于诗歌语言、形式等文学本体的革命成为破旧立新和社会启蒙的一种途径，这在某种程度上本就使新诗和新文学运动显现出了工具性价值，但这种工具性价值更大程度上潜隐于文学本体之下，而并非对社会的直接介入与干预，从而也为许多人否定新诗和其他新文学的工具性价值提供了可能。但全面抗战爆发后，抗战并在抗战中争取全民族的自由独立与解放成为中华民族共同的现实追求，从而也迫使新诗创作必然作为一种工具服务于这一伟大历史任务成为这一社会生态下的独特要求。

文学史家蓝海在《中国抗战文艺史》中认为，"能够反映中国历史底发展要求的，战争所带来的所要求的现实底改造过程的，反抗旧的，掘发新的，新鲜活泼的力量"才能抵抗"旧文化""旧道德""复古思想""'人生无常'的享乐思想""麻醉和混乱人民意识的'精神食粮'"。他认为，中国的民族革命战争不同于俄罗斯革命可以采取直接的武装行动，而是要在后方和沦陷区对"人民大众的觉醒和成长"进行长期的渐进的改造，这个改造过程"必然要唤起广大的文化要求，而能够回答这个改造过程底要求的，能够反映这个改造过程底内容或趋向的，反抗旧的，掘发新的，新鲜活泼的文化工作，正能够帮助使这个改造过程得到完全的实现"，为了这个至高的任务，有着革命传统的新文艺、文艺工作者"就是持了枪在前线上也不应停止为祖国而歌唱，为战斗而写作"。[①] 之所以会发出这样的呼声，其实是因为社会的剧变，不仅作家们对时局的急剧动荡感到惊慌失措，在战争爆发最前沿的全中华同胞都手足无措，"文艺无用论"[②] 成为弥漫在文学界的一种情绪。值此背景，才有了蓝海对抗战初期文艺思想所作出的这一总结。而这一时期，胡风等人也纷纷撰文表达对"文艺无用论"思想的批驳，引导并营造文艺自身形成良好的内部生态。而对于诗人们而言，"为战斗"而写作，成为他们适应时代要求的最急迫任务，从而让诗歌从旧体诗向新诗的本体革命，再在深入社会现实上进行了一次新的自我革命——即从文学革命向革命文学的实践转向，显示出诗歌作为社会变革工具的现实价值。

---

① 蓝海：《中国抗战文艺史》，现代出版社，1947，第34页。

② "'文艺无用论'支配着每个人的思想，以为只有军事是最重要的，惟有它才能决定一切。炮声一响，笔的武器便没有用处了。"见蓝海《中国抗战文艺史》，现代出版社，1947，第35页。

诗歌创作目的的工具化首先体现在诗歌作为开展抗日斗争宣传的工具上。全面抗战爆发初期，文艺界就已经认识到敌人不仅利用军队入侵我国领土，而且还发动文化攻势，大打文化战，粉饰侵略罪行，麻醉民众，蒙蔽国内外爱好和平的人们，因而可以说，由于"战争的残酷破坏激起人们的强烈反抗，加上政治力量对文学场的强制性渗透，两者共同作用才迅速促成文学成为抗战宣传的工具"①。将战争的真相、侵略者的罪行告诉全世界，获得国内民众和国外友人对中华民族抗日斗争的支持，成为诗人及其他文艺工作者的任务。国民政府政治部第三厅、"文协"及其他文艺组织、报刊、文艺工作者们，为着这一目标，将手中的笔变为了战斗的武器。国民政府政治部第三厅在1938年4月5日组织了戏剧、文学、美术、歌咏以及口头宣传的宣传周活动，周恩来在《新华日报》1938年4月8日版发表了《怎样进行第二期抗战宣传周工作》的专论，并在文中指出，"在文字宣传上要力求具体通俗和生动，在口头宣传上要力求普遍通俗和扼要，在艺术宣传上要更加普遍深刻和激越感人"②，既明确了文字作品作为宣传的工具，也对作为宣传工具的文字作品提出了具体要求。

值此背景，《战歌》在发刊词中鲜明地指出："诗歌，是战斗中最强有力的武器。"③ 把诗歌作为抗战的工具，在民族危亡的现实面前成为"规范性"共识，而诗歌创作实践也对此做出了积极回应，创作了许多反映侵华日军凶残本性、战场情形及大后方支援抗战情况等的诗歌，如克锋的诗歌《东北小女孩因反对读日文被割舌》、冯玉祥的《女军人》、关露的《抗战妇女》、王统照的《上海战歌》等，特别是在全面抗战的初期，诗歌纷纷以报告诗、叙事诗、朗诵诗、街头诗等诗体探索着为抗战斗争服务的形式，当然也进一步推进了朗诵诗、街头诗等诗体的发展。《七月》的创刊词中认为："中国的革命文学是和反抗日本帝国主义的斗争（五四运动）

---

① 彭玉斌：《战火硝烟中的文学生态——〈抗战文艺〉研究》，中国社会科学院研究生院，2006，第3页。

② 重庆师范学院中文系国统区抗战文艺研究室：《抗日战争时期国统区文艺大事记》，《重庆师范学院学报》（哲学社会科学版）1981年第2期。

③ 溅波：《发刊词》，《战歌》创刊号，1938年8月，第1页。

一同产生，一同受难，一同成长。斗争养育了文学，从这斗争里面成长的
文学又反转来养育了这个斗争。"① 陈纪滢也提出："在抗战中'朗诵诗'
除保持艺术技巧外必是宣传工具之一，在宣传工具中，它不单是口号的，
而且是富于理解性的；更是教育大众的，组织大众的一种工具。"② 虽然很
多诗人如陈纪滢一样并不否定诗歌作为一种艺术形式的存在，并强调"保
持艺术技巧"，但同时也明确地把战时生态下诗歌创作的目的工具化，艺
术技巧从而也就成为对"工具"目的服务的必要条件，明确了诗歌作为宣
传工具的属性。

　　当然，由于抗战成为诗歌创作压倒一切的任务，所以在作为宣传工具
的同时，诗歌自然还担负起了战争动员的重任，口号式的诗歌也在时代的
催逼下，呐喊着奔涌而出，表意直接，直指抗战，如周海婴的《打日本》
中写道：

> 同胞起来：
> 背着枪，
> 拖着炮，
> 上前线，
> 勇敢的冲过去！
> 冲过去，不怕慌
> 打倒日本鬼子！
> 打倒日本鬼子！③

　　诗歌创作目的直接而明显地显现在语言和诗歌形式之中，动员民众参
加抗战的伟大事业成为最为显在的意义。臧克家更是以诗歌喊出"除了抗
战什么都没意义"，诗中写道：

> 战神正唱着恋曲

① 七月社：《愿和读者一同成长——代致辞》，《七月》第 1 期，1937 年 10 月，第 1 页。
② 陈纪滢：《序〈高兰朗诵诗集〉》，载高兰编《诗的朗诵与朗诵的诗》，山东大学出版社，
　　1987，第 31 页。
③ 周海婴：《打日本》，《七月》第 3 期，1937 年 9 月，第 33 页。

去，快去贴紧她的胸膛！

工人，农民呵，

快伸开粗大的手吧，

祖国正用着你们！

中华的好男儿！有口都狂喊

敌人的罪恶吧！

中华的好男儿！

我们要下上所有的生命

和敌人赌这次最后的输赢！①

诗人在历数武汉、长沙、成都等中华大地的山山水水和对美好生活的向往中，揭示了侵华日军带给中华民族的灾难，从而在理想与现实的残酷比照中发出战斗的呐喊，特别是对工人、农民发出了强有力的战斗号召，从而也显现出了诗歌作为工具的战争动员的意义和现实价值。也正是为了适应战争宣传、动员等的需要，除了报告诗、朗诵诗、街头诗等诗体之外，方言诗等也被创造性地在诗歌创作活动中开展起来。

我们必须得承认，"环境因素是文学生成的客观前提"②，作为诗歌创作的主体，诗人生存环境的变化，直接反映到了诗歌创作的内容、主题和文体等诗歌的创作艺术层面。在一定空间之中，文学"不再是对某种固定空间之中实践演绎（事件或情感）的模仿、再现或表现，文学文本必然投身于空间之中，文学空间固然来自现实空间，但同时，更重要的是文学本身就成为社会现实空间建构的重要组成"③。战时生态下的诗歌创作服务于抗战的现实需求，既导致诗人们在西南重构中国新文学发展的空间，新文学本身在服务于这个时代的同时，诗歌自身和时代发展形成了一定层面的互构。所以，我们也看到，全面抗战中的诗歌创作活动并未停留于战争初期的宣传和动员上，而是随社会不断的变化也在不断地调整自身的发展，叙事诗、讽刺诗以及现代派诗歌在这种与社会生态变化的互构及调整中，

---

① 臧克家：《除了抗战什么都没意义》，《光明·战时号外》第 5 号，1937 年 10 月，第 8 页。

② 刘保昌：《荆楚文学生态论》，《西部学刊》2015 年第 1 期，第 31 页。

③ 刘进：《论空间批评》，《人文地理》2007 年第 2 期。

不断获得新的血液，史东山 1948 年在《五四谈文艺》中说："没有'五四'，就没有大革命的顺利成功；就没有对日抗战的胜利；就没有一切革新的瞻望。"①

二　创作活动的组织性

诗歌创作活动的组织化是诗歌创作活动在战时生态下形成的又一显著特征，当然，也是诗歌创作工具性目的得以实现的途径。新诗诞生以来，就在争议之中蹒跚前行，它所处的环境在于打破传统的、旧的、封建的生态秩序，建设富有科学、民主思想文化内涵的新的文化生态。但正因为它富有革命性的破旧立新，使得能获得公认的标准的建立必然要经历一番挫折，从而导致各种文艺观念纷繁涌现，一方面显现出时代发展对新思想、新文艺的急切期待，但另一方面也形成虽群体林立却缺乏统一的组织的状态，各自为政。但在全面抗战爆发后，文艺界抗日统一战线建立起来了，诗歌创作活动也空前地形成自身的组织性，艾青在《救亡日报》副刊《诗文学》发刊词《我们的信念》中指出："诗，既然作为民族的最高的语言，在民族革命的战争迫近胜利的行程中，它是必然要发达的。因此，我们感到诗的工作的有组织性的必要。"②

首先是形成社群组织机制，促进战时创作生态的发展。中国新文学诞生以来，社群组织就伴随着新文学的成长而不断发展，甚至一些学者认为新文学史就是一部文学社团发展史。从新文学诞生到全面抗战前，社群组织主要以文学艺术上的相同志趣和艺术追求所结成，相互间存在大同小异甚至是针锋相对的差异，也造就了丰富的文艺论争景观。而在全面抗战时期，抗战救亡成为压倒性的现实，虽然如七月诗派、春草社、文聚社、救亡诗歌社、诗创作社、诗垦地社等诗歌社群组织纷立，且在抗战时期还不断涌现出许多新的社群组织，但整体上形成了以"文协"为核心的文艺界的组织领导机制，特别是在西南大后方，这一组织发挥的作用更为明显。

① 史东山：《我们的话》，载《文协十周年暨文艺节纪念特刊：五四谈文艺》，中华全国文艺协会编印，1948，第 32 页。
② 艾青：《我们的信念》，《救亡日报·诗文学》，1939。

在《中华全国文艺界抗敌协会简章》中，"文协"明确提出"联合全国文艺作家共同反对日本帝国主义的侵略，完成中华民族自由解放，建设中华民族革命的文艺，并保障作家权益"① 的宗旨，自觉担当起了领导文艺界的重任。"文协"虽然是一个综合的群众团体，但对诗歌、小说等各类文体创作活动的组织和领导都有相应的"诗歌组""小说组"等，从而实现对较大范围内文艺工作者的团结。同时，七月诗派、春草社、文聚社、救亡诗歌社、诗创作社、诗垦地社等活跃于全国或部分区域的诗歌社群的负责人或主要成员，也大多是"文协"的负责人或重要成员，如七月诗派中的胡风、艾青等人，春草社中的王亚平等人，救亡诗歌社中溅波、高寒、彭慧等人，他们都是"文协"总会或"文协"地方分会中的重要成员，有的是主要领导者。其他许多诗歌社群组织中，也大多存在类似情况，如袁水拍、臧克家、臧云远、穆木天、雷石榆等诗人既积极组织重庆、昆明等地"文协"总会或地方分会的活动，也积极参与或组织诗歌社团的活动。

从"文协"总会和地方分会的整体领导到各地诗歌社群组织的诗歌创作活动，极大地改变了新诗诞生以来社团林立，但却缺乏统一的文艺组织的结构生态。全面抗战爆发后，战争极大破坏了原有的诗歌生态，诗人流散，原有社群生态被破坏并难以为继，而同时，抗战救亡和争取中华民族自由独立与解放的伟大历史现实要求诗人们融入统一战线之中，这既是对历史需求的适应，也是在特殊生态下寻求自我生存空间的一种途径。"文协"因其在国共两党的政治较量中寻求到了相对均衡的平衡点，获得了两党的认可和支持，故而担负起了组织文艺界统一战线的重任。从而，形成了以西南大后方为根据地，以"文协"总会为总领、以各地分会和诗歌社群为分支，辐射西北和全国其他区域的组织机制，使诗人的诗歌创作活动有了"战斗"的组织性，适应了抗战大局的需要，凝聚了诗人及其诗歌创作的战斗力。

其次是组织诗歌创作活动，引领抗战诗歌发展。抗日战争全面爆发以

① 冯乃超等：《中华全国文艺界抗敌协会简章》，《文艺月刊》第9期，1938年4月，第184页。

来，从上海到武汉、广州，再到西南的重庆、昆明、桂林等地，诗人们一路在抗战的烽火中凝聚在了一起，特别是在"文协"总会及各地分会成立之后，高扬起了文艺界抗日统一战线的旗帜，号召以笔为枪，倡导诗歌创作服务于抗日斗争，控诉侵略暴行、歌唱抗日斗争、动员抗日救亡的抗战诗歌创作成为新诗发展中面临着的空前一致的任务，也成为新诗诞生以来诗人们所抒写的最为集中的主题。当然，从"文协"到各种文学社群的组织机制建立，并非流于简单的结构形式，而是形成了诗歌创作的统一步伐，其目的都在于服务于抗日救亡的伟大现实，也正是这种全中华民族面临的共同现实，才促成了诗歌创作上趋于服从一定的组织、形成相同或相似的创作旨趣，从而显现出战时生态下诗歌创作的组织性。

　　虽然诗歌创作是最能体现个体思想活动的一种艺术创作行为，它在更大程度上显现为一种个体独特的生命体验，但在抗战的现实要求下，中国新诗面临着空前一致的现实任务。在新诗诞生之初，宗白华在《新诗略谈》中认为："新诗的创造，是用自然的形式，自然的音节，表写天真的诗意与天真的诗境。是诗人的养成，是由'新诗人人格'的创造，新艺术的练习，造出健全的、活泼的，代表人性、国民性的新诗。"[1] 这不仅将诗与人的启蒙任务联系在了一起，而且明确地表明新诗不只是个人的抒情，更担负着社会塑造"人性""国民性"的现实任务，而这种任务，必然是以适应社会现实的需求为基本前提，而非脱离实际的空口号。因而，在全面抗战爆发后，由王亚平等人主编的第一个抗战诗歌刊物《高射炮》于1937 年 8 月 25 日创刊起即发出了中华民族抗战的吼声："诗歌工作者应和了大时代的要求，也当立刻站起来，歌唱起来，以增强抗战的力量。"[2] 穆木天在名为《展开我们的诗歌的阵线》的诗论中欢呼着："民族的英雄的叙事诗的时代到临了，民族革命的浪漫主义的怒潮到临了。"[3] 唱响了一个时代诗歌创作的独特旋律——现实主义与浪漫主义诗潮的会合。从而，在抗日斗争宣传任务的要求下，"文协"及其他文艺组织，一同担当起了诗

---

① 宗白华：《新诗略谈》，载王永生主编《中国现代文论选（1）》，贵州人民出版社，1982，第 29 页。

② 编者：《编后记》，《高射炮》第 1 期，1937 年 8 月。

③ 穆木天：《展开我们的诗歌的阵线》，《大公报·战线》第 25 号，1937 年 10 月 15 日。

歌创作的组织工作，从"诗歌大众化"运动的倡导到诗歌语言、形式等的论争，从朗诵诗、街头诗等诗歌运动的开展到叙事诗、讽刺诗等艺术上的深化，诗歌创作在抗战热潮中步入了一个新的时代。

三 接受对象的大众化

虽然文学的接受对象是诗歌传播的问题，但"接受"与创作是互动的关系，特别是特定时期，文学的接受往往成为创作中预设的前提，这一点在全面抗战时期显得尤为明显，这是由于中华民族抗日斗争的需要明确了诗歌作为抗日斗争的工具属性，从而赋予了它明确的传播任务，从而让诗歌接受对象从精英知识分子阶层扩展到抗日斗争的重要力量——工人、农民及其他普通市民阶层，走向大众化。

"大众化"一词在《辞海》里解释为："亦称'群众化'。文艺的大众化要求文艺作品表现出大众的生活、思想、感情、愿望和理想，具有民族气派和民族风格，便于群众接受、掌握和流传。"[1]《现代汉语词典》的解释是："变得跟广大群众一致；适合广大群众需要。"[2] 现代新诗诞生之初胡适就提出"有什么话，说什么话；该怎么说，就怎么说"[3]，倡导"自然化""口语化"的新诗艺术，虽然遭到了缺乏"节奏感""形式感""纯诗"等的诘难，但却在事实上适应了中国现实发展的基本要求。全面抗战爆发后，社会现实对诗歌提出的大众化要求，进一步使自由体诗歌获得了发展的机遇。《新华日报》在对"文协"成立报道的社论中就明确提出："新时代的文艺，尤其是在这大时代的文艺，早已不是个人的名山的事业，而应该是一种群众的战斗的行动。文艺更应该是人民大众的日常生活的一部分，而不是几个专家以及少数知识分子的私有品，恰如一切社会，自然的知识，是人人应该享有一样，文艺的修养也必须成为每一个大众的所

---

① 《辞海》，上海辞书出版社，2010，第648页。
② 《现代汉语词典》（修订本），商务印书馆，1998，第239页。
③ 胡适：《尝试集·自序》，载姜义华主编《胡适学术文集·新文学运动》，中华书局，1993，第381页。

有……文艺的大众化，应该是全国文艺界抗敌协会的最主要的任务。"① 穆木天与锡金等创办的《时调》，率先对朗诵诗做了整体的推荐，同时，穆木天也是诗歌大众化运动的积极倡导者，这再次说明不论什么时代，"作家赖以生存的社会——历史世界中的各种社会现象，同时也限定着他的创作，一方面它原则规定作家的特征是什么，具备这种的而不是那种的社会品格等等；另一方面，它为作家创作活动提供可能性的范围，对其内容、方式和方向施以控制和调节"②。也就是说，对于诗歌而言，诗人首先是一个社会的人，然后才是一个诗歌艺术的创造者，也正因为诗人是一个社会的人，所以，社会形态、环境及其发展的一般走向为诗人提供了模仿和进行艺术创造的可能性，但它同时也必然地决定了诗人在其所处的环境（或生态环境）中所应该具备的社会属性、价值观念、审美判断，也就是客观世界对诗人所形成的客观规定性。全面抗战时期的中国，社会环境从辛亥革命以来再次发生新的变化，民族矛盾占据突出位置，抗日救亡成为最为急迫的现实任务，从而也使诗人及其诗歌创作置身于新的生态环境中，广泛地发动和动员大众成为诗歌的首要任务，对集体的、战斗的、大众的诗歌的需要替代了个人的、抒情的、精英化的诗歌艺术。老舍也认为新文艺长期以来由于模仿欧洲等国外艺术，所以在艺术创作的构思、用语、艺术形式等方面确实是改变了中国的艺术传统，实现了对文艺本身的革命，但它却没有完成革命文艺建设的任务，因为"革命的文艺须是活跃在民间的文艺，那不能被民众接受的新颖的东西是担不起革命的任务啊"③！中国诗歌会早在1933年《新诗歌》发刊诗中也曾经写道：

> 我们不凭吊历史的残骸，
>
> 因为那已成为过去，
>
> 我们要捉住现实，
>
> 歌唱新世纪的意识。

---

① 《全国文艺界抗敌协会成立大会》，《新华日报》，1938年3月27日。
② 郭太平、赵景春：《试谈马克思、恩格斯关于文学创作主体的论述》，《郑州大学学报》（哲学社会科学版）1984年第2期。
③ 老舍：《文章下乡，文章入伍》，《中华文化月刊》1941年第9期，第25页。

　　压迫，剥削，帝国主义的屠杀，

　　反帝，抗日，那一切民众的高涨的情绪，

　　我们要歌唱这种矛盾和他的意义，

　　从这种矛盾中去创造伟大的世纪。

　　我们要用俗言俚语，

　　把这种矛盾写成民谣小调鼓词儿歌，

　　我们要使我们的诗歌成为大众歌调，

　　我们自己也成为大众的一个。①

　　走进大众、融入大众、为大众而歌的"诗歌大众化"运动成为抗战时期最重要的文艺运动之一，也成为战时生态对诗歌创作提出的主要要求。"诗歌大众化"运动中对民间形式的借用，虽然在后期遭遇了"诗歌民族形式"的声讨，但并不能因为后期出现的检讨，就否定了诗歌对民间形式借用的价值和意义，它在全面抗战初期的出现是应该的，而且对于当时的抗战形势的发展而言，诗歌对民间形式的借用，恰恰体现出了诗歌自身的灵活性，这本身也可看作是新诗对自我的一种突破。冯雪峰认为："'艺术大众化'这口号的根本任务，是配合着整个政治和文化的情势，在解决着现在很迫切的两个问题：一方面是迫不及待的革命（抗战）的大众政治宣传，一方面又是艺术向更高阶段的发展。"② 这一评价，将看似不相干的诗歌传播与诗歌本体艺术发展间的紧密联系一语道破。诗歌接受对象的大众化是实现广泛的发动和动员民众参加抗战救亡目的的重要手段，也就是开展"革命的大众政治宣传"，正因为大众政治宣传的需要，迫切要求诗歌创作面向大众，从而对诗歌在创作艺术上提出了新的服从于"革命的大众政治宣传"需要的自我革命，在语言、形式及其他艺术层面都要适应于战时生态的需要。

　　可以说，战时生态下，"诗歌大众化运动""诗歌民族形式"等的论争中，对如何大众化以及抗战诗歌形式等的检讨，不是为了否定过去，而是

---

① 同人等：《发刊诗》，《新诗歌》第一卷创刊号，1933 年 2 月，第 1 页。

② 冯雪峰：《关于"文艺大众化"》，《抗战文艺》第 3 卷第 9、10 期合刊，1939 年 2 月，第 132 页。

为了探索和打开诗歌新的发展局面。例如雷石榆就认为："歌谣是最大众化的，最民间性的，而且在人类的文化史上她产生得最早。……歌谣是宣传武器之最动情的一种，也是最适合新启蒙教育的一种方式。"但他同时又强调，由于诗歌传诵的对象既含城市中的市民、军人、学生等群体，也包含广大的工人和农民，因而各地的特殊方言"在新启蒙运动上又是最重要的一环"。① 同人杂志《诗》也明确表示："我们主张诗的大众化，通俗化，但绝对反对庸俗化，低级趣味化。我们的所谓大众化决不是使不认得字的人都能看懂，我们主张在

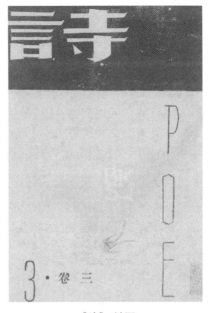

《诗》封面

表现上用句上的尽量通俗。"② 虽然看似众声喧哗，但实则都在围绕着一个共同的目标和方向，那就是全中华民族必须团结一致、万众一心地抗战救亡，实现中华民族的自由独立与解放。

也正是在此生态环境下，诗歌创作艺术上对形式、语言、节奏等方面的探索，使得朗诵诗、街头诗、叙事诗、讽刺诗、方言诗等多种诗体获得了一定的发展，其创作艺术成就虽参差不齐，但都是特定时代下的特殊产物，朗诵诗、叙事诗等虽在很大程度上也借鉴了苏联和英美等诗歌艺术上的成就，并受到国外文艺思潮的影响，但它们更大程度上是适应中国革命斗争需要、让文艺走向大众而获得生存的空间，且在中国新诗发展的道路上也可称作是探路者。所以说，接受对象的大众化因其对诗歌创作所形成的空前制约，也成为战时生态下诗歌创作活动所显现出来的独特特征之一。

全面抗战爆发后，文艺界在一片争议声中及时纠正了唯有投笔从戎才

---

① 雷石榆：《新歌谣的创作问题》，《中国诗坛》第 1 卷第 5 期，1937 年 12 月，第 7 页。

② 本刊同人：《我们的广播——我们的呼吁》，《诗》第 3 卷第 3 期，1942 年 8 月，第 5 页。

算抗战的前线主义思想，积极动员文艺抗战，在改良社会文化生态的一路探寻中，开展文艺救亡运动，新诗从其诞生二十多年以来的传统中发生了新的转向。对于诗歌活动的特点这一问题，艾青在 1942 年也做过总结，他认为："最显著的成为普遍流露在抗战以来的中国新诗上的特征，是诗人们要他自己置身在为正义而战斗的人群一起的企图；以群众和不违反群众的愿望的人为真正的英雄；以群众为执行革命事业的真正可以信赖的人物；以及对于土地的热爱与对于人民的尊重……等等。"① 艾青的总结不仅体现了他个人的诗歌观念，而且也是充分地站在时代的潮头做出的客观认识。如果说前二十年的中国新诗发展是在新文化运动的大潮中开眼看世界，在诗歌艺术上推崇向外学习，以在学习中建构中国新诗的艺术范式的话，那么，在全面抗战爆发后，中国的诗人们则在新的生态环境中将眼光看向了中国自己，转向了中国社会自身的需求，但同时，也并未丧失自我反省和纠正的品格，也并未故步自封，而是承续着五四文艺精神，高扬启蒙立场，在诗歌创作活动和创作艺术上显现出独具时代色彩的特征，开启了中国式诗歌发展的新道路。

第二节　战时生态下新诗创作的整体变化

全面抗战是西南大后方诗歌创作最为核心的背景，梳理和总结战时生态下新诗创作艺术上取得的新发展，必然不能忽视了这个特殊的背景。因为战争，"全国作家几乎都用诗的情感来接受战争，许多小说家和理论家（如巴金、郑振铎、老舍、王统照、胡风、陈学昭……）都写了许多纯朴的深情流露的诗篇；许多沉默已久的诗人（如郭沫若、冯乃超、姚蓬子、王平陵、高长虹、黄药眠……）也都重新开始歌唱了"②。艾青于 1942 年在《论抗战以来的中国新诗——〈朴素的歌〉序》中总结全面抗战爆发四年半以来的中国新诗的特征时，认为新诗的最显著特征体现在：诗人们努

---

① 艾青：《论抗战以来的中国新诗——〈朴素的歌〉序》，《文艺阵地》第 6 卷第 4 期，1942，第 11 页。
② 艾青：《抗战以来的中国新诗》，《中苏文化杂志》第 9 卷第 1 期，1941 年 7 月，第 52 页。

力地使自己融入那些为正义而战斗的人群，无论自己经历怎样的困苦、面临怎样艰辛的局面，也要在深入了解和体验人民大众的心声基础上用自己的诗歌发出人民的呼声，以科学准确的方法武装自己的思想，摒弃空想的、虚构的浪漫主义、象征主义、神秘主义等的苍白的、空虚的内容，清楚地、明确地、充分地表现"人性的斗争的庄严，和斗争生活的美丽与庄严"①。艾青的总结以一个诗人自身的经历和心路历程，显示出战时生态下个体情感表达对国家、民族群体需求的让步，突出强调了诗人对现实介入的必然要求和抗战斗争对诗歌创作提出的新要求。这在一定程度上，也体现出战时生态下新诗创作艺术的新发展、新变化。

一　规定性的"我们"对个体的"我"的超越

从新文化、新文学运动发轫之初，中国现代知识分子就将自己的命运与民族、国家前途命运紧紧地联系在一起，并成为新文学最重要的精神内质之一。但我们也看到，在新诗诞生初期，作为新文化运动的内容之一，在高扬启蒙主义旗帜的同时，强调的是对人自我的解放，突出的是以人的个体生命"我"为单位的个体自由的争取，其中包括人的思想、情感和自我的身份，这不仅在鲁迅、茅盾、巴金、老舍、曹禺等人的一系列现代文学作品中有着深刻的揭示，而且在新诗创作中有着更为丰富的实践。其中，创作了"以崭新的内容生动地反映了'五四'时代中国人民反帝反封建的伟大斗争，喊出了时代的民族的心声，表现了狂飙突进的'五四'革命精神"② 的白话新诗《女神》的诗人郭沫若就认为诗歌的本质在于抒情，在于"自我表现"③。中国新诗社、创造社浪漫主义诗派、湖畔诗社、象征诗派等因受到歌德、泰戈尔、雪莱、拜伦、海涅、惠特曼等诗人和象征主义、浪漫主义等流派影响，在强调对诗歌艺术技巧和形式的建构的同时，将诗歌更引向了唯美的、浪漫的个人抒情。虽然我们也不否认，对"国势

---

① 艾青：《论抗战以来的中国新诗——〈朴素的歌〉序》，《文艺阵地》第 6 卷第 4 期，1942，第 11 页。

② 朱光灿：《中国现代诗歌史》，山东大学出版社，1997，第 10 页。

③ 朱自清：《中国新文学大系·诗集·导言》，良友图书公司，1935，第 5 页。

陵夷，道衰学弊"的忧患意识，始终是新文学及新诗破旧立新的不竭动力，启蒙与救亡始终是新文学及新诗的群体追求，新文学及新诗从未割裂自己与民族、国家的血肉联系，甚至在后期创造社—太阳社诗群中蒋光慈的《哀中国》、殷夫的《一九二九年的五月一日》、黄药眠的《五月歌》等已经显示出诗人们"从'我的'自我表现向'群的'自我表现"① 的转化，但整体上我们应该看到的是，五四之后，高扬启蒙、救亡旗帜的精英知识分子，特别是率先向旧传统发难的知识分子中，胡适、郭沫若、刘半农、沈尹默、周作人、徐志摩、朱自清、闻一多、应修人、戴望舒、冯至等绝大部分有着留洋背景，与传统中国，特别是占绝大多数的底层民众间，天然地存在着一定的文化间隔，对诗歌形式的探索和个体的抒怀在诗歌文本中占据了主体。就如锡金所批评的——这个世界需要"风来吹它""雨来润它""要火热，要阳光"，更需要诗歌，才能"把心灵打开"，但诗人看到的现实是："一切艺术仅是为了少数人安排，没有艺术的世界！艺术都是少数人的私产，诗人都是少数人的奴才"②。

从全面抗战爆发开始，中华民族被侵略、被奴役、被欺侮的空前的民族危机，迫使中华民族"发出最后的吼声"，"八一三淞沪会战"之后，随着文化界救亡协会、戏剧界救亡协会、绘画界救亡协会等的纷纷成立及"中华全国文艺界抗敌协会"于 1938 年 3 月 27 日在汉口的成立，文艺界抗日民族统一战线随民族救亡的急迫需求而形成。冯玉祥在"文协"成立大会的演讲中也说："日本帝国主义者的进攻，促成了我们军事上，政治上，以至文艺界的空前的大团结。"③ "文协"将文艺界空前地团结在了一起，宣告文艺界以群体姿态开始了救亡图存的文艺战斗，并向全中华文艺工作者发出了战斗的呼吁：民族的命运就是文艺的命运，要把分散的文艺界的力量团结起来，如战士们一样，以笔为枪，用手中的笔"发动民众，捍卫祖国，粉碎寇敌，争取胜利"④。文艺界在民族、国家危亡关头的空前团

---

① 骆寒超、白薇：《论中国新诗》，《现代中国文化与文学》2006 年第 1 期。

② 锡金：《朗诵去》，《时调》第 3 期，1938，第 5 页。

③ 冯玉祥：《为战士与民众准备精神食粮——中华全国文艺界抗敌协会成立大会演说词》，《抗到底》第 7 期，1938 年 4 月，第 4 页。

④ 楼适夷：《中华全国文艺界抗敌协会发起旨趣》，《文艺月刊》第 1 卷第 9 期，1938 年 4 月，第 183 页。

结，不仅改善了中国在侵华日军炮火下被破坏了的文学生态，而且将诗人个体或以艺术上相同、相似追求结成的社团空前地凝聚在民族、国家救亡的群体阵营之中，这种创作生态使得诗歌及其他文学创作观念从"我"的个体性创造活动向"规定性"的为民族抗战、民族救亡服务的"我们"的转变。

与此同时，"被集团化地组织了的理性的对日本帝国主义野兽军阀的反抗，人民大众心理和意识的改造及其方法，新人类的飞跃生长，新女性的产生，革命的纪律社会关系的变化，斗争与革命战线上的胜利"① 等在新的生态环境中出现的崭新事实，都迫切等待着诗人们去认识、理解和歌唱，进一步明确了诗歌创作的规定性倡导。徐中玉提出的"集团主义"更是认为："目前斗争与革命的伟大时代是集团主义的时代。在今天，只有集团的力量才是伟大的力量，只有集团的力量才是可以摧毁一切和建立一切的胜利的力量。"② 《文艺月刊》《文艺阵地》《抗战文艺》等刊物纷纷出版"战时特刊"或"抗敌专栏"等，专门刊发反映前线战况、宣传英雄事迹、介绍战时政策、动员民众抗战等的各类文章，其中，一些刊物更将内容是否与抗战相关作为择稿的重要标准。也正是在这种环境和这种环境中所形成的意识驱动之下，在规定性倡导下以诗歌大众化为目标的诗歌朗诵运动、街头诗运动、方言诗运动等轰轰烈烈地开展了起来。不论是在接受对象、传播途径上的调整，还是为适应新的传播要求而在诗歌形式上的新探索，它们的一个共同之处就是设身处地地向大众的靠近、融入，设身处地地站在了大众对诗歌艺术的接受需求上。这导致的直接结果，不仅是诗人们创作的立场上把个体的"我"的淡化和大众立场的"我们"的凸显，而且在这种意识导引下必然对诗歌内容、诗歌风格、诗歌形式等产生重要影响。

诗歌朗诵运动中的朗诵诗，为"向未觉醒的人们呐喊""感动那冥顽不灵的人"③，将接受对象现场化，改变了纸质传播中读者与诗人交流的

---

①　徐中玉：《论我们时代的诗歌》，《抗战文艺》第 2 卷第 11、12 期合刊，1938 年 11 月，第 174 页。

②　同上。

③　高兰：《诗的朗诵与朗诵的诗》，载高兰编《诗的朗诵与朗诵的诗》，山东大学出版社，1987，第 21 页。

间接性，变为现场直接交流，增强了诗歌的口语化成分。高兰的朗诵诗中更是充分抓住对象特征，凝练和使用语言，从而力求融入读者和听众之中，使诗歌深入对象内心深处。如他较早公开发表的朗诵诗《我们的祭礼》中眼见着国土沦丧，借鲁迅周年祭代大众向已经逝去一周年的鲁迅承诺：

> 我们如今毫不徘徊留恋！
> 我们如今一往直前，
> 就是因为你曾经以一个巨人的脚步走过的路，
> 如同一抹长虹，
> 清楚的摆在我们面前。
> 我们从此高举投枪不畏艰难，
> 我们更将从此得到胜利的那一天，
> 我们更将因此而得到自由与解放；
> 我们不会忘记
> 你曾给我们开辟了道路，
> 你曾给我们指出了明天。[①]

诗歌又何尝不是在借鲁迅"血的哺乳""伟大的教训""旷野的呐喊"的强大号召力唤起大众的觉醒和抗争，所以他必然采取了一种把自己作为大众的"我们"中的一员、置身于大众群体中的人称策略，把居高临下的"我"对大众的指挥，变为"我们"，号召大众把"我们"共同团结一心的"抗战"作为向鲁迅周年祭献上的祭礼。高兰的另一首诗歌《给绿林好汉》同样注意了这样的策略的使用，诗中写道：

> 天哪！
> 迫于饥寒，
> 为了吃穿，
> 廿年土匪本非心甘，

---

① 高兰：《我们的祭礼》，载高兰编《高兰朗诵诗选》，新文艺出版社，1956，第4页。

如今仍是个穷光蛋！

不是没处可抢，

不是没地可占，

所有的中国人，

现在还算个人吗？

自从日本鬼子

霸占了咱们中国的田园，

妇女们，

一个个被轮奸，

一个个被调戏着玩，

更活埋了咱们无数的壮男，

只剩下了老幼不堪。

苟且偷生，

还不如鸡犬。①

抗战诗歌的最大意义和审美价值就体现在它是"最先与人民大众结合，显示出为人民服务的文艺新方向的实绩"②。诗人并非绿林之人，但他作为朗诵者，以绿林人自我的主体化口吻，且采用他们自己日常的口语书写，转换了叙述的角色，不是居高临下，也并非空洞的套话，有了普通大众生活的质感，"表现出鲜明的社会意识，可以诉诸'大我'，亦即与听众交流具有普遍性的思想情感"③，这也体现了朗诵诗艺术上最鲜明的群体性和现场性。

其他诗歌类型如街头诗、方言诗、叙事诗等，要么通过叙述身份的转换，要么在诗歌形式上进行大胆的创新，采用普通民众所熟悉和习惯接受的语言、韵调，日常口语、民间俗语、俚语、谚语、民间歌谣、鼓词、小调等，一方面促进了诗歌大众化的实践，另一方面也拓宽了新诗自我在形式建构、语言发展及其他美学范式上的探寻路径。更重要的还在于，在这

---

① 高兰：《给绿林好汉》，《文艺月刊》第 4 卷第 1 期，1940 年 1 月，第 33 页。

② 苏光文：《抗战诗歌刍论》，《西南师范大学学报》1986 年第 1 期，第 34 页。

③ 章亚昕：《中国新诗史论》，山东教育出版社，2006，第 17 页。

个过程中，充分地使诗人们从"我手写我口""自我表现"的个体体验书写者走向了大众和社会的"我们"的歌唱者。如沙鸥，他在与农村和农民的接触中，感受和认识到了与自己原本生活所不一样的新的天地，使得自己的诗歌"从写自己的空虚与苦闷，变为用农民的语言写农民的苦难……突破了自己的禁锢"①，从而让自己获得了新的写作题材，迎来一片诗歌创作的新天地。这一时期产生的艾青的《火把》、臧克家的《古树的花朵》等为代表的叙事长诗，更肩负起了为民族、国家的英雄人物和历史立传、述史的伟大任务。正如徐中玉所说："旧时代诗歌的特征之一是着重个人主义和个人的主题。在那些诗里占着重要位置的是单一的'我'，而在新时代的诗作里占着重要位置的却应该是集团的'我们'……只有'我们'才是创造的真正主力，才可能成为创造的真正主力"。② 这在整体上体现出了战时生态对诗人及其他文艺工作者的要求——群体需求对个体体验表达的超越，在新诗的形式、内容、音节等诗歌审美艺术建构上推进了新诗的发展。

二 现实性在诗歌现代性构建中的合法性的确立

战时生态下的西南大后方诗歌是发自诗人内心的抒情，也是战斗者的呐喊，它在战争巨轮的碾压下与中国现代社会的巨变纠缠在一起，在家园的破败、同胞的血泪、民族的哭泣与呐喊中走向了中国被压迫、被奴役和争取自由独立与解放的现实之中，从而导致现代新诗在伴随着国家与民族的现代性变革的同时，也使得现实性在革命现实主义诗歌、现代派诗歌中都获得了新的发展，确立了现实性在诗歌的现代性建构中的合法性。中国现代文学虽然在走向现代的过程中受启于西方并学习和借鉴西方，但在走向现代的过程中所面临和经历的现代性问题，并不完全等同于西方"审美现代性"和"世俗现代性"两种现代性规范，更不是一个单纯的时间意

---

① 沙鸥：《关于我写诗》，转引自颜同林《方言与中国现代新诗》，中国社会科学出版社，2008，第177~178页。
② 徐中玉：《论我们时代的诗歌》，《抗战文艺》第2卷第11、12期合刊，1938年11月，第175页。

识，其中李欧梵教授就认为现代中国大多数的作家"确实将艺术不仅看作目的本身，而且经常同时（或主要）将它看作一种将中国（中国文化，中国文学，中国诗歌）从黑暗的过去导致光明的为了集体的工程的一部分"①，李怡教授则更进一步认为中国有不同于西方的属于中国自己的现代性问题，它是与中国作家所面临着的中国自身的现实紧密连接在一起，所以"只要我们真能理解和同情于一个执着追求自己幸福权利的现代中国作家的喜怒哀乐……我们就必须充分重视并且认真思考中国文学这一'现代性'追求的价值、意义和独特的贡献"②。于诗歌而言，诗歌自身的现代性建构历程与民族、国家的现代进程相随而行，诗人们把自己的命运与国家、民族的命运紧紧地联系在了一起，与民族兴亡的伟大斗争联系在一起，所以，诗人们"从一向生活于其中的小天地里走了出来，走到战地、农村或工厂里去，参加了人民斗争的行列，扩大了自己的视野和精神天地；从而取得崭新的生活所培育出来的崭新的灵感"③。

虽然从白话新诗兴起，就倡导"写实主义"，强调诗创作的"具体性"，其中胡适就主张："诗须要用具体的做法，不可用抽象的说法。凡是好诗，都是具体的；越偏向具体的，越有诗意诗味。凡是好诗，都能使我们脑子里发生一种——或许多种——明显逼人的影像。"④ 但是，由于新诗是在打破旧的传统诗歌范式、借鉴国外诗歌经验的基础上，用白话写诗的新尝试，所以从文学研究会的诗人到中国新诗社、创造社浪漫主义诗派等开始，更注重的是"艺术技巧的追求和诗歌形式的规范"⑤。"现代诗派"的主要阵地《现代》杂志主编施蛰存 1930 年代初也曾明确："《现代》中的诗是诗，而且是纯然的现代诗。它们是现代人在现代生活中所感受的现代的情绪，用现代的词藻排列成的现代的诗形。"⑥ 所以，现实主义从初期

---

① 〔荷兰〕贺麦晓：《中国早期现代诗歌中的现代性》，《诗探索》1996 年第 4 期，第 102 页。

② 李怡：《"重估现代性"思潮与中国现代文学传统的再认识》，《文学评论》2002 年第 4 期，第 90 页。

③ 臧克家编选《中国新诗选 1919—1949》，中国青年出版社，1956，第 23～24 页。

④ 朱光灿：《中国现代诗歌史》，山东大学出版社，1997，第 9 页。

⑤ 钱光培、向远：《现代诗人及流派琐谈》，人民文学出版社，1982，第 107 页。

⑥ 施蛰存：《文艺独白：又关于本刊中的诗》，《现代》第 4 卷第 1 期，1933 年 11 月，第 6 页。

的提倡尚未走多远，现代主义诗潮却逐渐成为诗坛的主流。而茅盾在全面抗战爆发前撰写的《论初期白话诗》一文中提出，白话诗的创作要追求形式的自然、音节的和谐，并特别强调"题材上是社会现象和人生问题的大量书写，方法上是所谓'需要用具体的做法，不可用抽象的说法'"的"写实主义"，他认为："内容决定形式；诗的形式力求解放而不炫奇作怪，是无意中自成规约，因为健康的写实主义不容许炫奇作怪。"他同时也指出写实主义存在的问题："明快有余而深刻不足"，以及"描写社会现象的初期白话诗因为多半是印象的，旁观的，同情的，所以缺乏深入的表现与热烈的情绪"。① 但从整体上来看，全面抗战爆发前的 1930 年代中后期，文艺界似乎已经有意在纠正着诗歌重技艺而与现实分离的问题。

全面抗战爆发后创作生态的急剧变化，将创作行为中居于主体地位的个体的"我"拉入民族救亡、全民族抗战的"我们"之中，让个体的"我"走入中国四万万五千万劳苦大众的"我们"之中，走向了帝国主义铁蹄践踏下的华夏大地。许多诗人也从北京、上海、南京、武汉等曾经相对优渥的生活中跌入硝烟弥漫、千疮百孔的血与火的现实之中，"普遍的打入民间"、"把民间的实况转达给当局"、揭发"缺点和弱点"，从而以"最深切的体验"创作"最不自私的文艺"② 成为战时生态下文艺工作者文艺创作的"规定性"任务，同时也使深入现实、反映现实成为艺术评价的重要标准。也就是说，当争取中华民族独立自由与解放的需求成为艺术表达的一种必然需要，并获得了诗人们普遍的认可，也就在事实上确立了现实性在诗歌自我的现代性建构中的合法性，成为一种艺术的标准。现实主义诗人艾青 1938 年 11 月写下的《我爱这土地》几乎印刻了这个时代诗人及其他文艺工作者们普遍的心声：

> 假如我是一只鸟，
> 我也应该用嘶哑的喉咙歌唱：
> 这被暴风雨所打击着的土地，

---

① 茅盾：《论初期白话诗》，《文摘》第 1 卷第 2 期，1937 年 2 月，第 124 页。
② 《中华全国文艺界抗敌协会宣言》，《文艺月刊·战时特刊》第 9 期，1938 年 4 月，第 182 页。

这永远汹涌着我们的悲愤的河流，

这无止息地吹刮着的激怒的风，

和那来自林间的无比温柔的黎明……

——然后我死了，

连羽毛也腐烂在土地里面。

为什么我的眼里常含着泪水？

因为我对这土地爱得深沉……①

　　正如同时期的胡危舟所说，诗"永远是表达着作者情感生活与时代的脉搏相通的体验的抒情啊"②，艾青这首诗代表着的是一个时代诗人们对被"暴风雨"击打的国家和民族"悲愤""激怒"的抒情，把"含着泪水"的疼惜的爱全部无私地投注、融入这片土地，甚至愿意"连羽毛也腐烂在土地里面"。没有对中国现实深切的体会，难以表达出这般深厚的、诚挚的情感。而在他发表在《七月》上的另一首代表作《向太阳》中，诗人"从太阳得到启示"：

用海洋一样开阔的胸襟

写出海洋一样开阔的诗篇

…………

用燃烧的笔

蘸着燃烧的颜色

画着农夫耕犁大地

画着向日葵

…………

用崇高的姿态

批示给我们以自然的旋律③

① 艾青：《我爱这土地》，载北京大学、北京师范大学、北京师范学院中文系中国现代文学教研室主编《中国现代文学史参考资料·新诗选》第二册，上海教育出版社，1979，第230页。

② 胡危舟：《新诗短话 A 节》，《诗创造》第 13 期，1942，第 20 页。

③ 艾青：《向太阳》，《七月》第 3 卷第 2 期，1938 年 5 月，第 39 页。

这种自然旋律的获得，依赖着"海洋一样开阔的胸襟"而后写出的"海洋一样开阔的诗篇"，诗人在中国大地上寻获了开阔的诗歌视野，化身"困倦的""受过伤"的野兽，"把自己的国土当作病院"，"听着这国土的，没有止息的痛苦的呻吟"，"流着温热的眼泪，哭泣我们的世纪"，但在太阳的光辉下，城市、村庄、田野、河流、山峦都被刺醒了……一如诗人所坚持在生活中发现美，把"耻辱与不幸""迫害与困厄"都作为"诗最真实的泉源"①。在这种诗学理念下，艾青创造了现实主义诗歌在抗战时期发展的高峰，诗人从广阔而丰富的现实生活中吸取诗歌的素材，提炼语言艺术，把叙事与抒情结合，倡导"诗歌的散文美"，创作了《吹号者》《火把》《他死在第二次》等优秀诗篇，把中国的现实与诗歌现代性艺术追求巧妙融合，拓展了新诗的艺术路径。

另一位现实主义诗歌创作的集大成者臧克家同样在中国现实的土壤里让新诗结出了累累硕果。他从《烙印》开始，就带着泥土的气息，或悲壮激愤，或朴素踏实地书写着中国最为现实的生活，在《泥土的歌》中有暴风雨时代死寂的农村，在《感情的野马》中有爱情里的眼泪与欢笑，在《淮上吟》中有穿越枪林弹雨的斗争生活，有书写对于国统区黑暗的显示的"亲切的感觉"的《民主的海洋》，也有如匕首投枪的政治讽刺诗《宝贝儿》等，他始终和广大的人民在一起，始终与中国的前途和命运紧紧连接在一起，"以诗情为大时代摄影"②。江锡铨在《中国现实主义新诗艺术散论》中认为："现实主义艺术方法可以说是中国新诗的'催产素。'"③现代新诗在如火如荼的民族救亡运动中对现实性的规定性强调，不仅为现实主义诗歌艺术的发展开辟了空间，出现了艾青、臧克家、胡风等一大批现实主义诗人和一大批重要的作品，而且在诗体发展上，为朗诵诗、街头诗、叙事诗、讽刺诗等直指现实社会的诗体赢得了诗歌话语的合法性空间。

不仅现实主义诗歌对现实投以或犀利，或温存，或尖刻，或同情的目光，而且，现代派诗歌同样在做着这样的努力，尤以九叶诗人中的穆旦成就最高。穆旦（以及后来的"中国新诗"派）的诗歌发展，"是一个特别

---

① 《艾青选集·第三卷 诗论 文论》，四川文艺出版社，1986，第17~18页。
② 臧克家：《臧克家长诗选·写在卷头》，山东人民出版社，1982，第2页。
③ 江锡铨：《中国现实主义新诗艺术散论》，北京大学出版社，2005，第95页。

值得注意的动向，其意义不限于中国新诗史。年轻的穆旦在战时所提出的
'新的抒情'，代表了一种新的、也许更强大的政治想象力。这种政治抱负
和诗歌敏感，并非出于深思熟虑，却植根于新的历史体验"①。这种新的历
史体验的获得，伴随着中国历史大变革，更是伴随着诗人自己对现实中国
刻骨的体验和深刻的感受。全面抗日初期，穆旦的诗情就伴随中国民族抗
战的呼声，发出了《野兽》的"野性呼喊"，以带着创伤的"野兽"在
"紫色的血泊"中"抖身""站立""跃起""射出那可怕的复仇的光
芒"②，隐喻一个古老民族在帝国主义的压迫、践踏下的觉醒，体现出诗人
对民族命运、民族苦难的深切关怀。他也如这个时代中的大多数人一样，
充满亢奋的激情，满怀对未来的丰富理想，但随着抗战的持续，对前景的
难以捉摸和青春的憧憬，迷惘的情绪也一度蔓延于诗篇，"充实"和"空
虚"也矛盾地铺展在诗歌的字里行间，真实地记录着诗人来自时代的情
绪，"穆旦，他似乎从来就不曾摆脱也不自以为摆脱了中国社会的那些个
发霉的叫人半死不活的生存网络"③。所以他又在《有别》中写下：

> 这是一个不美丽的城
> 在它的烟尘笼罩的一角，
> 象蜘蛛结网在山洞，
> 一些人的生活蛛丝相交。
> 我就镌结在那个网上④

他也明白，一个青年人不可能始终"站在现实和梦的桥梁上"，它必
被"现实的洪流冲毁"，所以他渴求着"新鲜的空气"⑤。"穆旦还深刻地
领悟出，从现实中抽身而出也不是一条行之有效的道路"⑥，所以，"诗歌

---

① 王璞：《"地图在动"：抗战期间现代主义诗歌的三条"旅行路线"》，《现代中文学刊》
2011 年第 4 期，第 46 页。
② 穆旦：《野兽》，载穆旦《穆旦诗选》，人民文学出版社，1986，第 1 页。
③ 李怡：《黄昏里那道夺目的闪电——论穆旦对中国现代新诗的贡献》，《中国现代文学研究
丛刊》1989 年第 4 期。
④ 穆旦：《有别》，载穆旦《穆旦诗选》，人民文学出版社，1986，第 130 页。
⑤ 穆旦：《玫瑰之歌》，载穆旦《穆旦诗选》，人民文学出版社，1986，第 18~20 页。
⑥ 李怡：《黄昏里那道夺目的闪电——论穆旦对中国现代新诗的贡献》，《中国现代文学研究
丛刊》1989 年第 4 期，第 202 页。

已经再也不会是离开人类活动的各种形式而独立的东西，它有着社会的使命。在目前它已经有组织地和抗战事业取得密切联系"①。在历史洪流裹挟下，穆旦在广阔的现实中，完成了自我个体的成长，也完成了诗歌观念的不断成熟，迎接着"智慧的来临"，在"成群死亡的降临中"② 仍未泯灭"活下去"的希望，以更成熟的姿态向时代、向历史、向民族发出了由衷的"赞美"和对野人山上白骨的祭奠。李怡教授认为穆旦"从来都不企图掩饰自己的'现实性'，他把西方现代主义的人生哲学带进了中国现实，他从不简单地移用西方现代主义的生命体验以标榜自己的'先锋性'，他的所有'空虚感'、'充实感'都挥发自这个真真实实的现实"③。李怡教授高度评价穆旦紧紧抓住了真切的现实感受，获得对生命、对自我存在的独特思考，从而以自甘寂寞的人生体验态度书写了最现代、最西化又具有鲜明现实性和中国性的诗歌。同为九叶诗人的杜运燮在评价穆旦的诗歌时认为："他是紧紧地拥抱生活的，虽然他自己的生活面较窄，但不作无病呻吟。他关心国家安危、人民疾苦，有苦闷、烦恼和痛苦，有时显得消极，但不颓废，他用较冷静含蓄的方式表现爱国激情。"④

除此之外，卞之琳从硝烟中拾获的"慰劳信集"，冯至十四行诗中的"鼠曲草""山巅""战士"，杜运燮笔下的"滇缅公路""无名英雄"、重庆的"雾""追物价的人"以及高原上的"山"，郑敏笔下"金黄的稻束""时代与死"，唐祈笔下的"老妓女"等，都刻写着一个时代、一个民族开创独立自由的现代历史的艰难进程。所以，正是这些与"反抗日本帝国主义的斗争一同产生，一同受难，一同成长"⑤ 的诗歌，一方面，对中国现实的空前注目及书写，真正在文学上确立了中国新诗自身的现代性；另一方面，使现实性在诗歌艺术的发展中确立了自身的位置，从而进一步推进了

---

① 徐中玉：《论我们时代的诗歌》，《抗战文艺》第 2 卷第 11、12 期合刊，1938 年 11 月，第 174 页。
② 穆旦：《活下去》，载穆旦《穆旦诗选》，人民文学出版社，1986，第 76 页。
③ 李怡：《黄昏里那道夺目的闪电——论穆旦对中国现代新诗的贡献》，《中国现代文学研究丛刊》1989 年第 4 期，第 206 页。
④ 杜运燮：《穆旦诗选·后记》，载穆旦《穆旦诗选》，人民文学出版社，1986，第 52 页。
⑤ 七月社：《愿和读者一同成长——代致辞》，《七月》第 1 卷第 1 期，1937 年 10 月，第 1 页。

新诗中国特质的建构，"表现出新的历史的和审美特征"①。

三　多元文化整合对西南大后方诗歌艺术的丰富

诗歌作为文化存在的一种显在方式，既是社会发展一般规律中的一般社会现象，又因诗歌独特艺术特性而呈现为一种特殊的社会现象，所以"诗歌必须作为诗歌存在，诗歌必须以诗歌的方式说话"②。也就是说，诗歌之所以称其为诗歌，是要体现在作为普遍的文学中特殊文学样式的特殊表达方式上。钱文亮教授也提出："怀疑是整个诗歌、整个艺术的真正起源；创造，通过诗歌创造'新的美学现实'，是一个诗人真正的道德。"③所以，从现代新诗诞生以来，新诗人们从未在诗歌自身地位确立的道路上止步，即便是战火与硝烟弥漫的极端生态下。从诗歌观念上对个体的"我"的超越，到诗歌视野上对中国社会现实的拓展，诗人们走出自我的小天地，贴近中国社会历史剧变的发展需求，从而既成为西南大后方诗歌创作整体生态场域的构建主体，也在这个生态场域中汲取、整合了新的多元文化资源，为诗歌艺术的新发展注入了新的养分。章亚昕在《中国新诗史论》中甚至将抗战时期的新诗发展阶段称为"文化整合期"，他认为全面抗战时期的中国新诗一方面在内容上进一步强化了重义的美学原则；另一方面在形式上趋向于音义并重的抒情艺术结构，从而导致新诗审美的社会化，而朗诵诗、叙事诗、政治抒情诗等诗体恰恰迎合了这种审美需求。

人类文化及文学艺术的发展和进步，从来都是依赖于对过去和现在多重空间的多元文化整合，中国现代文学及现代新诗的发生也是在历史因素及多元文化的作用下出现。"文化属于观念形态，包括文学艺术、伦理道德、宗教信仰、哲学思潮、风俗习惯。文化是人类精神生产的产物，是理

---

① 周晓风：《抗战诗歌再认识》，《重庆工商大学学报》（社会科学版）2012 年第 3 期，第 114 页。

② 周晓风：《现代汉语的现代性与现代新诗的现代化》，《西南师范大学学报》（人文社会科学版），2005 年第 3 期。

③ 钱文亮：《诗歌与文明》，《外国文学》2003 年第 2 期。

论世界、价值世界、意义世界。"① 20 世纪初期的中国，在改变中国传统文化生态的急切探寻中，对西方文化的借鉴、学习甚至模仿，是整合西方文化以达成"破旧立新"、推进民族现代性进程的重要手段，梁实秋甚至认为外国文学的影响是新文学运动最大的成因，所以他直截了当地说："外国的影响，是好的，我们应该充分的欢迎它侵略到中国的诗坛。"② 这在一定程度上是对西方文化在中国打破传统、建立新的文化生态中所发挥的作用的认可，这种作用的产生就在于中国现代精英知识分子对世界多元文化的吸收与整合，从而也使得中国诗歌在废弃旧模式、创建新模式的实验道路上寻得了有力的参照。然而，中国是世界上文明史延续和保持最为完整的国家，即便遭受外侮，"中国文明的坚韧性却使其不断地抵抗和改写，而非臣服和全袭现代性"③。中国新诗在自身的现代性建构中不断通过学习西方、打破传统秩序的宰制以达到革新目的，但在中国强大的传统文明场域中又无法完全割裂与传统的联系，所以，新诗在诗歌语言、形式以及新的诗学审美范式建构中打破古典诗学传统的同时，对传统诗歌美学范式、"诗言志"的诗学传统、民族民间文化等文化因子的整合，在新诗发展中成就了具有中国自我情境的现代性，从而开辟了多样化、多元化的诗学空间，使写实主义、象征主义、意象主义、唯美主义等具有不同诗学观念、艺术形式、不同审美标准的流派在新诗现代性建构中闪耀异彩。虽然每一个时间、空间范围内的文化发展都有其自足性，但对于文学艺术而言，文学艺术中心对文化的吸引和整合力非其他非中心区域所能比拟。全面抗战爆发后，在战时生态影响下形成的以重庆为核心的现代文学中心及文学发展新格局和面临着的参与中华民族救亡图存的新任务，促使西南大后方诗歌在继续保持着与国外文学艺术密切联系的同时，在响应民族救亡运动的号召中密切了与时代的关系，并以更积极的姿态抵近了中国传统的、民族的、民间的文化，从而为诗歌艺术在多元文化整合中获得新的发

① 杨耕：《文化何以陷入"定义困境"——关于文化本质和作用的再思考》，《北京日报》2015 年 4 月 27 日。
② 梁实秋：《新诗的格调及其他》，《诗刊》创刊号，1931 年 1 月，第 82 页。
③ 妥建清：《中国现代文学关键词研究——以"现代性"为中心》，《文艺理论研究》2012 年第 6 期，第 111 页。

展提供了可能。

新诗诞生的初期是"从破坏旧形式下手"①而使其获得了革命性意义，但旧有形式打破后，新的形式何以确立起自身的审美标准，几乎成为中国新诗面临的最尴尬的问题。全面抗战爆发后诗人们在走向西南的同时，也走向了对中国传统文化、民族民间文化的重新认识。特别是在文艺大众化运动中，在全民族抗日斗争的现实需求中，民间谚语、小调、鼓词、俚语、歌谣等传统的和民族民间的文化艺术有着比"新文艺"更广泛的社会基础，所以周扬也提出："把民族的，民间的旧有艺术形式中优良成分吸收到新文艺中来，给新文艺以清新刚健营养，使新文艺更加民族化，大众化，更为坚实与丰富。"当然，这种对旧形式的吸收利用，并不是不加整合的照搬，而是"在批判地利用和改造旧形式中创造出新形式"。②在艺术创作中，"任何一种新内容都不可避免地表现为形式，因为，在艺术中不存在没有得到形式体现即没有给自己找到表达方式的内容。同理，任何形式上的变化都已是新内容的发掘"③。所以在抗战的持续、创作生态的变化、诗人体验和认识的深入中，现代新诗从抗战初期短小的自由体抒情诗逐步向篇幅较长的叙事诗悄然发生着转变，以新的抒情重装登场的现代派诗歌和以揭露、批判、讽刺社会黑暗现实的政治讽刺诗等也都大放异彩，因为只有以新的诗体、新的形式才能承载起诗人们对现实世界新的表达需求。

新诗语言的建设之路与新诗形式上的自我建构中的困境几乎是相似的，新诗草创时弃文言、倡白话，但作为一个新事物的白话入诗与延续数千年的文言诗相比较，语言上的贫乏也是显而易见。黄绳就认为："由于诗人生活与诗歌作品跟大众的脱离，诗人只使用着少数知识者的语言，同时不能在群众中获取他的再教育，求得作品的真实的洗练，因而诗人不是抛脱不了古旧的格调，便是消化不了外来的因素。"从而，致使诗歌存在

---

① 朱自清：《朗诵与诗》，收入高兰编《诗的朗诵与朗诵的诗》，山东大学出版社，1987，第88页。

② 周扬：《对旧形式利用在文学上的一个新看法》，载北京师范学院编《中国现代文学史参考资料·史料》，北京师范学院，1982，第289页。

③ 〔俄〕维克托·日尔蒙斯基：《诗学的任务》，载什克洛夫斯基等编《俄国形式主义文论选》，方珊等译，三联书店，1989，第211页。

着语言贫乏的缺憾，因此他提出："文艺的语言，就是经过选择和加工的大众语言。"① 另一署名江藶的诗论《诗的语言》中也专门对诗歌语言作了讨论，认为："为了适应时代的要求，为了更接近民众，诗的语言，就必须是活的，当代的，大多数人的而且最现实的语言。"并提出要通过使用时代的活的口语、适当的活用口号及具象的语言来丰富诗歌语言，从而让诗歌不再是"作为了难解的谜而被保存着"②。所以王光明教授总结说："新诗逻辑的形成基于语言变革与'时代精神'的共同作用。"③ 可以说，在战火与硝烟弥漫的战时生态中的诗人们在"时代精神"感召下，走出自己原有的"小天地"，融入民族抗战救亡的洪流中，大量汲取民族民间语言资源，包括我们前面提到的谚语、歌谣、俚语，乃至于方言，所以在高兰的朗诵诗中我们看到有许多直接入诗的绿林行话，在沙鸥的诗歌中有大量的四川本地方言，而在冯至、穆旦、臧克家、艾青、袁水拍、穆木天等人的不同诗体的诗歌中，也都加入许多新的见闻和新事物，丰富了新诗的语言系统。

另外，多种文体的互渗也是文化整合的一种形式。魏孟克在 1938 年秋天代表"文协"发表的《抗战以来的中国文艺界》报告中认为，自全面抗战以来，"结构极为庞大的作品渐不多见了，已大抵属于短小精悍、富有煽动性的速写和随想——即报告文学和杂文一类；就是戏剧及诗歌，也往往取着报告的体裁"④，这其实也表明了文体之间的互渗也是文化整合的一种内容。在现代文学发展史上，从所创作的文学作品类型来讲，现代文学大系中的作家，大多是在文学田园里多种文体创作中都有一定的收获。例如中国现代文学的奠基人鲁迅一生在文学创作、外国文学译介、文艺批评、文学史研究、古籍校勘等领域都有卓越成就，其中在文学创作上就留下了小说集《呐喊》《彷徨》等，杂文集《热风》《准风月谈》《华盖集》，诗文集《集外集》《集外集拾遗》等，在多种文学文体的创作上都对现代

---

① 黄绳：《诗歌的语言》，《文艺阵地》第 4 卷第 3 期，1939 年 12 月，第 1299 ~ 1300 页。
② 江藶：《诗的语言》，《诗歌杂志》1937 年第 3 期，1937，第 7 页。
③ 王光明：《中国新诗的本体反思》，《中国社会科学》1998 年第 4 期，第 160 页。
④ 魏孟克：《抗战以来的中国文艺界》，《抗战文艺》第 2 卷第 6 期，1938 年 10 月，第 83 页。

文学的艺术开掘做出重要贡献。其他如郭沫若、茅盾、巴金、老舍等也都在小说、诗歌或戏剧等文体的创作上留有佳作。现代诗人冯至、胡风、朱自清、闻一多、卞之琳、何其芳、高兰、田间、杜运燮、袁可嘉、郑敏、陈敬容、汪曾祺、力扬等，大多数现代作家、诗人们都在两种以上文体的文学创作上留下过自己的作品。其中，老舍是一个在多种文体创作上都十分杰出的现代作家，他的《四世同堂》《骆驼祥子》《老张的哲学》等小说，《面子问题》《归去来兮》《桃李春风》等话剧作品，都对中国现代文学产生重要影响，全面抗战时期他还创作了长诗《剑北篇》《成渝路上》等，既在整体艺术风格上保持了小说、话剧创作的艺术特色，又兼具对大鼓调语言、韵调的借鉴。

　　当然，来自国外的诗歌、文学艺术理论作品，从现代文学及诗歌诞生初期起就一直对中国文学艺术的发展发挥着重要的影响作用。全面抗战爆发后文化及文学中心在西南大后方的重构，其中就包含着与国外文艺联系的重建，而这也促成了西南大后方一元主导、多元共生的文化。"文协"及其会刊《抗战文艺》《新华日报》《大公报》《文艺阵地》《诗创作》《文艺生活》《文艺杂志》《文化岗位》《中苏文化》《世界文学》《时与潮文艺》《笔阵》等，都是全面抗战时期西南大后方国外诗歌作品译介的重要阵地。郭沫若的《再谈中苏文化交流》、戈宝权的《加紧介绍外国文艺作品的工作》等文章专门讨论了外国文艺作品的翻译问题，特别强调了苏联、西班牙等国具有强烈反抗精神、战斗精神的诗歌作品的翻译。正是在此背景下，"文协"在成立初期就以"把国外的介绍进来或把国内的介绍出去"[①] 为文艺救亡的主要工作之一，他们依托

《时与潮文艺》封面

---

①　《中华全国文艺界抗敌协会宣言》，《文艺月刊·战时特刊》第 9 期，1938 年 4 月，第 182 页。

《抗战文艺》和诗歌活动，向中国诗坛推介了奥登、马雅可夫斯基、古谢夫、歌德等人的作品，《新华日报》《大公报》等报刊对普希金、莱蒙托夫、海涅、雨果、惠特曼、拜伦、雪莱、彭斯等人诗歌的译介也十分突出。在他们的努力下，中国诗坛始终保持着与世界诗坛的联系，从而丰富了大西南的诗坛气氛，对中国诗学艺术在响应"时代精神"号召发出中国声音的同时，也不断在进行着诗歌艺术的自我修正。

文化整合的发生在一定的时空范围内总是存在，但不同的时空所整合的内容及其对文学艺术发展的影响却总是不同。西南大后方在特定的时代生态主导下汇聚形成的文化及文学中心，为诗歌艺术的发展提供了新的创作生态，而一元主导、多元共生的文化整合为诗歌艺术的丰富和发展提供的不同于北京、上海原有文学中心的资源，对于现代新诗发展的转向带来的影响也不容忽视，甚至于在小说、戏剧等其他文学艺术发展中或许也存在相似的情况。

综上所述，西南大后方成于战时、成于民族危亡的危急关头，在战争状态下现实生活对诗人和其他作家创作的影响，也成为他们创作中最主要的表达对象。所以，当民族救亡成为压倒性的现实，群体的"我们"就必然代替了个体的"我"，从而导致诗人对"我们"的世界的融入和"我们"需要的作品的生产，使诗人不得不服务于中国的现代性发展需求，从而使中国的现实性在诗歌的书写中成为一种合理的诗学标准，也在对"旧形式的解放"和"新形式"的追求中将中国多样化、多元化的文化在诗歌艺术发展中寻求到了合理的位置，进一步拓宽了现代新诗审美范式建构的中国道路。

小　结

战争从未打断中国现代新诗前行的脚步，无论是流离失所、食不果腹，抑或是枪林弹雨、生死瞬间，诗人们毅然决然地对自我民族满怀信心，所以在西南大后方并不适宜的极端创作生态下，他们毅然承续"五四"革命精神，应和时代的呼声，以笔为枪，不断主动调整诗歌创作，发出战斗的呼声，在新的时代中使诗歌创作活动显现出新的特点。当然，从纯诗的角度上来讲，把诗歌创作作为一种工具使用，把个体创造性的劳动变为有组织的规定性活动，使审美的独特性、超越性附身于大众化的文艺动员，这些看似都有悖文学规律。但是，我们不容忽视的是，诗歌的任务是"抒情"，诗人就是要为时代而歌！陈敬容 1940 年代曾批评性地提出："中国新诗虽还只有短短一、二十年的历史，无形中却已经有了两个传统：就是说，两个极端，一个尽唱的是'梦呀、玫瑰呀、眼泪呀'，一个尽吼的是'愤怒呀、热血呀、光明呀'，结果呢，前者走出了人生，后者走出了艺术，把它应有的将人生和艺术综合交错起来的神圣任务，反倒搁置一旁。"① 这一说法在某种程度上存在一定偏颇，因为"任何进步作家都决不能完全无视中国社会的需要和读者的爱好"②。同时，无论是现实主义诗歌或是在西南联大中焕发出新光彩的现代派诗歌，从未将人生和艺术截然割裂，现代新诗人所高扬的启蒙主义立场和渴求的诗学目标"不是从上层往下看，是与劳苦的人站在一层而代他们说话"③，但事实上是全面抗战的炮火真正在最大范围内逼迫诗人们从"上层"走到了大众之中，走向了中国自我的时代之中。所以，它导致的是新诗在诗歌观念、诗歌视野、诗歌创作艺术等方面向中国的现实、向中国自我的现代性情境的靠近，就如梁实秋提出的："在模仿外国诗的艺术的时候，我们还是要创造新的合于中文的诗的格调。"④ 因而也可以说，战时诗歌创作生态一定程度上拓宽了中国现代新诗艺术发展空间。

---

① 默弓（陈敬容）：《真诚的声音：略论郑敏、穆旦、杜运燮》，《诗创造》第 12 期，1948 年 6 月，第 27 页。

② 王瑶：《中国新文学史稿》上册，上海文艺出版社，1982，第 17 页。

③ 朱自清：《新诗杂话》，三联书店，1984，第 9 页。

④ 梁实秋：《新诗的格调及其他》，《诗刊》创刊号，1931 年 1 月，第 86 页。

结束语

　　什么是最伟大的文艺？"文协"给出的响亮回答是："最辛酸，最悲壮，最有实效，最不自私的文艺，就是我们最伟大的文艺。"① 文学艺术具有不可复制性，依附且超越于时代，"每一个重大的文学现象在一定的历史时代里产生以后，并不和时代一起消亡，它要继续存在下去，为后代提供文学艺术遗产和生活经验"②；有些文学作品或许按照某些时期的评价标准不能成为经典被留存，但却富有时代精神，是反映一个时代社会发展真实情态的重要资料。西南大后方诗歌所留给我们的，正是这样一份值得珍视的艺术遗产。正是在这个意义上，我们搁置诗歌研究的当下审美标准，特别是搁置唯"经典"择取标准，才使得西南大后方诗歌在回归到需要它和它所以生成的时代中而显示出了其独特的价值和意义。

　　"文艺运动的使命和方式受着社会运动的规定"③，这就决定了西南大后方诗歌创作生态的极端性。在这种极端生态下，西南大后方诗歌充斥着的是一个民族旷古绝今的血泪悲歌，是一个古老民族挣脱数千年枷锁和被奴役命运的战斗的呐喊，是一个民族战斗的武器，也是一个民族对未来充满浪漫情怀的现代性想象……战争的时代沉浸着无穷的苦难也孕育着新生的希望，全面抗战的号角唤起现代诗人们在民族危亡的紧要关头转变自己的原有艺术追求和创作风格，主动适应抗战需要，"以笔代枪"投身于如火如荼的全民族抗日斗争中，用"炮火枪烟""人类和平的泉源"轰掉

---

①　《中华全国文艺界抗敌协会宣言》，《文艺月刊·战时特刊》第 9 期，1938 年 4 月，第 182 页。

②　陈伟华：《在转型时期的文化整合中应运而生——论中国现代文学之起始》，《鲁迅研究月刊》2006 年第 9 期。

③　沈起予：《宣传的文艺与本质的文艺》，《文化国际》第 1 期，1938 年 7 月，第 37 页。

"地球上的恶习","将美丽的世界创造"①。就如老舍所说:"我以为,在
抗战中,我不仅应当是个作者,也应当是个最关心战争的国民;我是个国
民,我就该尽力于抗战;我不会放枪,好,让我用笔代替枪吧。既愿以笔
代枪,那就写什么都好;我不应因写了鼓词与小曲而觉得有失身份。"② 经
济、教育、文化等资源在西南大后方的空前汇集,既使西南大后方呈现了
短暂而又空前的繁荣,也为文学中心的重新凝聚和诗歌创作整体合力的形
成奠定了基础。然而,这种战火逼仄下的繁荣注定不具备良性循环的内在
机理,必然随战争形势的发展而走向新的极端,但这也使得诗人们在全面
抗战、迎接民族新生曙光到来的亢奋激情过后,增强了对社会更深刻的
认识。

或许于我们当代诗学理想对于诗人精英化对大众市场的相对疏离而
言,西南大后方诗歌与大众之间的距离最为接近,服务民族救亡、抗战建
国的功利性目的十分突出,但并不妨碍"诗人对于诗歌的文明使命的承担
及其对人类普遍生存境遇、精神性问题和终极事物的形而上思虑"③。所
以,李泽厚先生的《启蒙与救亡的双重变奏》一文中明确提出,在全面抗
战爆发之后的中国,救亡已经压倒了启蒙。④ 即便如此,在文艺大众化、
民间形式等的讨论中,在朗诵诗、街头诗、方言诗、叙事诗、政治讽刺诗
等诗体的不断尝试中,西南大后方诗歌推进了新诗艺术的发展,现实主义
诗歌和现代派诗歌成长起一批重要诗人,形成一批代表新诗发展新高度的
成果。"一个时期文学创作成就的大小,我以为不仅表现为一般性作品量
的多寡和质的高下,更重要的是否涌现出有影响的文学流派和著名作家作
品。因为后者才真正体现那个时期文学的最高成就与水平。"⑤ "七月诗派"
"九叶诗派"在战时生态中的成长和成熟,艾青、臧克家、冯至、穆旦等
诗人一大批经典作品在战时生态下的形成,有力地说明了西南大后方诗歌
在中国新诗史,乃至中国现代文学史上的重要地位。

---

① 臧云远:《时代之音》,《时调》第 3 期,1938,第 9 页。
② 老舍:《八方风雨》,载《老舍文集》第 14 卷,人民文学出版社,1989,第 287 页。
③ 钱文亮:《"学院派诗歌":概念与现实——兼论中国当代诗歌的处境》,《江汉大学学报》
2010 年第 6 期。
④ 李泽厚:《中国现代思想史论》,三联书店,2008。
⑤ 苏光文:《抗战诗歌刍论》,《西南师范大学学报》1986 年第 1 期,第 29 页。

所以，整体上，在西南大后方的战时文学生态中，孕育了与时代相呼应的诗歌激情，西南大后方诗歌在诗歌意识上获得新发展、诗学观念上更加健全、诗歌视野更加开阔、诗歌技艺更趋成熟，是新诗"三十年来又一高峰"①。

当然，不可否认的是，作为打破《诗经》以降延续数千年古典诗学传统而刚刚诞生二十余年的新诗，自我审美规范尚处在建构的征途中。旧有秩序的打破和新秩序的未确立，使得新诗自我建构的过程不可避免地充斥着多种声音，这一方面为诗歌自由多元发展提供了可能，另一方面也意味着一种新的诗学理想与诗学范式建构面临艰难境遇。全面抗战时期的西南大后方诗歌由于民族生死存亡的共同危局，以及在这种民族救亡危局之下对民族国家的空前认同，使得诗歌阵营在救亡运动中达到空前的团结，但也不可避免地导致了诗歌自身艺术美的建构对表意的内容的重视远远超越于审美的形式，特别是作为整体的诗歌艺术重要组成部分的诗歌形式、诗歌语言、诗歌观念、诗歌内容等方面，始终都还存在着自我确认的"紧张感"②，甚至直到今天仍然在延续，以至与新诗审美规范的未确立同时出现的是对新诗的诸多诟病。因而，我们是否也可以说，全面抗战时期西南大后方诗歌的问题，既有属于这个时代、这个阶段，也有新诗诞生以来固有的问题。这其实也给我们当下开展的新诗研究留下许多值得深思的空间，例如，从文言到白话后的新诗与中国累积数千年的古典诗学传统间的关联究竟如何？作为借鉴了西方自由体诗的形式之后的新诗如何使从西方引进的自由体诗的形式与中国语言接受传统相适应？进而我们是否可以追问，当我们一再指摘新诗在形式、语言等方面的诸多不足之时，我们所参照的评价标准究竟又是什么？是中国古典诗学建构的形式、语言等的审美标准，抑或是西方的诗学传统？对新诗艺术成就高低的评价，究竟是否真正脱离了文言和古典诗学的传统审美思维？任何新事物的发展并不会因其"新"就能一帆风顺、一路向上地发展，有进步也会有倒退，这在全面抗战时期的西南大后方诗歌创作中尤为突出。诗歌有其独特艺术空间，但诗

---

① 张松如：《中国现代诗歌史论》，吉林教育出版社，1995，第 476 ~ 477 页。
② 参看洪子诚等：《世纪视野中的百年新诗》，《读书》2016 年第 3 期。

人们不可能回避历史，所以，诗歌及其他文学作品研究中如何把握历史的尺度，这是个难题，但却不该回避。显然，这些问题在一定程度上都成为我们对新诗做出正确认识和评价的制约因素，也造成了新诗审美标准建构的百年困境。

所以我们不得不承认，对于百年新诗，对于一些特殊历史阶段新诗所呈现的独特状态，虽然已经有几代诗人、学者在这块田园里耕耘百余年，并结出了累累硕果，但仍有许许多多的问题尚待我们不断开拓新的思路、新的视角、新的方法去探究，才能不断增强中国新诗发展的艺术自信。

参考文献

论著文集

〔日〕前田哲男：《重庆大轰炸》，李泓、黄莺译，成都科技大学出版社，1989。

〔美〕爱德华·W.萨义德：《世界·文本·批评家》，李自修译，三联书店，2009。

〔美〕霍尔姆斯·罗尔斯顿：《哲学走向荒野》，刘耳、叶平译，吉林人民出版社，2001。

〔美〕戴维·斯沃茨：《文化与权力：布尔迪厄的社会学》陶东风译，上海译文出版社，2006。

〔俄〕维克托·日尔蒙斯基：《诗学的任务》，什克洛夫斯基等：《俄国形式主义文论选》，方珊等译，三联书店，1989。

〔比利时〕P.迪维诺：《生态学概论》，科学出版社，1987。

〔德〕于尔根·哈贝马斯：《现代性的哲学话语》，曹卫东译，译林出版社，2011。

《艾青论创作》，上海文艺出版社，1985。

《艾青全集（第3卷）》，河北花山文艺出版社，1994。

《艾青诗选·自序》，人民文学出版社，1979。

《艾青选集·第三卷》诗论 文论，四川文艺出版社，1986。

北京大学、北京师范大学、北京师范学院中文系中国现代文学教研室主编《中国现代文学史参考资料·新诗选（第二册）》，上海教育出版社，1979。

北京师范学院：《中国现代文学史参考资料·史料》，北京师范学院，1982。

陈布雷：《蒋介石先生年表》，传记文学社，1987。

陈诚：《八年抗战经过概要（附图）》，国防部史料局编印，1946。

陈平原：《文学的周边》，新世界出版社，2004。

陈思和：《想起了〈外国文艺〉创刊号》，上海市出版社工作者协会、上海市编辑学会编《我与上海出版》，学林出版社，1999。

程契生编《蒋委员长抗战言论集》，生活书店，1939。

杜松柏：《蒋总统处变慎谋的历史回顾》，黎明文化事业公司，1973。

杜运燮、张同道编《西南联大现代诗抄》，中国文学出版社，1997。

方长安：《新诗传播与构建》，中国社会科学出版社，2012。

冯光廉、刘增人：《臧克家研究资料》，甘肃人民出版社，1990。

冯至：《冯至选集·诗文自选琐记（一）》，四川文艺出版社，1985。

高兰编《诗的朗诵与朗诵的诗》，山东大学出版社，1987。

郭沫若：《沫若文集（13 卷）》，人民文学出版社，1961。

国民政府军事委员会政治部、军事委员会政治部编《峨嵋山训练集选辑》，黄埔出版社，1939。

何其芳：《关于写诗和读诗》，作家出版社，1956。

胡适：《胡适古典文学研究论集（上）》，上海古籍出版社，1988。

胡适：《胡适文存（第一卷）》，黄山书社，1996。

黄安榕、陈松溪编选《蒲风选集》，海峡文艺出版社，1985。

江锡铨：《中国现实主义新诗艺术散论》，北京大学出版社，2005。

姜义华主编《胡适学术文集·新文学运动》，中华书局，1993。

蒋介石：《抗战到底——蒋委员长讲（抗战救亡丛书之一）》，上海生活书店发行，1938。

蒋纬国：《抗日战争指导》，台北远流出版公司，1989。

教育部教育年鉴编纂委员会：《第二次中国教育年鉴》，商务印书馆，1948。

蓝海：《中国抗战文艺史》，现代出版社，1947。

老舍：《老舍文集（第 14 卷）》，人民文学出版社，1989。

老舍著《老舍生活与创作自述》，人民文学出版社，1982。

李云汉编《抗战前华北政局史料》，正中书局，1982。

梁启超：《饮冰室合集（第十六册）》，中华书局，2015。

刘福春：《中国新诗编年史（上卷）》，人民文学出版社，2013。

楼适夷主编《中国抗日战争时期大后方文学书系（第一编）》，《文学运动》，重庆出版社，1989。

鲁迅：《中国新文学大系·小说二集·导言》，鲁迅：《鲁迅全集（第6卷）》，人民文学出版社，1981。

吕进等：《大后方抗战诗歌研究》，重庆出版社，2015。

绿原：《百色花·序》，人民文学出版社，1981。

《马克思恩格斯选集（第2卷）》，人民出版社，2012。

穆旦：《穆旦诗选》，人民文学出版社，1986。

潘洵、鲁克亮：《抗战时期西南后方社会变迁研究》，重庆出版集团、重庆出版社，2011。

钱光培、向远：《现代诗人及流派琐谈》，人民文学出版社，1982。

秦孝仪主编《先总统蒋公思想言论总集（第14卷）》，国民党中央党史委员会，1984。

商金林：《叶圣陶年谱》，江苏教育出版社，1986。

沈用大：《中国新诗史》，福建人民教育出版社，2006。

史东山：《我们的话》，中华全国文艺协会编印《文协十周年暨文艺节纪念特刊：五四谈文艺》，1948年5月4日。

史全生：《中华民国文化史（下册）》，吉林文史出版社，1990。

司马长风：《中国新文学史（下卷）》，香港昭明出版社，1978。

苏志荣等编《白崇禧回忆录》，解放军出版社，1987。

孙玉石著《中国现代诗歌艺术》，北京大学出版社，2010。

田仲济、孙昌熙：《中国现代文学史》，山东文艺出版社，1985。

王光明：《现代汉诗的百年演变》，河北人民出版社，2003。

王光明主编《中国诗歌通史·现代卷》，人民文学出版社，2012。

王文英、孟金蓉、朱寿桐：《上海文学通史（现代卷）》，上海社会科学院出版社，2002。

王瑶：《中国新文学史稿（上册）》，上海文艺出版社，1982。

王瑶：《中国新文学史稿（下册）》，上海文艺出版社，1982。

王永生主编《中国现代文论选（1）》，贵州人民出版社，1982。

王泽龙：《中国现代诗歌意象论》，中国社会科学出版社，2008。

闻一多：《闻一多全集（第12卷）》，湖北人民出版社，1993。

吴欢章主编《中国现代十大流派诗选》，上海文艺出版社，1989。

西南联大校友会编《笳吹弦诵在春城——回忆西南联大（第一集）》，云南人民出版社，1986。

夏征农、陈至立主编《辞海（第六版普及本）》，上海辞书出版社，2010。

谢冕、杨匡汉主编《中国新诗萃：20世纪——40年代》，人民文学出版社，1988。

颜同林：《方言与中国现代新诗》，中国社会科学出版社，2008。

姚丹：《西南联大历史情景中的文学活动》，广西师范大学出版社，2005。

余晓明：《文学研究的生态学隐喻：文学与宗教、政治、意识形态及其他》，广西师范大学出版社，2011。

臧克家：《从军行（序言）》，生活书店，1938。

臧克家：《臧克家文集》，山东文艺出版社，1985。

臧克家：《臧克家长诗选（写在卷头）》，山东人民出版社，1982。

臧克家：《中国抗日战争时期大后方文学书系（第六编）：诗歌（第2卷）》，重庆出版社，1989。

臧克家编选《中国新诗选1919—1949》，中国青年出版社，1956。

张轲风：《民国时期西南大区区划演进研究》，人民出版社，2012。

张松建、洪子诚：《现代诗的再出发：中国四十年代现代主义诗潮新探》，北京大学出版社，2009。

张松如：《中国现代诗歌史论》，吉林教育出版社，1995。

张宪文、李良志主编《石头说话丛书：抗战诗歌》，刘增杰选释，河南大学出版社，2005。

章亚昕：《中国新诗史论》，山东教育出版社，2006。

止庵编《沙鸥诗选》，人民文学出版社，1996。

《中共中央抗日民族统一战线文件选编（下）》，档案出版社，1986。

中国第二历史档案馆编《民国档案史料汇编（第5辑第2编）》，江苏古籍出版社，1998。

中国抗日战争史学会：《抗战时期的文化教育》，北京出版社，1995。

《现代汉语词典（修订本）》，商务印书馆，1998。

中国社会科学院新闻研究所编《抗日战争时期的中国新闻界》，重庆出版社，1987。

中央教育科学研究所编《中国现代教育大事记》，教育科学出版社，1988。

重庆出版社编《作家在重庆》，重庆出版社，1983。

《周恩来年谱》，人民出版社、中央文献出版社，1989。

周开庆：《四川与对日抗战》，商务印书馆，1971。

周毅：《抗战时期文艺政策研究》，四川大学出版社，2013。

周勇：《西南抗战史》，重庆出版社，2013。

周勇：《重庆通史》，重庆出版社，2002。

朱光灿：《中国现代诗歌史》，山东大学出版社，1997。

朱自清：《新诗杂话》，生活·读书·新知三联书店，1984。

朱自清：《朱自清全集（第二卷）》，江苏教育出版社，1988。

Bourdieu：Die Regeln der Kunst, 523ff; Michel Hockx, ed：The Literary Field of twentieth century China. Honoluli：University of Hawai'i Press, 1999.

硕博士学位论文

白明亮：《文化、政治与教育——教育的文化政治学阐释》，南京师范大学，2014。

陈程：《重庆抗战诗歌的期刊媒介场域研究》，西南大学，2012。

陈东：《既是地域的，更是全国的——论抗战时期重庆〈新蜀报〉文艺副刊〈蜀道〉的两面性》，重庆师范大学，2007。

丁保华：《贷金制度与抗战时期的高等教育——以西南联大为例》，河北大学，2008。

胡峰：《诗界革命：中国现代新诗的发生——诗歌本体的现代转型研究》，山东师范大学，2010。

黄葵：《"秋风里飘扬的风旗"——西南联大现代主义诗人群诗歌创作研究》，贵州师范大学，2007。

林虹霓：《抗战文艺》中的诗歌研究，重庆师范大学，2010。

彭玉斌：《战火硝烟中的文学生态——〈抗战文艺〉研究》，中国社会科学院研究生院，2006。

隋华臣：《文艺大众化运动再探究》，南开大学，2014。

张忠：《民国时期成都出版业研究》，四川大学，2007。

期刊

〔日〕杉木达夫：《文协的分会》，李家平摘译，《中国现代文学研究丛刊》1989 年第 4 期。

〔美〕E. 拉兹洛：《即将来临的人类生态学时代》，《国外社会科学》1985 年第 10 期。

〔德〕雷丹：《观察文学场域》，《文学评论》2002 年第 3 期。

〔荷兰〕贺麦晓：《中国早期现代诗歌中的现代性》，《诗探索》1996 年第 4 期。

艾青：《抗战以来的中国新诗》，《中苏文化》第 9 卷第 1 期，1941 年 7 月 25 日。

艾青：《论抗战以来的中国新诗——〈朴素的歌〉序》，《文艺阵地》第 6 卷第 4 期，1942 年 4 月 10 日。

艾青：《文阵广播：艾青来信》，《文艺阵地》第 3 卷第 3 期，1939 年 5 月 16 日。

艾青：《我们的信念》，《救亡日报·诗文学》1939。

艾青：《我怎样写诗的?》，《学习生活》第 2 卷第 3、4 期合刊，1941 年 3 月 10 日。

艾青：《向太阳》，《七月》第 3 卷第 2 期，1938 年 5 月 16 日。

巴山雨：《去呀，踏上战场》，《文艺阵地》第 3 卷第 5 期，1939 年 6 月 16 日。

本刊同人：《我们的广播——我们的呼吁》，《诗》第 3 卷第 3 期，1942 年 8 月。

编辑者：《复刊语》，《诗》第 1 卷第 1 期，1940 年 2 月。

编者：《我们的告白》，《诗报》创刊号，1937 年 12 月 16 日。

草莱：《中华全国文艺界抗敌协会筹备经过》，《文艺月刊》第 9 期，1938 年 4 月 1 日。

陈松溪：《中国诗人协会成立的概况》，《新文学史料》1987 年第 2 期。

陈维松：《论九叶诗人与现代派诗歌》，《文学评论》1989 年第 5 期。

陈伟华：《在转型时期的文化整合中应运而生——论中国现代文学之起始》，《鲁迅研究月刊》2006 年第 9 期。

陈玉兰：《论中国古典诗歌研究的文学生态学途径》，《文学评论》2004 年第 5 期。

邓牛顿：《民族大义 团结御敌——中华全国文艺界抗敌协会档案纵览》，《世纪》2015 年第 5 期。

邓牛顿：《中华全国文艺界抗敌协会会员索考》，《新文学史料》1995 年第 2 期。

丁婕：《抗战时期文学期刊研究》，《社会科学家》2012 年第 10 期。

丁颖：《文学中心的南移与 30 年代文人"没海"的文化潜因》，《大连民族学院学报》2014 年第 6 期。

段从学：《夏季大轰炸与大后方文学转型——从抗战文学史的分期说起》，《中国现代文学研究丛刊》2011 年第 7 期。

冯成杰：《试论抗战时期国民政府的教育政策》，《哈尔滨学院学报》2010 年第 3 期。

冯乃超：《论本刊的使命》，《抗战文艺》，（武汉特刊第 1 号），1938 年 9 月 17 日。

冯乃超等：《中华全国文艺界抗敌协会简章》，《文艺月刊》第 9 期，

1938 年 4 月 1 日。

冯宪光：《抗战时期重庆的文学中心地位》，《现代中国文化与文学》2005 年第 2 期。

冯雪峰：《关于"文艺大众化"》，《抗战文艺》第 3 卷第 9、10 期合刊，1939 年 2 月 18 日。

冯玉祥：《为战士与民众准备精神食粮——中华全国文艺界抗敌协会成立大会演说词》，《抗到底》第 7 期，1938 年 4 月 1 日。

冯至：《论新诗的内容和形式》，《中国诗坛（广州）》，光复版新二期，1946 年 3 月 5 日。

高兰：《给绿林好汉》，《文艺月刊》第 4 卷第 1 期，1940 年 1 月 16 日。

高兰：《咱们去当兵》，《救中国》第 11 期，1938 年 1 月 1 日。

高兰：《展开我们的朗诵诗歌》，《时调》1937 年第 3 期。

郭沫若、王平陵等：《一九四一年文学趋向的展望》，《抗战文艺》第 7 卷第 1 期，1941 年 1 月 1 日。

郭太平、赵景春：《试谈马克思、恩格斯关于文学创作主体的论述》，《郑州大学学报》（哲学社会科学版）1984 年第 2 期。

何廉原：《抗战初期政府机构的变更》，《民国档案》1987 年第 1 期。

何其芳：《成都，让我把你摇醒》，工作（成都），第 7 期。

何一民，刘杨：《抗战时期西南大后方城市发展及其特点》，《民国研究》2015，秋季号。

何一民：《抗战时期人口"西进运动"与西南城市的发展》，《社会科学研究》1996 年第 3 期。

胡风、杨云琏：《关于诗与田间底诗》，《七月》第 5 卷第 2 期，1940 年 3 月。

胡风：《关于诗与田间》，《七月》第 5 集第 2 期，1940 年 3 月。

胡适：《谈新诗：八年来一件大事》，星期评论（上海1919），纪念号第五张，1919。

胡危舟：《明天你要发棺材了》，《中国诗坛》第 6 期，1940 年 12 月 5 日。

胡危舟：《新诗短话 A 节》，《诗创造》第 13 期，1942 年。

黄菊：《抗战时期文协经济状况考察》，《成都大学学报（社会科学版）》，2012 年第 3 期。

黄尚恩：《纪念新诗诞生百年——中国作协组织、诗刊社承编〈中国新诗百年志〉》，http：//www. zuojiawang. com/xinwenkuaibao/17067. html，2016 年 6 月 20 日。

黄绳：《诗歌的语言》，《文艺阵地》第四卷第三期，1939 年 12 月 1 日。

佳禾：《论朗诵诗》，《春云》第 3 卷第 6 期，1938 年 6 月 25 日。

溅波：《发刊词》，《战歌》创刊号，1938 年 8 月 20 日。

江蘺：《诗的语言》，《诗歌杂志》1937 年第 3 期。

姜涛：《从"抒情的放逐"谈起》，《扬子江诗刊》2005 年第 2 期，第 21 页。

蒋中正：《认清"最后关头"——七月十七日在庐山谈话会席上的讲词》，《会声月报》第 1 卷第 5 期，1937 年 8 月 1 日。

可非：《大众化与方言街头诗》，《中国诗坛》第 1 卷第 5 期，1937 年 12 月 15 日。

孔另境、安娥、范泉等：《五四文艺节座谈会》，《文艺春秋》第 4 卷第 5 期，1947 年 5 月 15 日。

蓝华增：《云南现代作家、文学社团和期刊（之三）》，《楚雄师专学报》（社会科学版）1990 年第 2 期。

老舍：《三年写作自述》，《抗战文艺》第 7 卷第 1 期，1941 年 1 月 1 日。

老舍：《文章下乡，文章入伍》，《中华文化月刊》1941 年第 9 期。

雷石榆：《新歌谣的创作问题》，《中国诗坛》第 1 卷第 5 期，1937 年 12 月 15 日。

李光荣：《社团与中国现代文学》，《学术探索》2001 年第 4 期。

李光荣：《西南联大的早期文学社团》，《新文学史料》2005 年第 3 期。

李怡：《"重估现代性"思潮与中国现代文学传统的再认识》，《文学评论》2002 年第 4 期。

李怡：《黄昏里那道夺目的闪电——论穆旦对中国现代新诗的贡献》，《中国现代文学研究丛刊》1989 年第 4 期。

李振坤：《鲁迅与文艺大众化运动》，《新疆师范大学学报（社会科学版）》1981 年第 1 期。

梁实秋：《新诗的格调及其他》，《诗刊》，创刊号，1931 年 1 月 20 日。

林淡秋：《我看文运》，《文协十周年暨文艺节纪念特刊：五四谈文艺》，中华全国文艺协会编印，1948 年 5 月 4 日。

林山：《不要在街头游荡》，《中国诗坛》第 6 期，1940 年 12 月 5 日。

林山：《给难民》，《中国诗坛》第 5 期，1940 年 10 月 15 日。

刘半农：《诗与小说精神上之革新》，《新青年》第 3 卷第 5 号，1917 年 7 月。

刘保昌：《荆楚文学生态论》，《西部学刊》2015 年第 1 期。

刘进：《论空间批评》，《人文地理》2007 年第 2 期。

龙谦：《抗战时期我党对桂林出版事业的领导》，《广西党史》1994 年第 4 期。

楼适夷：《中华全国文艺界抗敌协会发起旨趣》，《文艺月刊》第 1 卷第 9 期，1938 年 4 月 1 日。

鲁煤：《〈古树的花朵〉常开不谢——在"臧克家作品研讨会"上的发言》，《文艺理论与批评》1995 年第 2 期。

陆维特：《苏北墙头诗运动的回顾和前瞻》，《江淮文化》，创刊号，1940 年 7 月。

骆寒超、白薇：《论中国新诗》，《现代中国文化与文学》2006 年第 1 期。

骆寒超：《论中国现代叙事诗》，《文学评论》1985 年第 6 期。

茅盾：《论初期白话诗》，《文摘》第 1 卷第 2 期，1937 年 2 月 1 日。

茅盾：《为诗人们打气》，《中国诗坛》光复版·新 3 期，1946 年 4 月 20 日。

茅盾：《叙事诗的前途》，《文学》第 8 卷第 2 期，1937，第 414 页。

梅林：《"文协"五年工作志略》，《抗战文艺——文协成立五周年纪念特刊》1942 年 3 月 27 日。

梅新林：《文学地理学：基于"空间"之维的理论建构》，《浙江社会科学》2015 年第 3 期。

默弓（陈敬容）：《真诚的声音：略论郑敏、穆旦、杜运燮》，《诗创造》第 12 期，1948 年 6 月。

穆旦：《森林之魅——祭胡康河上的白骨》，《云南档案》2005 年第 4 期。

穆木天：《昆明！美丽的山城》，《抗战文艺》第 3 卷第 1 期，1938 年 12 月 3 日。

穆木天：《诗歌朗诵与诗歌大众化》，《时调》1938 年第 3 期。

宁婴：《边个重敢话？》，《中国诗坛》第 1 卷第 5 期，1937 年 12 月 15 日。

潘洵：《从西北到西南：抗战大后方战略地位的形成与演变》，《红岩春秋》2011 年第 4 期。

七月社：《愿和读者一同成长——代致辞》，《七月》第 1 期，1937 年 10 月 16 日。

钱文亮：《"学院派诗歌"：概念与现实——兼论中国当代诗歌的处境》，《江汉大学学报》2010 年第 6 期。

钱文亮：《道德归罪与阶级符咒：反思近年来的诗歌批评》，《江汉大学学报》2007 年第 6 期。

钱文亮：《诗歌与文明》，《外国文学》2003 年第 2 期。

秦弓：《抗战文学研究的概况与问题》，《抗日战争研究》2007 年第 4 期。

青年杂志社：《社告》，《青年杂志》第 1 卷第 1 期，1915 年 9 月 15 日。

沙雁：《诅败北论者》，《抗战文艺》第 3 卷第 2 期，1938 年 12 月 10 日。

沈旻：《抗战时期国统区文化出版及产业发展调查分析》，《艺术百家》2008 年第 3 期。

沈起予：《宣传的文艺与本质的文艺》，《文化国际》第 1 期，1938 年

7 月 1 日。

施蛰存：《文艺独白：又关于本刊中的诗》，《现代》第 4 卷第 1 期，1933 年 11 月。

苏光文：《抗战诗歌刍论》，《西南师范大学学报》1986 年第 1 期。

苏金伞：《我们不能逃走——写给农民》，七月，第 2 期，1937 年 11 月 1 日。

孙玉石：《20 世纪中国新诗：1937—1949》，《诗探索》1994 年第 4 期。

覃静：《桂林抗战时期出版物调查分析》，《图书世界》2011 年第 5 期。

谭刚：《抗战时期人口内迁背景的西南大后方现代化》，《重庆社会科学》2012 年第 7 期。

谭君强：《论抒情诗的叙事学研究：诗歌叙事学》，《思想战线》2013 年第 4 期。

田间：《保卫战》，《七月》第 6 卷 1~2 期，1940 年 12 月。

田间：《假使全中国不团结》，《七月》第 6 卷 1~2 期，1940 年 12 月。

同人等：《发刊诗》，《新诗歌》第一卷创刊号，1933 年 2 月 11 日。

同人等：《关于写作新诗歌的一点意见》，《新诗歌》第一卷创刊号，1933 年 2 月 11 日。

妥建清：《中国现代文学关键词研究——以"现代性"为中心》，《文艺理论研究》2012 年第 6 期。

王光明：《中国新诗的本体反思》，《中国社会科学》1998 年第 4 期。

王璞：《"地图在动"：抗战期间现代主义诗歌的三条"旅行路线"》，《现代中文学刊》2011 年第 4 期。

王树荫：《国民党核实确立西南为战略大后方》，《史学月刊》1989 年第 2 期。

王亚平：《抒情时代 叙事时代》，《时与潮文艺》第 5 卷第 1 期，1945 年 3 月 15 日。

王勇等：《抗战期间云南境内出版的报刊》，《云南档案》2013 年第 7 期。

王宇平：《学士台风云——抗战初中期内地作家在香港的聚合与分化》，《中国现代文学研究丛刊》2007 年第 2 期。

王长贵：《记住这句话》，《中国诗坛》第 6 期，1940 年 12 月 5 日。

王作舟：《抗战时期的云南新闻事业》，《思想战线》1996 年第 2 期。

尉迟允然：《诗人节》，《抗战时代》第 3 卷第 6 期，1941。

魏孟克：《抗战以来的中国文艺界》，《抗战文艺》第 2 卷第 6 期，1938 年 10 月 15 日。

吴漱予：《对中华全国文艺界抗敌协会的希望》，《文艺月刊》第 9 期，1938 年 4 月 1 日。

吴永贵、王静：《抗战时期大后方书刊出版概览》，《中国编辑研究》2009 年年刊。

吴月芽：《抗战时期文化人西迁对西部地区新闻出版事业的影响》，《浙江师范大学学报》（社会科学版）2007 年第 2 期。

锡金：《方言的扩大》，《诗创作》第 6 期，1941 年 12 月 15 日。

锡金：《朗诵去》，《时调》1937 年第 3 期。

锡金：《诗歌和朗诵》，《文艺月刊》第 12 期，1938 年 6 月 1 日。

夏中义：《"文学主体论"批判》，《华东师范大学学报》（哲学社会科学版）1995 年第 6 期。

谢冕：《论中国新诗》，《文学评论》2002 年第 3 期。

谢冕：《前进的和建设的——中国新诗一百年（1916—2016）》，《北京大学学报》（哲学社会科学版）2017 年第 3 期。

辛予：《"街头诗"运动在晋西北》，《民族革命》第 1 卷第 7 期，1938 年 11 月 1 日。

熊辉：《试论抗战诗歌的文体流变》，《文艺争鸣》2015 年第 7 期。

徐迟：《抒情的放逐》，《顶点》第 1 期，1939 年 7 月 10 日。

徐国利：《抗战时期高校内迁概述》，《天津师范大学学报》1996 年第 1 期。

徐中玉：《论我们时代的诗歌》，《抗战文艺》第 2 卷第 11、12 期合刊，1938 年 11 月 26 日。

杨洪承：《"豆"与"豆荚"——鲁迅与现代中国文学社团之关系考

辨》，《鲁迅研究月刊》2009 年第 12 期。

杨洪承：《"公共空间"与文学社群关系——20 世纪中国现代文学社团流派研究的再思考》，《文学评论》2011 年第 6 期。

杨洪承：《"文协"的社群形态与抗战文学文化研究的视阈》，《当代作家评论》2008 年第 3 期。

杨剑龙：《新诗遇到了抗战 这是千载难遇的机会——论老舍的抗战新诗创作》，《甘肃社会科学》2013 年第 2 期。

杨扬：《南移与北归——20 世纪中国文学今古之变的历史图像》，《学术月刊》2015 年第 5 期。

杨振声：《中国文学系概况》，《国立清华大学二十周年纪念刊》1931。

姚丹：《中国现代大学教育与现代文学——以北京大学、清华大学、西南联大为中心》，《励耘学刊（文学卷）》2012 年第 1 期。

余斌：《抗战初期昆明文协成立的前前后后》，《西南学刊》2012 年第 2 期。

余子侠：《抗战时期高校内迁及其历史意义》，《近代史研究》1995 年第 6 期。

俞兆平、罗伟文：《"文学生态"的概念提出与内涵界定》，《南方文坛》2008 年第 3 期。

臧克家：《除了抗战什么都没意义》，光明·战时号外，第 5 号，1937 年 10 月 10 日。

臧云远：《时代之音》，《时调》1938 年第 3 期。

张根福：《抗战时期人口流迁状况研究》，《中国人口科学》2006 年第 6 期。

张景岳：《北洋政府时期的人口变动与社会经济》，《近代中国》1993 年第 3 期。

张林杰：《文化中心的迁移与 30 年代文学的都市生存空间》，《北京大学学报》（哲学社会科学版）2000 年第 6 期。

张泉：《试论中国现代文学史如何填补空白——沦陷区文学纳入文学史的演化形态及存在的问题》，《文艺争鸣》2009 年第 11 期。

张武军：《北京、上海文学中心的陷落与重庆文学中心的形成——略

论抗战对中国现代文学格局的影响》,《现代中国文化与文学》2005 年第
2 期。

张政文:《文学文本的意义之源:作者创作、读者阅读与评论者评
论》,《社会科学战线》2017 年第 8 期。

赵景深:《编辑后记》,《现代文学》第 1 卷第 1 期,1930。

中国第二历史档案馆:《抗战时期国民政府设立"中央文化驿站"有
关史料选》,《民国档案》1987 年第 1 期。

《中国国民党抗战建国纲领》,《战时青年》第 1 卷第 10 期,1938 年 4
月 1 日。

《中国国民党抗战建国宣言》,《战时青年》第 1 卷第 10 期,1938 年 4
月 1 日。

中国诗人协会:《中国诗人协会抗战宣言》,《中国诗坛(广州)》第 1
卷第 4 期,1937 年 11 月 15 日。

中国诗坛社:《反对日本帝国主义轰炸非战斗员对外宣言》,《中国诗
坛》第 1 卷第 4 期,1937 年 11 月 15 日。

中华全国文艺界抗敌协会:《告全世界的文艺家》,《文艺月刊》第 9
期,1938 年 4 月 1 日。

中华全国文艺界抗敌协会:《我们对于抗战诗歌的意见》,《抗战文艺》
第 3 卷第 3 期,1938 年 12 月 17 日。

中华全国文艺界抗敌协会:《中华全国文艺界抗敌协会宣言》,《文艺
月刊·战时特刊》第 9 期,1938 年 4 月 1 日。

中央社:《抗战建国纲领》,《半月文摘》第 2 卷第 5 期,1938 年 4 月
25 日。

重庆师范学院中文系国统区抗战文艺研究室:《抗日战争时期国统区
文艺大事记》,《重庆师范学院学报》(哲学社会科学版)1981 年第 2 期;
1981 年第 3 期;1981 年第 4 期。

周海婴:《打日本》,《七月》第 3 期,1937 年 9 月 25 日。

周晓风:《抗战诗歌再认识》,《重庆工商大学学报》(社会科学版)
2012 年第 3 期。

周晓风:《现代汉语的现代性与现代新诗的现代化》,《西南师范大学

学报》（人文社会科学版）2005 年第 3 期。

朱德发：《论现代中国文学流派营造的主体性》，《山东师范大学学报（人文社会科学版）》2002 年第 2 期。

朱寿桐：《论作为中国现代文学中心的上海》，《学术月刊》2004 年第 6 期。

朱伟华：《抗战时期贵州的文化与文学》，《中国现代文学研究丛刊》2006 年第 3 期。

朱自清：《美国的朗诵诗》，《时与潮文艺》第 5 卷第 1 期，1945 年 3 月 15 日。

邹荻帆：《江边》，《七月》第 1 期，1937 年 10 月 16 日。

新闻报刊

艾青：《吴满有·附记》，《解放日报》1943 年 3 月 9 日。

艾青：《展开街头诗运动——为〈街头诗〉创刊而写》，《解放日报》1942 年 9 月 27 日。

高兰：《哭亡女苏菲》，《大公报·战线》第 909 号，1942 年 3 月 29 日。

郭沫若：《文艺与宣传》，《大公报》1938 年 3 月 27 日。

胡绍轩：《中华全国文艺界抗敌协会始末》，《新华日报》1943 年 3 月 27 日。

蒋介石：《国民政府代表蒋总司令训词》，《申报》1927 年 7 月 8 日，第 1 版。

老舍：《论新诗》，《中央日报》1941 年 5 月 30 日。

黎嘉：《诗人，你们往哪里去?》，《新华日报》1938 年 2 月 2 日。

李光荣：《西南联大的文学社团》，《云南日报》2007 年 3 月 20 日，第 9 版。

罗烽：《垣曲街景》，《新蜀报·蜀道》1940 年 1 月 3 日。

穆木天：《展开我们的诗歌的阵线》，《大公报·战线》第 25 号，1937 年 10 月 15 日。

若嘉:《怀乡曲》,《华西日报》1939 年 11 月 2 日。

邵子南:《沙鸥的诗》,《新华日报》1946 年 8 月 19 日,第 4 版。

玄庐:《十五娘》,《民国日报·觉悟》第 12 卷第 21 期,1920 年 12 月 21 日,第 2~3 版。

杨耕:《文化何以陷入"定义困境"——关于文化本质和作用的再思考》,《北京日报》2015 年 4 月 27 日,第 22 版。

臧克家:《吊古,自吊》,《新华日报》1944 年 6 月。

中国共产党中央委员会:《中共中央为公布国共合作宣言》,《新中华报》1937 年 9 月 29 日,第 1 版。

后　记

　　我所生活的云南地处西南边陲，有着历史久远、内容丰富、形式多样的文化，许许多多珍贵的资源等待着人们去认识和发现，我也把这当作自己的一份责任。工作十余年来，视野始终未曾远离这片十万大山环绕的、富有迷人色彩的边陲之地。当然，这份执着，其实还得益于张永刚教授为负责人、我作为主要成员之一的"云南民族文化与文艺理论研究"省级科研创新团队，团队所倡导的区域文化的跨学科研究给了我许多启发，使我在参与团队建设中收获了丰富的学术资源和学术经验。所以在我博士学习阶段，也延续着这一学术理念并开始了一段新的学术征程，在我的导师杨剑龙教授的指导下，收获了我学术生涯中的第一部著作。

　　虽然西南于我而言并不陌生，但诗歌研究于我而言却是一个陌生的开始，因此，当真正走入那段战火纷飞、山河破碎、妻离子散的中华民族的悲苦岁月，当真正走进西南大后方这段历史去触摸诗人们的欢笑、悲苦、愤怒、哀怨，才发觉其中的艰辛——民族、历史的艰辛以及创作的艰辛。当一切终于告一个段落，这种收获的喜悦令我十分感怀那些曾经帮助过我的人——每一个细微地关怀和鼓励都给了我坚持的动力。

　　我的导师杨剑龙教授是一位博学、勤奋、成果丰硕的优秀学者，也是一位好老师，他在现当代文学、都市文化、基督教文化等领域有着深厚的学养，主持国家社科基金重大项目等十余项，著述等身，还创作了大量优秀的小说、诗歌、散文等。三年多的学习中，从学习到工作、生活、家庭，像家人一般，杨老师给予我无微不至的关心、帮助，使我自己在完成学业的同时，获得了许多的收获，学术上也不断得到成长。"经师易遇，人师难遇"，现在回想，很庆幸自己遇到了一位好老师。师母任芳萍女士为人和善、宽容，在生活和学习上给予了我很多帮助，教授为人、处世、为学的道理，给我们留下许多难以割舍的回忆；在与同门师兄妹的交流中，他们睿智的思维、开阔的视野，以及对许多问题独特的理解方式，给了我许多启发；笔者所工作的曲靖师范学院，张永刚、王炜、蔡燕、陈建顺、马继明等我的老师、领导和同事们，在我成长的道路上，给予了许许多多无私的帮助。

当然，我的父母、妻子和女儿在我学习过程中给我的帮助也是其他人不能替代的。我的父母是勤劳、本分的农民，他们始终是我生命中最值得信赖的港湾，有他们对我家庭的照管，才使我能踏实地写作；我的妻子贤惠、善良、孝顺，她有很强的事业心，但为了我，她担起了许多本该由我承担的家庭责任，我的每一份收获都有她的付出；我的女儿乖巧、懂事，她让我更多体会到了奋斗的意义，给了我许多坚持下去的理由。父母在这几年的时间里越发的衰老了，特别父亲的身体一日不如一日，但这让我更深刻地感受到了肩上的责任之重，我更惭愧，没能花更多的时间去陪伴他们，只愿他们都能身体安康，让我有更多机会尽人子之责！

人生有限，但学术无止境，它无疑会让有限的人生变得更有意义。虽然我也备尝其中的艰辛，但也乐于在这个过程中结识无数良师益友，让人生变得丰富、多彩！

本书完成过程中虽也字斟句酌、数次修改，但由于初涉诗歌研究，仍难免有错讹、疏漏之处，敬请学界专家批评。

2019 年 4 月 6 日

于翰林国际寓所

图书在版编目（CIP）数据

西南大后方诗歌创作生态研究 / 荀利波著 . -- 北京：
社会科学文献出版社，2019.8
（云南省哲学社会科学创新团队成果文库）
ISBN 978 - 7 - 5201 - 5060 - 6

Ⅰ.①西… Ⅱ.①荀… Ⅲ.①诗歌史 - 研究 - 西南地
区 - 现代 Ⅳ.①I207.209

中国版本图书馆 CIP 数据核字（2019）第 118360 号

·云南省哲学社会科学创新团队成果文库·

西南大后方诗歌创作生态研究

著　　者 / 荀利波

出 版 人 / 谢寿光
组稿编辑 / 宋月华　袁卫华
责任编辑 / 刘　丹

出　　版 / 社会科学文献出版社·人文分社（010）59367215
　　　　　　地址：北京市北三环中路甲 29 号院华龙大厦　邮编：100029
　　　　　　网址：www. ssap. com. cn
发　　行 / 市场营销中心（010）59367081　59367083
印　　装 / 三河市东方印刷有限公司

规　　格 / 开　本：787mm × 1092mm　1/16
　　　　　　印　张：17　字　数：266 千字
版　　次 / 2019 年 8 月第 1 版　2019 年 8 月第 1 次印刷
书　　号 / ISBN 978 - 7 - 5201 - 5060 - 6
定　　价 / 148.00 元

本书如有印装质量问题，请与读者服务中心（010 - 59367028）联系